KNAUR

Im Knaur Taschenbuch Verlag sind bereits folgende Bücher der Autorin erschienen:
Deine Seele in mir
Das Leben in meinem Sinn

Über die Autorin:
Susanna Ernst wurde 1980 in Bonn geboren und schreibt schon seit ihrer Grundschulzeit Geschichten. Sie leitet seit ihrem sechzehnten Lebensjahr eine eigene Musicalgruppe, führt bei den Stücken Regie und gibt Schauspielunterricht. Außerdem zeichnet die gelernte Bankkauffrau und zweifache Mutter gerne Porträts, malt und gestaltet Bühnenbilder für Theaterveranstaltungen. Das Schreiben ist jedoch ihre Lieblingsbeschäftigung für stille Stunden, wenn sie ihren Gedanken und Ideen freien Lauf lassen will. Ihr Credo: Schreiben befreit!

Susanna Ernst

Immer wenn es Sterne regnet

Roman

KNAUR

Besuchen Sie uns im Internet:
www.knaur.de

FSC
www.fsc.org
MIX
Papier aus verantwortungsvollen Quellen
FSC® C083411

Originalausgabe Dezember 2015
Knaur Taschenbuch

Ein Imprint der Verlagsgruppe
Droemer Knaur GmbH & Co. KG, München

Redaktion: Julia von Natzmer
Covergestaltung: FAVORITBUERO, München
Coverabbildung: Chuwy/Gettyimages
Satz: Adobe InDesign im Verlag
Druck und Bindung: CPI books GmbH, Leck
ISBN 978-3-426-51680-5

2 4 5 3 1

Für Oliver

*Weil ich durch dich gelernt habe, dass nicht die Zeit,
die du mit einem Menschen verbringst, dafür
verantwortlich ist, wie tief er sich in deine Seele
einbrennt, sondern nur die Intensität der Momente,
die du mit ihm teilst.*

Newcastle, 6. Oktober 1927

»Sir, ich habe alles erledigt, wie Sie es sagten. Kann ich sonst noch etwas tun?«

Demütig, wie er sich in Anwesenheit seines Meisters fühlte, traute sich Adam Winterfield kaum, sein Kinn zu heben und zu dem Mann aufzuschauen, der sich seiner erst vor wenigen Wochen angenommen hatte. Einen vierundzwanzigjährigen Aushilfsarbeiter ohne nachweisbare Bildung aufzunehmen, ihn nicht nur mit dem Handwerk vertraut zu machen, sondern auch mit dem kaufmännischen Part und der Buchführung, ihm ein Dach über dem Kopf zu bieten und mindestens eine warme Mahlzeit am Tag, dazu all die Bücher, mit denen er sein Allgemeinwissen aufbessern sollte … Das zeugte von besonderer Gutherzigkeit. Nichtsdestotrotz misstraute Adam seinem Glück bis jetzt. Viel zu lange schon hatte ihm das Schicksal übel mitgespielt.

Nun erwartete er beinahe, jeden Moment zu scheitern. Einen Fehler so gravierenden Ausmaßes zu begehen, dass man ihn dafür in hohem Bogen vor die Tür setzen würde. Zurück auf die Straße – dorthin, wo er herkam.

Straßenköter, Gassenjunge, Bastard …

In Adams Kopf hallten die Beschimpfungen wider, die sein Leben so lange begleitet hatten. Doch auch in diesem Moment erwiderte der Meister seinen Blick mit reiner Sanftmut.

»Nein, sonst gibt es hier nichts mehr zu tun. Geh nur! Wasch dich, iss ordentlich und mach die Nacht nicht zum Tage. Denn morgen geht es weiter.«

»Ich danke Ihnen, Sir! Einen schönen Abend wünsche ich.«

»Den wünsche ich dir auch … Ach, und Adam?«

Die Schultern des jungen Mannes zuckten; reflexartig zog er den Kopf ein, als sein Name noch einmal fiel. Hatte er etwas vergessen, etwas Entscheidendes womöglich? Seine letzten Aufgaben schossen ihm noch einmal durch den Kopf; schnell wie Blitze durchzuckten sie ihn:

Kehren – erledigt.

Neues Holz in den Kamin legen, damit es über Nacht trocknen kann – erledigt.

Den Müll entsorgen – erledigt.

»Ja, Sir?«, antwortete er dennoch mit banger Stimme.

»Du hast heute sehr gut gearbeitet. Weiter so!«

Erleichtert atmete er auf. Ein Lob. Ein echtes Lob.

»Vielen Dank. Gute Nacht!«

Leichten Herzens schloss er die Tür hinter sich und stieg über die hölzerne Treppe in das Obergeschoss des Hauses empor. Hier, am Ende des schmalen Korridors, lag sein Zimmer, direkt neben dem des Meisters. Gegen die zentraleren Bauten der Stadt wirkte das Haus nahezu veraltet. Dort, in Hafennähe, wo sich die Baukräne quasi aneinanderreihten und ein vielstöckiges Gebäude neben dem anderen entstand, sprachen die Menschen geringschätzig über die östlichen Vorstadthäuser, die durch den Lake Washington vom Rest der Stadt so gut wie abgetrennt waren und deren Wände teilweise nicht einmal fließendes Wasser und elektrischen Strom führten.

Adams Zimmer verfügte zwar über Strom, doch an ein eigenes Bad war nicht einmal zu denken.

Dennoch füllte er das Wasser mit einem Gefühl des Stolzes von dem rissigen Porzellankrug in die große Emailleschüssel. Immerhin konnte er sich waschen. Er besaß sogar ein Stück Seife. Dieses nahm er nun zur Hand, wusch sich damit den feinen Staub von den Armen, den Händen, dem Gesicht und seinen Haaren. Mit einem Handtuch rubbelte er über seine Locken und betrachtete sich im Spiegel über der Waschschüssel.

Zunächst seine spröden Lippen. Der Meister ermahnte ihn ständig, mehr Flüssigkeit zu sich zu nehmen, doch er war ja selbst kein gutes Vorbild, und Adam war das regelmäßige Trinken schlichtweg nicht gewohnt.

Sein Blick glitt weiter über die nach wie vor gerade Nase, die von dem Bruch vor drei Jahren lediglich eine leichte Verdickung der Nasenwurzel davongetragen hatte, und die tief liegenden grünen Augen mit den mittlerweile markanten dunklen Schatten darunter.

Adam war müde. Himmel, war er müde.

Aber er wollte vorbereitet sein, sollte der Moment des Wiedersehens tatsächlich so unverhofft kommen, wie er es sich in all seinen Träumen – und die ereilten ihn bei Gott nicht nur nachts – immer wieder ausmalte.

Jedes Mal war sie plötzlich da. Klopfte an seine Tür und stand vor ihm, wenn er öffnete. Einfach so, völlig unvermittelt. Sie sahen sich an, fielen einander in die Arme, küssten sich, hielten sich. Liebten sich. Am helllichten Tage, in dunkelster Nacht, immer wieder. Ein Leben lang.

Gedankenverloren glitten Adams Zeige- und Mittelfinger über seine Unterlippe – federleicht –, denn es war wie ein Zauber: Wann immer er an ihre Küsse dachte, spürte er tatsächlich ein Kribbeln in seinen Lippen, als säßen Schmetterlinge wie Boten des Vergangenen auf seinem Mund und kitzelten ihn mit ihren sanften Flügelschlägen. Dann hörte er noch einmal die Musik, die an diesem schicksalhaften Abend ihrer ersten Begegnung gespielt hatte, roch noch einmal Graceys Haar, das so verführerisch nach Vanille und Rosen geduftet hatte.

Natürlich war die Erinnerung nie mehr als ein vager Schatten des realen Erlebnisses. Dennoch reichte sie jedes Mal wieder aus, ihn in den leicht dümmlich vor sich hin lächelnden

Jungen zu verwandeln, den er schon längst hatte hinter sich lassen wollen. Verärgert über sich selbst, schüttelte er so stark den Kopf, dass das Wasser von seinen Haaren spritzte und den Spiegel besprenkelte.

»Schluss mit der Träumerei!«, gebot er sich streng, während er die Tropfen von dem hinterlegten Glas wischte.

Nein, für Gracey wollte Adam nicht länger ein schwärmender Junge sein, für sie wollte er endlich zum Mann werden. Für sie wollte er lernen, lernen und noch mal lernen. Geld verdienen, ein besserer Mensch werden und schließlich ein ihr würdiger Ehemann. Handeln, anstatt zu träumen. Das war sein Plan.

Doch was so simpel klang, war leider ein ziemlich schwieriges Unterfangen. Wie auch nicht, wenn man direkt aus der Gosse kam und sich zum Ziel gesetzt hatte, eines Tages auf rechtmäßigem Wege und zumindest mit der vagen Hoffnung auf Erfolg um die Hand eines der reichsten und hübschesten Mädchen der Stadt anzuhalten.

Zuvor hatte er es auf die einzige ihm vertraute Art und Weise versucht und seinen Stand damit so sehr verschlechtert, dass er nach dem Scheitern dieser erbärmlichen Taktik beschlossen hatte, sich zunächst auf unbestimmte Zeit zurückzuziehen und Gras über die Angelegenheit wachsen zu lassen. Er hatte sie alle getäuscht. Die kluge Mutter, den von Natur aus gutmütigen Vater und selbst Graceys alte Anstandsdame.

Alle, außer sie selbst. Sie hatte er nicht zu täuschen brauchen, war sie doch von sich aus eine kleine Rebellin, die eher ihrem übermütigen Herzen gehorchte als den vernünftigen Worten ihrer verstockt wirkenden Mutter. Nein, Gracey war nicht wie sie. Nicht so ernst und zugeknöpft.

»Pffff«, machte Adam und raufte sich die feuchten Haare, als ihn der letzte Begriff buchstäblich durchzuckte. »Zugeknöpft«, das erinnerte ihn an »aufgeknöpft« … und dieser Gedanke war … nun ja, nicht gerade förderlich, wenn man in seiner Situation steckte und verzweifelt um einen klaren Kopf rang. Aber es stimmte: Gracey war wunderbar temperamentvoll und ungehorsam. Sonst hätten die Bilder, die sich nun wieder in seinem Kopf ausbreiteten, nicht realen Begebenheiten entspringen und niemals Erinnerungen sein können.

Gracey merkte man an, dass ihr alter Herr aus Oklahoma stammte; durch ihre Adern floss unverkennbar das Blut einer Südstaatlerin.

Ein stolzes Lächeln eroberte Adams Gesicht, als er daran zurückdachte, wie sie ihn in den kleinen Raum neben der Küche gezerrt und zwischen Besen, Leitern und Putzeimern stürmisch geküsst hatte. Vollkommen überrumpelt hatte sie ihn damit, auf so wunderbare Art.

Doch das war lange her. Viel zu lange, wenn es nach Adam ging. Wie zur Bestätigung löste sich das Kribbeln seiner Lippen auf, wie Brausepulver in Wasser. Plötzlich war es ausgelöscht und hinterließ nur ein furchtbar bitteres Gefühl tiefster Einsamkeit. Adam war es nicht fremd, auf sich allein gestellt zu sein, dennoch verabscheute er dieses Gefühl.

Gracey hingegen war noch nie zuvor in ihrem Leben mit wahrem Verlust konfrontiert gewesen, das hatte sie ihm selbst erzählt. Umso mehr wunderte es ihn, schon seit Wochen nichts mehr von ihr gehört zu haben. Sehnte sie sich denn nicht ebenso nach ihm, wie er sich nach ihr verzehrte?

Bei ihrer letzten heimlichen Begegnung hatte sie noch hoch und heilig versprochen, einen Weg zu ihm zu finden – Verbot hin oder her.

Dieses Treffen lag beinahe zwei Monate zurück.

Adam wusste, dass sein Freund David ihr die Nachricht über seinen momentanen Aufenthaltsort erfolgreich übermittelt hatte. Ihm konnte er vertrauen. Gracey hatte also Kenntnis darüber, wo er lebte und dass er dabei war, seinen Plan für ihre gemeinsame Zukunft, einen neuen Anfang, in die Tat umzusetzen. Für sie!

Was war also geschehen? Warum meldete sie sich nicht mehr?

Seufzend legte Adam die Seife in die kleine Schale und hängte das Handtuch zurück an seinen Haken. Dann schnitt er sich eine dicke Scheibe Brot ab, sammelte mit angefeuchteter Fingerspitze akribisch die Krumen vom Brett, wickelte den Rest des Laibs zurück in das Tuch und trat vor das einzige, winzige Fenster seines Zimmers. Trotz der Kälte und des rauen Windes, der um das Haus pfiff, öffnete er das Fenster und beugte sich mit freiem Oberkörper in unfassbarer Sehnsucht den letzten Strahlen der untergehenden Sonne entgegen, als wollte er einen davon erfassen und den glühenden Stern daran zurück an den höchsten Punkt des Himmels ziehen.

Wieder ein Tag, der sich viel zu schnell dem Ende neigte. Wieder ein Tag, der ohne eine Nachricht von ihr verstrich.

Als er gegessen und auch einen Schluck Wasser getrunken hatte, schloss Adam das Fenster und trat entschlossen hinter seinen Sekretär.

Es war ein schönes Möbelstück. Sein erstes eigenes, und Adam war sehr stolz darauf. Zwar schlief er dafür nach wie vor auf dem Boden, auf einer mit Stroh gefüllten Matratze, aber das war ihm egal. Er kannte es ohnehin nicht anders; darum hatte er sich für den Sekretär entschieden, als es um seinen ersten Lohn ging.

Die Briefe an Gracey und sein Selbststudium besaßen höchste Priorität. Seinen Schulabschluss wollte er so schnell wie möglich absolvieren. Der Schlaf kam nach Tagen wie diesem – und im Prinzip glich ein Tag dem anderen – ohnehin von ganz allein und oft viel früher, als ihm lieb war. Da brauchte er keine butterweiche Matratze auf einem edlen Bettgestell, die ihn zum Schlafen einlud und ihm das Erwachen noch zusätzlich erschwerte.

Schreiben musste er. Schreiben, rechnen und lernen in einer vernünftigen Haltung, in der er sich möglichst lange und gut konzentrieren konnte.

Oh ja, Adam Winterfield war entschlossen. Und er war verstört und verzweifelt, weil er schon so lange nichts von seinem Mädchen gehört hatte. Vermutlich hätte er selbst nicht sagen können, welches dieser Gefühle in seinem Inneren überwog, denn die Liebe zu Grace Alice Sanders überschattete und betäubte ohnehin alle anderen Gefühle, die sein junges Herz bereits kennengelernt hatte: Trauer, Angst, den bitteren Geschmack des Verrats, unsagbare Einsamkeit.

Und inmitten all dieses Elends jenes Quäntchen Glück, das ihn bis zum heutigen Tag lebendig gehalten und zur rechten Zeit an den rechten Ort geführt hatte. Zuerst in Graceys Arme und dann in dieses wunderbare, wenn auch ein wenig veraltete Haus am südöstlichen Rand von Seattle.

Hart, wie sein Leben war, fühlte sich Adam dennoch privilegiert.

Und so nahm er – seiner Erschöpfung zum Trotz – auch an diesem stürmischen Herbstabend hinter seinem Sekretär Platz, zog einen Bogen Papier aus einer der oberen Schubladen und begann ohne Zögern zu schreiben:

Newcastle, WA, 6. Oktober 1927

An das Mädchen meines Herzens,
die bezaubernde Grace!

Wie sehr wünschte ich, Du würdest nun neben mir sitzen, mich noch einmal so ansehen wie vor all diesen Wochen und mir ganz beiläufig von Deinen schönsten Momenten dieses fast schon verstrichenen Tages berichten. Denn dann würde es sich sicherlich schließen, dieses dumme Loch in meiner Brust.

Entstanden durch die fehlende Nähe zu Dir, mit jeder weiteren Minute durch meine Sehnsucht genährt, wurde es auch heute immer tiefer und schmerzhafter, wie eine klaffende Wunde.

An jedem einsamen Abend glaube ich fest, keinen weiteren Sonnenuntergang mehr ohne Dich zu überstehen. Doch Du bist nicht da, bleibst verschollen, bist fast so weit entfernt wie der Mond von der Erde, zumindest fühlt es sich so an. Dennoch muss ich weitermachen. Ich atme, überrede mich zu jedem einzelnen Schritt, zu jedem Bissen Brot und zu jedem Schluck Wasser. Jeder Schlag, den ich mit meinem Hammer ausführe, und jeder Pinselstrich, den ich ziehe – alles wird von der Hoffnung bestimmt und getragen, Dich bald wiederzusehen. In meinen Träumen wird nämlich alles gut, solange Du nur weiterhin davon überzeugt bist, ich sei der einzige Mann, der es schaffen kann, Glück und Zufriedenheit zurück in Dein Leben zu bringen, und vor allem, dort zu halten.

Denn kommt es nicht allein darauf an, liebste Gracey? Auf das große Glück der einzig wahren Liebe, nach dem alle Menschen so sehr streben? Wie unermesslich groß war unser

Glück an dem Tag des großen Balles, als wir einander zum ersten Mal begegneten, hast Du Dich das schon einmal gefragt? Ich selbst stelle mir diese Frage ständig, und egal, wie die Dinge auch für uns ausgehen mögen, mein Lebtag lang möchte ich diesen Moment nicht vergessen, als ich auf Dich traf und Du auf mich, unter all diesen Menschen. Wie gut meinte es der Himmel damals mit uns, meine Gracey?
Ja, ich schreibe noch immer »meine Gracey«, denn tief in meinem Herzen hoffe ich, dass es der Wahrheit entspricht. Du, meine Liebste, magst von Hause aus eine gewisse Etikette gewohnt sein. »Anstand« nennt Ihr es, ich nenne es Heuchelei und sehe Dich dabei in Gedanken vor mir, wie Du vor Empörung die Hände in die Hüften stützt und mit funkelnden Augen den Kopf zur Seite neigst. Aber lass mich erklären! Ich rede von all den vielen überschwänglichen Floskeln und Worten, die in Euren Kreisen immer wieder gesagt, in den seltensten Fällen aber auch gemeint werden. Es tut mir leid, aber dies entspricht nicht der Weise, in der ich erzogen wurde. Meine Mutter, Gott hab sie selig, war zwar eine einfache, aber doch sehr kluge Frau. Sie pflegte stets zu sagen: »Sprich die Wahrheit, offen und ehrlich, dann wird Dir niemand auf lange bös sein können. Und sind sie es doch, so lass sie nur zieh'n. Echte Freunde vertragen jedes aufrichtige Wort.«
Süße Gracey, ich möchte dem Rat meiner Mutter nun folgen, indem ich Dir schreibe, was Du hoffentlich schon längst weißt:
Ich liebe Dich, Grace Alice Sanders. Ich liebe Dich mehr als das Leben selbst.
Was uns verbindet, ist groß und rein und so gut, wie nur irgendetwas gut sein kann. Niemandem wird es je gelingen, mir etwas anderes einzureden.

Ich wünschte, du wärest gerade jetzt an meiner Seite und würdest mir zusehen, wie ich nun, wo die Kälte langsam Einzug in die Häuser hält, das Feuer in dem alten Kamin meines Zimmers schüre. Du könntest Deinen Kopf auf meinen Schoß betten und mir lauschen, wenn ich Dir bis spät in die Nacht hinein Deine geliebten Gedichte vorlese. Ich verspreche, ich werde sie Dir Abend für Abend vorlesen, ohne dessen müde zu werden, bis an das Ende unserer Tage.
Ja, Du solltest hier sein, mir von den kleinen Wundern Deines Tages berichten und das schreckliche Loch in meinem Herzen mit Deiner Nähe ausfüllen. Ich vermisse Dich so sehr.
Den Blick auf den schmalen Streifen des schwindenden Lichts am Horizont gerichtet, frage ich mich, wie viele einsame Sonnenuntergänge mir noch bevorstehen, Gracey? Wann erlöst Du mich?
Doch vor allem frage ich mich, ob ich es wohl jemals wagen werde, David mit einem weiteren Botengang zu beauftragen und Dir auch nur einen dieser erbärmlich schwülstigen Briefe zukommen zu lassen.

In ewiger Liebe,
Dein Adam

Jeremy

Downtown Seattle, 6. Oktober 2013

»Was ich an deiner Stelle tun würde? Pfff, keinen Schimmer, Jerry!«

Gut, das ist nicht gerade die hilfreichste Antwort, aber zumindest ist er ehrlich. Und Ehrlichkeit scheint in dieser Welt ein rares, wertvolles Gut zu sein, wie ich soeben schmerzlich erfahren musste.

Was soll er auch sagen? Die ganze Scheißsituation ist total verzwickt.

Mein bester Freund sitzt mir in unserer Stammkneipe gegenüber, dreht den Hals seiner Bierflasche zwischen Daumen und Zeigefinger und zuckt schließlich mit den Schultern. »Es ist immerhin dein Appartement, also sag ihr doch einfach, sie soll ihr Zeug packen und verschwinden. Am besten noch heute Abend. Und, ach ja, kündige ihr!«

»Rob, ist das dein Ernst? Wo soll sie denn bitte hin? Mitten in Seattle, von jetzt auf gleich, und dann auch noch ohne Job? Sie kennt doch hier niemanden, ist praktisch völlig fremd.«

»Ach! Das hat sie aber nicht davon abgehalten, sich den erstbesten Typen zu schnappen und mit ihm …«

»Hey!« Mit nur einem Blick bringe ich ihn zum Schweigen. Er hat recht. Ich weiß es ja. Dennoch …

»Erspar mir bitte die Details, ja?« Ich widerstehe nur mit Mühe dem Impuls, mir die Ohren zuzuhalten. »Oder weißt du nach all der Zeit immer noch nicht, wie mein krankes Hirn funktioniert? Du sagst: ›Strapse tragendes Schwein heizt mit

Motorrad über Hochspannungsleitung –‹ und ich sehe ein Strapse tragendes Schwein mit dem Motorrad über ’ne scheiß Hochspannungsleitung brettern. Verstehst du? Ich sehe alles, was du mir erzählst, bildlich vor mir. Es ist wie ein Fluch! Also, bitte: Erspar. Mir. Die. Details!«

Rob lässt die Luft, die er für weitere Ausführungen schon tief aus seinen Lungen geschöpft und in seine Wangen gepumpt hatte, wieder geräuschvoll entweichen.

Es passt ihm ganz und gar nicht, dass er nicht weiter auf seine Entdeckung eingehen soll, in der meine Freundin Jeannine und ihr muskelbepackter Fitnesstrainer die unrühmlichen Hauptrollen spielen. Aber Rob ist nicht nur mein Partner in der Kanzlei, sondern auch ein guter Freund.

Und so wirft er resignierend die Hände in die Luft und lehnt sich so weit auf seiner Sitzbank zurück, dass sich sein rundlicher Bauch deutlich unter dem grauen Sweatshirt abzeichnet. Ein Shirt, das seinem Namen heute alle Ehre gemacht hat. Denn auf Robs breiter Stirn stehen Hunderte kleine Schweißperlen, die in mir die Frage aufkommen lassen, welcher Teil des Nachmittags wohl stärker zu seinem Zustand beigetragen hat. Die Aufregung über seine Entdeckung oder die körperliche Anstrengung?

Rob ist zehn Jahre älter als ich, steuert mit Riesenschritten auf seinen vierzigsten Geburtstag zu und versucht seit geraumer Zeit vergeblich, sein überflüssiges Bauchfett zu verbrennen. Irgendwie.

Mit diesem Ziel besuchte er heute zum ersten Mal seinen neuen Aerobic-Kurs. Eindeutig hormongesteuert und angetrieben von der verzweifelten Hoffnung, auf diesem Wege endlich die Frau fürs Leben – oder zumindest für eine lang schon überfällige heiße Nacht – zu finden, hatte er den Kurs gebucht.

Was er jedoch anstelle seiner Traumfrau entdecken musste, schockiert ihn bis jetzt immer noch sichtlich.

Meine vermeintliche Traumfrau nämlich, die unter der Aufsicht des besagten Muskelprotzes mit einem Paar Hanteln trainierte. Der Personal Trainer meiner Freundin war dabei so aufmerksam gewesen, Jeannine ein wenig unter die Arme zu greifen. Sprichwörtlich. Von hinten.

Seine Hände hatte er an Stellen ihres Oberkörpers platziert, die ich bislang naiverweise für privat erachtet hatte. Privat für *mich!*

All das und noch viel mehr hatte Rob unbemerkt beobachtet, als er Jeannine nach seinem Kurs in einer entlegenen Ecke des Fitnessraums entdeckte und sie gerade freudig begrüßen wollte.

An diesem Punkt seiner Schilderung habe ich ihn allerdings unterbrochen. Mehr wollte und brauchte ich nicht zu hören. Strapse tragendes Schwein und so. Nein danke!

Plötzlich schaut Rob von seiner Bierflasche zu mir auf. Seine Augen weiten sich, und für einen winzigen Moment blitzt die verrückte Idee in mir auf, er könne eine alles rettende Erleuchtung haben.

»Scheiße, das ist tatsächlich das erste Mal, dass dir ein Mädchen fremdgeht, richtig? Ich meine, sie dir und nicht umgekehrt.«

»Rob?«

»Hm?«

»Halt die Klappe!«

Doch leider liegt er auch mit dieser vollkommen überflüssigen Bemerkung richtig. Nicht, dass ich wirklich jeder Frau vor Jeannine fremdgegangen wäre, aber … nun ja, so ganz kann ich mich nicht von seiner Anklage freisprechen.

Während der letzten Jahre meiner Senior-High-Zeit und

über die Etappe meines anschließenden Studiums hinweg hangelte ich mich quasi von einer Party zur nächsten, sammelte so viele One-Night-Stands wie nur möglich und prahlte nach jeder erfolgreichen Nacht mit meinen Eroberungen. Nur selten – und wenn, dann immer nur für kurze Zeit – startete ich in diesen Jahren vage Beziehungsversuche. Schlechtes Gewissen? Ehrlich gesagt, nicht! Dafür fühlte es sich einfach zu gut an.

Gestärkt durch meine Studienfreunde, die größtenteils ähnlich tickten wie ich, redete ich mir damals ein, diese unbeschwerte Zeit in vollen Zügen genießen zu müssen. Und das war leicht, denn keines der Mädchen hatte mir wirklich etwas bedeutet.

Bis auf Jeannine.

Ich lernte sie auf einer beruflichen Reise in Frankreich kennen, wo sie gerade für ein paar Wochen ihre Tante besuchte und in deren kleinem Bistro im Herzen von Paris jobbte. Es war Liebe auf den ersten Blick, im wahrsten Sinne des Wortes.

Groß, schlank und mit den perfekten Rundungen an den richtigen Stellen, bediente sie mich an einem heißen Maitag. Sie trug ein kurzes Kleid, strich sich immer wieder eine hellbraune Haarsträhne, die sich aus dem lockeren Zopf in ihrem Nacken gelöst hatte, hinter ihr Ohr zurück und nahm meine Bestellung mit einem kessen Lächeln entgegen. Es traf mich wie ein Blitz. Und da Jeannine aus einem Vorort von Ontario in Kanada stammt und bis zu dieser Zeit in ihrem Leben überwiegend Französisch gesprochen hatte, beantwortete sie meine neugierigen Fragen tatsächlich mit diesem süßen Akzent. Jeder zweite ihrer Sätze fing mit einem »Oh, oui Monsieur!« an. Ich meine, welcher Mann wird dabei nicht schwach?

Damals ahnte ich noch nicht, dass sie mich so in die Irre führen würde.

Was, um alles in der Welt, soll ich denn jetzt machen?

Seitdem Jeannine zurück nach Ontario flog und unmittelbar danach meiner Aufforderung folgte, mich in Seattle zu besuchen, fühle ich mich für sie verantwortlich. Denn schließlich war ich derjenige, der sie schon nach zwei Wochen, unmittelbar vor ihrer Rückkehr nach Kanada, überredete, doch noch länger bei mir zu bleiben. Als sie einwilligte, erledigte ich sämtliche Behördengänge mit ihr und besorgte ihr sogar einen Job in unserer Kanzlei. Nichts Großes. Kaffee kochen, die Post öffnen, Telefonate annehmen, sollte unsere Sekretärin gerade anderweitig beschäftigt sein. Aber so hatte Jeannine eine Arbeitserlaubnis, einen Job, und die Formalitäten waren erfüllt.

Also machten wir unsere Beziehung bereits nach den ersten paar Wochen offiziell, und sie zog dauerhaft bei mir ein, obwohl ihre Eltern alles andere als begeistert davon waren.

Da kann ich sie doch jetzt nicht einfach auf die Straße setzen, oder?

»Darf ich euch noch was zu trinken bringen?«, fragt die leicht gestresst wirkende junge Kellnerin, als sie im Vorbeigehen unsere leeren Bierflaschen bemerkt. Rob und ich einigen uns stumm, verneinen dankend und verlangen stattdessen die Rechnung.

Die hübsche Blondine nickt, stellt unsere Flaschen auf ihr Tablett und wendet sich schwungvoll ab. Rob fällt es sichtlich schwer, seine Augen von ihr zu nehmen. Beinahe sehnsüchtig löst er seinen Blick von ihr und seufzt theatralisch. Wie der Hauptdarsteller einer alten Schwarz-Weiß-Schnulze.

Oh Mann, der Kerl ist so was von überfällig!

»Himmel, Rob, reiß dich mal zusammen!«, raune ich ihm zu. Mit attraktiven Kellnerinnen flirten, tss! Er sollte es verdammt noch mal besser wissen.

»Pass auf, dass dir der Sabber nicht aus den Mundwinkeln

trieft. Und jetzt komm, ich habe heute Abend noch was zu tun. Zum Beispiel meine treulose Freundin zur Rede stellen und so. Du weißt schon.«

Keine halbe Stunde später ist es so weit. Mit rasendem Herzen und einem unwohlen Grummeln im Bauch verlasse ich den Fahrstuhl und durchquere den schmalen Korridor, die Tür zu meiner Wohnung fest im Blick. Das metallene Geräusch des sich im Schloss drehenden Schlüssels klingt übermäßig laut in meinen Ohren. Meine Sinne befinden sich in Habtachtmodus, ich agiere angespannt und alarmiert.

Jeannine hingegen sitzt seelenruhig und offenbar vollkommen relaxt auf meiner Couch und lacht über die abgedroschenen Sprüche irgendeiner Nachmittags-Sitcom. Mich begrüßt sie lediglich mit einem kurzen »Ey Jerry!«.

Oh Mann, ich liebe es, wie sie spricht!

Aus ihrem Mund klingt mein lahmer Spitzname beinahe wie das französische »Chéri«.

Fokus, Jeremy! Lass dich nicht einlullen!

Ich verharre noch einen Moment stumm auf der Schwelle zu meiner Wohnung, bevor ich tief durchatme, den Knauf in meinem Rücken packe und die Tür entschlossen zudrücke. »Schalt das bitte ab, Jeannine! Wir müssen reden.«

Und das tun wir. Gut, eigentlich rede vorerst nur ich. Berichte ihr gestenreich, in einem leidenschaftlichen Monolog, dass Rob sie und Mr Sixpack unbemerkt beobachtet hat. Mache ihr unzählige Vorwürfe, zähle all die Dinge auf, die ich in den vergangenen Monaten, seit unserem Kennenlernen, für sie getan habe. Beobachte den sekundenlangen Schock in ihren Augen, der den letzten Hoffnungsschimmer auf einen Irrtum unwiderruflich auslöscht. Ärgere mich, dass ich von Satz zu Satz lauter werde – hatte ich mir auf der Heimfahrt doch noch felsenfest vorgenommen, nur ja die Ruhe zu bewahren und sachlich zu bleiben. Und plötzlich, ganz unverhofft, spüre ich einen starken, bislang unbekannten Schmerz, ausgelöst durch eine Erkenntnis, die zwar erst spät einsetzt, mich aber dennoch wie ein Schlag trifft.

Sie hat mich tatsächlich hintergangen. Vermutlich hat sie mich nicht einmal geliebt. Das erste Mal in meinem Leben fühle ich mich wirklich bereit, eine feste Beziehung einzugehen … und dann das!

Während mein Mund mitten im Satz offen stehen bleibt und ich wie ein Hornochse ins Leere gaffe, fängt sich Jeannine ausreichend, um ihren Schock unter Zorn zu begraben.

»Das ist doch alles deine Schüld, Jerry!«, schimpft sie. »In den letzten Wochen gab es immer nur Arbeit, Arbeit, Arbeit. Du ’ast misch gar nischt mehr beachtet. Warüm bist du nischt einfach mitgekommen in die Fitnessstüdeo?«

Ihre Worte dringen seltsam gedämpft zu mir hindurch. Ich versuche, meine Fassung zurückzuerlangen, und blinzle so oft, bis ich wieder klar sehe. Mit in die Hüften gestemmten Händen steht mir Jeannine gegenüber – bildschön, wie immer – und schaut mich wütend an. Sie mich. Wütend.

Warum nur klingen ihre Vorhaltungen so, als wären wir schon seit Jahrzehnten miteinander verheiratet? Wir kennen uns nicht einmal sechs Monate! Und ich habe sie nicht beachtet? Das ist absolut lächerlich.

»Du hast doch gesagt, du möchtest etwas allein machen. Etwas nur für dich, um eigene Bekanntschaften zu knüpfen«, halte ich dagegen und fühle mich plötzlich sehr erschöpft, als mir bewusst wird, auf welche Weise sie ihren Wunsch umgesetzt hat. Resigniert werfe ich die Hände in die Luft. »Weißt du was, Jeannine? Ich möchte, dass du ausziehst. Und zwar so schnell wie möglich.«

»Fein!« Wutentbrannt greift sie den überfüllten Aschenbecher, den ich überhaupt erst für sie in meine bis dahin strenge Nichtraucherwohnung geholt habe, kippt die Asche und Überreste ihrer Glimmstängel quer über meine helle Couch und pfeffert ihn dann mit voller Wucht gegen die Wand über meiner Schallplattensammlung. Dort prallt er ab, knallt zu Boden, schlägt eine Delle ins Parkett und zerschellt dabei lautstark.

»Chuck hat sowieso gesagt, dass ich jederzeit bei ihm in die Fitnessstüdeo arbeiten kann!«, kreischt sie.

»Womit auch die Jobfrage geklärt wäre, ist ja wunderbar!«, brülle ich zurück und beschließe im selben Moment, dass ich hier nicht länger bleiben kann. Nicht an diesem Abend. Das würde meinem armen Appartement überhaupt nicht gut bekommen.

»Ich gebe dir eine Woche, dann bist du draußen, kapiert?«

Jeannine greift nach der Vase auf meiner Anrichte, die ich ihr erst vor wenigen Tagen in einem Designershop gekauft habe. Gerade noch rechtzeitig gelingt mir die rettende Verrenkung, bevor das edle Porzellan unmittelbar hinter mir, an der Innenseite meiner Wohnungstür, zerschellt. 279 Dollar. Vermutlich ebenso viele Scherben.

Während mich meine vom Adrenalinkick noch zittrigen Beine zurück ins Parkhaus zu meinem Wagen tragen, zücke ich mein Smartphone und tippe eine schnelle SMS ein:

Hey Rob,
müsste doch auf dein Angebot zurückkommen. Klapp schon mal dein Gästebett auf, ich bin in zehn Minuten bei dir.
– J –

Mary

Einige Hundert Meilen nordöstlich, zur selben Zeit

»Maryyy!« Mein Name klingt wie eine Warnung aus ihrem Mund, aber das ist mir egal.

»Nein, Amy, ich werde dich immer weiter nerven, bis du mit der Sprache herausrückst. Und das ist ein Versprechen.« Die Dielen ihrer Frontveranda ächzen, als ich mich energisch darauf abstoße und der Schaukel neuen Schwung verpasse. »Du magst Nachgiebigkeit von mir gewohnt sein, aber dieses Mal wirst du mich nicht los. Ich werde bohren und bohren, bis ich endlich weiß, was ihr beide im Schilde führt«, erkläre ich entschlossen. Für einige Sekunden blicken wir uns noch stur an, dann wenden wir uns – wie auf ein stummes Zeichen hin – beide ab.

Das hohe Schilf neigt sich im Abendwind und gibt die Sicht auf den See frei. Eine Weile sitzen wir nahezu reglos nebeneinander und starren über die leicht aufgeworfene Wasseroberfläche. Lediglich unsere Arme streifen sich bei jedem Atemzug.

Leises Geschrei ertönt über uns und erwischt uns in seiner Eindeutigkeit so kalt, dass wir unseren Trotz postwendend unterbrechen, um mit zusammengekniffenen Lidern unter der Überdachung der Hollywoodschaukel hervorzuspähen. Suchend starren wir in den blassgrauen Himmel. Die Dämmerung ist bereits so weit fortgeschritten, dass unsere Augen eine Weile brauchen, um den Schwarm winziger schwarzer Punkte auszumachen, der dem Horizont entgegensteuert.

Gen Süden. Winterboten.

Amy lehnt ihren Kopf an meine Schulter, ich lege meinen Arm um ihren Rücken und ziehe sie an mich. Halte sie, stütze sie. Wie sie mich.

In Momenten wie diesem müssen wir nicht sprechen. Denn ich weiß genau, was in meiner besten Freundin vorgeht, ich teile ihren Schmerz. Ein wehmütiges Seufzen entringt sich meiner Kehle.

Sanft schmiegt Amy ihre Wange an meinen Oberarm und flüstert: »An manchen Tagen fehlt er mir so sehr, dass es beinahe körperlich wehtut.«

»Ich weiß«, wispere ich zurück, als wäre mein Geständnis ein Geheimnis. Doch das ist es nicht und war es auch nie.

Wir liebten beide denselben Mann. Und nun vermissen wir beide seine tiefe, leicht raue Stimme, seinen sanften, stets latent unsicheren Blick. Sein schiefes Lächeln, die großen schlanken Hände, mit denen er wahre Wunder vollbringen konnte.

Allerdings kannte nur Amy das Glück, von diesem großartigen Mann auch zurückgeliebt zu werden.

Die Rufe der Zugvögel über unseren Köpfen werden immer leiser, bis der Schwarm nach und nach vom Grau der Dämmerung verschluckt wird. Die markanten Laute bleiben uns noch eine Weile erhalten, dann werden auch sie vom Rascheln des Schilfes überschattet.

Und so endet er, der dritte Sommer ohne ihn. Ohne den Mann unserer Träume.

Was mit ihm geschah und warum Amy und ich auch heute noch – trotz alledem – die besten Freundinnen sind, das ist eine lange Geschichte, die wohl locker mehrere Hundert Seiten zwischen zwei Buchdeckeln füllen könnte. Aber in diesem Moment nimmt Amy ihren Kopf von meiner Schulter und sieht mich so eindringlich von der Seite aus an, dass ich meinen wehmütigen Erinnerungen nicht länger nachhängen kann.

»Okay, ich verrate dir, was Caro und ich mit dir vorhaben. Aber nur, wenn du mir versprichst, nicht wieder direkt abzublocken.« Ihre grünen Augen durchbohren mich herausfordernd. Ich weiß, sie wird kein weiteres Wort von sich geben, solange ich ihr nicht das geforderte Versprechen gebe. Also lenke ich ein und hebe die Finger zum Schwur, wie eine Zwölfjährige.

Amys Blick wird prüfender. Ich halte ihm stand, bis sie sich eine lange, wirre Haarsträhne ihrer braunen Mähne aus dem Gesicht fegt und endlich nickt. »Na schön! Aber zuerst hilfst du mir, diese wild gewordenen Zwerge in ihre Betten zu verfrachten!«

Als hätte Carolyn Amys Bemerkung von drinnen gehört, reißt sie just in diesem Moment Amys Haustür auf. »Mädels, könnt ihr hier übernehmen? Fred kommt sicher bald, und ich müsste unbedingt noch unter die Dusche springen.«

»Wir kommen!«, rufe ich und ziehe Amy mit mir.

Amys dreijährige Tochter Julie und Carolyns Sohn Matty – nur wenige Monate älter als seine kleine Freundin – springen ausgelassen auf der Gästematratze in Julies Zimmer herum.

Die beiden sollten schon lange ihre Pyjamas tragen, doch stattdessen tollen sie quietschend in ihrer Unterwäsche umher. Die abgestreiften Kleidungsstücke liegen kreuz und quer im Kinderzimmer verteilt.

»Julie!«, tadelt Amy halbherzig bei dem Anblick ihrer Kleinen, die es nicht mal geschafft hat, sich den Pullover selbstständig auszuziehen, sondern bei dem Versuch mit dem Kopf stecken geblieben ist.

»Mattys Schuld«, sagt Julie, zeigt mit ihrem ausgestreckten

Knubbelfingerchen auf ihren Freund und schaut aus riesigen braunen Rehaugen zu uns empor. »Titzelt miss immer.«

»Matty kitzelt dich also immer, ja?«, wiederholt Amy und befreit die Kleine dabei geschickt von ihrem Pullover. »Na, dann kommen jetzt die großen Kitzelbären und kitzeln ihn zurück.« Sie wirft mir einen verschwörerischen Blick zu, und schon begeben wir uns in Position. Machen uns groß und so mächtig, wie es unsere ähnlich zierlichen Figuren zulassen, formen die Hände zu Pranken und stolzieren breitbeinig, wie zwei Sumo-Ringer, durch das liebevoll gestaltete Kinderzimmer. Die beiden Kleinen quietschen laut auf und rennen zunächst kopflos hin und her. Doch dann packt Matty, der nur wenige Monate älter ist als Julie, seine Freundin bei der Hand und zieht sie beschützend mit sich unter das Bett. Amy und ich legen uns bäuchlings davor, jeder von uns bekommt ein Kinderbein zu fassen.

Wir ziehen die beiden hervor – ich Julie, sie Matty – und kitzeln, was das Zeug hält, bis die Angst vor Pipi-Pfützen auf den Holzdielen überhandnimmt.

Matty hat so sehr gelacht, dass er nun mit einem Schluckauf kämpft.

»Tante – hicks – Amy?«, sagt er und schaut dabei so treuherzig aus seinen großen hellblauen Augen, dass ich weiß, die Antwort wird »ja« lauten, ohne seine Frage zu kennen. »Eintlich wollte ich ja bei Julie schlafen.«

»Na schön«, willigt sie ein. »Ich mache dir einen Vorschlag, Schatz: Ihr geht jetzt baden und putzt brav eure Zähne, dann darfst du auch mit Julie zusammen in ihrem Bett schlafen, in Ordnung?« Die Knirpse jubeln.

Mein Blick fällt auf Julie. Sie sieht aus wie ihr Vater, mit ihren dunklen Augen und den sanften Locken. Sie hat sogar seinen Schmollmund geerbt. Ja, er hat Amy einen Trost hinterlassen. Den besten der Welt. Ein wunderschönes kleines Mädchen, das meiner Freundin Tag für Tag von Neuem klarmacht, dass ihre Liebe zwar nicht glücklich endete, dass sie aber dennoch fruchtbar war. Lohnenswert.

Im Gegensatz zu meiner Liebe, die von Anfang an zum Scheitern verurteilt war. Hoffnungslos.

»Tante Mary«, sagt eine dünne Stimme. Ich schrecke aus meinen trüben Gedanken, bemerke erst jetzt, dass das fröhliche Geschrei verebbt ist und Amy und Julie das Zimmer bereits verlassen haben. Hellblaue Augen schauen zu mir auf. Sie sind so viel näher, als ich erwartete, und so viel mitfühlender, als es das Alter des kleinen Jungen vor mir rechtfertigt. »Matty«, wispere ich.

»Nicht traurig sein«, sagt er leise und legt sein leicht verschwitztes Händchen an meine Wange. »Okay«, flüstere ich und küsse seine Fingerspitzen.

Und in diesem Moment, als ich mich dabei erwische, von einem gerade mal dreijährigen Kind getröstet zu werden, wird mir schmerzlich bewusst, dass sich in meinem Leben dringend etwas ändern muss. Ich kann nicht ewig einem Mann hinterhertrauern, dessen Liebe ohnehin niemals für mich bestimmt war. Ich kann nicht weiterhin wie das fünfte Rad am Wagen zwischen meinen Freundinnen sitzen und sie voller Wehmut dabei beobachten, wie sie ein Leben leben, das ich mir auch für mich gewünscht hätte.

Ein bescheidenes, aber glückliches Leben mit Kindern und einem Partner, einem Ehemann, der mich ebenso liebt wie ich ihn.

Wie schön wäre es, einmal nicht diejenige zu sein, die mehr liebt, die mehr gibt? Ein ganz normales Leben zu führen, mit Höhen und Tiefen. Mit durchwachten Nächten, aber auch mit Kitzelbären, Lachschluckauf und der Möglichkeit, von fröhlichem Geplapper geweckt zu werden. Mit Wochenenden, die man als Familie und ab und zu auch mal nur mit seinem Ehemann verbringt. Wie wäre es, einmal nicht diejenige zu sein, die das Kind der Freundin für einen solch seltenen Abend hütet, sondern diejenige, die ihre Freundinnen anruft und um einen derartigen Gefallen bittet?

Ich wollte niemals etwas Außergewöhnliches für mein Leben, immer nur Normalität. Doch die vergangenen Jahre haben mir klargemacht, dass schon das alltägliche Glück, das die meisten für vollkommen normal und unspektakulär halten, ein unfassbar kostbares Gut ist.

Schnell raffe ich mich auf, spüre jeden Gesichtsmuskel, den mein unechtes Lächeln strapaziert, und reiche Matty die Hand.

Amy und ich sitzen auf dem Wannenrand im Badezimmer, während die Kinder baden. Mit jeder verstrichenen Minute, in der wir die beiden bettfertig machen, wird meine Sehnsucht größer. Manchmal sitze ich hier, mitten unter ihnen, und fühle mich so einsam, dass ich mir beinahe durchsichtig vorkomme.

Ich möchte nicht nur die ewig nette Tante sein, die den Kleinen eine »Gute Nacht« wünscht, um dann mitten in ebendieser meinen Wachposten zu verlassen und in meine einsame Wohnung zu fahren. Ich möchte mit einem fröhlichen »Guten Morgen« ein nach Schlaf riechendes Zimmer betreten und die Vorhänge zurückziehen. Die Sonne hereinlassen und dem gemeinsamen Tag entgegenblicken.

Als ich mich über Julies Bett herabbeuge, überrascht mich Matty ein weiteres Mal, indem er mir einen Kuss auf die Wange drückt und mich anlächelt. »Träumt süß, ihr zwei«, sage ich. Beide nicken und kuscheln sich eng aneinander, während Amy und ich den Raum auf leisen Sohlen verlassen.

»Hm, das kann ja noch was geben mit den beiden«, murmele ich, als wir über die Treppe in den Wohnraum schleichen. »Süß, nicht wahr?«, kichert Amy. Sie holt eine Schale mit Schokolade und eine weitere mit Chips aus der Küche und stellt sie auf den Wohnzimmertisch, wo auch schon mehrere DVDs liegen. »Der Wein ist im Kühlschrank. Weiß ist dir doch lieber, oder?«, erkundigt sie sich. Ein leises Klopfen vereitelt meine Antwort.

Es sind Carolyn und Fred, die ihrem Sohn noch schnell eine gute Nacht wünschen wollen, bevor sie für ihren Kinoabend in die Stadt fahren. Dass die beiden Amys Nachbarn sind, ist in vielerlei Hinsicht ein wahrer Segen.

»Ihr seid wirklich Engel!«, sagt Carolyn, als sie mich zum Abschied fest in den Arm nimmt und an sich drückt.

»Wir revanchieren uns dann, wenn ihr demnächst unterwegs seid«, verspricht Fred, wackelt mit den Augenbrauen in meine Richtung und erinnert mich damit wieder an Amys und Caros seltsames Verhalten. Geheimniskrämerisch erklärten mir die beiden heute, dass ich mir für das letzte Oktoberwochenende nichts vornehmen sollte. Mit meiner Chefin sei bereits abgesprochen, dass ich den Montag auch noch freibekommen würde. Auf mein Nachhaken hin hatte Amy nur preisgegeben, dass sie mit mir »einen Ausflug unternehmen« wollten. Wohin und zu welchem Zweck, das weiß ich bis jetzt nicht.

Auch diesmal kichern Caro und sie wieder nur verschwörerisch. Ich warte – nur äußerlich geduldig –, bis Caro und ihr Mann die Biege gemacht haben, schließe lächelnd die Haustür hinter ihnen und wende mich dann mit einem Blick, der hoffentlich ebenso streng ausfällt, wie er sich anfühlt, wieder Amy zu.

»Und jetzt erzählst du mir, was ihr beide ausgeheckt habt. Und das ist keine Bitte, Amy Andrews!«

Ihr Mund formt ein tonloses »Oh«. Doch dann lächelt sie, nimmt auf der Couch Platz und tätschelt das Polster neben sich. »Komm her, du kleines Biest!«, fordert sie sanft und schließt mich versöhnlich in die Arme, als ich ihrer Aufforderung mürrisch nachkomme. »Mary, ich liebe dich über alles, das weißt du. Versprich mir, das nicht zu vergessen, wenn ich dir von unseren Plänen erzähle, okay? Egal, wie du darüber denkst, ich weiß, dass es eine tolle Idee ist.«

Nun, alles, was sie da sagt, klingt sehr viel weniger tröstlich, als sie es vermutlich gerne hätte.

»Amy?«

»Ja?«

»Schluss mit dem Gesäusel und raus mit der Sprache!«

»In Ordnung …«

Jeremy

Seattle, 26. Oktober 2013

Was für eine beschissene Idee!

Als ob ich den ersten Abend meines lang ersehnten Urlaubs nicht besser verbringen könnte! Genervt verdrehe ich meine Augen – wohl zum zehnten Mal während der letzten drei Minuten –, schließe sie dann wieder und wünsche mich erneut weit weg.

Jedes andere Lokal dieser Stadt, jedes, nur nicht dieses hier …

Rob scheint ganz und gar anderer Meinung zu sein. Mein Freund, der übrigens froh sein kann, wenn ich ihm am Ende dieses Abends noch nicht den Hals umgedreht habe, wippt von einem Bein auf das andere und kichert dabei völlig grundlos wie ein pubertierendes Mädchen. Fehlt nur noch, dass er seinen Arm unter meinem hindurchfädelt und mir einen Stoß mit der Hüfte versetzt. Ich kämpfe auch so schon gegen den Impuls an, meinen Ellbogen auszufahren und die Spitze zwischen seine Rippen zu rammen. Schließlich habe ich diesen erniedrigenden Spießrutenlauf, der mir zweifellos bevorsteht, einzig und allein Robs Hartnäckigkeit zu verdanken. Mann, kann der Typ nerven, wenn er sich etwas in den Kopf gesetzt hat!

Eine junge Kellnerin erscheint an der Eingangstür. Sie ist hübsch, mit ihren langen blonden Haaren und dem Lächeln, das den Ansatz ihrer makellosen Zähne preisgibt. Nur ihre Augen wirken trüb, der Blick geht ins Leere. Ich verspüre

Mitleid und senke unwillkürlich meinen Kopf, obwohl ich natürlich weiß, dass in diesem Lokal ausschließlich Blinde arbeiten.

»Guten Abend, meine Herren! Willkommen zu Ihrem ersten echten Blind Date«, grüßt die Kellnerin in die kleine Gruppe der wartenden Männer. »Sie werden schon sehnsüchtig erwartet, denn die Damen trafen bereits vor einer halben Stunde hier ein.«

Rob lässt seine Augenbrauen hüpfen. Er sieht mich so euphorisch an, als hätte er soeben den Lotto-Jackpot geknackt. Ich hingegen strafe ihn mit Todesblicken, was ihn jedoch kaltlässt.

»Meine Kollegen und ich führen Sie nun zu Ihren Tischen«, fährt die junge Frau fort. »Sobald wir die Schwelle passieren, befinden Sie sich in absoluter Dunkelheit. Wenn der Gong erklingt, sind die drei Minuten um. Sie werden dann von uns abgeholt und weitergeführt, während die Damen einfach sitzen bleiben. Auf jedem Tisch stehen eine Schale mit drei Rosenblüten und zehn aneinandergereihte Plastikbecher. Dabei steht jeder Becher für einen Mann, eins bis zehn, von links nach rechts, wie beim Lesen. Gefällt der Dame ihr Gegenüber und möchte sie ihr Gespräch mit ihm vertiefen, dann legt sie eine ihrer Rosenblüten in den entsprechenden Becher. Die Becher der ausgeschiedenen Gesprächspartner dreht sie hingegen einfach um. Für Sie, meine Herren, ist es viel leichter. Werden Sie nach einem Ihrer Gespräche von uns abgeholt, wird die Frage kommen, ob Ihnen die Dame zugesagt hat. Ein Händedruck bedeutet ›ja‹, zweimal drücken ›nein‹. Am Schluss werten wir die Übereinstimmungen aus und führen die entsprechenden Paare noch einmal zusammen. Erst dann zünden wir die Kerzen an den Tischen an, und Sie bekommen Ihr Gegenüber endlich zu Gesicht. Eventuell haben Sie dann zwei oder sogar drei Damen vor sich, vielleicht sitzen Sie aber auch ganz allein an Ihrem Tisch. Alles ist möglich.«

Ein Seufzen geht durch die Gruppe der Wartenden. Hoffnungsvoll, sehnsüchtig, nervös.

Erbärmlich.

Die blinde Kellnerin lacht. »Ja, ich gebe zu, es hat was von ›Herzblatt‹.«

»... für Verzweifelte«, murmele ich bitter und zucke dann zusammen, als Rob mir einen Hieb in die Seite verpasst. Im gleichen Augenblick ärgere ich mich über meinen eigenen Kommentar, denn ich will nicht verbittert oder gar frustriert klingen. Mein Leben mag nicht perfekt sein und meine treulose Exfreundin sich nach wie vor in meiner Wohnung verbarrikadieren und sich vielleicht sogar mit ihrem Popeye auf meinem gemütlichen Doppelbett wälzen, während ich Robs Gästebett endgültig durchliege, aber ich verdränge die Gedanken daran.

Nun stehe ich vor einem Dunkellokal, unmittelbar vor einem Speed-Dating in absoluter Dunkelheit. Wem will ich eigentlich was vormachen? Ich bin so was von frustriert!

»Du bist zu wählerisch, gehst nur nach dem Äußeren«, hatte Rob mir während der vergangenen Wochen immer wieder vorgeworfen, sobald ich ihm mein Leid mit Jeannine klagte. Und es stimmte: Er hatte mir von Anfang an prophezeit, dass sie zwar gut aussah, leider aber so oberflächlich und dumm wie eine Boje war.

Irgendwann hüpfte meinem Freund dann ein »Für dich wär's vermutlich das Beste, du wärst blind« über die Lippen, und das war sie, die Geburtsstunde dieser wahnwitzigen Idee.

Rob ist bis jetzt ganz Feuer und Flamme dafür. Im Gegensatz zu mir freut er sich wie verrückt auf dieses Flirtabenteuer der etwas anderen Art.

Die Kellnerin hat nicht übertrieben. Direkt hinter der Eingangstür werden wir von tiefstem Schwarz gefressen. Ein erstauntes Raunen geht durch die Reihe, in die wir uns aufstellen sollten und deren Schlusslicht ich bilde. Wir halten uns wie bei einer Polonaise an den Schultern und betreten den Raum im Gänsemarsch mit vorsichtigen Tippelschritten. Zum Glück sieht niemand, wie albern unser Einzug vonstattengeht. In dieser Position kann ich Rob wenigstens noch einmal zeigen, was ich von seiner Idee halte. Ich gebe mein Bestes, ihm die Schultern zu zerquetschen, doch er lässt sich nichts anmerken.

Derartige Dunkelheit wie hier habe ich noch nie zuvor erlebt. Nicht mal der leiseste Lichtschimmer kommt hindurch, nichts. Man sieht buchstäblich die eigene Hand vor Augen nicht. Als die Kellnerin an der Spitze der Schlange stehen bleibt, trete ich Rob prompt in die Hacken.

»Au! Pass doch auf, verdammt«, zischt der. Zu laut.

Ein Lachen, viel zu schrill für die angespannte Stille, in die wir getreten sind, kommt zurück und hallt in meinen Ohren wider.

Die Frauen!

Eine Hand, die sich zu kräftig und rau anfühlt, um zu der zierlichen Kellnerin zu gehören, legt sich um mein Handgelenk und löst meinen nach wie vor verkrampften Griff von Robs Schultern. Ich stehe eine Weile still in der Dunkelheit und fühle mich völlig orientierungslos. So wie damals, als ich mich als kleiner Junge in diesem riesigen Kaufhaus verlaufen hatte und mein Bruder mich erst nach etlichen Minuten wiederfand.

Reiß dich zusammen, Jeremy!

Wie aus dem Nichts tauchen die kräftigen Hände wieder auf, tasten sich an meinen Armen entlang und erfassen meine

Hand. Eine seltsam intime Geste, die wechselhafte Gefühle in mir auslöst. Einerseits will ich meine Hand zurückziehen, habe ich doch noch nie zuvor mit einem Mann Händchen gehalten. Andererseits bietet mir der Griff des Fremden die ersehnte Sicherheit. Eigenartig.

Wir laufen exakt zehn Schritte. Jeden einzelnen davon mache ich unsicher und rechne immer wieder damit, irgendwo anzustoßen und mir das Schienbein anzuschlagen, was jedoch nicht geschieht.

»Setzen Sie sich hier hin!«, fordert mich der Mann auf und legt meine Hand auf einer Stuhllehne ab. Vorsichtig hangele ich mich daran entlang, betaste die Sitzfläche und nehme erleichtert Platz.

Ich höre ein Knacken und erkenne die Plastikbecher, von denen die hübsche Kellnerin sprach, am Geräusch. Ihr Kollege zeigt sie wohl der Frau, die mir nun gegenübersitzt. Mit ruhiger Stimme erklärt er ihr noch einmal die Regeln. Dass sie nur drei Blüten zur Verfügung hat, die sie vergeben kann. Genauso, wie auch ich nur dreimal durch meinen einfachen Händedruck mein Interesse bekunden darf. Ich vermute, dass er die Hand der Dame bei seiner Erläuterung an die Schale mit den Rosenblüten führt, denn plötzlich höre ich sie murmeln.

»Falls ich die überhaupt brauche«, grummelt sie leise vor sich hin.

Amüsiert stoße ich ein wenig Luft durch die Nase.

Also noch jemand, der sich deplatziert vorkommt.

»Na, das klingt ja erfolgversprechend«, wispere ich.

»Sorry!«, erwidert sie und weckt mit ihrem Flüsterton zumindest schon mal die Neugierde auf ihre Stimme in mir.

Die folgenden Minuten verbringen wir schweigend an ihrem Tisch, bis auch alle anderen Männer ihre Plätze eingenommen haben. Überhaupt herrscht eine seltsam angespannte Stille und lässt mich meinen Entschluss, Rob tatsächlich zu begleiten, in der kurzen Zeit ungefähr hundertmal bereuen.

»Ein wenig verrückt das Ganze, nicht wahr?«, fragt sie plötzlich. Ihre sanfte Stimme kommt dabei näher, und ihr Atem trifft warm auf meine Hände, die starr vor mir auf der Tischplatte liegen. Eine Spur von Vanilleduft streift mich nur einen Moment später.

»Nicht nur ein wenig, allerdings.«

Das tut gut. Die Stille zu durchbrechen, nimmt die Anspannung.

»Warum hast du dich dazu entschieden?«, frage ich flüsternd und breche damit die Regeln, denn es ist nicht erlaubt, den Frauen schon vor dem Gongschlag Fragen zu stellen.

Sie scheint das nicht zu kümmern. Allerdings spüre ich, dass sie sich auf ihrem Stuhl hin- und herwiegt.

Verlegenheit? War meine Frage zu direkt?

So oder so, sie entschließt sich, mir dennoch eine Antwort zu geben. »Meine Freundinnen. Sie finden, ich habe jetzt lange genug Liebeskummer gehabt und … na ja, dass ich nach vorne schauen sollte oder so.«

Ich schaffe es nicht, ein leises Lachen zu unterdrücken. »Und dafür schicken sie dich ausgerechnet ins Dunkle? Wie nett!« Für einen Moment lacht auch sie, bevor ich ihre helle Stimme erneut höre. »Was war es bei dir? Du klingst auch nicht gerade begeistert.«

Ich räuspere mich – einfach, weil ich nicht weiß, ob ich ehrlich sein soll. Die gewonnenen Sekunden bringen mich zu dem Entschluss, dass ich ohnehin nichts zu verlieren habe und ihre Offenheit getrost erwidern kann.

»Tja, was soll ich dir sagen, ich wurde auch fremdgesteuert, aus der gleichen Richtung. Mein Kumpel ist der Meinung, dass ich zu sehr auf Äußerlichkeiten achte und mir dabei selbst im Weg stehe.«

Sie lächelt; ich spüre es irgendwie. »Wer braucht Feinde, wenn man Freunde wie unsere hat, nicht wahr?«

»Du sprichst mir aus der Seele.« Mein Lächeln dehnt sich im Schutz der Dunkelheit zu einem Grinsen.

Wie alt sie wohl ist? Blond oder brünett? Groß oder klein?

In diesem Moment ertönt die Stimme der jungen Kellnerin. Sie erklärt noch einmal, dass uns für jede Etappe, für jeden ersten Eindruck, exakt drei Minuten gegeben werden. Speed-Dating eben. Im Dunklen. *Wer kommt nur auf so eine bescheuerte Idee?*

Die Frau an meinem Tisch seufzt leise. Ob sie sich auch wünscht, dieses ganze Theater schon hinter sich zu haben?

Plötzlich wünsche ich, ich hätte mir im Vorfeld ein paar Fragen überlegt. Nichts ist unangenehmer als betretenes Schweigen bei einem ersten Kennenlernen. Selbst bei einem so dämlichen ersten Kennenlernen wie diesem.

»Keine Angst, wird schon gut gehen«, versichere ich ihr, alles andere als überzeugt.

Der Gongschlag ertönt. »Du fängst an!«, bestimme ich und erschrecke im selben Moment ein wenig, denn rings um uns herum bricht die Hölle los. Warum Menschen glauben, Zeitdruck durch Lautstärke wettmachen zu können, erschließt sich mir nicht.

Vielleicht ist mein Lärmempfinden auch durch das vorübergehende Ausschalten meines Sehsinns geschärft, ich weiß es nicht. Fakt ist jedenfalls, dass ich noch nie zuvor einen Geräuschpegel als so massiv empfunden habe wie jetzt, als sich zwanzig bislang stumme Menschen auf einen Schlag gleichzeitig unterhalten. Es wirkt fast wie ein Donnerschlag und setzt auch ebenso überraschend ein.

Mein Gegenüber erschrickt genauso wie ich. Sie zuckt zusammen – ich spüre das an ihren Knien, die meine für einen winzigen Augenblick berühren – und erstarrt dann stumm in ihrer Position. Gemeinsam lauschen wir dem Wirrwarr fremder Stimmen, dem schrillen gekünstelten Lachen einer Frau hinter mir, dem nervösen Räuspern eines weiter entfernten Mannes und dem schnellen Klopfen nervöser Finger, die offenbar auf der benachbarten Tischplatte herumtrommeln.

Dann, als hätten wir uns abgesprochen, prusten die Fremde und ich gemeinsam los. Ich senke meinen Kopf, um dem Lachflash Herr zu werden, bevor er unkontrollierbare Ausmaße annehmen kann. Erfahrungsgemäß bleibt mir an diesem Punkt nur noch sehr wenig Zeit für Gegenmaßnahmen. Als ich mich seitlich an der Kante des Tisches festhalte, um mich aufrechter hinzusetzen, berühren sich unsere Fingerspitzen, und das Lachen verstummt abrupt auf beiden Seiten.

In diesem winzigen Augenblick unseres ersten Hautkontaktes passiert etwas sehr, sehr Eigenartiges: Trotz der herrschenden Dunkelheit sehe ich mit einem Mal Jeannines Gesicht vor mir. Glasklar.

Das heißt, eigentlich sehe ich eine junge Frau, die meiner Exfreundin zwar zum Verwechseln ähnelt, von der ich aber zugleich sicher bin, dass es nicht Jeannine ist. Außerdem wirkt das Bild vor meinem geistigen Auge … ja, wie aus einer anderen Zeit.

Sanfte hellbraune Wellen fallen in das hübsche ovale Gesicht mit den mandelförmigen Augen und den unfassbar langen Wimpern, unter denen sie zu mir aufblickt. Und genau dieser Blick, dieser sanftmütige Schimmer in dem warmen Braun, gibt mir die Gewissheit, dass es sich bei der Frau in meinem Kopf nicht um Jeannine handelt.

Doch das Bild erlischt ebenso schnell, wie es aufgeblitzt ist, hallt in mir nach und lässt mein Herz höherschlagen.

Meine Finger verselbstständigen sich. Ich streiche über den Handrücken meiner Tischpartnerin, ehe ich verstehe, warum und weshalb.

Auch sie atmet schwer aus, bevor sie mein Streicheln mit zitternden Fingern erwidert. Was auch immer man unter der »Magie eines Augenblicks« versteht, hier ist er, unser magischer Moment.

Ein Kribbeln durchrieselt mich. Es beginnt in den Haarwurzeln, endet in meinen Zehenspitzen und hüllt auf seinem Weg meinen gesamten Körper in Gänsehaut.

Ihre Fingerspitzen sind warm, weich und unsagbar zart.

Unter ihrem Streicheln halte ich vollkommen still und widerstehe nur mit Mühe und flatternden Lidern dem Drang, meine Augen zu schließen. Es ist, so kitschig das auch klingen mag, als hätte ich mich mein Leben lang nach genau dieser zaghaften Berührung gesehnt. Kaum stärker als der Schlag eines Schmetterlingsflügels, ist sie das Sinnlichste, was ich bisher erlebt habe.

Unsere Zeit läuft ab, und die Magie zerbirst in dem schweren Klang des Gongs.

Was, schon?

Die Frau zieht ihre Hand so ruckartig zurück, als hätte sie glühendes Eisen berührt. Ich fühle, dass sie ähnlich verwirrt und … ja, vermutlich auch erschrocken ist wie ich. Mit einem Räuspern rutsche ich auf meinem Stuhl zurück. »Das war …«

… Unerwartet. Intensiv. … Unerwartet intensiv.

»Ja.« Ihre kleine Zustimmung wird von viel zu viel Luft getragen.

Schon steht der Kellner mit dem sicheren Griff neben mir und zieht mich mit ebendiesem von meinem Platz. »Hat Ihnen das Gespräch zugesagt? Würden Sie die Dame gerne näher kennenlernen?«

Oh Mann, aber hallo! Nur …

»Ähm … wie war das noch gleich, ein Mal drücken für ›ja‹, zwei Mal für ›nein‹?«

»Ganz genau, ja.«

Ich drücke seine Hand fest in meiner. Unmissverständlich, nur ein einziges Mal.

»Ich werde Ihre Entscheidung notieren«, sagt er leise, und ich glaube, ein unterdrücktes Schmunzeln in seiner Stimme schwingen zu hören.

Den Fragen der folgenden neun Frauen begegne ich ohne das geringste Interesse und ohne eine einzige Gegenfrage.

Wann immer mir der blinde Kellner seine Hand reicht und mich zu der nächsten Station führt, drücke ich seine Finger zwei Mal, ohne seine Frage überhaupt abzuwarten.

Als ich endlich die letzte Kandidatin hinter mich gebracht habe und vom Klang des Gongs erlöst werde, führt man mich gemeinsam mit den anderen Männern an den Rand des Lokals. Dort muss ich mich weitere fünf Minuten gedulden, in denen ich unruhig auf meinem Stuhl hin und her rutsche und meine schweißfeuchten Hände immer wieder an meiner Jeans abwische.

Endlich werde ich erneut abgeholt und an einen Tisch geführt. Der Kellner legt meine Hand auf der Stuhllehne ab, und ich nehme Platz. Eine Schuhspitze berührt mein Bein, und für einen winzigen Augenblick triumphiere ich innerlich. Schließlich kann es für mich nur eine Übereinstimmung geben. Ich habe nur bei ihr weiteres Interesse bekundet.

Dann erinnere ich mich an die Erläuterung der jungen Kellnerin, die uns zu Beginn dieses Abends empfing: »Eventuell haben Sie dann zwei oder sogar drei Damen vor sich, vielleicht sitzen Sie aber auch ganz allein an Ihrem Tisch. Alles ist möglich.«

Was, wenn sie die Männer, die leer ausgegangen sind, an einen Tisch zusammengeführt haben? Was, wenn diese Schuhspitze nicht zu ihr, sondern … zu Rob gehört? Ugh!

Ich setze an, um etwas zu sagen, besinne mich dann jedoch auf die Regeln und schweige. Mein Gegenüber sitzt mucksmäuschenstill und bleibt mir weiterhin ein Rätsel. Nur Rob kann es nicht sein. Er schafft es ja nicht mal für drei Sekunden, still auf einem Fleck zu sitzen.

Endlich zählt die Kellnerin neben uns bis drei, dann sollen die Kerzen angezündet werden.

»Eins …«

Das Herz schlägt mir bis zum Hals. Ich bin so schrecklich nervös, dass es mir mehr als nur albern erscheint.

»Zwei …«

Oh Gott, reiß dich am Riemen, Jerry!

»Drei.«

Bitte sei es! … Bitte!

Das schwache Licht einiger Feuerzeuge flackert durch den Raum, die Kerzen an den Tischen werden angezündet.

Als ich mein Gegenüber endlich sehe, bin ich zunächst ein wenig verwirrt. Ich bin mir zwar sicher, dass sie es sein muss, da nur sie es sein kann, allerdings hat das Gesicht, das ich nun sehe, keinerlei Ähnlichkeit mit dem, das mir zuvor – in der perfekten Dunkelheit – durch den Kopf spukte. Diese junge Frau ist zwar ebenso hübsch, jedoch blond, und ihre Haare sind kürzer und glatt, die Augen größer und hell. Ob blau oder grün, kann ich in dem schwachen Licht der Kerzen nicht ausmachen.

Schließlich ist es ihr Mund, auf dem mein Blick haften bleibt. Wunderschön geschwungene Lippen, die sich zu einem vorsichtigen Lächeln verziehen, das sie erst einmal auszuprobieren scheint. Doch so schüchtern es auch ausfallen mag, es ist ein aufrichtiges Lächeln.

Als unsere Blicke endlich länger aufeinandertreffen, vollzieht diese erste wirkliche Begegnung jedoch eine unschöne Wandlung. Ich sehe deutlich, was sich vor mir abspielt, ohne es zu verstehen: Die junge Frau wird von einer Erkenntnis überrollt, die ihre schönen Gesichtszüge erbarmungslos entgleisen lässt. Von jetzt auf gleich erlischt der Ansatz ihres Lächelns, die ohnehin schon großen Augen weiten sich in an Schock grenzender Fassungslosigkeit.

Sie kennt mich, das kapiere ich sofort. Nur habe ich nicht die leiseste Ahnung, wo wir uns schon einmal begegnet sein könnten. Der Schock in ihrer Mimik wächst mit jedem verstreichenden Herzschlag … und lässt auch bei mir endlich den Groschen fallen.

Das kann doch nicht wahr sein!

Ohne ein einziges Wort zu sagen, schiebt sie ihren Stuhl zurück – das energische Geräusch hallt durch den gesamten verfluchten Raum – und stürmt aus dem Lokal.

Sämtliche Augenpaare, selbst die blinden, sind nun auf mich gerichtet. Kein gutes Gefühl. Es ruft auf sehr unangenehme Weise Erinnerungen an meine Kindheit wach.

Ich suche nach Rob. Finde ihn mit in Falten gelegter Stirn in einer Ecke des Raums, am Tisch einer Rothaarigen. Er zuckt mit den Schultern und schüttelt fragend den Kopf. Als würde ich ihm hier, vor allen anderen, erklären, was sich soeben ereignet hat!

Sie ist hier! Nach all diesen Jahren sehe ich sie tatsächlich wieder.

Noch immer starren mich alle an. In meiner Scham tue ich das Einzige, was mir logisch erscheint und zugleich Erleichterung verspricht. Ich schiebe meinen Stuhl zurück und verlasse ebenfalls hastig den Raum.

Die kühle Abendluft lässt den Schock von mir abfallen. Zurück bleibt schließlich nur ein einziger, kristallklarer Gedanke:

Wo ist sie? Wo ist Mary?

Mary

Selber Ort, selbe Zeit – na ja, fast!

Dieses Gesicht.
Diese Augen.
Oh Himmel, dieser Mund!

»Du hässliche Ente!«, ruft der sommersprossige Junge in meinen Erinnerungen, die ich erst vor wenigen Jahren erfolgreich verbannt hatte. Jetzt ist er zurück – lauter als je zuvor.

Ich schüttele meinen Kopf und rufe mich zurück ins Hier und Jetzt. Streife mir im Laufen meinen Mantel über und stürme in die kleine Bar an der nächstgelegenen Straßenecke, in der Amy, diese Verräterin, auf mich wartet. Vereinbarungsgemäß sitzt sie am Tresen, ihren kleinen Notizblock vor sich, und skizziert unbemerkt ein Pärchen, das in einer entlegenen Ecke miteinander schmust.

Für einen Moment bleibe ich in der Eingangstür stehen und beobachte sie. Immer wieder schaut sie verstohlen und beinahe sehnsüchtig zu dem verliebten Paar. Den gut aussehenden Mann an ihrer Seite, der sie hingegen stumm betrachtet, scheint sie gar nicht wahrzunehmen.

Als ich bemerke, dass mein Mitleid die Wut zu verwässern droht, stiefele ich entschlossen auf meine beste Freundin zu. Ein halb geleertes Wasserglas steht vor ihr. Also müsste die Fünf-Dollar-Note, die ich mit einem »Stimmt so!« auf seinen Tresen knalle, ausreichen.

»Mary!«, ruft Amy erschrocken.

»Komm, wir gehen!«, kommandiere ich und schleife sie am

Arm mit mir nach draußen, in die Kühle der anbrechenden Nacht.

»Hey, wie war es denn?«, fragt Amy.

Ich sehe sie an und gebe mir keinerlei Mühe, meinen Zorn zu verschleiern. »Nun, was denkst du, wie es war?«, rufe ich und werfe – vielleicht ein wenig theatralisch – die Arme in die Luft. Zeit für eine Antwort lasse ich ihr nicht. »Es war eine Katastrophe! Dieses Leben verhöhnt mich, weißt du das, Amy?«

»Um Gottes willen, was ist denn nur passiert?« Plötzlicher Schock tritt in ihre Augen. »Oh nein, hat … etwa niemand …« Sie bringt es nicht fertig, ihren Satz zu beenden, also erlöse ich sie.

»Doch! Da saß tatsächlich ein Mann an meinem Tisch, als das Licht anging, Amy.«

»Oh, das ist doch gut! … Aber? War er … keine Ahnung, potthässlich oder so?«

»NEIN!«, rufe ich verzweifelt. »Ich wünschte, er wäre potthässlich gewesen. Aber dafür müsste es wohl Gerechtigkeit auf dieser Welt geben.«

»Mary, du sprichst in absoluten Rätseln. Bleib doch bitte mal stehen und erzähl mir einfach, was passiert ist, okay?«, fleht Amy. Jetzt erst bemerke ich, dass ich wie ein aufgebrachter Tiger auf dem Bürgersteig auf und ab laufe. Ich zwinge mich, stehen zu bleiben und einen tiefen Atemzug zu nehmen.

»Da war ein Mann, den ich … noch von früher kannte. Aus der Schulzeit, als wir ungefähr zwölf Jahre alt waren. Jeremy McDonald.«

Warum auch immer, aber Amy strahlt, als ich von dem festgetretenen Kaugummi vor meinen Schuhspitzen zu ihr aufblicke. »Was, Amy? WAS?«

Sie zuckt mit den Schultern. »Jerry und Mary, und ihr kennt euch schon seit der Kindheit? In meinen Ohren klingt das ganz und gar nicht schlecht.«

Gott behüte mich, ich will sie hauen. So sehr!

»Jerry und Mary?«, wiederhole ich fassungslos.

Mit unverschleierter Euphorie begegnet sie meinem Entsetzen, bis ich in aller Vehemenz den Kopf schüttele. So heftig, dass mir kurzfristig schwindelig wird.

»Nein, Amy, du kapierst gar nichts! Wir waren nie Freunde, ganz im Gegenteil. Er war ein furchtbar abscheuliches … Monster. Er hat mir die wenigen Jahre, die er in Redmond gelebt hat, buchstäblich zur Hölle gemacht. Und jetzt, über zwanzig Jahre später, sitzt er mir einfach so gegenüber. Das ist doch blanker Wahnsinn! Ich meine, wie viele Menschen gibt es auf der Welt, sieben Milliarden oder so? Warum ausgerechnet er?«

Amy besitzt die Dreistigkeit, mir mit einem fast mütterlich wirkenden, nachsichtigen Lächeln zu begegnen. »Menschen ändern sich, weißt du?«

»Ja, Amy, ich weiß! Aber bei manchen Menschen interessiert es mich nicht die Bohne, ob und inwiefern sie sich geändert haben. Dich hat er ja nicht über Jahre hinweg beleidigt und schikaniert. Dieser Typ hat mit Schlamm nach mir geworfen und meine Haarspitzen über ein Feuerzeug gehalten. Ich habe bis jetzt keinen Schimmer, warum er mich so gehasst hat, aber weißt du was? Es interessiert mich auch nicht, denn was ich weiß, ist, dass ich ihm nie etwas getan habe. Ich bin immer nur vor ihm in Deckung gegangen. Dafür hat er mir jahrelange Albträume beschert und Verspannungen, die offenbar auf seine Hänseleien zurückzuführen waren. Und er … konnte sich zunächst nicht einmal an mich erinnern, das habe ich genau gesehen. Er …«

Weiter komme ich nicht. Irgendwo in meinem semi-hysterischen Wortschwall muss Amy wohl klar geworden sein, dass es mir ernst ist. Sie wirft sich nach vorne, schlingt ihre Arme um meinen Rücken und zieht mich an sich. »Schon gut«, flüstert sie. »Es tut mir leid. Es tut mir so leid, dass wir dich zu diesem Blind Date gedrängt haben. Caro und ich haben es nur gut gemeint, glaub mir. Wir wollten dich auf neue Gedanken bringen.«

Ich spüre, wie sich meine angespannten Muskeln in ihrer Umarmung lockern und meine Schultern einsacken. »Das weiß ich doch«, flüstere ich zurück und erwidere ihre Umarmung. »Versprich mir nur, dass ihr es nie, nie wieder so gut mit mir meint, in Ordnung?«

Sie lacht, wenn auch nur schwach. »Okay, gebongt!«

»Und, Amy?«

»Hm?«

»Ich möchte nicht länger hierbleiben.«

»Kein Hotel, kein wildes Mädelswochenende, kein Besuch bei deinem Dad?«, fragt sie enttäuscht. Vor allem die Erwähnung meines Vaters festigt meinen Entschluss und lässt mich meinen Kopf schütteln. Es war feige von mir, aber jetzt bin ich froh, unseren Besuch nicht schon bei ihm angekündigt zu haben. »Lass uns nach Hause fahren, ja? Ich will einfach nur in mein Bett.«

»Was immer du möchtest, Süße.«

Damit nehmen wir uns bei den Händen und schlendern Amys Auto entgegen, das sie einige Straßen entfernt geparkt hat.

Auf unserer Fahrt erzähle ich ihr noch ein wenig von diesem seltsamen Abend und dem Schock, Jeremy vor mir zu sehen. Ziehe das Ganze ins Lächerliche, weil es mir so leichter fällt, mit der Schmach umzugehen.

Dann lehne ich die Schläfe an das Seitenfenster und schließe die Augen, stelle mich schlafend. In Wirklichkeit jedoch kreisen meine Gedanken immer wieder um diesen zauberhaften Moment, in dem mich seine Fingerspitzen so zaghaft streichelten. Diese wenigen Sekunden, in denen wir uns berührten, aber nicht sahen, besaßen eine unwahrscheinliche Intensität. Und irgendwie haben sie eine Hoffnung in mir losgetreten, die ich mich nicht einzuordnen getraue.

Von alledem berichte ich Amy kein Wort. Ebenso wenig, dass ich als junges Mädchen unsterblich in Jeremy verliebt war, was seine Attacken nur umso unerträglicher machte.

Als mich Amy endlich vor meiner Wohnung absetzt, hängt der schiefe Mond mitten am Himmel, und die sternenklare Nacht hat ihre tiefste Schwärze bereits verloren. Seit gut zwei Stunden kann ich behaupten, dass mein seit Langem schlimmster Tag der Vergangenheit angehört. Ich fühle mich matt und ausgelaugt, und es gibt nichts, das mich daran hindern sollte, endgültig mit diesem Vollidioten abzuschließen. Warum gelingt es mir also nicht?

Müde schleppe ich mich die Stufen zu meinem Appartement hoch, streife mir die Tasche und den Mantel von den Schultern und gehe ohne weitere Umschweife zielstrebig ins Schlafzimmer, um mich abzuschminken. Ich klappe meinen Schreibtisch auf, werfe einen Blick in den Spiegel, der an der Unterseite der Tischplatte angebracht ist, und versuche, Jeremys gehässige Jungenstimme in meinem Kopf zu ignorieren, die mir immer wieder zuruft, wie hässlich ich doch bin.

Ich lege meine Ringe, das Armband und die Kette in meine hölzerne Schmuckschatulle, wische mir das Make-up und den Lippenstift von der Haut und betrachte kritisch mein Spiegelbild.

»Du kannst mich mal, Jeremy McDonald. Kreuzweise.«

Mit Tränen in den Augen schlage ich die Tischplatte meines alten Schreibtisches zu … und japse vor Schreck laut auf, als das Klirren von zerspringendem Glas ertönt.

Langsam, mit zwischen die Schultern gezogenem Kopf, öffne ich das alte Möbelstück noch einmal. Unzählige Scherben liegen in dem Innenfach, reflektieren meinen Schock in Hunderten winzigen Fragmenten. Der Spiegel muss beim Zuschlagen auf die metallverzierten Ecken der offen stehenden Schmuckschatulle getroffen sein. Meine Großmutter schenkte mir das antike Schmuckkästchen, an dem ich bis heute sehr hänge, zu meiner Taufe.

Bei dem Anblick des glitzernden Scherbenmeeres schallt ihre resolute Stimme noch einmal durch meinen Kopf: *»Sei vorsichtig mit Spiegeln, Kind. Zerbirst ihr Glas, bringt es Unglück.«*

Meine liebe Nana war so unfassbar abergläubisch, dass sie sogar an einem Freitag, den Dreizehnten, verstarb. Ich habe diese Wohnung, in der ich auch heute noch lebe, jahrelang mit ihr geteilt, dabei aber nie verstanden, wie sie an Dinge wie Schicksal und Fügung glauben konnte, sich zugleich als aktive Christin engagierte, jedoch sofort ihre Augen bedeckte, wenn ich beim Kochen Salz verschüttete oder schwarze Katzen ihren Weg kreuzten. Natürlich nur bei denen, die von links kamen.

»Sieben Jahre Pech, sieben Jahre Pech«, ächzt ihre lange schon verstummte Stimme.

Oh ja, dieses Leben verhöhnt mich. Ganz eindeutig.

Es scheint mir eine Botschaft übermitteln zu wollen, und sosehr ich mich auch dagegen sträube, sie lautet eindeutig »Finger weg von romantischen Wagnissen«.

Vielleicht ist mir traute Zweisamkeit einfach nicht vorbestimmt. Ja, so wird es wohl sein.

Mit Pinzettenfingern schließe ich zunächst die alte Schmuckschatulle und dann den Schreibtisch, bevor ich mein Schlafzimmer verlasse und ins Bad gehe. Ehe ich dort die Beleuchtung anknipse, fällt ein schwaches, seltsam flackerndes Licht durch das kleine Fenster und lässt mich kurz innehalten. Noch bevor ich mir einen Reim darauf machen kann, ist es schon wieder vorbei.

Müde steige ich unter die Dusche. Das prasselnde Wasser wirkt entspannend, nahezu erlösend. Ich bleibe so lange unter dem Strahl stehen und drehe den Kopf im Nacken hin und her, bis die Wärme nachlässt.

Ab morgen!, sage ich mir, als ich vor meinem Badezimmerspiegel stehe und mir die nassen Haare durchkämme. Den Kamm energisch auf mein leicht beschlagenes Spiegelbild gerichtet, spreche ich den Satz laut aus. »Ab morgen wird alles anders. Keine Selbstlosigkeit mehr, keine romantischen Spinnereien! Du bist erwachsen, ein großes Mädchen. Und ab morgen suchst du den eigentlichen Sinn in deinem Leben, Marielle Welley! Deine Bestimmung.«

Jeremy

Zurück in Seattle, wenige Stunden zuvor

Wie ein Irrer stürme ich aus dem Lokal und sehe mich links und rechts nach ihr um. Doch die Bürgersteige scheinen sie verschluckt zu haben, was mich zu der Annahme bringt, dass sie vermutlich um die nächstgelegene Straßenecke gebogen ist. Gerade erreiche ich die kleine Kneipe an dieser Ecke, als mich zwei aufgebracht miteinander diskutierende Frauenstimmen in meinem Lauf innehalten lassen. Abrupt bleibe ich stehen … und lausche wie angewurzelt einem Gespräch, das ganz gewiss nicht für meine Ohren bestimmt ist. Genauer gesagt ist es wohl für alle Ohren der Welt eher bestimmt als für meine.

»Jerry und Mary, und ihr kennt euch schon seit der Kindheit? In meinen Ohren klingt das ganz und gar nicht schlecht«, sagt eine fremde, eindeutig euphorische Frauenstimme. Ich presse mich an die Hauswand, wie das verängstigte Opfer in einem schlechten Krimi. Allerdings scheine ich in diesem Szenario alles andere als das Opfer zu sein …

»Jerry und Mary?«, wiederholt die andere Stimme – *ihre* Stimme – in einem fast schon hysterischen Tonfall.

»Nein, Amy, du kapierst gar nichts. Wir waren nie Freunde, ganz im Gegenteil. Er war ein furchtbar abscheuliches … Monster. Er hat mir die wenigen Jahre, die er in Redmond gelebt hat, buchstäblich zur Hölle gemacht …«

Ihr Wortschwall reißt noch lange nicht ab. Allerdings steige ich an dieser Stelle kurzfristig aus.

Redmond.

Ich war gerade mal zwölf, als wir dort hinzogen … und sechzehn, als wir nach Downtown umzogen und ich die Schule wechselte. Dennoch sehe ich das Gesicht des Mädchens, das sie damals noch war, deutlich vor mir.

»… Dieser Typ hat Schlamm nach mir geworfen und meine Haarspitzen über ein Feuerzeug gehalten. Ich habe bis jetzt keinen Schimmer, warum er mich so gehasst hat …«

Himmel, sie ist es wirklich! Marielle Welley. Wo ist ihre Brille hin? Der lange Zopf, die Zahnspange?

Es ist fast ein Wunder, dass ich mich überhaupt noch an ihren Namen erinnere, habe ich sie doch damals ständig als »hässliches Entlein« bezeichnet.

Obwohl, nein, natürlich ist es kein Wunder. Wem versuche ich etwas vorzumachen?

Ich weiß nicht, ob ich um die Ecke biegen soll, um meine seit Jahrzehnten überfällige Ohrfeige zu kassieren – wenn nicht von ihr selbst, dann nach dieser Schilderung bestimmt von ihrer Freundin. Oder ob ich mich einfach abwenden und gehen soll?

Kurz erwähne ich, lieber Rob für seine dämliche Idee dieses Datings zu ohrfeigen, anstatt selbst eine gescheuert zu bekommen. Meine Überlegungen stocken, und jeglicher Ansatz von Mut verpufft, als ich Marys letzte Worte höre. »… Ich bin immer nur vor ihm in Deckung gegangen. Dafür hat mir dieser Vollidiot jahrelange Albträume beschert und Verspannungen, die auf seine Hänseleien zurückzuführen waren. Und er … konnte sich zunächst nicht einmal an mich erinnern, das habe ich genau gesehen. Er …« Damit endet ihre Zusammenfassung meiner Schandtaten abrupt. Was auch immer sich auf der anderen Seite dieser Hausecke von diesem Moment an abspielt, Marys Stimme reißt einfach ab. Nun höre ich nur noch ein undefinierbares Gemurmel, kurz darauf ein kleines Lachen und Marys leises »Lass uns nach Hause fahren, ja? Ich will einfach nur in mein Bett«.

Das Klackern von Absätzen, die sich Schritt für Schritt weiter entfernen, beendet den Spuk.

Ich stoße die Luft, von der ich nicht einmal wusste, dass ich sie angehalten hatte, aus. Sacke ein wenig zusammen, lehne den Hinterkopf an die Hauswand und schließe meine Augen. Mein Herz rast wie verrückt.

Marielle Welley.

Ich bin ein feiges Riesenarschloch. Damals wie heute, daran hat sich nichts geändert. Nie war mir das bewusster als in diesem Moment. Und gerade jetzt bin ich nicht besser, weil ich mich nicht traue, um diese verfluchte Ecke zu biegen, ihr im Laufschritt nachzueilen, sie bei den Schultern zu packen und ihr diese Erkenntnis ins Gesicht zu sagen. Ihr zu gestehen, wie sehr ich mich für all das schäme, was ich ihr damals angetan habe. Ihr überhaupt alles zu gestehen. Die Hintergründe, über die ich schon so lange nicht mehr gesprochen habe. Ach was, über die ich noch nie gesprochen habe.

Aber nein, ich bleibe wie schockgefroren an Ort und Stelle stehen. Erst als ein junges Paar die Kneipe verlässt und kichernd, Arm in Arm, um die Ecke biegt und an mir vorbeiwankt, erlange ich meine Fassung zurück.

Plötzlich packt mich die Kälte der Nacht und lässt mich erschaudern.

In meiner Hast, die Flucht zu ergreifen und Mary nachzueilen, habe ich es nicht mal geschafft, meinen Mantel von der Garderobe zu pflücken. Ich stopfe meine Hände tief in die Fronttaschen meiner Jeans und mache mich langsam, fast wie benommen, auf den Weg zurück zum Dunkellokal. In meinem Kopf herrscht absolute Stille.

Dort, wo vor wenigen Minuten noch Tausende Gedanken Kapriolen schlugen, ist nun alles stumm und leer. Ich fühle mich, als würde ich über einem bodenlosen Loch schweben. Haltlos, zum Fallen verurteilt.

Obwohl die Tür des Dunkellokals weit offen steht, überschreite ich die Schwelle nicht, sondern warte vor dem Eingang auf Rob.

Als er endlich, nach über zwanzig Minuten, im Pulk der anderen Blind Date-Teilnehmer herauskommt, hält er die rothaarige Frau, mit der er zuvor am Tisch saß, im Arm und strahlt mich stolz an.

»Das ist Virginia«, sagt er und stellt mich ihr als seinen guten Freund und beruflichen Partner vor. Ich schaffe es kaum, der großen Frau mit den rot geschminkten Lippen in die Augen zu schauen, während ich ihre Hand schüttele und irgendwelche eingefahrenen Floskeln vor mich hin stammele. Zu mächtig ist die Scham, die mir mein kleiner Lauschangriff eingehandelt hat.

Rob bleibt mein inneres Dilemma verborgen. Kameradschaftlich haut er mir zwischen die Schulterblätter. »Was war überhaupt los bei dir? Kanntest du die Kleine an deinem Tisch schon, oder warum hat sie so schnell die Flucht ergriffen?«

Ich senke den Blick und gebe ein undefinierbares Brummen von mir, mit dem er sich sofort zufriedengibt. Womöglich hört er es nicht einmal, denn Rob ist vollkommen aus dem Häuschen. »Das ist sie, Jerry!«, wispert er mir zu, als sich Virginia herumdreht und von ihrer Freundin verabschiedet. »Meine Nacht, ich spüre es genau.« Er strahlt mich an, bevor er sich plötzlich übers Kinn reibt und ein wenig betreten herumdruckst. »Ähm, also, Virginia wohnt in einer WG und würde … nun ja …«

»Sie möchte mit zu dir kommen, und ich soll mich verpissen«, mutmaße ich das einzig Logische. Rob zieht die Nase ein wenig kraus.

»Kein Thema«, sage ich ohne jeden Protest. Ein wenig Ruhe ist jetzt ohnehin genau das Richtige. Ruhe und Abstand von unbeschwerten Menschen, die Sex miteinander haben. Viel Abstand.

Also erwidere ich Robs kameradschaftlichen Klaps, wünsche ihm viel Spaß und verspreche, mich bis zum Morgengrauen nicht blicken zu lassen.

Ich sehe ihm und Virginia so lange nach, bis auch sie lachend um die Hausecke biegen.

In dieser Nacht bekommt der weltbekannte Filmtitel *Schlaflos in Seattle* eine vollkommen neue, sehr persönliche Bedeutung für mich.

Ein Taxi bringt mich an den westlichen Stadtrand, direkt zum Strand. Stundenlang marschiere ich im feuchten Sand gegen den starken Nachtwind an, bis sich mein Gesicht halb taub anfühlt. Meiner Scham hingegen nimmt diese skurrile Selbstfolter nicht einmal die Spitze.

Marielle Welley.

Wie konnte ich sie auch nur für einen Moment nicht wiedererkennen? Schlimmer noch, wie konnte ich sie bis zum heutigen Abend so verdrängen, dass es schon fast einem Vergessen gleichkam?

Ausgerechnet Mary.

Und das, während sie meinetwegen über Jahre hinweg mit Albträumen zu kämpfen hatte.

Niedergeschlagen setze ich mich auf einen dicken Holzpfahl nahe der Brandung und lasse Steine über das Wasser springen. Mittlerweile ist es dunkel und der Himmel so wolkenverhangen, dass ich nur vage die ersten ein, zwei Hüpfer verfolgen kann, bevor die Steine von der brausenden Schwärze des Wassers geschluckt werden.

Ein eisiger Schauder – der viel tiefer geht, als es die kühle Temperatur auszulösen vermag – rinnt mir den Rücken hinunter. Denn mit einem Mal erscheint mir diese Szene der springenden Steine metaphorisch für meine Vergangenheit zu sein.

Bis zu einem gewissen Punkt kann ich zurückschauen, bin ich bereit, mich zu erinnern. Dahinter verschwimmt alles in Angst und Schmerz. In Dunkelheit, gegen die ich hilflos bin. Nach wie vor.

Der Feigling in mir wünscht sich, meine Erinnerungen an Mary »die hässliche Ente« Welley wären ähnlich trüb, ähnlich schemenhaft und lägen weiterhin in Verdrängung verblasst wie die meisten, die ihren Ursprung in der Zeit vor unserer ersten Begegnung finden. Aber dem ist nicht so.

Jetzt, wo ich weiß, wer diese süße Frau war, die mir an diesem Abend gegenübersaß und deren sanfte Berührung mich so vollkommen aus der Fassung brachte, erinnere ich mich nur allzu deutlich an das für sein Alter zu klein geratene, zu quirlige Mädchen mit den großen hellblauen Augen, das sie einst war.

Damals, als ich als Neuling an diese fremde Schule kam. Als ich mir schwor, niemanden zu nah an mich heranzulassen, alle auf Abstand zu halten und nur oberflächliche Freundschaften zu den vermeintlich richtigen Leuten einzugehen. Für immer.

Wieder lasse ich einen Stein springen, wieder schluckt ihn das Dunkel der Nacht, die Schwärze des wilden Wassers. Ein neues Bild breitet sich vor meinem geistigen Auge aus.

Ein Junge, der hilflos mit seinen Armen rudert … und dann ebenso in den Fluten verschwindet wie der Stein, den ich gerade warf.

»Oh Mann, Aaron«, seufze ich und lausche in die Dunkelheit, als könnte mir die Stimme meines Bruders daraus antworten. Natürlich höre ich nichts, außer dem beißenden Wind, der um meine Ohren pfeift, und dem Tosen des Pazifiks, dessen Brandung so dicht vor meinen Schuhspitzen ausläuft und versickert.

Voller Frust werfe ich einen letzten, größeren Stein. Höre über die heranrollenden Wellen hinweg, wie er die Wasseroberfläche durchbricht, und bewundere ihn für seine Kraft, etwas so Mächtiges wie den Ozean zu spalten. Wenn auch nur für einen winzigen Moment, an einer winzigen Stelle.

Und in diesem Moment fasse ich den Beschluss, dass Mary »die ganz und gar nicht hässliche Ente« Welley eine Entschuldigung verdient hat. Wenn es ein kleiner Stein mit dem Ozean aufnehmen kann, dann sollte mir das auch mit meiner Vergangenheit gelingen, nicht wahr?

Die Größenverhältnisse sind zumindest vergleichbar – David gegen Goliath, ohne jeden Zweifel. Dennoch fühle ich mich von der einen auf die andere Sekunde entschlossen und gestärkt.

Hoch über meinem Kopf flackert es, wie bei einem weit entfernten Feuerwerk. Ich lege den Kopf in den Nacken und kneife die Augen zusammen. Die Wolkendecke ist an einigen Stellen gerissen, doch offenbar nicht an den entscheidenden. Der Ursprung des flackernden Lichts bleibt mir verborgen. Es hält sich ohnehin nur für wenige Sekunden.

Eine weitere Taxifahrt führt mich erneut quer durch die Stadt, zu meiner Wohnung, die ich schon seit Wochen nicht mehr betreten habe. Während der Fahrer die Songs seiner Country-CD leise summend und erbarmungslos schief begleitet, durchforste ich mit gezücktem Smartphone das Internet nach Marielle Welley. Dem Himmel sei Dank, dass sie keine »Smith«, »Stewart« oder »Connor« ist. Und so werde ich tatsächlich fündig, als ich ihr Bild unter den Personalporträts einer Physiotherapie-Praxis im Norden von Idaho finde. Zunächst kann ich kaum glauben, dass sie für dieses seltsame Blind Date wirklich 350 Meilen auf sich genommen hat und nach Seattle gekommen ist. Andererseits war sie vielleicht auf Besuch bei Verwandten. Wie auch immer, die Umstände unseres Wiedersehens spielen keine Rolle. Wichtig ist nur, dass ich Mary aufsuche und mich in aller Form bei ihr entschuldige.

Für meinen Seelenfrieden. Und für ihren, natürlich.

»Ich habe bis jetzt keinen Schimmer, warum er mich so gehasst hat«, höre ich sie noch einmal sagen.

Nein, wie denn auch, wenn ich es mir selbst nur zum Teil erklären kann?

Als ich meine Wohnung betrete, laufe ich fast gegen meine halb nackte Exfreundin.

Mit ihrem Handy in der Hand steht sie an der Garderobe.

»Oh, Jeremy! Isch 'abe gedüscht und meine 'Ändy 'at in meine Jacke geklingelt. Vermütlisch Chuck.« Jeannine plappert. Was wohl bedeutet, dass sie in höchstem Maße aufgeregt ist. Obwohl mich ihr Verhalten eigentlich wütend machen müsste, wundere ich mich über meine innerliche Ruhe und schlussfolgere nur, dass sie wohl allein ist, wenn Popeye anruft …

Jeannine sieht sehr hübsch aus. Ihre Haare sind noch klitschnass, sie trägt nur ein Höschen und bedeckt die relevanten Stellen ihres Oberkörpers notdürftig mit ihren verschränkten Armen. Nachdem ich sie ausgiebig – und seltsamerweise ohne die geringste innere Regung – gemustert habe, wende ich den Blick ab. »Handtücher, Jeannine. Du weißt doch, wo sie liegen, oder?«

Sie ringt um eine Antwort, doch ich lasse ihr nicht die Zeit dazu. »Hör mal, wenn du morgen die Wohnung verlässt, …« An dieser Stelle setze ich eine bedeutungsvolle Pause und schaue meine Ex fest an. Morgen läuft die letzte Frist ab, die ich ihr gesetzt hatte. Die dritte. »… dann bring Rob den Schlüssel in die Kanzlei. Ich werde nämlich für einige Tage nicht in der Stadt sein.«

»Oh! Ja, okay«, sagt sie schulterzuckend. Das ist alles. Damit wendet sie sich ab und verschwindet in ihrem Schlafzimmer. Nein, in meinem Schlafzimmer!

Dem, in dem sämtliche Dinge liegen, die ich zur Verwirklichung meines spontanen Plans benötige. Also folge ich ihr, nun doch ein wenig angesäuert ob der Selbstverständlichkeit, mit der sie sich in meiner Wohnung bewegt. Entschlossen durchkreuze ich den heillos verwüsteten Wohnraum und öffne demonstrativ die Tür zu meinem Schlafzimmer, ohne vorher anzuklopfen, was mir sofort einen entsetzten Aufschrei und ein schrilles »Jerry, ich ziehe mich gerade üm!« einbringt.

»Nein, du ziehst dich nicht ›üm‹«, äffe ich sie nach, »du ziehst dich an. Weil du nämlich nackt bist. Na und? Als ob ich dich nicht schon so gesehen hätte. Also, reg dich wieder ab, Jeannine!«

Empört schnappt sie ihr Nachthemd und pfeffert Sekunden später die Tür zum Bad hinter sich zu.

In aller Ruhe krame ich meine Reisetasche hervor und packe Kleidung für circa eine Woche zusammen. Zunächst hatte ich noch mit dem Gedanken gespielt, meinen Urlaub zu canceln, nachdem Jeannine und ich Schluss gemacht hatten und unsere geplante New-York-Reise damit ins Wasser gefallen war. Verflucht, ich hatte sogar Musicaltickets besorgt, weil sie so vom Broadway schwärmte. Andrew Lloyd Webbers »Phantom der Oper«.

Ich Idiot!

Kopfschüttelnd rufe ich mich zur Besinnung und pfropfe das letzte Kleidungsstück – einen dicken Strickpulli – in meine Tasche.

Meine Wohnung zu renovieren und wieder Jeannine-frei zu machen war mir seit unserer Trennung noch als die verlockendste Option der Urlaubsgestaltung erschienen. Aber jetzt weiß ich, wie ich zumindest einen Teil meiner drei arbeitsfreien Wochen noch besser nutzen kann. Außerdem liegt meine letzte Auszeit schon ein gutes Jahr zurück, und der Himmel weiß, wie nötig ich diese neue habe.

Mein Blick fällt auf meinen Wecker. 1:17 Uhr.

Diese Nacht werde ich wohl oder übel noch einmal auf meiner eigenen Couch verbringen und mich dann am Morgen auf den Weg machen. Ziel: eine physiotherapeutische Praxis in einer verschlafenen Kleinstadt, irgendwo im nördlichen Zipfel von Idaho, nahe der kanadischen Grenze.

Zugegeben, so recht weiß ich nicht, was ich mache. Ich weiß nur, dass es notwendig ist. Dass, wenn ich es jetzt nicht tue, meine momentanen Gefühle im hektischen Alltag verblassen und in Dunkelheit versinken werden, bis ich sie erfolgreich verbannt habe. Und ganz ehrlich, Dunkelheit nervt! Ich hätte zur Abwechslung mal richtig Bock auf Licht. Grelles, alles flutendes Licht. So wie das, das ich als leise Ahnung und nur für einen winzigen Moment in Marys Augen aufglimmen sah. Bevor sie mich erkannte und der Schock Besitz von ihr ergriff.

Ein Schauder durchfährt mich bei der Erinnerung an das Entgleisen ihrer hübschen Gesichtszüge.

Beinahe hoffe ich, dass sie mir die schallende Ohrfeige, die ich zu unserer gemeinsamen Schulzeit schon verdient hätte, noch gibt, so wütend bin ich auf mein vergangenes Ich.

»Ich komme, Mary. Und ich erkläre dir alles, versprochen«, wispere ich in die Stille meines Schlafzimmers.

Vollkommen gedankenverloren zucke ich zusammen, als sich kurz darauf die Badezimmertür öffnet und Jeannine in ihrem Schlafoutfit erscheint. Sie würdigt mich nicht eines Blickes, sondern schlägt wortlos, mit pikiert angehobener Nasenspitze, die Bettdecke zurück.

Mit knirschenden Zähnen verlasse ich den Raum und schließe die Tür in meinem Rücken. Dabei lasse ich meinen Blick durch mein Wohnzimmer gleiten. Das Ausmaß der Verwüstung trägt Jeannines Handschrift, festigt meinen Entschluss und verleiht ihm den letzten, endgültigen Schliff.

Was hält mich noch hier? Und wenn nicht jetzt, wann dann?

Mary

Irgendwo in Idaho, sieben Stunden und elf Minuten später

1.) Schminktisch kaufen. Zur Not würde es auch ein Spiegel tun.
2.) Putzen. Viel und ausgiebig.
3.) Realistische, erfüllende Pläne für weiteres Leben schmieden, die vorerst NICHTS mit Männern oder romantischen Träumereien zu tun haben.
4.) …

Hm …

Ich bin mir sicher, es gab einen vierten Punkt in meiner Tagesplanung. Unmittelbar bevor ich Stunden zuvor in diesen traumzerfetzten, unruhigen Schlaf fand, waren mir vier To-do-Punkte durch den Kopf geschossen, ich weiß es genau.

Mein Blick gleitet über die Decke meines Schlafzimmers und verfolgt den hellen Streifen, der sich darauf abzeichnet, bis zu seinem Ursprung.

Die begeisterte Stimme des Moderators, die aus meinem uralten Radiowecker dringt, berichtet von »großartigen Meteoritenschauern« in der vergangenen Nacht.

Oh, war das dieses seltsame Flackern?

Für einen Moment enttäuscht, das Naturschauspiel nicht besser beobachtet zu haben, verfolge ich einige winzige Staubpartikel, die im Licht der Morgensonne tanzen, das durch den Spalt meiner Vorhänge fällt.

Viertens, viertens …

Ganz automatisch – und völlig gegen meinen Willen – tragen mich die Überlegungen zurück zu meinen Träumen. Zumindest zu dem Teil, der sich ständig wiederholte und mir so in Erinnerung blieb. Zu dem kleinen rotblonden Rotzbengel mit den vielen Sommersprossen um die Nase.

Hat er die Sommersprossen eigentlich immer noch? Ist mir gestern gar nicht aufgefallen. Gut, wie auch, bei dem schwachen Kerzenlicht.

Mary, Konzentration!

Erschrocken rufe ich mich zur Besinnung und schüttele die verwirrenden Fragen aus meinem Kopf.

Viertens …

Das erste Lächeln dieses Tages zupft an meinen Mundwinkeln, als ich mich endlich erinnere:

Voodoo-Buch kaufen und sommersprossige Fieslings-Puppe basteln.

Einen Versuch ist es immerhin wert, oder etwa nicht?

Ich räkle mich noch einmal auf meinem Laken, bevor ich die Beine über die Bettkante schwinge und aufstehe. Mit einem Ruck ziehe ich die Vorhänge zurück und reibe mir die Augen in der grellen Morgensonne, deren Licht nun ungehindert das Zimmer flutet.

Ja, der Himmel scheint meine Pläne zu begrüßen. Und dank unserer verfrühten Rückkehr ist der Tag noch sehr jung, und ich bin ausgeschlafen genug, den an jedem Sonntag stattfindenden Antik-Trödelmarkt im nächstgrößeren Nachbarort zu besuchen. Bestimmt wird dort ein hübscher Schminktisch oder zumindest ein netter Spiegel aufzutreiben sein.

Für einen Moment spiele ich mit dem Gedanken, Amy anzurufen, doch dann verwerfe ich ihn wieder und besinne mich auf meinen Vorsatz, mich zu besinnen. Auf meine Zukunft. Allein.

Also los!

Das Wetter ist ungewöhnlich mild für einen so späten Oktobermorgen. Ich genieße die Sonnenstrahlen und lasse mich ohne jede Hast im Strom der potenziellen Käufer treiben. Trödelnd eben.

Bis ich plötzlich und vollkommen unverhofft das Möbelstück meiner Träume erblicke: einen Sekretär, wie ich ihn schon immer haben wollte. Der Verkäufer platziert ihn gerade in der vordersten Reihe seines Standes.

Dunkles Mahagoniholz, Messingbeschläge. Perfekte, liebevolle Handarbeit, nicht zu verspielt. Edel. Antik. Wunderschön.

Als es mir gelingt, mich zumindest ein wenig zu fassen, bin ich froh, dass die Starre meiner Überraschung das peinliche Auf-und-ab-Hüpfen verhindert hat, das sonst bei plötzlich einsetzender Begeisterung meine Art ist. Also glätte ich meinen Mantel und setze alles daran, meine Augen zurück auf Normalgröße zu bringen. Dann erst nähere ich mich dem Schmuckstück, strecke meine Hand aus, fahre beinahe ehrfürchtig über die aufgearbeitete Tischplatte und die lederbezogene Schreibfläche. Ich liebe es, dass dies scheinbar noch die alten, ursprünglichen Materialien sind. Liebe auf Anhieb jede einzelne Falte des Leders, jeden kleinen Kratzer in der hölzernen Oberfläche, das Gefühl, darüberzustreichen, den Geruch.

Oh, er ist perfekt! Auf seine ganz und gar nicht perfekte Art und Weise.

Dieser Sekretär wurde genutzt, häufig und gerne. Daran besteht kein Zweifel für mich.

Wie viele Hundert Mal wurden seine Schubladen wohl

schon geöffnet und wieder geschlossen, wie viele Briefe auf ihm geschrieben?

Geschäftliche oder private? ... Liebesbriefe?

Während alle Möbelstücke dieses Standes auf ihre Art besonders und wunderschön sind, ist dieses hier ... ja, lebendig, ich vermag den Unterschied nicht anders zu definieren. Es ist keines, das makellos schön und nur zum Betrachten gedacht ist. Keines, das dem Auge auf den ersten Blick schmeichelt. Vielmehr wünscht man sich – wünsche ich mir –, es könnte sprechen und mir seine Geschichten erzählen. Von Weltkriegen, dem Kampf um die Frauenwahlrechte, der Weltwirtschaftskrise, persönlichen Schicksalen. Freud, Leid, dem Leben etlicher Generationen – mit allem, was es ausmachte.

Die Kuppe meines linken Zeigefingers bleibt in einer tieferen Kerbe der sonst nahezu unversehrten Tischplatte liegen und fährt behutsam, in kleinen kreisenden Bewegungen, darüber, während sich mein Entschluss festigt.

Dieser Sekretär gehört zu mir.

Und so nehme ich den Verkäufer ins Visier. Dieser steht schon parat – nur wenige Meter entfernt, lässig an eine Vitrine gelehnt – und beobachtet mich offensichtlich amüsiert.

Pokerface, Mary! Jetzt geht's ans Handeln. Also wisch die Verzückung aus deinem Gesicht und nimm die Hand von diesem wunderschönen Möbelstück! Oh nein, hoffentlich kann ich es mir leisten ...

Ich höre ein Räuspern und realisiere, dass es mein eigenes ist.

»Die Dame?«, eröffnet der Verkäufer das Gespräch. Er trägt eine Schirmmütze, die er zum Gruß kurz liftet, ein helles Leinenhemd und dunkelbraune Stoffhosen, die doch tatsächlich von Hosenträgern gehalten werden. Er ist etwa in meinem Alter, vielleicht ein wenig älter, und offenbar der Meinung, dass auch er so aussehen müsste, als wäre er einer längst vergangenen Zeit entsprungen, passend zu seinen Möbeln. Die angedeutete Verbeugung, die er mir in diesem Moment entgegenbringt, verstärkt diesen Eindruck.

Wie ein Laufbursche aus einem alten Schwarz-Weiß-Film steht er mir gegenüber, ein fröhliches Funkeln in den Augen, und erwartet meine Frage.

»Ähm, der Sekretär hier. Wie viel soll er denn kosten?« Ich versuche, so emotionslos und businessmäßig wie nur möglich zu klingen, doch anscheinend gelingt mir das nicht wirklich. Der rechte Mundwinkel des Mannes zuckt noch höher als zuvor. Er gibt sich wirklich nicht viel Mühe, seine Belustigung zu vertuschen, und nimmt sich sogar einige Sekunden Zeit, mich stumm zu mustern. Dann zieht er sich die Mütze vom Kopf und wirft sie wie ein Frisbee auf einen nahe stehenden Sessel. Mit gespreizten Fingern fährt er sich durchs Haar und kommt langsam, mit hochgezogenen Brauen über den auffällig dunklen Augen, auf mich zu.

»Die Frage ist doch: Was ist er Ihnen wert?«, sagt er, nur noch eine Armlänge von mir entfernt. Ich fühle mich ein wenig hilflos unter seinem intensiven Blick und mit seiner Verkaufstaktik.

»Nein, nein, so geht das nicht!«, sprudelt es mit einem nervösen Kichern aus mir hervor. »Sie müssen mir einen vollkommen überteuerten Preis nennen, ich schlage Ihnen die Hälfte vor, was natürlich einer Unverschämtheit gleichkommt. Wir wenden uns beide empört ab, gestikulieren wild, entfernen uns ein paar Schritte voneinander und machen gleichzeitig wieder kehrt. Nennen akzeptablere Preise, wiegen die Köpfe hin und her und nähern unsere kontroversen Vorstellungen langsam und zäh, aber dennoch Erfolg versprechend aneinander an. So geht das. Und ich muss es wissen.«

Nun lacht er laut auf. »So, müssen Sie? Und wie kommen Sie zu diesem Know-how, junge Dame?«

»Vererbung. Dank meiner Großmutter besitze ich absolut erfolgreiche Verhandlungsgene.«

»Hm.« Er mustert mich mit aufgesetzter Skepsis, bis sich seine schmalen, scharf definierten Lippen zu einem Schmunzeln verziehen und er mir seine Hand entgegenstreckt. »Eliah Woods, hallo!«

Okay, das ist eigenartig. Ich will doch nur seinen Sekretär kaufen. Also … eventuell.

Zögerlich ergreife ich seine Hand. »Marielle Welley, freut mich«, sage ich etwas steif und ziehe meine Finger schnell wieder zurück. »Und jetzt raus mit der Sprache! Wie viel?«

»Sagen Sie's mir!«

»Dreihundertfünfzig«, werfe ich ihm mein Angebot entgegen. Absolut unverschämt, wie angekündigt. Mit angehobenen Augenbrauen halte ich seinen Blick. Herausfordernd.

»Vierhundertfünfzig«, sagt er, ohne auch nur mit der Wimper zu zucken.

»Gekauft!«, platzt es so prompt aus mir hervor, dass es fast wie ein Bellen klingt. Nur eine Millisekunde später knallt mir etwas ins Gesicht. Schallend.

Oh Gott, habe ich mich etwa selbst geschlagen?

Scheinbar, denn beide Hände liegen über meinem Mund. Eliah schaut zunächst ein wenig irritiert, dann lacht er lauthals los.

»Haha, zu spät! Es ist schon raus«, prustet er und schüttelt sich das schwarze Haar aus der Stirn. »Also, so gut dein Plan in der Theorie auch klang: Ich an deiner Stelle würde meine Großmutter verklagen, wenn das ihre großartige Verhandlungsgen-Leistung war.«

»Es ist nur … Ich … Also, ich dachte …«, stammele ich

zwischen meinen gespreizten Fingern hindurch, ohne Aussicht auf zeitnahen Erfolg.

»Was? Dass der Preis für dieses Schätzchen eindeutig höher liegen müsste?«, bringt es Eliah auf den Punkt. »Das stimmt wohl, etwa drei- bis viermal so hoch, um genau zu sein. Ich muss wahnsinnig sein, es dir – ich darf doch Du sagen? – so günstig anzubieten. Und du hast soeben ein echtes Schnäppchen gemacht, Marielle Welley. Hast du doch, oder?«

Wieder streckt er mir seine Hand entgegen. Diesmal schlage ich unverzüglich ein; ohne das geringste Zögern besiegele ich unser Geschäft. »Auf jeden Fall! Es sei denn ... Du akzeptierst doch einen Scheck, nicht wahr?«

Er kratzt sich im Nacken. »Meinetwegen auch das, ja.«

Ich mache es mir an einem seiner Tische bequem, während Eliah mit geschickten Händen die Kanten meines neuen/alten Möbelstücks polstert, den Schaumstoff mit Klebeband fixiert, den Sekretär hochkant auf eine breite Sackkarre verlädt und ihn sorgsam verschnürt.

»Okay, danke«, sagt er, als ich ihm den ausgefüllten Scheck reiche. Dann bittet er einen Kollegen vom Nachbarstand, für ein paar Minuten mit auf seine Sachen zu schauen, setzt seine Schirmmütze wieder auf und lächelt mich an. »Also, wo steht Ihre edle Kutsche, Milady?«

Dieser Typ ist echt schräg. Und verdammt sympathisch. Eine potenzielle Gefahrenquelle für den dritten Punkt meiner Liste, den ich mir schleunigst zurück ins Gedächtnis rufen sollte.

Keine Männer, keine romantischen Ideen. Konzentrier dich auf dich selbst, Mary!

Wir schwimmen gegen den Strom. Eliah folgt mir und manövriert die Sackkarre geschickt zwischen den anderen Trödelmarktbesuchern hindurch, bis wir auch den letzten Stand hinter uns gebracht haben und kurz darauf vor meinem Auto stehen. »Das hier?«, fragt Eliah und bleibt abrupt stehen. Ich spare mir die Antwort.

»Aber … das ist ein Mini«, stellt er treffend fest.

»Jepp«, sage ich, während mir die Röte in die Wangen steigt.

Wie, um alles in der Welt, ist es mir gelungen, die Problematik des Transports bis zum jetzigen Zeitpunkt erfolgreich zu verdrängen?

Eliah stellt die Karre ab und kratzt sich am Hinterkopf. »Nun, ich will ja nichts sagen, aber der Sekretär ist halb so groß wie dieses Auto. Wie genau dachtest du …?«

Er lässt die Frage offenstehen.

»Na ja, eigentlich bin ich losgefahren, um einen Schminktisch zu kaufen, nachdem ich meinen gestern zerstört habe«, gestehe ich kleinlaut. »Nichts Großes. Im Prinzip wäre auch ein Spiegel ausreichend gewesen.«

Eliah deutet mit gerümpfter Nase auf mein Riesenschnäppchen. »Du weißt schon, dass das hier weder das eine noch das andere ist, oder? Und deine Aussage, du hättest ein Möbelstück zerstört, wirkt nahezu beängstigend auf mich, aber das sei nur am Rande erwähnt.«

Wir kennen uns zwar erst seit einer Viertelstunde, dennoch folge ich meinem inneren Impuls und boxe gegen Eliahs Oberarm.

Au, verflixt!

Seinen verdammt harten, muskulösen Oberarm. Abwehrend hält er die Hände in die Luft und lacht. Offen und herzlich. Viel mehr wie ein unbeschwerter Junge als wie der gut aussehende Mann, als der er hier neben mir steht. »Schon gut, schon gut!«, ruft er. »Gib mir deine Adresse, dann bringe ich ihn dir auf dem Heimweg vorbei. Vorausgesetzt, du lebst nicht in Chicago oder so.«

Chicago? … Spinner!

»Nein, nicht mal vier Meilen von hier. Wirklich, das würdest du tun?«

Er drückt die Griffe der Sackkarre herab und wendet sich in einer schwungvollen Drehung mit meinem neuen Lieblingsmöbelstück ab. Dann zuckt er mit den Schultern. »Was bleibt mir denn anderes übrig? Du hast mir mein schönstes Schätzchen abgekauft, dazu noch zu einem verboten niedrigen Preis. Dann ignorierst du mein ›Nur Bares ist Wahres‹-Schild und zahlst mit einem Scheck, der mit viel Glück gedeckt ist. Und zum Dank willst du mein Herzblut und die Arbeit drei voller Tage in diesen Witz eines Autos verladen? Keine Chance!«

Nicht eine einzige seiner Anklagen klingt ernsthaft vorwurfsvoll, und so schüttele ich lachend den Kopf.

»Abgesehen davon …« Damit stellt er den Sekretär noch einmal ab, zückt ein Stück Papier sowie einen Bleistift aus seiner Hemdtasche und reicht mir beides, »… erfahre ich auf diese Weise wenigstens, wo du wohnst.«

Sein Grinsen ist verschmitzt; das Funkeln der dunklen Augen verstärkt sein schelmisches Erscheinungsbild unnötigerweise. All das sollte mich ängstigen, aus so vielerlei Gründen. Doch das tut es nicht. Nicht mal ein wenig.

Eilig entziehe ich mich der Intensität seines Blickes und schreibe meine Adresse auf.

Selbst Eliahs Gruß wirkt wie aus einem alten Stummfilm, als er sich an die Schirmmütze fasst und wieder dieses angedeutete Verbeugungsding mit seinem Kopf macht. Dann lässt er die Illusion mit einem »Bis später, schöne Frau!« zerbersten, wendet sich mitsamt seiner Sackkarre, meinem Sekretär und dem Scheck ab und bahnt sich pfeifend den Weg zurück zu seinem Stand. Mir ist durchaus bewusst, dass er zum jetzigen Zeitpunkt alles in seinen Händen hat und ich rein gar nichts. Dennoch mache ich mir nicht die geringsten Sorgen, er könnte mich übers Ohr hauen. Ich weiß, er wird es nicht tun. Genauso sicher, wie dass ich ein Viertel meiner hart erarbeiteten Ersparnisse soeben für ein uraltes Möbelstück ausgegeben habe. Aber das ist egal. Ich spüre, dass es das wert war.

Die anderen Punkte meiner Tagesplanung erweisen sich um einiges trickreicher, als es die Theorie vermuten ließ. Obwohl ich meine Wohnung wirklich lange und sehr, sehr ausgiebig putze und die neue »Keine romantische Ablenkungen-Regel« dabei wie ein sich ständig wiederholendes Mantra vor mich hin nuschele, habe ich meine Pflichten bereits am frühen Nachmittag abgearbeitet. Ebenso wie meine Wohnung ist nun auch mein Hirn gewaschen, gereinigt und erfreulich Jeremy-McDonald-frei.

Darum beschließe ich, auf Punkt vier meiner mentalen Liste großzügig zu verzichten, den Gedanken an eine sommersprossige Voodoo-Puppe zu verwerfen und diesen Volltrottel einfach dort zu lassen, wo er hingehört. Hinter mir.

In freudiger Erwartung meines Sekretärs mache ich es mir auf meiner Couch bequem und widme mich einem vielversprechenden Buch. Doch die eng bedruckten Seiten könnten ebenso gut leer sein. Es will mir einfach nicht gelingen, den Zugang zu der Story zu finden, sosehr ich mich auch bemühe. Je weiter der Nachmittag fortschreitet, desto größer wird meine innere Unruhe. Meinem Verlangen, ein Bad zu nehmen, das mich entspannt, kann ich jedoch nicht nachkommen, da ich ja keine Ahnung habe, wann Eliah hier aufschlägt.

Eliah. Großer, schöner, verrückter Mann. Dunkle Augen, schwarze Haare, lässiges Grinsen. Starke Hände.

Punkt drei, Mary!

… Ähm, wie lautete der doch gleich?

Ein schrilles Schellen lässt mich aufschrecken und das Buch von meiner Nase rutschen. Mit einem dumpfen Knall landet es auf dem Boden neben meiner Couch. Am Rande meines Bewusstseins registriere ich, dass es bereits Abend sein muss, da die Dämmerung schon weit fortgeschritten ist.

Mein Sekretär ist da!

Beschwingt betätige ich den Öffner der Haustür, eile in mein Schlafzimmer und öffne gewohnheitsgemäß meinen Schreibtisch, um mein Erscheinungsbild zu überprüfen. Ich starre auf die unzähligen Scherben, die ich trotz all der Putzerei nach wie vor nicht entfernt habe, und komme mir plötzlich selten dämlich vor. Vollkommen aus der Bahn geworfen. Die Schmuckschatulle, die für das in dem Fach herrschende Chaos – und in dieser Konsequenz wohl auch für den Kauf des Sekretärs und das Zusammentreffen mit Eliah – verantwortlich ist, kassiert einen mürrischen Blick.

Was ist nur los mit mir?

Auf Verdacht wuschele ich durch meine halblangen Haare, kneife mir in die Wangen, die nach dem Aufwachen für gewöhnlich schrecklich blass sind, lasse die Zungenspitze wie einen Scheibenwischer über meine Frontzähne gleiten und eile dann endlich aus meiner Wohnung, die Treppe hinab.

Eliah steht am Fuß der Treppe, die Sackkarre mit meinem Sekretär vor sich, und schaut zu mir empor. »Hi! Na, hattest du Panik, dass ich mein Wort nicht halte, oder warum siehst du so aufgescheucht aus?«

Kaum ist er da, hebt sich die Schwere in meiner Brust.

Sämtliche Nervosität und mit ihr all meine Punkt drei betreffenden Vorsätze lösen sich in einem fröhlichen Kichern auf. Schnell versuche ich, mich wieder zu fassen.

»Ich bin mir ziemlich sicher, dass man in der Zeit, die dich scheinbar so fasziniert, höflicher mit seinen Kunden umging. Besonders mit den weiblichen«, kontere ich grinsend, was ihn dazu bewegt, eine Augenbraue hochzuziehen und mich skeptisch zu mustern.

»Auch so höflich, dass man einer Dame mit deinem Problem den Spiegel mitbrachte, den zu kaufen sie offenbar nicht imstande war?«, hakt er nach und zaubert dabei – wie andere Männer einen Blumenstrauß – einen wunderschönen ovalen Schminkspiegel hinter seinem Rücken hervor.

»Der Rahmen ist aus Messing, wie die Beschläge deines Sekretärs. Er dürfte auch in etwa dasselbe Alter haben. Ich dachte, wenn du ihn an den Rand neben die Schreibfläche stellst und einige der Fächer vielleicht für deinen Schmuck und deine Schminkutensilien nutzt …«

»Er ist perfekt«, bringe ich überrascht hervor, nachdem eine beschämend lange Zeit in Stille zwischen uns verstrichen ist. »Was soll er denn kosten?«

Eliah lächelt und schüttelt den Kopf. »Ich bin zwar Händler, und offenbar kein sehr guter, wie sich heute früh herausgestellt hat, aber nicht so plump, Marielle.«

»Mary«, erwidere ich. Einfach, weil es das Einzige ist, was mir in diesem Moment über die Lippen kommt.

»Mary«, wiederholt Eliah mit einem zufriedenen Nicken und reicht mir den Spiegel über seine Sackkarre hinweg. Zögerlich strecke ich meine Hand danach aus und nehme ihn an mich. Zeit, um mich zu bedanken, lässt mir Eliah keine. »Kannst du ihn in deine Wohnung hinaufbringen und dann wiederkommen? Ich würde dir gerne die Schubladen geben, damit dieser Brocken hier nicht mehr ganz so schwer ist und sie auf der Treppe nicht herausfallen«, erklärt er.

Ich beeile mich, seiner Bitte nachzukommen.

»Lass mich raten, vierter Stock?«, ruft er mir nach.

»Zweiter. Glück gehabt!« Durch das kahle Treppenhaus erreicht mich der Widerhall seines Lachens. Ich öffne meine Wohnungstür bis zum Anschlag und fixiere sie mit einer Bodenvase.

Als ich zurückkomme, hat Eliah die sechs Schubladen bereits herausgezogen und neben dem Sekretär gestapelt. Ich nehme die obersten drei an mich, wundere mich über ihr Gewicht, das ich unterschätzt hatte, und steige vor ihm wieder die Treppe hinauf.

Der Sekretär muss wirklich sehr schwer sein. Eliah keucht ein wenig, kleine Schweißperlen bilden sich auf seiner Stirn, und kein einziger kesser Kommentar kommt über seine Lippen, während er das Möbelstück in voller Konzentration, Stufe für Stufe, seinem neuen Bestimmungsort entgegenzieht. Als er es endlich geschafft hat und den unversehrten Sekretär in meinem Schlafzimmer absetzt, könnte ich ihm vor Erleichterung um den Hals fallen.

Eliah wischt sich mit dem Handrücken über die Stirn und schaut sich neugierig um. »Oh!«, macht er, noch immer ein wenig außer Atem. Ich verfolge seinen Blick zu meinem Schreibtisch, dessen Tischplatte nach wie vor offen steht. Nur noch vereinzelte, mosaikartige Fragmente der einstigen Spiegelfläche sind an der Unterseite der aufgeklappten Tischplatte erkennbar. »Dieses Teil hast du also ruiniert?«

Ich nicke, ein wenig irritiert über seine abfällige Wortwahl. »Dann sei dir verziehen.« Er steuert auf den ausgedienten Schreibtisch zu. »Sperrholz und Lack. Praktisch und günstig, aber ohne jeden Charme, nicht wahr?«

Ich will protestieren und ihm erklären, dass ich durchaus an diesem Schreibtisch hing, zumal er meiner Nana gehörte und mich immerhin ein gutes Stück meines Lebens begleitet hat. Doch die Worte bleiben mir in der Kehle stecken, als Eliah meine Schmuckschatulle zur Hand nimmt, sie mit einem hingebungsvollen Blick betrachtet und ich das kleine Lächeln bemerke, das seine Lippen umspielt, bevor er das Kästchen zurückstellt und sich wieder dem Sekretär zuwendet.

Oder mir?

Keine Ahnung, denn ich stehe unmittelbar daneben, die Hand schon wieder auf der ledernen Schreibfläche, die Kuppe des Zeigefingers in der runden Kerbe.

Eliah kommt langsam auf mich zu, die Augen auf den antiken Sekretär gerichtet. »Es geht doch nichts über ein handgefertigtes Möbelstück aus massivem Holz, findest du nicht?«, fragt er und legt seine leicht rauen Finger über meine. Mit festem Griff führt er meine Hand über die Tischplatte, lässt mich über ihre volle Länge hinweg die leicht abgerundete Kante und den darunterliegenden Grat spüren, auf den er meinen Zeige- und Mittelfinger etwas stärker herabdrückt, damit ich seine perfekte Definition besser begreife. Jawohl, begreife. Im wahrsten Sinne des Wortes.

»Du handelst nicht nur mit Möbeln und arbeitest sie auf, richtig?«, hauche ich. »Du baust sie auch selbst.«

Eliah antwortet nicht, er sieht mir nur tief in die Augen. Ich habe das Gefühl, unter seinem Blick zu brennen, so intensiv ist er.

»Unten an der Treppe liegt in einer der Schubladen ein Zettel mit meiner Nummer, Mary. Wenn du dich meldest und Lust hast, zeige ich dir meine Werkstatt«, wispert er, bevor er meine Hand endgültig in seine nimmt, sie anhebt, langsam, aber bestimmt an seine Lippen führt … und küsst.

Während ich vollkommen überrumpelt dastehe und nicht einmal mehr blinzeln kann, wendet er sich ab und verlässt wortlos meine Wohnung.

Sekunden vergehen, vermutlich sogar Minuten, in denen ich wie angewurzelt mitten in meinem Schlafzimmer stehe und verdattert vor mich hin starre. Dann erst setze ich mich in Bewegung.

Jeder Tag, an dem du nicht Hand in Hand mit deiner Bestimmung arbeitest, ist ein verlorener. Ruf mich an!

So lautet der Satz über Eliahs Telefonnummer, die ich tatsächlich in der untersten der verbliebenen drei Schubladen am Fuße der Treppe finde.

Ich spähe durch das abgedunkelte Glas der Haustür, halte Ausschau nach ihm. Ein Paar aufgeblendeter Scheinwerfer erhascht meinen Blick, doch als ich mich der Tür nähere, erlöschen sie, und die Umrisse des Fahrzeugs werden im Lichtkegel der dahinterstehenden Straßenlaterne sichtbar. Es ist ein Pkw. Kein Lastwagen, kein Pick-up.

Nein, er ist weg.

Verwirrt vom Verlauf dieses Tages, trage ich die restlichen Schubladen in meine Wohnung und mache mich daran, den Sekretär damit zu bestücken.

Gedankenverloren schiebe ich eine nach der anderen in die dafür vorgesehenen Einschübe. Das ist leicht, denn alle haben dieselben Maße. Nur die letzte Schublade sperrt sich, will partout nicht in die verbliebene Öffnung passen.

Wie oft ich versuche, sie dennoch hineinzuzwängen – irgendwie –, weiß ich nicht, denn in meinem Kopf dreht sich nach wie vor alles.

Wie groß doch der Unterschied ist, den ein einziger Tag herbeiführen kann.

Was, um alles in der Welt, ist nur mit dieser Schublade los?

Genervt lege ich sie auf den Boden und entnehme eine andere. Versuche, die beiden miteinander zu vertauschen, jedoch ohne Erfolg. Also wiederhole ich dieselbe Prozedur der Reihe nach mit jeder anderen Schublade, bis sich der letzte Einschub – natürlich der letzte! – als der richtige herausstellt. Obwohl die Schublade nun ganz leicht hineingleitet, bleibt das Gefühl, dass mit ihr etwas nicht stimmt.

Warum haben alle anderen exakt dasselbe Maß, außer dieser einen hier?

Plötzlich wieder voll konzentriert, ziehe ich sie noch einmal heraus und lege sie auf den Boden neben die, die ich zuvor entnommen hatte.

Mit bloßem Auge erkenne ich keinen Unterschied, doch nun ist meine Neugierde geweckt. Mit einem Zollstock nehme ich die Maße. Das Ergebnis ist ernüchternd und erstaunlich zugleich: Obwohl dieser Sekretär bestimmt an die hundert Jahre alt ist und zweifellos vollumfänglich von Hand gefertigt wurde, stimmen die Maße der Schubladen auf den Millimeter genau überein. Exakt dieselbe Breite, Tiefe, Höhe.

Obwohl …

Gerade will ich den Zollstock zusammenfalten, als mir eine Idee kommt. Ich messe erneut die Höhe. Doch diesmal nicht die der Frontblende, sondern die innere. Und siehe da, die sperrige Schublade ist um ganze drei Zentimeter flacher als die andere.

Ein Geheimfach!, durchzuckt es mich in diesem Moment. Woher auch immer diese Eingebung kommt, die Idee eines doppelten Bodens, eines unentdeckten Verstecks, löst schlagartig eine beinahe kindliche Aufregung in mir aus. Es fühlt sich an wie damals, als mein Vater einen kleinen Beutel voller Kupferspäne in unserem Garten versteckte, meinen Bruder und mich mit einer selbst gemalten Karte und zwei Spaten ausstattete und uns auf große Schatzsuche schickte. Uns packte der Goldrausch, und meine Mutter erfreute sich nur wenig später schon an einem sehr akribisch umgegrabenen Gemüsebeet. Noch einmal sehe ich sie und meinen Dad vor mir, wie sie sich damals amüsiert anlachten, als Toby und ich triumphierend, mit erdverkrusteten Hosen, zurück ins Haus stiefelten.

Ich schüttele die bittersüße Erinnerung aus meinem Kopf, drehe die Schublade mit der Unterseite nach oben und klopfe auf ihren Boden. Es klingt zwar nicht hohl, allerdings glaube ich nun, etwas in der Schublade herumrutschen zu hören. Vielleicht bilde ich mir das jedoch nur ein, denn auch die folgende minutenlange Inspektion der Außen- und Innenseite der Schublade bringt mir nichts als Ernüchterung.

Doch dann, als ich gerade aufgeben will, bleibe ich mit dem Nagel meines linken Ringfingers an etwas Kleinem an der Unterseite hängen. Sofort ist das Herzklopfen wieder da.

Ein Knopf. Der Verschluss vielleicht?

Tatsächlich finde ich unter der schmalen Leiste, die bei dieser Schublade nicht, wie bei den anderen, mit dem Boden verleimt ist, sondern knapp darüber zu schweben scheint, einen winzigen messingfarbenen Knopf, nicht größer als der einer Stecknadel. Und auf der anderen Seite, genau gegenüber, befindet sich das entsprechende Pendant, ebenso verborgen. Meine Finger verselbstständigen sich, denn plötzlich ist vollkommen klar, wie dieser verborgene Mechanismus funktioniert. Ich versenke meine Fingernägel unter der Leiste, drücke gleichzeitig beide winzigen Knöpfe … und vernehme ein leises »Klick«.

Oh. Mein. Gott.

Der vermeintliche Boden der Schublade ist eigentlich der Deckel des geheimen Fachs. Ein Deckel, der nun einen Spaltbreit offen steht und den ich mit vor Aufregung bebenden Fingern so langsam anhebe, als könnte sich ein giftiges Reptil darunter verbergen.

Doch nein, es sind weder eklige Kreaturen, noch ist es Schmuck oder ein anderer materieller Schatz, den ich hier finde.

Es sind Briefe.

Genauer gesagt ein ganzer Haufen unbeschriebener, wohl aber gefüllter und verklebter Briefumschläge.

Als ich willkürlich den erstbesten entnehme und ihn behutsam öffne, spüre ich meinen Herzschlag bis in den Hals. Wirklich, ich könnte nicht aufgeregter sein, wäre mein Blick auf pures Gold gefallen.

Hier ist er, mein wahr gewordener Wunsch: Der Sekretär spricht zu mir!

In aller Vorsicht entfalte ich das Papier, das nicht nur alt, sondern auch oft gelesen aussieht. Zerknittert, verblichen und an einigen Stellen rissig, liegt der Brief in meinen vor Aufregung bebenden Händen. Die Schrift wirkt für heutige Verhältnisse sehr exakt und gleichmäßig – fast wie Kalligrafie –, jedoch ebenso steil und schmal. Die Tinte wurde mit nur wenig Druck aufgetragen.

Es ist eindeutig die Schrift eines Mannes, das weiß ich sofort, noch ehe ich das neunzig Jahre zurückliegende Datum erfasse, mein Blick auf die Anrede fällt und mir dabei ein Schauder über den Rücken herabrieselt.

Liebste Gracey!

Gracey? Was für ein schöner, klassischer Name.

Medina, WA, 14. Juli 1927

Liebste Gracey!

Wäre ich ein Dichter, Musiker oder ein Maler, könnte ich meine tosenden Empfindungen vielleicht in Worte fassen, in Töne umwandeln oder in einem Gemälde festhalten.
Nie zuvor habe ich die Künstler dieser Welt mehr um ihre Talente und Fähigkeiten beneidet als nun, denn wäre ich einer von ihnen, könnte ich unter Verwendung meiner Gaben mein Herz entlasten und somit wieder schlafen oder zumindest tief durchatmen. Doch ich kann nichts dergleichen, nichts, als hier zu sitzen und Dich machtlos zu lieben. Nicht einmal diesen Brief werde ich Dir senden können, wohl wissend, dass ihn Deine Mutter abfangen und voller Schrecken lesen, Dich aber in Unwissenheit darüber lassen würde.
Dennoch brauche ich jetzt, nachdem ich die Nacht über wach gelegen habe, endlich ein Ventil, um meiner Gefühle Herr zu werden, ehe sie mich von innen heraus zerreißen.
Oh, dieser vergangene Nachmittag, dieser Abend mit Dir, meine Liebste! Ich könnte wohl hundert Jahre alt werden und würde mich dennoch bis zu meiner letzten Stunde an all das Wunderbare erinnern, das am gestrigen Abend zwischen uns geschah.
Im Grunde war es unmöglich von uns, das uns zugestandene Picknick auf diese Weise auszunutzen, Dein Fräulein so derb zu täuschen und uns heimlich davonzustehlen, als der »Traubensaft« auf sie wirkte und sie am helllichten Tage einschlief. Siehst Du sie, wie ich, noch vor Dir, wie sie so schief und eingesunken dasaß, mit offenem Mund und geschlossenen Augen?

Ich hoffe aufrichtig, dass ich mit meinem Übermut kein größeres Unheil angerichtet habe und es ihr wieder gut geht, zumal sie bei unserer Rückkehr, als wir sie weckten, ja noch immer sehr benommen wirkte.
Besonders hoffe ich jedoch, dass Du die Früchte unserer Saat nicht allein ernten musstest und ungeschoren davonkamst.
Aber wenn man mich fragte, ob ich unsere »Tat« bereue, bliebe die einzige ehrliche Antwort ein klares und bestimmtes Nein!
Denn wie könnte ich etwas bereuen, das es mir in seiner Konsequenz ermöglichte, Dir so nahe zu kommen, liebste Gracey? Etwas, das es mir möglich machte, im Schatten der alten Eiche ungestörte Zeit mit Dir zu verbringen, Dich an ihren Stamm gelehnt zu halten und mir endlich wieder einen heiß ersehnten Kuss von Dir zu stehlen, fernab sämtlicher Augenpaare Seattles.
Dieser geheime Platz in den Bergen, unsere Lichtung mit dieser einsamen Eiche, die so würdevoll dort oben steht, als dulde sie keinen anderen Baum in ihrer Nähe, wird mir heilig bleiben, von heute an für alle Zeit.
Ich liebe Dich, Grace. Ich liebe Dich so sehr, dass ich auf die Straßen stürmen und mein Glück in die Welt hinausschreien möchte, wie ein Kind beim ersten Schneefall.
Stattdessen sitze ich zu frühester Morgenstunde, so still und leise wie eine Maus, in der Ecke eines alten Schuppens und schreibe einen Brief, der Dich nicht einmal erreichen wird.
Aber ich schwöre, und Gott ist mein Zeuge, dass ich von nun an hart an mir arbeiten werde, Gracey. Ich werde alles Nötige tun, um nicht nur Deine Gunst wahrhaft zu verdienen, sondern auch die Deiner Eltern, die bislang nur durch Lügen getragen wird.
Deine Mutter misstraut nicht nur mir, Liebste. Sie begegnet

auch Dir längst nicht so gutgläubig wie Dein werter Vater, und ihrem weisen Herzen widerstrebt die Geschichte um die Herkunft des jungen Mannes, der sich so eifrig um ihre einzige Tochter bemüht. Verübeln kann ich ihr das nicht, denn an ihrer Stelle würde es mir wohl ähnlich gehen.
Ich befürchte nur, dass sich das Lügengebilde, welches wir gemeinsam errichtet haben, nicht mehr allzu lange aufrechterhalten lässt. Meine größte Angst ist die, dass es nach dem gestrigen wunderschönen, aber törichten Abend bereits zusammengebrochen sein könnte.
Was dann? Wie könnte ich weitermachen wie bisher, ohne Dich zu sehen?
Also schwöre ich bei allem, was mir heilig ist, dass ich so hart an mir arbeiten werde wie nie zuvor, damit es eines Tages keine Diskussion mehr darüber gibt, ob ich Deiner nun würdig bin oder nicht.
Du weißt ohnehin, dass es so ist, nicht wahr, mein Engel? Du weißt, dass kein Mensch dieser Welt jemals mehr geliebt wurde als Du von mir, und dass Du Dein Leben lang vergeblich nach einer vergleichbaren Hingabe wie der meinen suchen würdest.
Ich bin kein Kind mehr und schwärme nicht mehr aus heiterem Himmel, mit vernebeltem Blick und in überschwänglichen Worten für jedes weibliche Wesen, dessen Weg den meinen kreuzt. Nein, ich habe vor drei Wochen meinen vierundzwanzigsten Geburtstag gefeiert und weiß sehr genau, was ich hier schreibe.
Du, Grace Alice Sanders, bist die Liebe meines Lebens.
Ich werde an Dir festhalten, voller Hoffnung und doch so hoffnungslos verloren.
Die Sonne taucht bereits auf, während ich diese letzten Zeilen schreibe. So früh es noch ist, werde ich mich nun

vorbereiten und aufbrechen, um meine tägliche Arbeit zu verrichten, damit mir am Abend mehr Zeit für die Suche nach einer geeigneten Stätte und mein Studium bleibt. Momentan arbeite ich beinahe Tag und Nacht, Gracey, doch ich tue es gerne, mit leichter Hand und frohem Sinn, denn nun endlich erkenne ich einen Weg, ein Ziel vor mir. Die Dunkelheit, die mein Leben so lange beherrschte, hat sich in dem Augenblick gelichtet, als ich Dich zum ersten Mal sah.

Du bist das Licht und die Wärme in meinem Herzen, und ich kann es nicht erwarten, Dich auf Dauer in mein Leben zu holen.

In ewiger Liebe,
Dein Adam

***

Newcastle, 24. Dezember 1927

Immer wieder las der junge Adam diesen einen Brief. Zweifelnder, von Tag zu Tag ungeduldiger. Er konnte kaum glauben, dass er ihn vor nicht mal einem halben Jahr verfasst haben sollte. Wie lang konnten sich fünf Monate dehnen, wie schmerzhaft konnte dieses Loch in seiner Brust, das Abende wie diesen beherrschte, denn noch werden?

Zwar brannte jene Entschlossenheit, die er seinen eigenen Zeilen beim Lesen entnahm, nach wie vor in ihm, doch entbehrte sie nun jeglicher Euphorie. Seine Tage gliederten sich in diejenigen, die hart waren, und die, die noch härter waren als andere. Manchmal musste er sich regelrecht zwingen, Graceys Erwiderung seiner ungebrochenen Liebe nicht infrage zu stellen.

Noch einmal überflog er seinen Brief. Wieder wunderte er sich, wie fern ihm das Glück dieses heißen Julitages erschien. Fünf ewig lange Monate. Gezählt ab jenem Tag, hatte es nicht mal vier weitere Wochen angehalten, ihr anfängliches Glück, bis alles aufgeflogen war, der gesamte Schwindel. Doch an diesen peinlichen Part wollte Adam lieber gar nicht zurückdenken. Nicht an das entsetzte Gesicht ihres Vaters, nicht an die empört gespitzten Lippen und die steile Falte auf der Stirn ihres Fräuleins, und erst recht nicht an die vollkommen ausdruckslose Miene der Mutter, mit der diese ihn des Hauses verwiesen hatte, ohne ihm auch nur die geringste Gelegenheit zu bieten, sich zu erklären, geschweige denn, Gracey noch ein weiteres Mal zu sehen.

Nun, er würde zurückkommen. Als erfolgreicher Geschäftsmann mit eigenem Gewerbe. Wohlhabend. Würdig. Mit erhobenem Kopf und aufrichtigen Absichten. Die hatte er schließlich schon immer verfolgt, vom ersten Moment an. Das würde er ihnen beweisen.

Nur, wann konnte er seinen Plan endlich umsetzen? Und würde sie ihn dann überhaupt noch wollen?

Adam seufzte schwer.

Mittlerweile stand das kleine Haus seines Meisters, in dem er nach wie vor lebte, inmitten eines Winter-Wunderlandes. Sehr untypisch für diese Gegend, die normalerweise durch ihr mildes Klima bekannt war, hatte es am Nachmittag stark und ohne Unterbrechung geschneit. Erst vor wenigen Stunden hatte es aufgehört, und der Himmel war aufgerissen. Nun prangten Tausende funkelnder Sterne am Schwarz des Himmels.

Und da der Mond in dieser Nacht vor Weihnachten seinen gelblichen Schein über die Berge schickte, glitzerte die makellose Schneedecke wie ein Meer aus diamantbestickten weißen Tüchern. Friedlich und wunderschön lag die Landschaft vor Adam. Still in ihrer Perfektion, bildete sie einen gewaltigen Kontrast zu dem emotionalen Sturm, der in seinem Inneren tobte.

Wieder einmal lehnte er an seinem offenen Fenster und inhalierte tief die eisige Nachtluft, um sein Gemüt abzukühlen, als auf der entgegengesetzten Seite des Hauses ein schwarzer Wagen um die Straßenecke bog und schärfer abbremste, als es bei dieser ungewohnten Witterung ratsam gewesen wäre.

Adam sah weder, wie der Wagen leicht schlingernd zum Stehen kam, noch bemerkte er, dass ihm eine zierliche junge Person entsprang und eiligen Schrittes auf das Haus zulief. Er hörte auch nichts von dem kurzen Gespräch, das sie mit seinem Meister führte, der die Stille des Abends auf der Bank neben der Haustür genossen hatte und sich nicht mal über ihr Erscheinen zu wundern schien. »Guten Abend, Sir! Bitte entschuldigen Sie die späte Störung, so kurz vor Weihnachten noch dazu, aber lebt hier vielleicht ein gewisser Mr. Winterfield?«

»Guten Abend, die Dame. Adam Winterfield, meinen Sie?«

Ein hastiges Nicken folgte dem verschämten Blick. Es war offensichtlich, was allein der Klang seines Namens in ihr auslöste. »Ja, ich meine Adam, Sir«, hauchte sie so zart, dass ihr Atem trotz der klirrenden Kälte kaum dampfte.

»Adam lebt hier, jawohl. Soll ich ihn für Sie rufen? Ich denke nicht, dass er schon schläft.«

Die junge Frau warf einen gehetzten Blick in Richtung des laufenden Wagens hinter ihr, an dessen Steuer ein Mann saß. Eine dunkle Silhouette in noch dunklerer Nacht – als mehr war er nicht auszumachen.

Das Fräulein blinzelte einige Male schnell hintereinander und ließ den Blick an der Fassade des alten Hauses emporgleiten, vermutlich in der vergeblichen Hoffnung, Adams Gestalt zumindest für einen kurzen Moment hinter einem der oberen Fenster zu erhaschen. Doch die dahinterliegenden Räume waren unbeleuchtet, sein Anblick blieb ihr verwehrt.

»Nein«, entschied sie schließlich. »Aber, wenn Sie ihm das hier von mir geben und ihm ein frohes Weihnachtsfest wünschen würden, wäre ich Ihnen sehr verbunden.« Damit trat sie einen Schritt auf den fremden Mann zu, der sich bei ihrem Erscheinen höflich von seiner Bank erhoben hatte, und drückte ihm ein kleines unscheinbares Paket in die Hände.

»Natürlich«, willigte er ein. »Ich werde es ihm sofort auf sein Zimmer bringen.«

»Vielen Dank«, sagte die junge Dame, umfasste mit ihren zierlichen, behandschuhten Fingern die gröbere Hand des Mannes und drückte sie kurz, bevor sie sich zum Gehen wandte. »Und Ihnen wünsche ich auch ein friedvolles Weihnachtsfest, Sir.«

»Oh ja, Ihnen auch, Ihnen auch. Wünschen Sie sich etwas Schönes!«

Ein trauriges Lächeln legte sich über das Gesicht der jungen Frau. »Das habe ich bereits«, flüsterte sie ungehört, nur zu sich selbst, und beeilte sich dann, wieder auf der Beifahrerseite des Wagens einzusteigen.

Adam schreckte aus seinen Gedanken, als es an seiner Zimmertür klopfte. Nach getaner Arbeit ließ ihn der Meister für gewöhnlich in Ruhe. War etwas geschehen? Hatte er nun doch einen verhängnisvollen Fehler begangen?

»Herein!«

Die Türklinke wurde herabgedrückt, die gutmütigen Augen des Älteren kamen zum Vorschein. »Darf ich eintreten?«

»Aber sicher!« Nervös knetete Adam seine Hände, bevor ihm seine Manieren einfielen und er das Zimmer mit nur drei Schritten durchkreuzte, um den einzigen Stuhl hinter dem Sekretär hervorzuziehen und seinem Meister anzubieten. Doch der winkte ab. »Danke, aber nein danke. Ich habe eben schon lange genug in der Kälte gesessen. Bin halb steif gefroren … Hier!« Er streckte dem jungen Mann das Päckchen entgegen. »Das wurde gerade für dich abgegeben. Von einer jungen Frau. Einer sehr attraktiven jungen Frau, wenn ich mir diesen kleinen Zusatz erlauben darf.«

Adam nahm das Lächeln seines Meisters kaum wahr. Wie gebannt starrte er auf das schmale, in schlichtes Packpapier gewickelte Päckchen in seinen Händen. Konnte das wirklich wahr sein?

»Ich soll dir ein frohes Weihnachtsfest wünschen«, sagte der Meister. »Ich hätte dich ja gerufen, aber sie war offensichtlich sehr in Eile.« Er kratzte sich am Kopf, wirkte nachdenklich. »Schien regelrecht gehetzt, die Kleine. Wie ein junges Reh auf der Treibjagd.«

Adam hatte immer noch nicht aus seiner Starre gefunden.

Gracey. Sie war tatsächlich zu ihm gekommen, hatte ihm ein Weihnachtsgeschenk gebracht. Kein Wunder, dass sie dabei unruhig gewirkt hatte. Wie war ihr dieses mittlere Wunder überhaupt geglückt?

»Vorweihnachtsstress«, krächzte er endlich, was seinem Meister ein Lachen entlockte. »Ja, scheint ganz so. Aber sag mal, ist sie nicht die Tochter von Edward Sanders, dem Bankier?«

Adam blinzelte und rang sich nur ein Nicken ab, weil er seiner trockenen Kehle keinen einzigen weiteren Laut mehr zutraute.

»Soso«, sagte der Meister und fuhr sich grübelnd über sein stoppeliges Kinn. Adam gab keinen Mucks von sich. Mit zittrigen Fingern drückte er auf Graceys Geschenk herum und stieß dabei auf etwas Flaches, Hartes.

Nie zuvor hatte er sich mehr nach ungestörter Einsamkeit gesehnt als in diesem Moment.

»So, ich werde jetzt zu Bett gehen«, beschloss der Meister unter einem herzhaften Gähnen, als hätte er Adams Gedanken gelesen. An der Tür drehte er sich jedoch noch einmal um. »Weißt du, in gewisser Weise ist es ganz schön, dass wir beide Junggesellen sind, Adam. So bleiben uns die kommenden Feiertage, um uns außerhalb der Arbeit endlich mal ein wenig näher kennenzulernen. Vielleicht erzählst du mir von deiner kleinen Miss. Und vielleicht kann ich dir dann auch die Angst nehmen, die dir so sehr im Nacken sitzt.«

Adams verdutztes Gesicht schien ihm Aufforderung genug zu sein, sich näher zu erklären. Er lachte. »Ich werde dich nicht für irgendwelche Fehler, die wohl jeder noch so gewissenhafte Lehrling begeht, auf die Straße setzen, Junge. Ich werde dir weiterhin Fleiß abverlangen, viel Fleiß sogar, Sorgfalt und gutes Benehmen unseren Kunden gegenüber. Aber ich werde mich nicht von dir trennen, solange du mir keinen triftigen Grund dafür lieferst.« Er streckte seinen Arm nach seinem Schützling aus und legte die Hand schwer und wohlwollend auf Adams Schulter. »Ich habe mich doch ganz bewusst für dich entschieden, Junge«, sagte er mit einem gütigen Lächeln. »Und schlimm sind nicht die Menschen, die wissen, dass sie noch viel lernen müssen. Schlimm sind nur diejenigen, die glauben, bereits alles zu wissen.«

Adam nickte dankbar und neigte den Kopf, um die aufsteigenden Tränen unbemerkt zurückzublinzeln.

»Was meinst du, sollen wir morgen gemeinsam zur Mitternachtsmesse in die St.-James-Kathedrale fahren? Im vergangenen Jahr haben sie dort eine weitere Orgel installiert und die östliche Apsis freigegeben, weil der Chor zu groß geworden war. In ganz Seattle gibt es keine andere Kirche mit einer vergleichbaren Atmosphäre und Akustik, das sage ich dir.«

»Gerne, Sir!«, erwiderte Adam mit rauer Stimme und beobachtete dann stumm, wie der Meister mit einem zufriedenen Lächeln auf den Lippen sein Zimmer verließ.

Sobald er wieder allein war, nahm Adam auf der Kante seines neuen Bettes Platz und öffnete voller Ungeduld das Päckchen. Erst als alle Schnüre gelöst waren und ihm nichts weiter zu tun blieb, als es auf seinen Knien liegend von dem Papier zu befreien, atmete er noch einmal tief durch und zwang sich zur Ruhe.

Dies war ein bedeutungsvoller Moment. So lange hatte er auf ein Zeichen von ihr gewartet, so lange gehofft und gebangt. Jetzt sollte er den Augenblick wertschätzen und genießen, anstatt ihn mit seiner ungestümen Art zu zerstören.

Nur, was, wenn dieses Päckchen gar kein Geschenk war? Was, wenn Gracey ihm nur ein letztes Mal geschrieben hatte, um seine verbliebenen Hoffnungen zunichtezumachen und ihm mitzuteilen, dass ihr Herz dem seinen nicht länger zugetan war?

»So unmittelbar vor Weihnachten? Ich bitte dich!«, murmelte er leise zu sich selbst und schüttelte beinahe verächtlich den Kopf. Nein, er kannte sie und hätte keine Sekunde an ihr zweifeln dürfen. So war Grace nicht.

Nicht länger imstande, sich zurückzuhalten, schlug Adam das Packpapier auf und blickte direkt auf einen Briefumschlag, auf dem in schönster Schrift sein Name prangte. Sie hatte ihm geschrieben. Er konnte ihre Gedanken lesen, würde erfahren, was sich in der Zwischenzeit in ihrem Leben ereignet hatte und wie es ihr ging.

Die Vorstellung allein ließ sein Herz noch höher schlagen. Gerührt nahm er den Umschlag an sich, strich mit dem Daumen über seinen Namenszug. Unter dem Brief befand sich ein weiteres, in blaue Seide geschlagenes Päckchen. Behutsam legte er den Umschlag beiseite und öffnete das eigentliche Geschenk.

»Ein Bild. Bitte lass es ein Bild von dir sein«, brummte er in einer Endlosschleife, bis sich sein Wunsch erfüllte und sein Blick auf einen schlichten Pappbilderrahmen mit einer wunderschönen Fotografie von Gracey fiel. Sicher, sie sah ein wenig steif und angespannt aus, wie es bei den gestellten Aufnahmen dieser Art üblich war. Mit einem leicht eingefroren wirkenden Lächeln und einem bedeutend kürzeren Haarschnitt als dem, den sie noch vor einem Vierteljahr getragen hatte, saß sie in einem Lehnstuhl und schien Adam direkt anzusehen.

Er ließ sich rückwärts auf sein Bett fallen, das Bild mit sich nehmend. Sekundenlang starrte er es an, bevor er es überglücklich an seine Brust drückte und die Augen schloss. Der Kummer und die Ungewissheit der verstrichenen Monate erloschen in diesem einen Moment. Es war einer dieser Augenblicke, aus denen die Ewigkeit gestrickt ist. Einer, der so lange bleibt wie die Menschen, die ihre Erinnerungen daran tief in ihren Herzen tragen und schließlich mit sich ins Grab nehmen.

Nein, Gracey hätte ihm wirklich kein schöneres Geschenk machen können als dieses Bild von ihr, das fortan auf Adams provisorischem Nachttisch – bestehend aus zwei gleich hohen Bücherstapeln und einem darüberliegenden Holzbrett – stehen würde.

Adam selbst widerrief diese Feststellung, dass Gracey ihm keine größere Freude hätte bereiten können, als er kurze Zeit später den Briefumschlag öffnete und darin, in ein kleines Stück Samt gewickelt, ein weiteres Geschenk von ihr vorfand. Nachdem er etliche Minuten darauf verwendet hatte, immer wieder an der dicken, abgeschnittenen Locke zu riechen und die hellbraunen Haare, die sie mit einer blauen Schleife gebündelt und fixiert hatte, zwischen seinen Finger zu zwirbeln, legte er seinen Schatz neben sich auf dem Kopfkissen ab und widmete sich endlich Graceys Brief.

Besorgt und mitfühlend nahm er ihr Schriftbild zur Kenntnis, für das sie sich in einem ihrer ersten Sätze sogleich entschuldigte. Unnötig, denn natürlich konnte er sich vorstellen, in welcher Hast sie geschrieben haben musste, zumal der Brief das taggleiche Datum trug.

Mit großer Erleichterung hingegen las er, was sie ihm durch ihre Geschenke ohnehin schon verraten hatte: dass sie ihn nach wie vor und von ganzem Herzen liebte.

Wieder wandelte sich seine Stimmung – in Empörung diesmal –, als er erfuhr, dass Grace nach dem Auffliegen des gemeinsam aufgesetzten Schwindels von ihren Eltern auf eine Privatschule nach Ellensburg, ins Zentrum des Staates Washington, »verbannt« worden war, wie sie es selbst formulierte. Sie hasste es, sich mit ihren neunzehn Jahren dem Willen der Mutter beugen zu müssen, aber was blieb ihr anderes übrig?

Auf dieser Schule, einem streng geführten Mädcheninternat, wurde ihre – und nur ihre – Post abgefangen, geöffnet und überprüft, bevor man sie an Grace weiterleitete. Noch strenger verhielt es sich mit den Briefen, die sie versandte. Es war ihr lediglich gestattet, Post an ihre elterliche Adresse zu verschicken.

All das schrieb Grace ihrer Mutter zu, die im Hause Sanders das Zepter in der Hand hielt und es als deutsche Einwanderin mit einer längst überholten Strenge schwang.

Mrs Sanders hatte auch das Personal instruiert, auf keinen Fall Briefe von Adam an Grace weiterzuleiten, und jedem mit sofortiger Kündigung gedroht, der es wagen würde, sich dieser Anordnung zu widersetzen.

Aus diesem Grund war es Adams Freund David wohl auch nie gelungen, der sonst so gütigen Emma, dem Küchenmädchen der Sanders, bei ihrer wöchentlichen Einkaufstour einen Brief unterzujubeln. Darum hatte sie sich jedes Mal so hektisch umgesehen, wenn David ihr aufgelauert hatte, und ihn vertrieben, ehe er auch nur das Wort an sie hatte richten können. Zumindest hatte er ihr den Betrieb zuraunen können, bei dem Adam untergekommen war, und Emma hatte ihm leise zischend versprochen, dass sie es Ms Grace bei ihrem nächsten Zusammentreffen ausrichten werde, wenn er im Gegenzug verspräche, sie fortan in Ruhe einkaufen zu lassen.

Ja, Mrs Sanders schien ihr Personal sehr erfolgreich eingeschüchtert zu haben.

Zumindest den alten Oscar hatte Grace zu dem gewagten Ausflug dieses Abends überreden können. Als Butler und Chauffeur der Sanders kannte er Grace seit ihrer Geburt und konnte ihr keinen Gefallen abschlagen, sobald sie unter klimpernden Wimpern zu ihm aufsah. Mit ihren braunen Rehaugen hatte sie den armen Kerl auch an diesem Abend um ihren kleinen Finger gewickelt und nicht lockergelassen, ehe er einwilligte, bei Adams Unterkunft vorbeizufahren und sie dort für eine Minute abzusetzen – »Eine einzige Minute, Ms Grace, danach brause ich auf und davon, so wahr mir Gott helfe!« –, damit sie ihr Geschenk abgeben konnte.

Gerührt las Adam weiter, dass Grace fürchtete, er könnte

ihre Liebe nach all dem, was sie ihm mittlerweile geschildert hatte, als eine Art Rebellion gegen ihre Eltern werten. Sie schwor ihm hoch und heilig, dass dem nicht so war und dass sie die Tage bis zu ihrer Volljährigkeit zählte, um dann endlich aus dem gläsernen Käfig, zu dem ihr Leben verkommen war, auszubrechen und an Adams Seite einen Start in die Unabhängigkeit zu wagen.

Daher begrüßte sie seinen Eifer auch sehr, sein Wissen durch gezieltes Lesen und eine Art Selbststudium zu erweitern und nebenbei ein Handwerk zu erlernen. Sie vertraue ihm voll und ganz, ließ sie ihn wissen.

Ich weiß, dass ein Mädchen, das etwas auf sich hält, so etwas nie schreiben dürfte, aber mein Herz liegt in Deiner Hand, Adam.

Diesen Satz las er wieder und wieder, und mit jedem Mal hoben sich sein Kinn und seine Schultern ein wenig mehr, spürte er, wie der Stolz seine Brust stärker anschwellen ließ.

Und dann las er den letzten, den wichtigsten Absatz, in dem sie ihre Bitte äußerte:

Ich kann nur hoffen, dass Dir bewusst ist, was ich hier gerade tue, Adam. Wie weit ich mit allen meinen Geständnissen gehe, ohne überhaupt zu wissen, ob Du noch das Geringste für mich empfindest. Ich weiß ja nicht einmal, ob Du überhaupt noch an mich denkst.

Aber schon bevor mir klar wurde, dass mich meine Mutter wegschicken würde, schwor ich Dir, einen Weg zu Dir zu finden, und da ich nun wirklich nichts mehr ersehne als bedingungslose Klarheit, möchte ich Dich auch um ein Weihnachtsgeschenk für mich bitten, mein Liebster:

Auf Drängen meines Vaters hat Mutter mir zugestanden, bis zum Anbruch des neuen Jahres auf Besuch zu bleiben.

Mir ist bewusst, was ich mit meiner Bitte riskiere, und ehrlich gesagt weiß ich nicht einmal, ob der Plan gelingt, aber ich bitte Dich, einen Boten zur morgigen Mitternachtsmesse in die St.-James-Kathedrale zu senden. Ich werde dort sein, selbstverständlich in Begleitung meiner Eltern und der alten Adele. Doch irgendwie sollte sich zwischen dem Durchreichen von Bibeln und Gesangbüchern, trotz meines Begleitschutzes, die Möglichkeit ergeben, mir einen Brief von Dir zuzustecken, denkst Du nicht auch? Oh, ich hoffe es so sehr, Adam. Ich brauche die Gewissheit darüber, wie es Dir geht und wie es um uns steht!

Und mit diesem verzweifelten Flehen endete Graceys Brief. Adam schluckte. Hart.

Was für ein unfassbarer Zufall, dass er gerade, vor weniger als einer halben Stunde, noch eingewilligt hatte, mit seinem Meister ebendiese Mitternachtsmesse zu besuchen, von der Grace in ihrem Brief schrieb. Doch war es wirklich Zufall? Adam deutete es vielmehr als Wink des Schicksals.

Dennoch – wie er den Gedanken an ein Wiedersehen auch drehte und wälzte –, es ging nicht, er konnte die Kirche unmöglich gemeinsam mit Grace betreten.

Auch Gracey selbst wusste, dass sie sich nicht sehen durften, doch sie erhoffte sich eine Nachricht von ihm. Und er wollte nichts mehr, als ihr diesen Wunsch zu erfüllen.

Entschlossen erhob er sich und schob den Stuhl zurück zu seinem Sekretär. Er würde ihr schreiben, ihr endlich sein Herz ausschütten, jetzt sofort. Dabei würde er sie mit seiner angelesenen Wortgewandtheit beeindrucken und mit seiner sauberen Schrift. Nicht umsonst hatte er an beinahe jedem Abend geübt.

Ein Bild von sich besaß er zwar nicht, aber er konnte seinen Brief ebenfalls mit einer Locke spicken.

Oh ja, er würde ihr geben, was sie sich wünschte. So lange hatte er auf diese Möglichkeit gewartet. Nie wieder sollte sie an seiner Zuneigung, an seiner Liebe zweifeln.

Aber …

Abrupt hielt er in seinen geschäftigen Bewegungen inne, nahm auf dem Stuhl Platz und starrte irritiert auf das leere Blatt Papier vor ihm. Wie sollte er es anstellen, ihr diesen Brief zuzustecken? Wen konnte er mit dieser höchst brisanten Aufgabe beauftragen? David, sein einziger und bester Freund, hatte vor über einem Monat auf der Cedric, einem gewaltigen Frachtschiff, angeheuert. Nun war er irgendwo auf dem Pazifischen Ozean unterwegs und würde vor dem kommenden Frühjahr keinen Fuß mehr auf amerikanischen Boden setzen, zumindest nicht dauerhaft.

Adam versuchte, seine Gedanken zu bündeln. Mit Daumen und Zeigefinger kniff er sich in die empfindliche Stelle seines Nasenbeins, deren leichte Verdickung noch als einziges Überbleibsel an den fiesen Bruch erinnerte, den er sich vor drei Jahren bei einer Prügelei im heimatlichen Manchester zugezogen hatte.

So tat er es auch immer, wenn die Müdigkeit am Abend zu früh über ihn hereinzubrechen drohte. Und tatsächlich, der Kniff wirkte. Denn mit dem Schmerz durchzuckte ihn auch das Gesicht seines Meisters. Hatte dieser nicht gesagt, er wolle mehr über seinen Lehrling erfahren, ihn endlich besser kennenlernen?

Nun, seine Liebe zu Grace hatte Adam bis zu diesem Moment wie einen geheimen Schatz in seinem Herzen bewahrt und, zumindest seitdem David in See gestochen war, mit niemandem mehr darüber gesprochen. In gewisser Weise widerstrebte es ihm, das nun zu ändern, doch welche Alternative blieb ihm? Stumm grübelte er noch eine Weile vor sich hin, aber seine Gedankenzüge fuhren Karussell und endeten in einem tiefen Seufzer.

»Es gibt keine«, sagte er in die Stille des Raums zu sich selbst und griff behutsam nach der weichen Locke, die er mit sich an seinen Sekretär genommen hatte. Wieder zwirbelte er Graceys Haar zwischen seinen Fingerspitzen, wie so oft im vergangenen Sommer, wenn sie sich davongestohlen und eng verschlungen im Halbschatten der alten Eiche auf ihrer Lichtung gelegen hatten, bis die untergehende Sonne von den Spitzen der Berge gekostet hatte. Mit einem verträumten Lächeln im Gesicht erinnerte sich Adam an den rötlichen Glanz, den ihre Haare ausschließlich in diesem warmen Licht bekommen hatten.

»Nein, ich sehe keine andere Möglichkeit. Ich werde es versuchen, Gracey«, flüsterte er ihrer Locke verschwörerisch zu.

Jeremy

Irgendwo in Idaho, drei Stunden und vierundzwanzig Minuten vor dem Fund der geheimen Briefe

Gut, meine Idee war spontan und intuitiv. Aber dass sie dermaßen dämlich war, wird mir erst bewusst, als ich schon so lange hinter dem Lenkrad sitze, dass ich meine Beine kaum noch spüre. Ein Wagen vor mir wechselt auf meine Spur … und ich lege beinahe eine Vollbremsung hin, so taub ist mein Fuß. Ebenso wie mein rechter Arm. Fast fühlt es sich so an, als hätte ich gar keinen. Ich weiß, dass diese Beschwerden von meinem Nacken kommen. Denn ich bewege mich zu wenig, meine Muskulatur erschlafft langsam, aber sicher. Doch was soll ich tun? In den letzten Wochen hatte ich dank eines Riesenmandats keine Zeit, regelmäßig ins Fitnessstudio zu gehen oder Squash zu spielen. Nur der Himmel weiß, wie Rob gerade diese Hobbys mit unserem Fall vereinbart bekommt.

Das letzte Mal, als ich so lange am Steuer saß, war ich gemeinsam mit Studienkollegen zum Spring-Break-Festival nach Florida unterwegs. Das ist nun fast ein Jahrzehnt her, und ganz ehrlich: An diese Fahrt habe ich nur noch sehr verschwommene Erinnerungen.

Zum Glück gelingt es mir durch ständiges Krümmen und Strecken meiner Zehen und Finger, das Gefühl wieder einigermaßen zurück in Bein und Arm zu kriegen, ehe mich mein Navi wissen lässt, dass ich den Highway bei der nächsten Ausfahrt verlassen muss. Nach insgesamt fünfeinhalb Stunden Fahrt habe ich dann angeblich meinen Zielort erreicht, auch wenn ich das stark bezweifle.

Nichts an diesem verschlafenen Städtchen wirkt irgendwie einladend, geschweige denn zielortmäßig auf mich. Weder die breiten, wenig genutzten Bürgersteige noch die holzvertäfelten, in blassen Farben gestrichenen Häuser mit ihren Butzenscheiben und Fensterläden. In diesem Ort scheint die Zeit stehen geblieben zu sein, und zwar nicht erst gestern.

Ich parke vor einem Gebäude der Größe eines bescheidenen Einfamilienhauses. Es ist mintfarben, und von den Fensterläden sowie der Eingangstür blättert weißer Lack. Unter dem flachen Giebel ragt eine Amerika-Flagge aus der Hausfassade. Über einem der beiden großen Fenster im Erdgeschoss ist ein Lotto-Schild angebracht, über dem anderen eines, das »Benzin – Lebensmittel – Bier« verspricht.

Außerdem hängt ein Kaugummiautomat neben der weit geöffneten Eingangstür, auf der anderen Seite stehen ein Ständer mit Postkarten, ein Briefkasten und ein runder kleiner Bistrotisch mit einem einzelnen schmiedeeisernen Stuhl. Auf dem Parkplatz neben mir stehen drei weitere Fahrzeuge. Alles Pick-up-Trucks.

So, es ist offiziell: Ich bin nervös.

Vielleicht hätte ich mich im vergangenen Jahrzehnt mal aus den Großstädten Amerikas herausbewegen sollen, denn ich dachte wirklich, solche Läden wären schon längst ausgestorben oder zumindest der Route 66 vorbehalten. Dass dieser sogar an einem Sonntagnachmittag geöffnet hat, erscheint mir hier draußen, mitten im Nichts, fast wie ein Wunder.

Irgendwo hier wohnt sie also?

Was genau muss schieflaufen, dass es einen Menschen, der zumindest Teile seiner Kindheit und Jugend in einer Metropole wie Seattle verbracht hat, hierhin verschlägt?

Andererseits könnte ich auf diese Weise zumindest Erfolg mit meiner Suche haben, denn dieses Nest erscheint mir exakt eines der Art zu sein, in dem jeder jeden kennt. Und das ist gut so, weil ich Marys private Adresse oder Telefonnummer vor meiner Abfahrt nicht mehr herausfinden konnte, sosehr ich das Internet auch durchforstete. Momentan weiß ich also nur, dass sie in dieser Praxis arbeitet, mehr nicht.

Mein Magen meldet sich lautstark. Das Geräusch klingt eher wie das Heulen eines Wolfes als wie ein simples Knurren.

Ob es hier wohl Wölfe gibt? Oder Elche?

Seufzend verlasse ich meinen Wagen, strecke mich und betrete dann den seltsamen Shop. Ein stämmiger Mann in einem karierten Flanellhemd steht hinter dem Kassentresen und begrüßt mich brummend. Ich biege hinter das erste Regal, finde dort einige in Folie verschweißte Lebensmittel und schwer verderbliche Konserven und komme zu dem Schluss, dass ich damit wohl nicht allzu viel falsch machen kann. Also belade ich meine Arme unter dem kritischen Blick des Besitzers und nehme beim Bezahlen meinen gesamten Mut zusammen, indem ich ihn frage, ob er zufällig eine Marielle Welley kennt.

Er schiebt mir mein Wechselgeld zu und mustert mich lange, dann knurrt er mich erneut an: »Wer sind Sie?«

Tja, wer bin ich?

»Nun, wir sind vor Jahren zusammen zur Schule gegangen. Ich war gerade in der Gegend und weiß, dass sie hier in einer physiotherapeutischen Praxis arbeitet, als … ähm, Sekretärin, glaube ich. Aber … ich kenne leider ihre Adresse nicht.«

Wieder dieser lange, skeptische Blick. Noch länger diesmal. Noch skeptischer. »Und du hast nicht mal ihre Telefonnummer, wenn du schon weißt, wo sie arbeitet und seit Jahrzehnten mit ihr befreundet bist?«

Dieses Gespräch läuft offensichtlich ganz falsch.

Warum nur komme ich mir unter diesen Augen und den tief herabgezogenen buschigen Brauen wie ein Schwerenöter vor?

»Schon gut«, sage ich schnell, nehme mein Wechselgeld und die Einkäufe an mich, verzichte darauf – wie ursprünglich angedacht –, noch zu tanken, und suche stattdessen das Weite, ehe mich dieser eigenartige Bär in seinem karierten Hemd noch lyncht.

Nachdem ich mir einige meiner Einkäufe einverleibt habe, geht es mir bedeutend besser. So gut sogar, dass ich beschließe, die Gegend etwas zu erkunden, ehe ich mich weiter der Suche nach Mary widme. Sie wird vermutlich ohnehin nicht da sein. So unmittelbar nach dieser Mammutfahrt kommt es mir nahezu verrückt vor, zu glauben, sie wäre einzig und allein wegen eines Blind Dates nach Seattle gekommen. Nein, sie muss sich auf einem Besuch bei ihren Verwandten oder Freunden befinden. Und wer weiß, wie lange dieser Urlaub noch dauern wird. Natürlich, sie sagte »Lass uns nach Hause fahren« und »Ich will einfach nur in mein Bett«. Worte, die meine Idee, ihr nachzufahren, festigten. Doch nun denke ich, es ist wesentlich wahrscheinlicher, dass ihre Freundin irgendwo in Seattle oder Umgebung lebt und Mary ihr »nach Hause« nicht ganz so wörtlich meinte, wie ich es in meiner ersten Entschlossenheit auffasste. *Bitte lass meine Reise nicht umsonst gewesen sein!*

Ich halte in einer Ausbuchtung am Rande der Straße, direkt an einem weiten See, und verlasse mein Auto. Die Luft ist klar und kühl, angereichert mit dem Geruch von Kiefernnadeln und feuchter Erde. Sie verleitet mich förmlich dazu, die Augen zu schließen und tief durchzuatmen.

Es ist eigenartig, aber während ich so an meinen Wagen gelehnt dastehe und einige Atemzüge tue, ist mir, als würde sich ein Band um mein Herz lösen. Und als ich meine Augen wieder öffne, hat sich – wie von selbst – ein Lächeln auf meinem Gesicht entfaltet.

Ich überprüfe mein Schuhwerk, befinde das Profil meiner Sportschuhe für ausreichend und begebe mich an den trotzdem recht abenteuerlichen Abstieg des Hangs, der sich vor mir erstreckt und direkt auf den See zuführt. Konzentriert kämpfe ich mich zwischen knöchelhohen dornigen Pflanzen und aus der Erde ragenden Wurzeln hindurch, rutsche über loses Gestein und fluche schließlich vor mich hin, als ich endgültig den Halt verliere, mit dem Hintern auf die feuchte Erde plumpse und meine Jeans einen dunkelbraunen Fleck an denkbar ungünstigster Stelle davonträgt.

Dennoch – unten angekommen, dauert es nicht lange, bis ich mich versöhnt fühle. Beinahe andächtig genieße ich den Blick über den spiegelglatten See. Die Sonne steht schon tief am Himmel, in einer guten Stunde wird es wohl dunkel sein. Der Herbst ist nicht gerade meine Lieblingsjahreszeit, aber dieser Stimmung hier am See, so kurz vor der Dämmerung, haftet etwas durch und durch Friedvolles an.

Einige Vögel zwitschern, irgendwo klopft ein Specht, und ab und zu lässt ein rauerer Windstoß – wie eine Vorahnung auf die Kälte der bevorstehenden Nacht – das hohe Schilf in der kleinen Ausbuchtung rascheln. Abgesehen von diesen Geräuschen herrscht absolute Stille. Und ja, ich muss zugeben, landschaftlich ist es hier wirklich wunderschön.

Allerdings hält die Ruhe nicht sehr lange an.

»Peter, hier! Das ist die perfekte Stelle, denkst du nicht?« Es ist ein Mann mittleren Alters, der meinen gerade entdeckten Frieden mit seinem Ruf stört. Er taucht nur etwa fünfzig Meter entfernt von mir hinter dem Schilf am Fuße des Hangs auf, dicht gefolgt von einem weiteren Mann seines Alters. Peter, wie ich vermute. Gerade will ich mich abwenden und den Hang wieder emporsteigen, als sie mich bemerken.

»Oh, hey!«, ruft der Erste. »Sie hatten diesen Platz nicht gerade für sich ausgesucht, oder? Zum Angeln?«

Kopfschüttelnd winke ich ab. »Um Gottes willen, nein! Ich angele nicht. Wüsste nicht mal, womit ich dabei anfangen sollte.«

»Ah, ein Fremder!«, ruft er lachend und hebt seine Hand. »Na dann, nichts für ungut.«

Ich erwidere seinen Gruß und unternehme einen weiteren Versuch, mich zu verdrücken, als mich die Stimme des anderen Mannes erreicht.

»Sie verpassen etwas, junger Mann! Vielleicht wollen Sie es ja mal versuchen?«

Zunächst weiß ich nicht, wie ich darauf reagieren soll. Sekundenlang suche ich vergeblich nach einer Ausrede, bis mir Peter bereitwillig seine Angel entgegenstreckt. Warum eigentlich nicht, durchzuckt es mich, also mache ich kehrt und steuere auf die beiden zu.

Was dann geschieht, ist mehr als nur seltsam. Ich angele. Zwischen zwei fremden Männern, die vom Alter her wohl beide meine Väter sein könnten und mich einfach so – mir nichts, dir nichts – in ihre Mitte holen. Offen und ausgiebig erzählen sie mir dabei von ihrer gemeinsamen Leidenschaft, dem Nachtangeln, dem sie allerdings nur selten zusammen nachgehen können.

»Diese Möglichkeit ergibt sich nur, wenn meine Frau und ich aus Nevada kommen, um unsere Tochter und unsere kleine Enkelin zu besuchen«, erklärt Peter, während er einen Wurm an dem Haken seiner Angel befestigt und sie mir reicht.

»Unsere gemeinsame Enkeltochter«, fügt Tom – wie er sich mir vorstellt – mit deutlichem Stolz in der Stimme hinzu und wedelt dabei mit der Hand zwischen Peter und sich hin und her. »Die Kleine ist noch keine drei Jahre alt, aber ich schwöre, sie hat das Angeln jetzt schon im Blut«, schwärmt er weiter, bevor er mir zeigt, wie ich mit der Angel ausholen muss, um die Schnur richtig auszuwerfen.

Mein erster Versuch endet schnell und erfolglos, indem der Haken im Schilf hängen bleibt und mir der plötzliche Ruck beinahe die Angelrute aus der Hand zieht.

»Oh, Entschuldigung!«, rufe ich, während Tom und Peter in schallendes Gelächter ausbrechen. »Ich glaube, das ist wirklich nichts für mich Stadtkind.«

»Ach was!«, sagt Peter mit einer wegwerfenden Handbewegung. »Man darf den Mut nur nicht so schnell verlieren. Los, direkt noch einmal!«

Dieser Versuch gelingt, was mir ein anerkennendes Schulterklopfen von Tom einbringt. »Na, siehst du, geht doch.«

»Und jetzt?«, frage ich.

»Jetzt bist du mittendrin«, sagt Peter. »Also setz dich, Junge, und nimm dir ein Bier.«

Wie ein Musterschüler der Anweisung seines Lehrers folgt, so prompt komme ich Peters Aufforderung nach. Tom und er gesellen sich zu mir, sobald die zweite Angel ausgeworfen wurde. Eine Weile fachsimpeln die beiden noch über den Standort, den Lichteinfall und die für die Jahreszeit wohl recht milde Temperatur, dann gerät alle Theorie in den Hintergrund, als ich einen Ruck an meiner Angelrute spüre. Tom und Peter sind sofort an meiner Seite und helfen mir, den ersten Fang meines Lebens an Land zu ziehen. Fischfang. Frauen nicht mit eingeschlossen.

»Hey, du bist ja ein Naturtalent«, lobt Peter, der die arme Forelle an Ort und Stelle killt und auf Packeis in seine Kühltruhe legt.

»Wo kommst du eigentlich her? Seattle oder Portland?«, mutmaßt er.

Ich stutze. »Seattle.«

»Ist eine Gabe«, lacht er. »Ich höre den Menschen irgendwie an, woher sie kommen. Und was machst du hier? Was verschlägt dich nach Papen County?«

»Was für eine Frage!«, befindet Tom mit funkelnden Augen. »Eine Frau, natürlich. Ist es nicht so?«

Ich muss lachen. »Nicht so, wie du es klingen lässt, nein. Aber ja, eine Frau ist schon im Spiel.«

Meine Augen weiten sich, als mir mit dem Gedanken an Mary bewusst wird, dass mir in diesen Herren zwei weitere potenzielle Informationsquellen gegenübersitzen. »Sie … ist eine alte Schulkameradin, die ich gerne besuchen würde. Allerdings habe ich dummerweise nur ihre berufliche Adresse und … na ja, heute ist Sonntag.« Verlegen kratze ich mir den Nacken. »Ich befürchte, dass meine Idee ziemlich spontan war, und jetzt weiß ich überhaupt nicht, wie ich zu ihr finden soll.«

Tom fackelt nicht lange. »Raus damit, wie heißt sie? Vielleicht kenne ich sie ja.«

»Nun, ihr Name ist ein wenig außergewöhnlich. Sie heißt Marielle.« Tom grübelt eine Weile mit geschürzten Lippen, schüttelt dann aber den Kopf. »Nachname?«

»Welley.«

»Oh Himmel, er meint Mary!«, ruft er nun postwendend, was auch Peter ungläubig aufblicken lässt.

»Wirklich, ihr kennt sie?«, frage ich vollkommen verdattert.

Was, wenn sie Mary sehr gut kennen? Was, wenn sie gar mit ihr verwandt sind?

In diesem Nest scheint mir das nicht mal weit hergeholt.

Beide Männer nicken. »Oh, und ob ich sie kenne«, sagt Tom. »Sie ist die beste Freundin meiner Tochter und Julies Patentante.«

»Ihrer Tochter?«, wiederhole ich, nun vollkommen verwirrt. »Sagten Sie vorhin nicht, Julies Mutter wäre Ihre Tochter, Peter?«

Die beiden schauen sich an, wirken für einen kurzen Moment irgendwie … ja, ertappt. »Das ist kompliziert«, befindet Peter dann und lässt sich bereitwillig von Tom ins Wort fallen. »Also, ich weiß, wo Mary lebt. Nur … na ja, ihre postalische Adresse habe ich nicht im Kopf. Ich kann dir aber beschreiben, wo ihre Wohnung liegt. Es ist ein großes Haus am östlichen Stadtrand. Der Weg dorthin ist nicht schwer zu finden.«

Obwohl ich mich bei dem Gespräch mit Peter und Tom am äußerst westlichen Rand von Papen County befand, und obwohl ich gedanklich schon fünfundzwanzig Etagen von dem, was ich unter einem »großen Haus« verstehe, abgezogen habe, muss ich lachen, als ich mein Ziel erreiche.

Das beeindruckende Gebäude, in dem sich Marys Wohnung befinden soll, ist gerade mal vier Stockwerke hoch und liegt exakt neuneinhalb Minuten Fahrtzeit von der idyllischen Stelle am See entfernt.

Diese hatte ich nach Toms letzter Bemerkung beinahe fluchtartig verlassen.

»Du hast übrigens Glück, mein Junge«, sagte er noch, nachdem er mir den Weg hierhin detailliert geschildert hatte. »Erst gestern waren meine Tochter und Mary in Seattle. Sie hatten große Pläne und wollten eigentlich übers Wochenende bleiben, aber es gab dort wohl einen unschönen Vorfall, sodass sie ihren Trip vorzeitig abgebrochen haben und schon in der vergangenen Nacht zurückgekehrt sind.«

»Seattle? Du kommst doch auch aus Seattle«, erinnerte sich Peter punktgenau und entzündete meine Ohren mit diesem Statement und seinem plötzlich sehr kritischen Blick. Seit meiner Schulzeit habe ich mich nicht mehr so unangenehm überführt gefühlt wie in diesem Moment.

»Tja, Zufälle gibt's! Die Welt ist doch ein Dorf. Hätte ich das gewusst, hätte ich mir den Weg ja sparen können«, brabbelte ich vollkommen monoton, ohne Punkt und Komma, und lachte ein verräterisch gekünstelt klingendes Lachen. Dann sprang ich hastig auf, bedankte mich für den kleinen Angelkurs sowie das Bier und ließ die beiden Männer ratlos zurück, als ich schleunigst das Weite suchte.

Und nun sitze ich hier, mutterseelenallein in meinem surrenden Wagen, und fühle mich so angespannt, dass ich mich regelrecht dazu überwinden muss, den Motor endlich abzustellen. Was nicht bedeutet, dass ich aussteige, keinesfalls – sondern nur, dass es von jetzt an spürbar kälter wird.

Die fortgeschrittene Dämmerung lässt das cremefarbene Haus auf der gegenüberliegenden Straßenseite, dessen markant rote Fensterrahmen Tom bei seiner Beschreibung immer wieder erwähnte, von Minute zu Minute grauer wirken.

Ich bin angekommen. Nach einer halbtägigen Fahrt, einem Essen, das aus Chips, kalten Würstchen und Dosencola bestand, und einem Angel-Crashkurs mit zwei mir fremden Männern, sitze ich nun hier, irgendwo im Nirgendwo, direkt vor Marys Haus.

Alle Barrieren sind beseitigt, der Weg zu ihr liegt frei vor mir.

Also könnte ich mir endlich selbst beweisen, dass meine Entschlossenheit echt war, indem ich genau jetzt aussteige, diese für den quasi nicht vorhandenen Verkehr lächerlich breite Straße überquere und einfach auf den Klingelknopf mit

Marys Nachnamen drücke. Indem ich mich ihrer Wut stelle, ihrer Fassungslosigkeit, ihren Vorwürfen ... was auch immer mich erwartet.

Indem ich mich endlich, verdammt noch mal, bei ihr entschuldige und mein Gewissen damit erleichtere.

Doch noch bringe ich es einfach nicht über mich.

Feigling!

Plötzlich lässt mich ein tiefes Brummen inmitten der perfekten Stille aufhorchen. Ein Lastwagen biegt um die Ecke und hält mit einer zielsicheren Bremsung vor Marys Haus. Ein wenig versetzt allerdings, sodass ich den Eingangsbereich nach wie vor im Blick habe.

Ein Mann öffnet die Fahrertür, hievt sich schwungvoll hinter dem Steuer hervor und springt aus dem Laster. Er trägt etwas in der Hand, das wie ein ovaler Bilderrahmen aussieht.

Intuitiv lasse ich mein Seitenfenster ein wenig herabfahren und höre so, wie er pfeifend die Ladeklappe seines Lasters herablässt. Mit einer Sackkarre befördert er ein recht großes Möbelstück hervor und betätigt etwas umständlich die Klingel.

Nur Sekunden später gehen im zweiten, bisher dunklen Stock die Lichter an.

Mary!

Reflexartig sacke ich in meinem Sitz zusammen. Sie scheint mehrere Zimmer zu durchkreuzen, die sich alle der Reihe nach erhellen, bevor auch das Treppenhaus erleuchtet wird. Währenddessen hat der Mann den Hauseingang bereits betreten, dank der verglasten Tür kann ich ihn jedoch weiterhin beobachten.

Und was ich sehe, verwundert mich, denn er gebärdet sich nicht wie ein gewöhnlicher Lieferant. Ganz und gar nicht.

Er stellt die Karre ab, zieht Schubladen aus dem Möbelstück und stapelt sie geschickt zu seinen Füßen. So weit, so gut. Doch dann greift er in die Gesäßtasche seiner altmodischen Hose, zückt einen Zettel und geht in die Hocke, wo er an einer der unteren Schubladen hantiert. Dann steht er schnell wieder auf, greift um das Möbelstück herum, zieht von irgendwoher wieder diesen ovalen Bilderrahmen – *oder ist es ein Spiegel?* – hervor und hält ihn in einer Hand hinter seinem Rücken versteckt.

Es dauert vielleicht eine Minute, bis Mary am Fuß der Treppe erscheint. *Oh Mann, da ist sie!*

Ich war auf so einiges gefasst, aber offenbar nicht darauf, sie auf diese Weise wiederzusehen, das wird mir schlagartig bewusst. Denn Mary sieht mich nicht, ahnt nicht einmal, dass ich mich in ihrer Nähe aufhalte. Und so lächelt sie diesen fremden Mann an – warm, ohne jede Scheu und in offensichtlicher Freude über das seltsame ovale Mitbringsel, das er ihr überreicht.

Sie sieht hübsch aus, soweit ich das von dieser Entfernung aus beurteilen kann. Aber diese Erkenntnis ist es nicht, die mir die Kehle so stark zuschnürt, dass mir das Atmen schlagartig schwerfällt. Es ist mein schlechtes Gewissen.

Vor meinem geistigen Auge sehe ich sie noch einmal vor mir, wie sie mich gestern, im flackernden Licht der Kerzen, ebenso anlächelte wie nun ihn. Für die Dauer eines Wimpernschlags. Nur genau so lange, bis sie mich erkannte. Dann war all das Freudige, Hoffnungsvolle aus ihrem Blick gewichen und hatte dem blanken Entsetzen Platz gemacht.

Kein wütendes Gebrüll dieser Welt – nicht einmal Jeannines – hätte mich lauter und härter treffen können als dieser stumme Moment des Schocks in Marys hellen Augen.

Ist das wirklich alles erst gestern geschehen? Es fühlt sich an, als läge es eine Ewigkeit zurück.

Nun, es ist der Ursprung ihres Entsetzens, der eine Ewigkeit zurückliegt. *Über siebzehn Jahre.*

Wie tief muss ich sie damals verletzt haben, dass sie mich nach all dieser verstrichenen Zeit auch gestern noch so frisch verwundet und … ja, beinahe panisch ansah?

Eine Bewegung zieht mich aus meinen Gedanken. Offensichtlich war ich für eine Weile geistig entrückt, denn Mary läuft erneut die Stufen herab, auf den Lieferanten zu, der am Fuße der Treppe mit dem großen Möbelstück auf seiner Sackkarre hantiert. Beladen mit einigen Schubladen, steigt sie vor dem Mann die Treppe hoch. Er wuchtet den schweren Korpus hinter ihr die Stufen empor, bis beide aus meinem Sichtfeld verschwinden.

Die kommenden Minuten verbringe ich wie ein Spion. Hoffe, einen Blick durch die Fenster auf das Geschehen in Marys Wohnung zu erhaschen, bleibe jedoch blind und natürlich ebenso taub zurück. Die Zeit dehnt sich; wenige Minuten strecken sich zu einer gefühlten Stunde.

Endlich geht das Licht im Treppenhaus wieder an. Der Lieferant läuft die Treppe herunter, wirft einen Blick auf den Stapel der restlichen Schubladen … und verlässt grinsend das Haus.

Warum nur wirkt dieser Typ so zufrieden? Warum bringt er Mary die Schubladen nicht in die Wohnung hinauf? Ist das nicht sein Job? Und ist sein Gang nicht viel zu beschwingt für den eines Mannes, der gerade einfach ein beliebiges Möbelstück an eine beliebige Kundin ausgeliefert hat?

Und warum, um alles in der Welt, erwische ich mich dabei, unter diesem letzten Gedanken die Fäuste zu ballen?

Der Mann geht zu seinem Laster und öffnet die Tür. Dann geschieht etwas sehr Seltsames. Unmittelbar bevor er sich zurück hinter den Lenker hievt, dreht er sich um – absolut zielsicher – und schaut mir über die breite Straße hinweg direkt in die Augen. Erschrocken erwidere ich seinen Blick, den ich überhaupt nur sehe, weil ich vor einer Straßenlaterne geparkt habe, denn mittlerweile ist es vollkommen dunkel. Ein, zwei Sekunden sehen wir uns an, dann hebt er seine Hand an die seltsame Mütze mit dem breiten Schirmrand, die er trägt. Mit einem Gruß, der ebenso altbacken wirkt wie seine komplette Erscheinung, verschwindet er in seinem Laster, schmeißt den Motor an und braust schließlich davon.

Seltsamer Typ.

Es dauert noch eine Weile, dann erscheint Mary wieder am Fuß der Treppe. Sie wirkt irgendwie zögerlich, als sie sich zu den verbliebenen Schubladen herabbeugt und mit einem Zettel in der Hand wieder auftaucht.

Eine Botschaft. Er hat ihr eine Nachricht hinterlassen?

Ich verdrehe die Augen. Marys Mund formt ein »O«, sie wirkt verwundert. Dann faltet sie den Zettel zusammen und tritt näher an die verglaste Haustür heran. Sie lässt ihren Blick über die Straße schweifen, hin und her, bis auch sie mich plötzlich ansieht. So unverhofft, dass ich erneut innerlich zusammenfahre.

Mir ist klar, dass weder sie noch der komische Typ von eben viel erkennen können, schließlich sitze ich inmitten der Dunkelheit in meinem Auto. Wenn überhaupt, kann man lediglich die schwarze Silhouette meines Wagens gegen das Licht der Straßenlaterne sehen. Dennoch umfasse ich reflexartig mein Lenkrad und schaue dabei für einen Moment auf mein beleuchtetes Armaturenbrett.

Moment, was? Oh Scheiße, mein beleuchtetes Armaturenbrett?

Stehe ich hier etwa die ganze Zeit mit aufgeblendetem Licht, ich Idiot? Hastig schalte ich die Scheinwerfer aus. Mary schüttelt nur leicht den Kopf und lässt mich dann aufatmen, indem sie sich abwendet.

Bepackt mit den restlichen Schubladen, entschwindet sie schließlich wieder meinem Sichtfeld. Ich hingegen bleibe sitzen, bis zunächst das Licht im Treppenhaus erlischt und später das in Marys Wohnung. Bis ich meine Gliedmaßen vor Kälte kaum noch spüre.

Und in all der Zeit, die ich so allein in meinem Wagen sitze, versuche ich vergeblich herauszufinden, warum ich wirklich hier bin, wenn es mir offenbar nicht gelingt, über meinen Schatten zu springen und ihr noch einmal gegenüberzutreten. Warum ich mich so seltsam leer und ausgelaugt fühle. Und vor allem, warum, um alles in der Welt, meine Zähne unweigerlich zu knirschen beginnen, sobald ich an das wunderschöne Lächeln denke, das Mary mir verwehrte, dem Möbellieferanten aber so offen und bereitwillig schenkte.

Mary

Am nächsten Morgen, im Haus auf der anderen Straßenseite

Nach einer weiteren kurzen und unruhigen Nacht stehe ich ratlos vor meinem neuen Sekretär. Er ist übersät mit Briefen. Einundzwanzig, um genau zu sein. Und drei davon habe ich bereits gelesen.

Was soll ich nur tun?

Sicher hätte ich sie am liebsten alle gelesen, aber irgendwie fühlte sich das nicht richtig an.

Obwohl …

Natürlich sind sie für heutige Maßstäbe etwas kitschig. Dennoch hat dieser Adam mit seinen geheimen Worten mein Herz berührt. Der zweite Brief glich dem ersten, war nur wenige Wochen jünger und in ähnlich euphorischer Sprache verfasst.

Beide erzählten die Geschichte einer recht frischen, nur teilweise erfüllten Liebe zwischen der geheimnisvollen Grace und dem jungen Adam. Dieser war durch den Tod seiner Mutter schon etliche Jahre vor seiner Bekanntschaft mit Grace zum Waisen geworden und hatte sein Leben seither auf eigene Faust bestritten.

Beim Lesen sah ich ihn förmlich vor mir, wie er in einem kleinen, einfachen Zimmer an seinem Sekretär – der nun meiner war – saß und nach einem langen, von harter Arbeit und vielen Stunden des Selbststudiums geprägten Tag, müde, aber dennoch voller Hoffnung, diese Briefe schrieb.

Das seltsam lebendige Bild und die Gedanken rund um Adams erlesene Wortwahl zupfen an meinen Mundwinkeln und lassen mich lächeln.

Wäre er durch eine Zeitmaschine aus seiner Epoche in die heutige geschlüpft, und hätte er auch nur annähernd so geschwollen gesprochen, wie er schrieb – nicht auszudenken, wie der arme Kerl verspottet worden wäre.

Dabei war er längst nicht so brav gewesen, wie es seine Briefe an Grace auf den ersten Blick suggerierten. Hinter vorsichtigen, wohlüberlegten Formulierungen steckte ein junger Rebell, der eine arme Anstandsdame entweder betrunken gemacht oder sogar betäubt hatte, nur um ungestörte Stunden mit seiner Angebeteten verbringen zu können.

Zuvor hatte er seine offenbar problembehaftete Herkunft hinter Lügen vertuscht, um Grace überhaupt sehen zu dürfen.

Oh nein, er war ganz und gar nicht brav gewesen, dieser Adam. Aber um ehrlich zu sein, fasziniert er mich gerade deswegen so sehr.

Allerdings lässt mich der letzte Brief, den ich am Vorabend gelesen habe, auf keinen guten Ausgang der Geschichte zwischen Gracey und ihm hoffen. Dieses Schreiben stammt aus demselben Jahr, wurde allerdings erst im Herbst verfasst. Am 6. Oktober 1927, um genauer zu sein.

Noch einmal nehme ich es zur Hand und überfliege wahllos einige Zeilen der wunderschönen Handschrift.

… An jedem einsamen Abend glaube ich fest, keinen weiteren Sonnenuntergang mehr ohne Dich zu überstehen. Doch Du bist nicht da, bleibst verschollen, bist fast so weit entfernt wie der Mond von der Erde, zumindest fühlt es sich so an.

Nein, das liest sich alles andere als positiv.

Ich habe zwar keine Ahnung, was damals geschehen ist, doch seltsamerweise entschied ich nach dem Lesen dieses Briefes – aus dem zumindest klar hervorging, dass sich Adams Befürchtungen bewahrheitet hatten und das Lügengebilde rund um seine wahre Herkunft zusammengebrochen war –, vorerst nicht weiterzulesen. Von seiner Euphorie der frischen Verliebtheit zu lesen, war das eine. Doch durch seine Zeilen diesen tiefen Kummer und seine sich steigernde Verzweiflung zu spüren, hatte selbst mir die Tränen in die Augen getrieben.

Warum mir sein Leid so nahegeht, kann ich mir selbst nicht erklären, doch beim Lesen dieses letzten Briefes weinte ich unaufhörlich. Und auch jetzt, am Morgen danach, zieht sich mein Herz auf seltsame Weise zusammen, wenn ich mir ausmale, wie sehr Adam diese Grace geliebt haben muss. Aber vielleicht messe ich dem dumpfen Schmerz in meinem Brustkorb auch zu viel Bedeutung zu. Höchstwahrscheinlich überfordert mich das derzeit in meinem Leben herrschende Chaos emotional einfach.

Zunächst der Ausflug nach Seattle und die damit verbundene Anspannung. Die macht sich ohnehin immer in mir breit, wenn ein Treffen mit meinem Dad ansteht, doch diesmal musste ich mich moralisch auch noch darauf einstellen, ihn Amy vorzustellen. Es ist gemein von mir, und ich schäme mich, es vor mir selbst zuzugeben, aber ich bin froh, dass es letztendlich nicht dazu kam. Denn wer weiß, in welchem Zustand wir ihn angetroffen hätten? Natürlich weiß Amy um seine Krankheit, aber wäre es dadurch weniger unangenehm geworden?

Dann das Blind Date und das unfreiwillige Wiedersehen mit Jeremy. Bis jetzt schüttelt es mich bei dem Gedanken daran, wie wahnsinnig gut sich seine Finger auf meiner Hand anfühlten, wie sanft sich seine Berührung …

Egal!

Schließlich meine Bekanntschaft mit Eliah, diesem sympathischen Mann mit dem seltsamen Zeit-Tick. Und zu guter Letzt der Fund von Adams Briefen.

Was genau versucht mir dieses Leben gerade mitzuteilen?

Meine Gedanken verweilen bei Adam. Eigenartigerweise habe ich ein recht klares Bild von ihm vor Augen. Natürlich weiß ich nicht, ob es tatsächlich zutrifft, doch ich sehe ihn sehr deutlich, als gut gebauten Mann mit kessem Blick aus hellen Augen und einem frechen, gleichermaßen gutmütigen Lächeln vor mir.

Seine Haare sind weder lockig noch glatt, aber dunkel, mit einem leichten Goldschimmer, wenn das Licht darauf trifft.

In meiner Vorstellung besitzt dieser junge Mann genau einen guten Anzug, den er sich mühevoll vom Mund abgespart hat. Ansonsten trägt er verschlissene Stoffhosen und grob gewebte Hemden. Vielleicht sogar eine Schirmmütze, so wie die, die Eliah gestern trug.

Eliah!

Ich lege Adams Brief zur Seite und nehme stattdessen Eliahs Zettel zur Hand. Intuitiv greife ich zum Telefon und wähle seine Nummer. Es klingelt genau ein Mal.

»Mary!«

»Ähm … ja. Guten Morgen.«

»Den wünsche ich dir auch. Gut geschlafen?«

»Nicht wirklich, nein. Woher wusstest du, dass ich es bin?«

Er lacht. »Ach, war nur so ein Gefühl.«

Eine Maschine, die bei ihm im Hintergrund läuft, wird abgeschaltet.

»Bist du in der Werkstatt?«, frage ich.

»Natürlich, ich wohne ja hier.«

»In der Werkstatt?« Die Leitung rauscht unter seinem amüsierten Atemstoß. »Direkt darüber, ja. Möchtest du vorbeikommen?«

Möchte ich?

»Ja«, erwidere ich zaghaft. »Ich ... muss dir etwas erzählen.«

»In Ordnung. Soll ich dich abholen?«

»Nein, mein Auto mag zwar nicht zum Transport antiker Sekretäre geeignet sein, aber es fährt, weißt du? Ich ... brauche nur die Adresse.«

»Sicher.«

Er nennt sie mir, ich notiere sie unter seiner Botschaft vom Vortag und lausche seiner Wegbeschreibung. Eine Viertelstunde später sitze ich bereits in meinem Mini, auf dem Weg zu ihm. In meiner Handtasche stecken sämtliche Briefe aus dem Sekretär.

Es ist verrückt, dass es sich überhaupt nicht komisch anfühlt, zu Eliah zu fahren und ihn einfach so aufzusuchen. Tatsächlich fühlt es sich so selbstverständlich an, als würde ich einen uralten Freund besuchen und nicht etwa jemanden, den ich erst am Tag zuvor kennengelernt habe.

Der Weg zu seiner Werkstatt führt mich aus dem Städtchen aufs Land hinaus. Dorthin, wo nur noch vereinzelte Häuser zwischen hohen Nadelbäumen stehen und ich versucht bin, den Blick eher in den freien Himmel zu richten, als weiterhin konzentriert auf die leere Fahrbahn zu starren.

Es ist Montagmorgen, aber so etwas wie Berufsverkehr gibt es hier draußen nicht. Nur ein einziges Auto fährt weit hinter mir auf der ansonsten leeren Landstraße.

Ohne Schwierigkeiten finde ich zu Eliahs Adresse und bringe den Mini unmittelbar vor dem Haus zum Stehen. Staunend betrachte ich es, denn es ist ziemlich groß und wirklich wunderschön. Im Prinzip komplett aus Holz gebaut, ist ein Teil der unteren Etagenfront verglast. Dahinter stehen auserwählte Möbelstücke, eines schöner und edler als das andere.

Ein klassisches »Geöffnet«-Schild hängt in der ebenfalls verglasten Eingangstür. Ich schließe den Mini ab, presse meine Handtasche dicht an meinen Körper und drücke die angelehnte Tür zögerlich auf.

Ein junger Mann sitzt an einem schmalen Tisch neben dem Eingang und blickt von seiner Arbeit an einem kleinen Kasten zu mir auf.

»Guten Morgen«, begrüßt er mich und erhebt sich dabei. Sein Haar ist rötlich, die grünen Augen funkeln fröhlich. »Mein Name ist Tim. Wie kann ich Ihnen helfen?«

»Hallo! Ich bin auf der Suche nach Eliah.«

Er nickt. »Eliah ist hinten, in der Werkstatt. Sie sind Mary, stimmt's?«

»Ja, genau.«

»Dann dürfen Sie einfach zu ihm durchgehen.« Er deutet in die entsprechende Richtung. »Hinter dieser Tür da.«

Ich bedanke mich und werfe dabei einen Blick auf Tims Werk. Es ist eine kleine hölzerne Schatulle mit komplizierten Intarsien, die mich an das Geschenk meiner Großmutter erinnert.

»Hast du das gemacht? Sie ist wundervoll«, höre ich mich sagen, was dem jungen Tim ein stolzes Grinsen übers Gesicht treibt. Ich frage mich, wie alt er wohl ist. Würde mir nur ein Foto von ihm vorliegen, hätte ich ihn auf etwa neunzehn, zwanzig Jahre geschätzt. In Bewegung jedoch wirkt er jünger und kindlicher.

Ein wenig verlegen durch mein Kompliment, fährt er mit dem Daumen über die vor ihm liegende Bleistiftzeichnung, die das fertige Stück zeigt, an dem er arbeitet. Die Skizze ähnelt meinem Kästchen wirklich sehr. »Vielen Dank! Sie haben ja keine Ahnung, wie oft ich das Teil schon in die Ecke pfeffern wollte. Aber Eliah bringt mich immer wieder dazu, dass ich es doch noch fertigstellen möchte. Er sagt, Holz, das über so viele Jahrzehnte gewachsen ist, darf nicht einfach in fünf Minuten verarbeitet werden. Das wäre wie eine Sünde.«

Ja, das klingt genau nach dem Eliah, den ich am Tag zuvor kennengelernt habe.

Leidenschaftlich und traditionell, so ist er wohl einfach.

»Meinen Sie, das stimmt?«, fragt Tim. Seine Frage überrascht mich. »Nun, ich würde auf ihn hören«, befinde ich. »Er scheint viel von Holz zu verstehen.«

»Alles!«, sagt Tim im Brustton der Überzeugung und nimmt damit wieder auf seinem Schemel Platz.

Ich wende mich ab und durchkreuze den Verkaufsraum, drücke die Schwingtür auf, die Tim mir gezeigt hat, und betrete scheinbar unbemerkt die Werkstatt, an deren entgegengesetztem Ende sich Eliah befindet. Über ein großes Holzbrett gebeugt, steht er da und fährt in langen, gleichmäßigen Bewegungen darüber. Ein schabendes Geräusch ertönt bei jedem Strich und macht mir klar, dass seine Hand Sandpapier führt.

Erstaunt stelle ich fest, dass sich seine Arbeitskleidung vom Stil nicht von der Verkaufskleidung auf dem Trödelmarkt unterscheidet. Auch hier, hinter verschlossenen Türen und ohne die Aussicht auf verkaufssteigernde Wirkung, trägt Eliah eine altmodische dunkle Arbeitskluft und eine Lederschürze. Die Schirmmütze sitzt zwar verkehrt herum auf seinem Kopf, aber auch sie trägt er heute wieder.

Das eigentlich Verrückte daran ist aber: Er sieht aus, als wäre er in dieses längst überholte Outfit hineingeboren worden. Nichts daran wirkt lächerlich oder aufgesetzt an ihm, sondern vollkommen natürlich.

Das staubbesetzte Mobiltelefon neben ihm ist das Einzige, das mir als deplatziert in diesem sonst so stimmigen Szenario ins Auge fällt.

»Guten Morgen!«, rufe ich, doch anstatt zu mir herumzuwirbeln, wie ich es aufgrund seiner offensichtlichen Gedankenverlorenheit vermutet hätte, dreht sich Eliah langsam zu mir um.

»Hey!«, erwidert er freudestrahlend, zieht einen Schlauch unter seiner Arbeitsplatte hervor und pustet sich den Staub von Händen und Unterarmen.

Mit großen Schritten kommt er auf mich zu und nimmt meine linke Hand in seine rechte, als wäre es das Normalste der Welt. Und ja, es fühlt sich tatsächlich so an, als wäre es genau das.

Während mich seine dunklen Augen so intensiv mustern, durchzuckt mich für einen Moment sogar die Vorstellung, Eliah könnte sich zu mir herabbeugen und mich küssen, was allerdings nicht geschieht.

»Hast du gut hierhergefunden?«, fragt er stattdessen und lässt meine Hand wieder los.

»Ja, ohne Probleme. Was machst du denn da gerade?«

»Das hier?« Er geht zurück zu seiner Werkbank und streicht über das Brett, das er gerade bearbeitet. »Das wird eine Kommode. Hier stehen die anderen Seitenteile, und dahinten liegt schon eine der Schubladen.«

»Wow!«, sage ich und gehe ein paar Schritte, um die Schublade genauer zu betrachten. »Darf ich sie mal anfassen, oder hast du sie gerade geklebt oder so?«

Amüsiert stößt er ein wenig Luft aus. Unmittelbar hinter mir, sodass sein Lachen auf meinen Nacken trifft. »Geleimt, meinst du? Nein, ich verleime meine Möbelstücke nicht. Fass sie ruhig an.«

Meine Fingerspitzen fahren über die perfekt geglättete Holzoberfläche. »Wie meinst du das, du verleimst sie nicht?«

Ich drehe mich zu ihm um; nun steht er wirklich direkt vor mir. Schulterzuckend. »Ist nicht nötig, wenn man es richtig macht.«

Was auch immer das bedeutet, die verschmitzte Art, in der er bei seiner Aussage auf mich herabschaut, lässt mich lächeln. »Wenn es dich wirklich interessiert, zeige ich es dir mal, okay?«, schlägt er vor.

»Okay. Und für wen baust du die Kommode?«

Wieder zucken seine Schultern. »Das wird sich noch zeigen.«

»Kein Auftrag?«

»Doch, bestimmt. Nur muss sich der Auftraggeber erst noch zu erkennen geben«, erwidert er grinsend. Dann schürzt er die Lippen und neigt den Kopf. »Also?« Seine Augenbrauen heben sich über den dunklen Augen.

»Hm?«, mache ich ratlos.

»Du wolltest mir etwas erzählen.«

»Oh, richtig!« Schnell öffne ich meine Handtasche und zücke die drei bereits geöffneten Briefe.

»Die hier habe ich gestern in dem Sekretär gefunden«, beginne ich und berichte Eliah dann ausgiebig von meiner Entdeckung des Geheimfachs.

Er hört aufmerksam zu. Ob er jedoch erstaunt ist oder nicht, vermag ich nicht zu sagen. Seine Mimik gibt das nicht preis. An seine Werkbank gelehnt steht er da, die Arme vor der lederverhangenen Brust verschränkt, und sieht mich mit einem beinahe stoisch sanften Lächeln an.

»Und da, wo die waren, steckten noch viel mehr«, beende

ich aufgeregt meinen Monolog und schließe die Lücke zwischen uns mit nur einem Schritt, um ihn in meine Handtasche spähen zu lassen.

»Wow, das sind ja wirklich eine ganze Menge«, sagt er. »Dieser Adam scheint ja so einiges auf dem Herzen gehabt zu haben.«

»Ja, er muss seine Grace wirklich sehr geliebt haben«, erwidere ich und klinge dabei sogar in meinen eigenen Ohren viel zu sehnsüchtig.

»Hmmm«, brummt Eliah. Ich weiche ein wenig zurück, um ihn wieder besser ansehen und das undefinierbare kleine Geräusch damit vielleicht entschlüsseln zu können.

Wie, um alles in der Welt, kann mir sein Gesicht nur schon so vertraut vorkommen?

»Was sagst du dazu?«, frage ich, denn seine ernste Miene birgt keine Erklärung.

Nun zuckt ein Mundwinkel. »Ein echtes Armutszeugnis für mich, dir diesen Sekretär mit dem ungeöffneten Geheimfach überlassen zu haben, was? Unter einer Schublade, sagst du?«

»Sie hatte einen doppelten Boden, ja.«

Er schüttelt den Kopf. »Lass mich zu meiner Verteidigung erklären, dass ich an den Schubladen nicht allzu viel gemacht habe. Die Rückwand war recht marode und brauchte eine Generalüberholung, aber die Front wollte ich so belassen, wie sie war.«

Ich muss schmunzeln, als ich begreife, dass meine Entdeckung seine Restaurateurs- und Schreiner-Ehre befleckt.

»Du hast ihn wunderschön hergerichtet«, sage ich und streiche dabei – wie selbstverständlich – über seinen Arm. »Ein Wunder, dass er überhaupt noch zu haben war, als ich an deinen Stand kam. Dass man ihn dir nicht schon am frühen Morgen aus den Händen gerissen hat. Zu dem Preis!«

Nun lacht Eliah freiheraus, seine kräftige Stimme schallt laut durch die Werkstatt. »Glaubst du etwa, das war der offizielle Preis?«, schnaubt er.

»Nicht?«

»Nein, Mary, das war dein Preis.«

Seine Offenheit lässt meine Gesichtszüge entgleisen und mich hart schlucken. »Und wie hätte der für einen anderen Kunden gelautet?«

»Keine Ahnung, das wäre ganz auf den Kunden angekommen. Auf jeden Fall immer mehr, als sie sich hätten leisten können.«

Die Tatsache, dass er in Rätseln spricht, macht mich noch neugieriger. »Und für jemanden mit außerordentlich viel Geld?«

Eliahs linker Mundwinkel hüpft für einen winzigen Augenblick wieder nach oben, ehe er ihn erneut unter Kontrolle bringt und in aufgesetztem Ernst auf mich herabblickt. »Dann wäre er ein unverkäufliches Liebhaberstück gewesen.«

»Das verstehe ich nicht«, gebe ich zu.

»Macht nichts«, befindet Eliah.

»Das klingt ja fast so, als hättest du ihn nur mir verkauft. Egal, zu welchem Preis.«

»Ich dachte, du verstehst es nicht?«, erwidert er frech.

Ich schüttele den Kopf, nun vollends verwirrt. »Tue ich auch nicht. … Warum? Warum wolltest du ihn nur mir verkaufen?«

In diesem Moment, als sich Eliah gerade von seiner Werkbank abstößt und einen Schritt auf mich zukommt, um mir – zumindest hoffe ich das – seine Erklärung zu liefern, schiebt sich Tim durch die Schwingtür, sichtbar gefrustet.

»So ein Mist, es ist schon wieder zerbrochen! Einfach so. Dieses verfluchte Blatt.«

Stumm wendet sich Eliah dem jungen Mann zu und hält seine Hand auf. Tim durchquert den Raum und legt zwei winzige Holzplättchen hinein. Eliah streift sich die Schirmmütze vom Kopf, setzt eine Kopfbandlupe auf und betrachtet die beiden Teile, die er in seiner Handinnenfläche geschickt mit einer Pinzette zusammenschiebt. »Komm her!«, flüstert er mir schließlich zu. So leise, als könnten laut gesprochene Worte das Holz in seiner Hand davonblasen. Vermutlich trifft das sogar zu, denn in seiner Hand liegt ein winzig kleines, perfekt ausgearbeitetes Rosenblatt. Unendlich filigran, doch leider … in zwei Stücken.

»Das ist wunderschön«, wispere ich dennoch.

»Ja, nicht wahr?«, erwidert Eliah. Dann widmet er sich dem geknickt wirkenden Tim. Er legt ihm eine Hand auf die Schulter, drückt ein wenig zu und wartet, bis der Junge seinen Blick erwidert und hält.

»Das war schon sehr, sehr gut. Du bist ganz nah dran, Tim. Nur nicht aufgeben. Es wird sich lohnen, das weißt du doch, oder?«

Tims Augen bleiben noch für einige Sekunden trüb, dann blinzelt er einmal, vertreibt damit den Frust … und nickt.

»Du kannst das«, sagt Eliah.

»Okay!« Tim schöpft noch einmal tief Luft und verlässt dann den Raum ohne auch nur ein Anzeichen der Frustration oder Wut, die er ausstrahlte, als er nur eine Minute zuvor zu uns hereingestürmt kam. Sichtlich stolz blickt Eliah seinem Schützling nach. Erst als die Schwingtür hinter Tim wieder zum Stillstand kommt, macht er seine Finger ganz lang und bläst die beiden Teile des winzigen hölzernen Rosenblattes von der Innenfläche seiner Hand.

»Was für ein lieber Kerl. Und wie schnell er sich wieder gefasst hat«, stelle ich bewundernd fest. Eliah schmunzelt. Er streift sich die Schirmmütze wieder über, diesmal richtig herum.

»Ich nehme immer nur die besten. Wie bei den Käufern für meine Möbel.« Damit erinnert er mich an seine noch ausstehende Antwort auf meine Frage. Er gibt sie mir bereitwillig, ohne dass ich noch einmal nachhaken muss.

»Ich glaube daran, dass es für jede meiner Arbeiten den passenden Besitzer gibt. Jemanden, der die Seele des Möbelstücks erkennt, wenn du so willst.« Er zwinkert mir zu.

»Als ich sah, wie verzweifelt du versuchtest, deine Begeisterung für den Sekretär unter Verschluss zu halten, um den Preis zu drücken, es dabei aber trotzdem nicht geschafft hast, deine Finger von ihm zu lassen, da wusste ich, dass du die Richtige warst. Und dass mein Preis nicht allzu hoch ausfallen durfte.« Ich bin so baff, dass mir die Anspielung auf meine bescheidenen Vermögensverhältnisse nicht mal unangenehm ist.

»Und das reicht dir? Dass du weißt, dass deine Möbelstücke von ihren Käufern gut behandelt und geschätzt werden?«

»Nun, ich habe ihn dir nicht geschenkt, oder? Apropos, ist der Scheck eigentlich gedeckt? Ich fange an, mir Sorgen zu machen – jetzt, wo ich sehe, dass du an einem gewöhnlichen Montagmorgen in meiner Werkstatt stehst, anstatt einer anständigen Arbeit nachzugehen …«

Ich versetze ihm einen Klaps gegen die Brust, den er grinsend wegsteckt. »Natürlich ist der Scheck gedeckt. Und ich gehe sehr wohl einer äußerst anständigen Arbeit nach. Allerdings war ich über das Wochenende verreist. Meine Freundin und ich wollten eigentlich etwas länger bleiben, haben unseren Trip aber vorzeitig abgebrochen. Deswegen habe ich heute noch Urlaub. Zufrieden?«

Er zuckt mit den Schultern, wie so oft. »Gab es Streit?«

»Was meinst du?«

»Na, zwischen deiner Freundin und dir? Weil ihr den Trip abgebrochen habt?«

Oh!

An seine direkte Art werde ich mich wohl noch gewöhnen müssen.

»Nein, das nicht. Es gab eher … ein unschönes Erlebnis.«

Prompt wird seine Miene ernst. »Erzählst du mir davon?«

»Nicht jetzt.«

»Das heißt, es gibt ein weiteres Mal?« Ich weiß nicht, ob ich seinen Ton als hoffnungsvoll werten soll, doch zumindest schimmert das dunkle Braun seiner weit geöffneten Augen, als ich zu ihm aufblicke.

»Von mir aus sehr gerne.« Zu meiner Schande spüre ich, wie mir die Röte in die Wangen steigt. »Dann könntest du mir raten, was ich mit diesen Briefen anstellen soll.«

»Willst du wirklich meine Meinung wissen?« Er wartet mein zögerliches Nicken nur knapp ab. »Ich denke, dass nichts im Leben durch Zufall passiert. Alles hat irgendeinen Sinn. Die Frage ist immer nur, ob wir uns ihm öffnen. Also, was würdest du denn gerne mit diesen Briefen anstellen?«

Tja, das ist nicht so leicht zu beantworten.

Dieses Mal bin ich diejenige, die mit den Schultern zuckt.

»Einerseits möchte ich sie lesen, andererseits fühle ich mich, als würde ich dadurch etwas sehr Privates …« Ich brauche einen Moment, um nach dem richtigen Wort zu suchen.

»Entweihen?«, kommt Eliah mir zuvor.

»Ja, genau. Schließlich waren Adams Gedanken nie für meine Augen bestimmt. Sie mögen mitunter ein wenig kitschig sein, aber sie spiegeln nun mal seine tiefsten und geheimsten Empfindungen wider. Seine Hoffnungen, seinen Kummer, seine Liebe. Diese Briefe sind so privat wie ein Tagebuch. Ich weiß nicht, wie groß der Zeitraum ist, über den sie sich erstrecken, aber es würde sich auf jeden Fall falsch anfühlen, sie nach all diesen Jahrzehnten einfach aufzureißen und hintereinanderweg zu lesen.

»Hm«, brummt Eliah. »Und wenn du jeden Tag nur einen liest und dann schaust, wohin dich das führt?«

Ich überlege kurz. »Wäre eine Möglichkeit, ja«, gebe ich zurück, nach wie vor recht unentschlossen.

»Denk einfach mal genau darüber nach. Du hast alle Möglichkeiten. Du kannst sie lesen oder nicht, kannst sie wegwerfen oder einem Museum anbieten. Was auch immer. Denn egal, was du damit tust, diesen Adam kümmert das ohnehin nicht mehr. Er muss ja um die Jahrhundertwende geboren sein, wenn die Briefe von 1927 stammen …«

»1903.« Die prompte Art, in der ich ihm das Ergebnis meiner gestrigen Blitzrechnung entgegenschieße, handelt mir ein amüsiertes Schmunzeln von Eliah ein. »Siehst du, in deinem Kopf tickt es schon längst. Und du bist die rechtmäßige Erwerberin seines ehemaligen Sekretärs, also gehören dir auch diese Briefe.«

»Ja, ich weiß. Aber das macht das Gefühl nicht besser«, sage ich nach einer Weile des Grübelns.

Eliah erfasst meinen kleinen Finger und zieht mich daran durch die Schwingtür in den Verkaufsraum. Tim bittet er, nach hinten in die Werkstatt zu gehen, was dieser auch sofort und anstandslos tut.

»Was hältst du davon, wenn ich dich morgen Abend besuche und wir ausgiebiger über deinen Fund sprechen?«, murmelt Eliah und deutet mit dem Kopf in Richtung der nach wie vor schwingenden Tür. »Mit mehr Ruhe«, flüstert er. Ich nicke, mir plötzlich seiner unmittelbaren Nähe bewusst.

Küsst er mich jetzt doch?

Will ich das?

Oh Gott, ich weiß es nicht!

Eliah lacht leise, als wäre er Zeuge meines inneren Dilemmas geworden. »Acht Uhr?«, fragt er. Wieder nicke ich.

»Gut. Aber … lass mich zuvor noch etwas klarstellen.« Und damit beugt er sich zu mir herab und drückt mir tatsächlich seine Lippen auf den Mund.

Die Situation ist so romantisch, alles stimmt. Der Geruch des Holzes, Eliahs angenehmer Duft, die Art, in der er mein Gesicht mit seinen großen Händen hält, der Druck seines Mundes, die Sanftheit, mit der sich unsere Nasenspitzen berühren und aneinander entlangstreifen. Alles ist absolut perfekt. Nur das Gefühl … ist nicht da.

Kein für jeden ersten Kuss erhofftes Prickeln, kein Herzrasen oder alternatives Aussetzen meines Herzschlags, keine bebenden Finger, kein stockender Atem, keine wackeligen Knie. Nichts. Haut auf Haut, an meinem Mund ein wenig feucht, an meinen Wangen ein wenig rau, das ist alles. Nicht unangenehm, aber auch sonst nichts. Einfach … nichts.

Schon weicht er zurück. Ich möchte ihn an mich ziehen und ihm zurufen, dass er mich doch noch einmal küssen soll, denn vielleicht habe ich mich ja geirrt. Vielleicht kam es nur zu überraschend, und ich war für den Moment zu überwältigt, aber …

»Nein, Mary«, flüstert er gegen meine Schläfe. »Du brauchst kein schlechtes Gewissen zu haben.«

Erstaunt lege ich den Kopf in den Nacken, schaue zu ihm empor.

»Woher …?« Er lächelt.

Warum lächelt er immerzu? Warum jetzt?

»Ich habe es doch auch gefühlt. Oder besser gesagt … eben nicht gefühlt«, wispert er.

»Oh!«, sage ich, schlagartig ein wenig verletzt.

»Nein.« Sein Zeigefinger drückt mein Kinn erneut empor und hält es dort, bis meine Augen zurück zu seinen finden. »Es liegt nicht an dir. Du bist eine wunderbare Frau. Aber das war es, was ich klarstellen wollte. Darum habe ich dich geküsst, nur darum. Um diese Ungewissheit zwischen uns aus dem Weg zu räumen. Um dir zu zeigen, dass es eben nicht das ist, was uns zueinander hinzieht.« Ich verstehe nur Bahnhof. »Aber woher wusstest du …?«

»Nimm es einfach so hin, in Ordnung?«, fordert er. »Und nun raus mit dir! Ich werde morgen Abend zu dir kommen. Pünktlich um acht bin ich da, versprochen.«

Vollkommen verdutzt nicke ich ein letztes Mal, bevor ich mich gehorsam abwende und sein Geschäft verlasse.

Was, um alles in der Welt, ist hier gerade passiert?

Jeremy

Vierunddreißig Meter entfernt, selbe Zeit

Was, um alles in der Welt, passiert hier gerade?

Er küsst sie. Dieser Möbellieferant. Einfach so. Er umfasst Marys Gesicht mit beiden Händen, beugt sich zu ihr herab … und drückt seine Lippen in aller Selbstverständlichkeit auf ihre.

Also hat sie einen Freund? Aber … das ergibt überhaupt keinen Sinn!

Nach einer äußerst kurzen Nacht, in der ich nicht mal für eine halbe Stunde am Stück zur Ruhe finden konnte, hatte ich heute die Pension verlassen, in der ich zu frühester Morgenstunde noch untergekommen war, mein komplettes Gepäck in dem kleinen, leicht stickig riechenden Zimmer zurückgelassen und sogar auf ein Frühstück verzichtet, um mich endlich bei Mary zu entschuldigen und den Kopf wieder für andere Dinge frei zu kriegen.

Schließlich bin ich einzig und allein zu diesem Zweck aus Seattle angereist, nicht wahr?

Als ich jedoch in Marys Straße einbog, sah ich so gerade noch, wie sie in einen weißen Mini einstieg, der seine besten Zeiten längst hinter sich hatte. Nach einigen missglückten Startversuchen sprang der Motor an … und Mary brauste auf und davon.

Was hätte ich also tun sollen? Ihr folgen, na klar!

Und sie fuhr auf direktem Wege zu diesem Möbelfritzen,

der ihre Wohnung nach seiner Auslieferung am gestrigen Abend noch so gut gelaunt verlassen hatte.

Dass er es ist, erkenne ich allerdings erst jetzt, während er sie küsst. Er ist noch recht jung, kaum älter als Mary und ich, wenn überhaupt.

Ob ihm dieses beeindruckende Anwesen hier wohl gehört?

Ich habe meinen Wagen am Straßenrand abgestellt, kurz vor der Einmündung der breiten Schottereinfahrt, die über circa dreißig Meter leicht abschüssig auf das große Holzhaus am Rande des Waldes zuführt. Im Schutz einiger Büsche sitze ich hier hinter meinem Lenkrad, jederzeit startklar, und beobachte das Geschehen aus sicherer Distanz.

Mein Plan war es, hier auf Marys Rückkehr zu warten und sie dann abzufangen.

Allerdings komme ich nun, bei diesem Anblick, erneut ins Wanken, was mein Vorhaben angeht.

Dieser Typ ist also offensichtlich ihr Freund. Warum fährt sie dann 350 Meilen zu einem Blind-Speed-Dating? Oder … wird gefahren?

»Meine Freundinnen. Sie finden, ich habe jetzt lange genug Liebeskummer gehabt.« Noch einmal hallt Marys klare Stimme durch meinen Kopf. Genau das waren ihre Worte an diesem Abend. Als sie noch nicht ahnen konnte, wer ihr da in der Dunkelheit gegenübersaß und darum so unbefangen und ehrlich mit mir sprach. Zumindest war es mir so vorgekommen. Allerdings sieht das, was sich jetzt vor meinen Augen abspielt, nicht wirklich nach Liebeskummer für mich aus.

Auch wenn dieser Abschiedskuss zwischen den beiden nicht allzu lange andauert, die Tatsache, dass Mary diesen Mann überhaupt küsst … ja, stört mich irgendwie.

Eigentlich bemerke ich erst, dass ich geschockt die Luft angehalten habe, als der Möbelfritze schon nach wenigen Sekunden wieder zurückweicht und ich sie erleichtert wieder ausstoße. Er spricht noch kurz, aber sehr eindringlich mit Mary, legt dabei sogar einen Finger unter ihr Kinn und lenkt ihren Blick in seine Augen. Und sie … hängt förmlich an seinen Lippen, bevor sie sich dennoch abwendet und sein Haus durch die gläserne Tür verlässt.

Mary wirkt ein wenig geistesabwesend, während sie so auf ihren Mini zusteuert. Sie hält ihre Handtasche mit beiden Armen umschlungen und presst sie dicht an sich. Schützend, beinahe so, als fürchte sie hier draußen – mitten im Nichts – einen Raubüberfall.

Erst als sie bereits eingestiegen ist, die Tür hinter sich zugeworfen und den Motor des kleinen Autos mühsam wieder zum Laufen gebracht hat, tauche ich aus der Tiefe meiner eigenen Gedanken auf.

Jetzt! Das ist die Chance, mit ihr zu sprechen. … Na los!

Ich müsste meinen Wagen nur ein paar Meter vorrollen lassen. So könnte ich Mary die Zufahrt auf die Straße versperren, aussteigen und sie bitten, mich anzuhören. Es könnte wirklich so einfach sein.

Wären da nur nicht plötzlich wieder diese Zweifel in mir, viel stärker noch als am Abend zuvor:

Soll ich denn wirklich mit ihr sprechen?

Unser Zusammentreffen in Seattle schien sie auch nach all den Jahren, in denen wir uns nicht gesehen haben, schwer aus der Bahn geworfen zu haben. Sie klang so aufgebracht und unsagbar verletzt, als sie vor der kleinen Eckkneipe mit ihrer Freundin über mich sprach.

Jetzt hingegen, mit diesem Möbellieferanten …

Von ihm lässt sie sich bereitwillig küssen, also muss sie wohl auch glücklich mit ihm sein, oder nicht?

Vielleicht ist ihre Beziehung ja noch ganz frisch.

Und wenn es so ist, sollte ich dann wirklich aus heiterem Himmel dazwischenfunken und Mary aus ihrem neu gefundenen Glück reißen, wenn auch nur für einen Moment?

Schulde ich es ihr nicht sogar, mich an dieser Stelle eher zurückzuziehen, als erneut zu zeigen?

Ahhh!

Mir bleibt keine Zeit für weitere Grübeleien. Mary setzt den Mini bereits rückwärts aus der Einfahrt. Als ich sehe, dass sie im Begriff ist, sich für einen Schulterblick umzudrehen, reagiere ich intuitiv … und schmeiße mich auf den Beifahrersitz.

Na toll!

Das Röhren des Motors ihres kleinen Wagens kommt immer näher, und als Mary abbiegt und an mir vorbeifährt, ertönt ein metallenes Klappern, das meine Ohren empfindlich stört.

Autsch, dieses Auto ist wirklich reif für die Schrottpresse!

Obwohl mir das immer leiser werdende Scheppern des Auspuffs einen recht brauchbaren Aufschluss über Marys zurückgelegte Entfernung gibt, verharre ich dennoch so lange still in meiner zusammengekauerten Position, bis es um mich herum vollkommen still ist. Dann erst setze ich mich wieder auf … und schlage mit beiden Händen gegen mein Lenkrad. »So ein Mist!«

So viel zu meinem Vorhaben, die Sache zwischen uns endlich und ein für alle Mal aus der Welt zu schaffen.

Ich weiß nicht, ob ich wütender bin, dass ich es erneut nicht geschafft habe, mit Mary zu sprechen, oder darüber, diese Reise zu ihr überhaupt erst angetreten zu haben. Vielleicht bin ich auch einfach nur übernächtigt und hungrig und sehe deshalb nicht klar. Nein, streichen wir das. Ich bin definitiv übernächtigt und hungrig. Also sollte ich zurück zu *Miss El-*

sas Pension fahren, mir einen ordentlichen Brunch genehmigen und mich dann eine Runde aufs Ohr hauen.

Ob ich danach lieber die Heimreise antrete oder doch noch weitere Schritte in Richtung Mary unternehme, kristallisiert sich vielleicht klarer heraus, wenn ich erst mal meine körperlichen Bedürfnisse gestillt habe.

Mit Nachdruck drehe ich den Schlüssel im Zündschloss, werfe dabei noch einen Blick auf das schöne Holzhaus … und fahre erschrocken zusammen. Denn dort unten, im Rahmen der gläsernen Eingangstür, lehnt noch immer dieser Möbelfritze und lächelt mir zu. Jawohl, er sieht mich ganz direkt an. Und obwohl die Lichtverhältnisse bei unserem ersten Zusammentreffen am Vorabend so miserabel waren und unsere jetzige Distanz recht groß ist, gibt es keinen Zweifel in mir, dass er mich bereits erkannt hat.

Oh Mann, der dreht sich doch gleich um und ruft die Polizei. Er muss doch denken, dass ich irgend so ein verrückter Stalker bin.

Andererseits … wirkt er vollkommen relaxt, wie er da so steht, mit seinen vor der Brust verschränkten Armen und den locker übereinandergeschlagenen Beinen. Er trägt schon wieder diese seltsamen altmodischen Klamotten, das scheint wohl irgendwie eine Art Markenzeichen von ihm zu sein. Vielleicht stehen die Menschen hier draußen ja auf so einen Kram.

Jedenfalls wirkt er auf mich wie die Ruhe selbst. Ausgeglichen und friedlich. Langsam entspanne ich mich unter seinem freundlichen Blick, und als er schließlich, wie schon am Abend davor, mit Zeige- und Mittelfinger gegen seine Schirmmütze tippt, erwidere ich seinen Gruß, wenn auch nur zögerlich.

Dann aber beeile ich mich, auf der breiten Landstraße kehrtzumachen und das Weite zu suchen. Nur ein letzter

Blick in den Rückspiegel verrät mir, dass er immer noch in seiner Tür steht und mir nachschaut.

Nachdem mich die herzliche Miss Elsa persönlich mit Ei, Speck, frisch gepresstem Orangensaft und den besten Pancakes, die ich seit Jahren gegessen habe, verköstigt hat, liege ich schwer und matt auf dem viel zu weichen Bett in meinem Zimmer und starre Löcher in die holzvertäfelte Decke. Ab und zu taucht Marys Gesicht vor mir auf und schwebt trügerisch nah über meinem. Dann erwidert sie meinen Blick noch einmal so bezaubernd schüchtern wie nach unserem Speed-Dating, in diesem ersten Moment, als die Kerzen auf den Tischen angezündet wurden und mit ihrem flackernden Licht die Dunkelheit vertrieben.

Wie gerne würde ich dieser – eigentlich naturgegebenen – Sanftheit, die sich da in Marys Augen widerspiegelte, noch einmal begegnen. Doch diese Chance habe ich wohl vor langer Zeit schon ein für alle Mal verspielt.

Dennoch, die Gedanken rund um dieses unerwartete Wiedersehen beschäftigen mich weiterhin und machen mir bewusst, dass ich an dieser Stelle eigentlich nicht die Flinte ins Korn werfen darf. Ich muss diesen schwierigen Schritt gehen und sie um Entschuldigung bitten, sonst lässt mich mein schlechtes Gewissen nie wieder vom Haken. Selbst die Erinnerung ihres Dufts nach Rosen und Vanille ist mir in diesem Moment so präsent, dass sie den frischen Geruch der fremden Laken ebenso vertreibt wie den etwas dumpfen, der den alten Tapeten, dem Teppichboden und den Vorhängen dieses Zimmers anhaftet.

Erst das Klingeln meines Handys lässt mich aus meiner Lethargie schrecken.

Es ist Rob. Seufzend setze ich mich auf und fahre mir über die müden Augenlider.

Ach, was soll's?

Zum Schlafen komme ich scheinbar eh nicht. Also kann ich auch mit meinem Freund sprechen und ihm zumindest sagen, wo ich stecke.

»Hi Rob!«

»Hey Buddy! Jeannine sagt, du bist verreist?«

Erleichtert atme ich auf. »Oh gut, sie hat dir endlich die Schlüssel gebracht.«

Kurze Stille, dann: »Von deiner Wohnung? Und das glaubst du wirklich? Ich habe sie im Fitnessstudio getroffen und gefragt, ob sie was von dir gehört hat, das ist alles. Von deinen Schlüsseln war zu keiner Zeit die Rede.«

Oh! Na klasse!

Wütend kneife ich mir in die Haut zwischen meinen Augenbrauen.

»War ja klar«, brumme ich dabei frustriert.

»Was denn, wieder ein verstrichenes Ultimatum?«

»Ja, das dritte.«

Er lacht; ich lasse die Hand von meiner Nasenwurzel in meinen Schoß fallen. »Findest du das echt witzig, Rob?«

»Na ja, um ehrlich zu sein, ein bisschen schon, ja.«

Zumindest hat er die Güte, sich mit der Erklärung seines Statements zu beeilen: »Du bist einer der erfolgreichsten Anwälte Seattles, Jerry, und angelst uns trotz deines jungen Alters einen millionenschweren Mandanten nach dem anderen, weil du als besonders entschlossen und gewieft giltst. Nur leider …« Er prustet kurz, fasst sich aber sofort wieder, »… schläfst du schon seit Wochen in meiner Abstellkammer, weil es dir einfach nicht gelingt, deine Ex vor die Tür zu setzen.«

Im ersten Moment möchte ich ihm eine gepfefferte Antwort entgegenschießen, doch dann, als ich ihn so herzhaft lachen höre, kann ich nicht anders, als selbst zu schmunzeln.

»Okay, okay, du hast ja recht. Vielleicht ist es wirklich an der Zeit, mit härteren Bandagen zu kämpfen.«

»Nein, warte doch ruhig noch ein wenig, bis sich ein Gewohnheitsrecht für sie abgeleitet hat«, flachst er glucksend. »Aber gut, dass du es zumindest endlich einsiehst. Du hättest dem kleinen Biest längst die Leviten lesen sollen, Jerry! Darf ich ein Schreiben für dich aufsetzen und ihr mit einer Klage drohen?«

Ich überlege kurz. »Würdest du das tun?«

»Aber sicher, mit dem größten Vergnügen.«

»Gut. Jetzt aber genug von meiner Ex. Erzähl mir lieber von deiner … ähm … Virginia, richtig?«

Am anderen Ende der Leitung erklingt ein seltsames Geräusch, das beinahe wie das theatralische Seufzen eines verliebten Teenagers klingt. »Junge, um es kurz zu machen: Sie hat mir den Kopf verdreht«, begeistert sich Rob und entlockt mir damit ein Lachen.

»Wow, na das ging ja mal schnell! Wie lange kennt ihr euch, noch keine drei Tage?«

Sein abfälliges Schnauben dröhnt als Rauschen in meinen Ohren. »Was spielt denn Zeit dabei schon für eine Rolle? Virginia ist … Sie ist einfach unglaublich.«

Eine Weile lang schwärmt er mir noch von ihr vor und erweckt damit den Eindruck, tatsächlich mehr für diese Frau zu empfinden als für die simple One-Night-Stand-Bekanntschaft, für die ich sie Samstagabend noch hielt. Dann besinnt er sich plötzlich und lenkt das Gespräch zurück zu mir: »Vielleicht verstehst du nicht, wovon ich spreche, weil du sie noch nicht kennst. Aber das können wir ja ändern, sobald du wieder zurück bist aus …«

Die Art, wie er seinen Satz ausklingen lässt, ohne ihn zu beenden, entlockt mir ein kleines Schmunzeln.

Geschickt, geschickt.

»Ähm … Papen County heißt das Nest, in dem ich hier sitze, wenn du es genau wissen willst.«

»Papen County? Nie gehört! Aber du weißt, dass ich mir das nicht so gedacht hatte, als ich dich bat, mich mit Virginia allein zu lassen, oder? Ich meine, sie war zwar die erste Frau nach einer halben Ewigkeit, aber trotzdem war es nicht meine Absicht, dich direkt in die Flucht zu schlagen. Es ging mir nur um diese eine Nacht. … na ja, zumindest da noch.«

Ich erhebe mich von meinem Bett, durchkreuze mit wenigen Schritten das Zimmer und ziehe die Vorhänge des Fensters zur Seite, um einen Blick nach draußen zu werfen. »Klar, Rob, weiß ich doch!«

»Okay, also dann raus mit der Sprache, wo steckst du, und was hat dich dorthin verschlagen?«

»Ähm, ich bin … irgendwo in Idaho.«

Ein, zwei Sekunden bleibt es still, bis er meine Antwort verdaut hat. »Verarschst du mich jetzt? Es gibt doch einen Film, der so heißt, oder?«

»Nein, das war Iowa, und es ist auch nur der Untertitel. Von Gilbert Grape«, gebe ich gelassen zurück.

Der Ausblick über die nahezu unberührten Wälder, die sich hinter dem ausgedehnten, brachliegenden Feld vor meinem Zimmerfenster erstrecken und weit entfernt in immer steilere Berghänge übergehen, lässt mich lächeln.

Ganz sicher gibt es hier beides, Wölfe und Elche.

»Ich hingegen stecke tatsächlich irgendwo in Idaho«, seufze ich und bringe Rob damit noch einmal kurz zum Stutzen.

»Okay, jetzt mache ich mir Sorgen«, gesteht er dann. »Warum genau steckst du irgendwo in Idaho, Jeremy?«

»Lange Geschichte.«

»Die du mir erzählen wirst.«

»Sicher. Ein anderes Mal.«

»Okay.« Seine Stimme wird zu einem Wispern. »Ich muss ohnehin auflegen, unsere Mandanten sind da. Nur noch eins: Deine Reise hat nicht zufällig etwas mit der süßen Kleinen zu tun, der du am Samstag so Hals über Kopf nachgerannt bist?«

Verflixt, der Kerl kennt mich zu gut.

Verlegen massiere ich mir den dauerverspannten Nacken. »Ähm, doch, zufällig schon.«

»Ha!«, ruft er triumphierend, um im nächsten Moment wieder fast zu flüstern: »Ich wusste es! Hab doch direkt gesehen, dass dir das Mädchen irgendwie unter die Haut gegangen ist. Mist, ich muss echt Schluss machen, Jerry! Also, viel Spaß noch, bei … was auch immer du da gerade tust. In Idaho.«

»Danke, Rob! Wir hören uns.«

»Allerdings, mein Freund! Und das nächste Mal kommst du mir nicht so ungeschoren davon.«

»In Ordnung«, willige ich mit einem Augenrollen ein. »Und jetzt geh und vertritt mich würdevoll!«

»Tss«, macht er noch und legt dann auf.

Ich grübele noch eine Weile über unser Gespräch und die Tatsache, dass Jeannine meine Wohnung nach wie vor nicht verlassen hat. Ich denke an die Monate, die ich mit ihr verschwendet habe – im Irrglauben, sie würde mich wirklich lieben.

Frauen!

Nun, die Sache mit meiner Ex fallen zu lassen, sobald sie meine Wohnung verlassen hat, stellt zumindest kein Problem mehr für mich dar, das weiß ich inzwischen. Ich fühle mich zwar gekränkt, wenn ich daran denke, dass Jeannine mich mit einem anderen betrogen hat. Aber spüre ich deswegen den Drang, sie zurückgewinnen zu wollen?

Definitiv nicht!

Den Blick weiterhin auf die friedliche Landschaft vor meinem Fenster gerichtet, gestehe ich mir ein, dass es da bei Mary ganz anders aussieht. Wie ich mit ihr verfahren soll, weiß ich wirklich nicht.

Sie und diesen Möbelfritzen zusammen zu sehen, hat mich ziemlich aus der Bahn geworfen. Dabei sollte dieses Erlebnis meiner geplanten Entschuldigung eigentlich nicht im Wege stehen, oder? Ich meine, was hat das eine auch mit dem anderen zu tun?

Was mich jedoch am meisten verwirrt, ist der Stachel der Eifersucht, den ich viel stärker spüre, wenn ich an Mary und den Kuss mit ihrem Freund denke, als wenn ich mir vor Augen führe, was Rob vor wenigen Wochen im Fitnessstudio beobachtet hat. Und diese Bilder von Jeannine und ihrem Trainer, obwohl ich sie selbst nie zusammen sah, sind sehr lebendig, dem Strapse tragenden Schwein sei Dank.

Ein Klopfen an der Zimmertür reißt mich erneut aus meinen Gedanken. Wie tief diese gewesen sein müssen, erkenne ich daran, dass die Dämmerung bereits eingesetzt hat. Feld, Wälder und Berge liegen wie mit einem Grauschleier überzogen vor mir, und nur die oberste Rundung der rot glühenden Sonne lugt noch hinter der Kuppe des höchsten Berges hervor. Im Grunde genommen ist es wirklich beeindruckend schön hier.

Ich beeile mich, die Tür zu öffnen. Die kleine knubbelige Besitzerin der Pension steht vor mir und lächelt mich breit an.

»Miss Elsa, hallo!«, grüße ich verwundert.

Zahlt man die Miete hier etwa noch täglich?

»Hallo Stadtjunge«, grüßt sie zurück. »Mir ist aufgefallen, dass Sie offenbar bei allem, was Sie so machen, das Essen vergessen. Und das ist nicht gesund, wissen Sie? Der Mensch muss Kraft tanken, um Kraft zu haben. Für alles, was er tut.«

Ich lache gerührt. *Wie süß!*

»Ja, da haben Sie wohl recht.«

»Also dann! Unten habe ich gerade ein kräftiges Abendessen aus dem Ofen geholt, schnuppern Sie mal!«

Obwohl es nicht nötig wäre, denn das gesamte Haus ist erfüllt von dem eindeutigen Duft eines meiner Lieblingsgerichte, tue ich ihr den Gefallen und atme tief durch die Nase ein. »Hmmm …«

Genießerisch schließe ich meine Augen, und auch mein Magen meldet sich prompt mit einem lauten Grummeln. »Ich liebe Hackbraten.«

Miss Elsa lacht offen heraus, sichtbar glücklich über meine Reaktion. Mein Blick fällt auf ihren unter der bekleckerten Kochschürze wackelnden Bauch, und ich schmunzele mit ihr. »Na dann, kommen Sie! Es ist genug da«, fordert sie mich auf.

Und als sie sich abwendet und vor mir die schmale Holzstiege zum Erdgeschoss hinabsteigt, deren Stufen entsetzt unter ihrem Gewicht aufächzen, beschließe ich, dass dieser Ort so gut ist wie jeder andere, um für ein paar Tage auszuspannen. Vielleicht sogar besser.

Ich habe schon etliche Metropolen bereist. So richtig erholsam ist das nur, wenn man sich nicht allzu oft aus seinem Hotel wegbewegt, was man natürlich trotzdem tut, um etwas von der Welt zu sehen. Urlaub auf dem Land hingegen, unter so herzlichen Menschen wie Peter, Tom und Elsa, von denen ein jeder für sich die Ruhe gepachtet zu haben scheint – das hatte ich noch nie. Gut, den knurrigen Flanellhemdbären in seinem Tante-Emma-Laden übergehe ich jetzt mal, aber ansonsten … sollte ich meine freien Tage einfach nutzen, um etwas runterzukommen und mir in aller Ruhe klar darüber zu werden, wie es zu diesem plötzlichen Entschluss kommen konnte und warum ich nicht heute früh schon, nach Marys Kuss mit ihrem Freund, meine Koffer gepackt habe und wieder abgereist bin.

Mary

Exakt 26 Stunden später, in Marys Wohnung

Und du bist dir sicher, dass du nichts essen willst?«, frage ich bereits zum dritten Mal. Eliah lächelt. Was auch sonst.

»Absolut sicher. Ich habe wirklich keinen Hunger, vielen Dank!«

»Na schön. Es kommt mir nur so seltsam vor, hier zu sitzen und dir etwas vorzukauen.«

Überhaupt ist es irgendwie komisch, ihm einfach so an meinem Küchentisch gegenüberzusitzen, als wären wir schon seit Jahren miteinander befreundet. Allerdings nur, wenn ich bewusst darüber nachdenke. Was mir schwerfällt, weil ich mich so vertraut mit ihm fühle. Ein Teufelskreis, dem jegliche Tragik fehlt.

Ich springe noch mal von meinem Stuhl auf, hole eine Dose Red Bull aus dem Kühlschrank und stelle sie geöffnet vor ihm hin. »Hier, trink wenigstens was, okay?« Mit unschlüssiger Miene betrachtet er die Dose. »Also gut. Aber jetzt iss endlich, bevor es noch kalt wird.« Er schiebt den Teller näher an mich heran. Bereitwillig beginne ich, meine Lasagne zu kosten, während er ein erstes Mal vorsichtig an der Dose nippt. Bis auf mein Frühstücksmüsli und den Apfel, von dem ich über den Tag verteilt immer mal wieder abgebissen hatte, ist diese Mahlzeit die erste, die ich heute zu mir nehme. An eine Mittagspause war im Alltagswahnsinn der Praxis – zwischen nörgelnden Schmerzpatienten, ungeduldigen Rentnern und aufzuarbeitenden Abrechnungen – gewohnheitsgemäß nicht zu denken gewesen. Schon nach ein paar Bissen, die meinen größten Hunger gestillt haben, stochere ich nur noch lustlos in meinem Essen herum. Ich komme mir vor Eliah irgendwie blöd vor.

»Komm, verlagern wir das Ganze lieber ins Wohnzimmer, da ist es gemütlicher.«

Bereitwillig folgt er mir.

»Wie sieht's aus, magst du nun mit mir über diese geheimnisvollen Briefe reden?«, fragt Eliah, sobald wir dicht nebeneinander Platz auf meiner gemütlichen Couch genommen haben. Sofort setze ich mich aufrechter hin und rücke ein Stück weit von ihm ab, einfach, um ihn besser ansehen zu können. »Klar! Aber zuerst habe ich eine Frage an dich.«

»Die da wäre?«

»Woher hast du den Sekretär?«

Verwundert sieht er mich an. »Er stand in einem Kinderheim in Newcastle, einem kleinen Vorort nordöstlich von Seattle.«

»Seattle«, wiederhole ich mit einem Seufzer, der selbst in meinen eigenen Ohren schwermütig nachhallt.

Von allen Städten der USA muss es ausgerechnet Seattle sein. Natürlich!

Außer meinem Dad gibt es nur eine Person, die ich heute noch mit meiner ehemaligen Heimat verbinde und der ich nie wieder über den Weg laufen will. Jeremy McDonald.

Eliah ergreift meine Hand und massiert mir in kleinen Kreisen über das weiche Fleisch zwischen Daumen und Zeigefinger. »Das Gebäude sollte renoviert werden«, erklärt er unbeirrt. »Und da die Organisation immer Geld benötigt und gleichzeitig Platz für einen Umbau schaffen musste, schlugen sie mit der Versteigerung des Inventars zwei Fliegen mit einer Klappe.«

In seinen Augen funkelt es schelmisch. »Den Sekretär musste ich unbedingt haben, auch wenn ich im Endeffekt nichts daran verdient habe. Seine Geschichte allein war mir Verdienst genug, und schließlich ging es um einen guten Zweck. Aber warum fragst du?«

»Weil …« Die Idee, die im Laufe des gestrigen Tages in mir erwachte und seitdem mit jeder verstrichenen Minute weiter reifte, wirkt nun, da ich kurz davorstehe, sie zum ersten Mal auszusprechen, schlagartig nur noch verrückt. Die Worte bleiben mir im Halse stecken, und unter Eliahs herausforderndem Blick verlässt mich der Mut endgültig. »Ach, ich weiß auch nicht.«

»Du weißt es sehr wohl, und ich will es auch wissen. Also raus damit, was hast du im Sinn?«, fragt er – offenbar entschlossen, meine Geheimniskrämerei zu beenden.

»Ich … Diese Briefe …« Auch mein zweiter Erklärungsversuch endet in einem tiefen Seufzer.

»Ja, bitte?« Nun lacht Eliah. »Was ist dir so peinlich, Mary? Sprich es doch einfach aus, was soll schon passieren?«

»Es ist so seltsam.«

»Was ist seltsam?«

»Adams Briefe.«

»Warum? Sind sie nicht einfach die Briefe eines jungen Mannes, der unsagbar in eine junge Frau verliebt war? Was ist daran seltsam?«

»Nicht die Briefe an sich«, versuche ich geradezurücken. »Nur … dass ich mich durch das Lesen nicht mehr so einsam fühle.«

So, bitte, jetzt hast du's! Wenn das nicht erbärmlich ist, was dann?

Eliah legt den Kopf schief und sieht mich aus leicht zusammengekniffenen Augen an. »Würdest du mir das näher erläutern?«

Nun, wenn es unbedingt sein muss …

Ich beginne meine Erklärung mit einem tiefen Atemzug … und dann noch einem – denn Gott weiß, wie schwer sie mir fällt.

»Ich werde in wenigen Monaten dreißig Jahre alt, Eliah. Drei volle Jahrzehnte.«

»Ja und?«

»Und … ich war noch nie in meinem Leben, noch kein einziges Mal, so richtig glücklich verliebt.«

Schlagartig weiten sich seine Augen, doch ich komme ihm zuvor, ehe er nachfragen kann. »Glaub es ruhig, niemals! Zuerst war ich in einen Jungen aus meiner Stufe namens Jeremy McDonald verschossen. Damals war ich noch sehr jung, und ich schreibe es meiner sadistischen Ader und seinem guten Aussehen zu, dass dieser Zustand über viele, viele qualvolle Jahre anhielt. Dann kam endlich ein anderer Typ, Chris Walkers, der mich ablenkte und dem ich vielleicht sogar mein Herz geschenkt hätte. Dummerweise wollte er es überhaupt nicht, sondern nur meine Unschuld.« Eliah hebt die Augenbrauen, doch ich winke ab. »Jaja, sag nichts! Der Klassiker, ich weiß.« Verlegen wische ich mir eine Haarsträhne aus dem Gesicht.

»Er war ein egoistischer Trophäensammler, ich naiv und hoffnungsvoll genug, seine Masche nicht zu durchschauen. Und das, obwohl ich damals schon achtzehn Jahre alt war. Ein echter Spätzünder in Sachen Liebe und Sex. … Tja, darauf folgte dann eine wildere Zeit mit ziemlich viel Sex und ziemlich wenig Liebe, in der ich nur eine einzige, halbjährige, ziemlich katastrophale Beziehung hatte, von der ich mich anschließend lange und ausgiebig, mit noch mehr Sex und noch weniger Liebe, erholte.« Eliahs Schmunzeln ermutigt mich weiterzuerzählen. Ich sehe ihm an, dass er nicht schlecht von mir denkt, trotz all dieser erniedrigenden Geständnisse.

»Und dann kam er, mein vermeintlicher Traummann, der nur leider unsterblich in meine beste Freundin verliebt war und es wohl bis heute wäre, hätte ihnen das Schicksal nicht einen Strich durch die Rechnung gemacht. Tja, und das war's auch schon. Mit diesem knappen Monolog habe ich dir tatsächlich absolut alles offenbart, was es liebestechnisch bei mir zu berichten gibt. Traurig, nicht wahr?«

»Nun ja«, brummelt Eliah ziemlich undefinierbar. Klar, was soll er auf so ein Statement auch erwidern?

»Und was haben Adams Briefe damit zu tun?«

Eine Gegenfrage. Diplomatisch und klug, der Herr. Respekt!

»Tja, ich dachte immer, so viel Tragik könnte es nur in meinem Leben geben«, erkläre ich und versuche, das Ganze mit einem Lachen, das allerdings schrecklich gekünstelt ausfällt, ins Lächerliche zu ziehen. Als Eliah meiner aufgesetzten Heiterkeit mit einem Blick begegnet, der so tief ist, dass er mich förmlich zu durchleuchten scheint, lasse ich die Maske fallen und sinke in mich zusammen.

»Würde ich heute meinem zehnjährigen Ich begegnen, würde mir das Mädchen, das ich damals war, ganz sicher mit voller Kraft gegen das Schienbein treten, so enttäuscht wäre die Kleine von dem, was ich bisher aus meinem Leben gemacht habe.«

Eliah lacht, doch seine Augen bekennen Mitgefühl. Ich lasse mich nicht davon ausbremsen. Er wollte die Wahrheit, jetzt bekommt er sie. Bitte schön!

»Dabei war der Plan, den ich für mein Leben hatte, niemals außergewöhnlich oder spektakulär. Nicht mal als kleines Kind träumte ich davon, Prinzessin zu werden, weiße Einhörner zu züchten oder in einer schlossartigen Villa zu leben. Ich wollte einfach nur einen Mann kennenlernen, der mich ebenso bedingungslos liebt wie ich ihn. Ihn wollte ich heiraten und ein paar Kinder mit ihm in die Welt setzen. Diese simple, klassische Vorstellung, für die mich einige Emanzen vermutlich am liebsten steinigen würden, erschien mir als das größte Glück auf Erden. Und daran hat sich bis heute skurrilerweise nichts geändert.«

Außer, dass ich inzwischen die Hoffnung fast aufgegeben habe.

Eliah zuckt mit den Schultern und schürzt seine Lippen, als käme ihm meine Idee vom Glück gar nicht so abwegig vor.

»Aber je älter ich wurde, desto komplizierter wurde alles«, fahre ich fort. »Noch Jahre, nachdem ich in der Schule von Jeremy wirklich aufs Übelste gemobbt wurde und sich unsere Wege schließlich trennten, verfolgten mich seine Hänseleien und bewirkten …« Unschlüssig blinzele ich, doch als Eliah meine Hand drückt, fasse ich mir ein Herz und spreche weiter. »… dass ich mich einfach nicht für liebenswert hielt. Die Erfahrungen mit Chris, dann eine einzige, hoffnungslos gescheiterte Beziehung und alles, was danach kam, festigten diese Befürchtung mehr und mehr. Niemand schien mich zu wollen, bis heute nicht. Und ich habe das mit der Zeit … ja, einfach akzeptiert.«

»Mary!« Voller Empörung stößt Eliah meinen Namen aus und schüttelt dabei vehement den Kopf. Aber ich will nicht hören, was er zu sagen hat. Nicht jetzt. Momentan möchte ich einfach nur weiterreden und ihm all das erzählen, was ich vor ihm noch niemandem, nicht einmal Amy, über mich berichtet habe. Eliah scheint selbst das zu spüren, denn er verstummt sofort wieder und wartet nahezu reglos und vollkommen still ab, bis ich bereit bin, weiterzusprechen.

»Irgendwann kamen mir Männer wie Geschöpfe eines anderen Universums vor. Des Gewinneruniversums. In meiner

Vorstellung waren wir Frauen die reifen Äpfel am Baum, und die Männer waren diejenigen, die uns ganz selbstverständlich abpflückten. Dauerte das zu lange, fielen die überreifen Früchte herab und verrotteten unangetastet am Boden. So fühlte ich mich schon fast. ... Und so erbärmlich das auch klingen mag, aber bis zu Adams Briefen befand ich mich auf dem besten Weg, mich mit diesem Schicksal abzufinden.«

Eliahs Blick wirkt unsagbar sanft. Ich lasse die Sekunden verstreichen, warte vergeblich auf sein geseufztes »Ach, Mary!« oder ein wütendes »Du spinnst doch!«. Mitgefühl oder Empörung, vermutlich wäre mir beides ganz recht. Umso verwirrter bin ich, als sich nichts dergleichen in Eliahs Mimik widerspiegelt. Er sieht mich einfach nur an, mit einem langen undefinierbaren Blick.

»Na ja, aber jetzt ... Jetzt denke ich mir, dass es nicht zwangsläufig so sein muss«, fahre ich leise fort. »Adams und Graceys Geschichte mag lange zurückliegen, und ich kenne bislang nur Bruchstücke davon, aber er hat sie aufrichtig und vollen Herzens geliebt, das weiß ich jetzt schon. Und er war ebenso jung und unglücklich wie ich, seine Hoffnung auf Liebe zum Zeitpunkt der Entstehung dieser Briefe ebenso unerfüllt. Irgendwie ... fühle ich mich wohl dadurch mit ihm verbunden. Er hat mein Herz berührt, weil wir ein Schicksal teilen. Und dieses Gefühl ist so unausweichlich und intensiv, dass ich wirklich gerne mehr über diesen Adam erfahren würde, der mich die Männerwelt wieder mit anderen Augen sehen lässt, der mich nach all diesen Jahren endlich wieder ... ja, hoffen lässt.«

»Dann wirst du die restlichen Briefe also auch noch lesen?«, fragt Eliah in einem so ruhigen Ton, dass sich meine Angst, mich vor ihm zum Idioten gemacht zu haben, schnell und rückstandslos auflöst.

»Ich habe gestern Abend lange mit meiner Freundin Amy darüber gesprochen. Wäre es nach ihr gegangen, hätte sie die verbliebenen Umschläge sofort aufgerissen und ein Schreiben nach dem anderen verschlungen. Aber … als ich ihr meine Bedenken schilderte und erklärte, dass das Lesen so privater Liebesbriefe zwiespältige Gefühle in mir auslöst, schlug auch sie vor, ich sollte mir damit Zeit lassen und einen nach dem anderen lesen. Tageweise, wochenweise … wie auch immer.«

Eliah nickt ein Mal, als wollte er sagen »Genau. Das liegt allein bei dir«.

In diesem Moment klingelt mein Handy.

»Das ist sie«, sage ich amüsiert und drehe Eliah das Display zu. »Amy.«

»Gedankenübertragung«, erwidert er grinsend. »Auf so was stehe ich ja.«

Mit einem entschuldigenden Blick zu ihm nehme ich das Telefonat an. »Hi Süße!«

»Hey, wo bist du?« Sie klingt aufgebracht.

»Zu Hause, warum?«

»Sag mir, dass er dich noch nicht gefunden hat«, fordert Amy.

»Wer?«

»Dieser Jeremy. Du glaubst ja nicht, was passiert ist, Mary! Sitzt du?«

»Ähm, ja.«

Und das ist auch besser so, denn bei der Erwähnung seines Namens wird mir prompt ein wenig schummerig.

»Dein Albtraum-Blind Date ist hier. In Papen County.«

Er ist hier? Was, zur Hölle …?

Amy hat so aufgeregt in den Hörer geschrien, dass Eliah jedes Wort mitgekriegt hat und nun interessiert die dunklen Brauen hebt.

»Amy, warte!«, rufe ich.

Aber nein … Amy wäre nicht Amy, würde sie sich an diesem Punkt noch ausbremsen lassen.

»Er ist uns nachgefahren, Mary, und jetzt sucht er nach dir. Nach seiner Ankunft ist er Tom und Peter beim Angeln über den Weg gelaufen und hat sich nach dir erkundigt, kannst du dir das vorstellen? Julie und ich sind gerade zum Abendessen zu meinen Eltern gefahren, und da fragt Tom mich ganz beiläufig, ob Jerry den Weg zu dir gut gefunden hat. Wirklich wahr!«

Mit schockgeweiteten Augen sehe ich Eliah an.

»Der Jeremy?«, formt er lautlos mit den Lippen. Ich nicke ihm verkrampft zu.

Amys Wortschwall reißt währenddessen noch lange nicht ab. Sie ist in hellem Aufruhr, so viel steht fest. »Und nein, bevor du fragst: Es kann kein anderer Jerry sein, denn er war definitiv aus Seattle. … Mary? Hörst du mich, Mary, oder bist du schon ohnmächtig?«

»Nein, ich höre dich«, krächze ich.

»Was machst du denn jetzt? Er ist sicher gekommen, um sich mit dir auszusprechen.«

Beim besten Willen kann ich mir das nicht vorstellen, aber selbst wenn … »Dazu wird es nicht kommen.«

Amy stutzt. »Wie meinst du das?«

»Ich werde verreisen.«

»Du wirst … Wohin denn?«, stammelt sie.

»Die Briefe«, gebe ich nur leise zurück, nach wie vor vollkommen geschockt. Auch Eliah entgeht nicht, wie sehr mich Amys Nachricht aus der Bahn geworfen hat. Er ergreift wieder meine freie Hand und massiert sie liebevoll.

»Du willst dich wirklich auf die Spuren dieser Liebesbriefe begeben?«, fragt Amy erstaunt. »Süße, geht es dir gut? Soll ich vielleicht vorbeikommen?«

»Nein, nein … ähm … Ich habe schon Besuch. Eliah ist hier.«

»Eliah?«

»Der Mann, der mir den Sekretär verkauft hat, hab ich dir doch gestern erzählt.«

»Oh. … Ohhhh! Na dann, will ich auch gar nicht länger stören«, flötet sie auf einmal. Dummerweise immer noch so laut, dass Eliah sie hört. Ein wenig verschämt sehe ich ihn an, doch er lacht nur herzlich und schüttelt amüsiert den Kopf.

»Aber wenn du reden willst, Mary, dann ruf mich an, okay? Ein kurzes Zeichen von dir, und ich bin da, das weißt du, oder?«

»Ja, das weiß ich, Amy. Danke!« Ich bitte sie noch, ihrer Familie Grüße von mir auszurichten, dann beenden wir das Gespräch.

Eliah blickt mich interessiert an. »Dieser Jeremy, der dich in der Schule so gemobbt hat und von dem du mir gerade noch erzählt hast, ist jetzt hier, in Papen County, auf der Suche nach dir?«

Oh ja, mir ist mehr als nur schummerig.

Ich klappe vornüber wie ein Schweizer Taschenmesser und stütze meine Stirn in beide Hände. »Sieht ganz so aus, ja.«

Eliah legt wieder, wie schon am Morgen zuvor, seinen Zeigefinger unter mein Kinn und hebt es an, bis ich ihm in die Augen schaue. Er stützt mich. »Und … hast du Lust, mir zu erzählen, wie es dazu kommt, dass er ausgerechnet jetzt nach dir sucht?«

»Lust nicht, nein«, gebe ich mit gerümpfter Nase zu.

»Tust du es trotzdem?«, bittet er. Seufzend setze ich mich auf.

»Na schön.«

Und dann erzähle ich Eliah von Amys und Caros »brillanter« Verkupplungsidee, dem verkorksten Blind-Speed-Dating in Seattle und meinem mehr als nur unerfreulichen Wiedersehen mit Jeremy.

»Hat er dich damals wirklich so sehr verletzt?«, fragt Eliah mit schief geneigtem Kopf, als meine Erzählung damit endet, dass Amy und ich den Trip nach diesem Erlebnis kurzerhand abgebrochen haben. Wären Stimmen Berührungen, wäre Eliahs ein Streicheln. So sanft, so behutsam und … ja, zärtlich, dass ich mich unwillkürlich gegen seine starken Schultern schmiegen und herausfinden möchte, ob er das Versprechen auf Geborgenheit halten kann, das er mir mit seinen Worten zuträgt. »Ja«, flüstere ich beschämt.

Eliah rückt dicht an mich heran, dirigiert mich mit größter Selbstverständlichkeit in seine Arme und beweist mir auf diese Weise, was ich Sekunden zuvor noch infrage gestellt habe. Ergeben kuschele ich mich an ihn und genieße das Gefühl, von ihm gehalten zu werden. Ich glaube, das letzte Mal fühlte ich mich im Arm meines Vaters so sicher, als ich noch ein kleines Mädchen und unsere Familie noch intakt war. Damals, als überhaupt noch alles gut und richtig war.

»Dieser Jeremy hat dir eine Menge bedeutet damals, nicht wahr?«, flüstert Eliah in mein Haar.

Mir bleibt nur ein stummes Nicken; die Finger meiner rechten Hand verkrallen sich in seinem Hemd. Es ist ein beigefarbenes Leinenhemd, in dem der Geruch von Sägespänen, Wachs und frisch gebackenem Brot eingewebt zu sein scheint. Ein wunderbarer Duft, der mich einlädt, die Augen zu schließen und unter tiefen Atemzügen längst vergessen geglaubte Erinnerungen aufleben zu lassen. Nur mit Mühe widerstehe ich dem Drang und spiele stattdessen an einem der beiden Hosenträger, die am Bund von Eliahs brauner Stoffhose befestigt sind und sich um seine starken Schultern spannen.

»Wie alt wart ihr damals, sagtest du?«, hakt er nach.

»Zwölf.«

»Hm, noch so jung«, sagt Eliah, klingt dabei aber keineswegs überrascht. »Und doch hat diese Zeit so tiefe Narben auf deiner Seele hinterlassen?«

»Ich weiß auch nicht, warum«, gebe ich kopfschüttelnd zu.

»Vermutlich, weil du ihn geliebt hast?!«

Ich stoße ein wenig Luft aus, ziehe meine angewinkelten Beine auf die Sitzfläche der Couch hoch und schmiege mich noch enger an Eliahs Brust. Suche … irgendetwas. Vielleicht den Halt, den er mir scheinbar mühelos geben kann. Denn so schwer mir die Konfrontation mit diesem lange verdrängten Part meiner Vergangenheit auch fällt, tut es mir dennoch gut, dabei an seiner Seite zu sein. Warum auch immer, aber in diesen stummen Sekunden ist es mir, als würde durch Eliahs Gegenwart ein lange ausstehendes Versprechen eingelöst werden. Und das, obwohl wir spätestens seit unserem Kuss wissen, dass wir niemals mehr als nur gute Freunde sein werden. Auch wenn das natürlich schon eine Menge ist.

»Woher kommt dieses Gefühl?«, frage ich tonlos, beinahe ehrfürchtig. »Dass ich dir kaum etwas erklären muss und du mich dennoch verstehst. Dass wir uns, obwohl wir uns gerade erst kennengelernt haben, schon so vertraut miteinander fühlen. Woher?«

»Ich wünschte, ich könnte es dir sagen«, antwortet er leise. Und obwohl ich ahne, was dieser Satz bedeutet – dass er sich unsere Verbindung selbst nicht so recht erklären kann –, fühlt es sich eher danach an, als ob Eliah die Lösung dieses Rätsels zwar kennt, sie aber nicht mit mir teilen kann.

»Du hast dich also entschieden, diese Reise wirklich zu machen?«, fragt er stattdessen.

»Ja, ich denke schon. Spätestens jetzt.«

»Wo Jeremy hier ist?«

Wütend richte ich mich auf und fege mir eine verirrte Haarsträhne aus der Stirn. »Dieser Idiot! Warum bleibt er nicht einfach, wo der Pfeffer wächst?«

»Weil er sich bei dir entschuldigen will, nehme ich an«, antwortet Eliah schulterzuckend, als hätte er nie was von Rhetorik gehört.

»Nun, er kann sich seine Entschuldigung sonst wohin stecken«, erwidere ich ungehalten. Eliah lächelt nur milde.

Ahhh!

»Was?«

»Du bist wütend«, stellt er fest.

»Klar bin ich wütend, na und?«

»Nichts. Ich verstehe nur genau, warum sich dein Plan soeben, quasi durch Amys Anruf, gefestigt hat.«

»Lass mich an deiner Erleuchtung teilhaben«, fordere ich ihn auf und erschrecke dabei selbst über meinen bissigen Ton. Eliah nimmt einen weiteren Schluck aus seiner Red-Bull-Dose und lehnt sich dann bequem in meiner Couch zurück.

»Nun, ich könnte wetten, bis eben fühlte sich der Zorn auf diesen Jeremy noch besser an, nicht wahr? Reiner und … geballter. Aber jetzt ist er plötzlich nicht länger nur der fiese Gnom, der dir einst das Leben zur Hölle machte, sondern mit einem Mal, ob du es nun willst oder nicht, ist er ein Mensch aus Fleisch und Blut. Ein Mann, der dir über Hunderte Meilen hinterherreist, um sich bei dir zu entschuldigen, denn was könnte er anderes hier wollen?

Jetzt ist er nicht mehr so leicht zu hassen wie das starre Bild, das du bislang von ihm hattest und mit dem du dich schon schwer genug getan hast, nicht wahr? Denn eigentlich bist du doch viel zu sanftmütig und … gut, um jemandem, dem nichts anderes übrig bleibt, als sich von Herzen für die Fehler seiner Kindheit zu entschuldigen, länger böse zu sein.

Andererseits: Jeremy hat dich gekränkt und verletzt. Vermutlich tiefer als sonst jemand in deinem Leben. Nicht umsonst heißt es, die erste Liebe vergisst man nie. Ihm jetzt zu vergeben würde bedeuten, ihm erneut Macht über dich zuzugestehen. Und dazu bist du noch lange nicht bereit, wirst es vielleicht niemals wieder sein. Also flüchtest du vor ihm und widmest dich stattdessen dem Leben eines Mannes, der seit mindestens zwei Jahrzehnten tot sein dürfte. Adams Geschichte bietet dir sicheres, abgeschlossenes Terrain. Eine Zone außerhalb jeglicher Gefahr, während Jeremy …«

»Schon gut!«, rufe ich aus, denn in diesem Moment finde ich endlich meine Stimme wieder.

Wie kann es sein, dass ich diesen Mann erst seit drei Tagen kenne und er in mir liest wie in einem offenen Buch?

»Wer bist du?«, frage ich voller Entsetzen. »Irgend so ein Psychofreak? Wenn ich eine Analyse meines emotionalen Innenlebens haben will, melde ich mich, okay? Natürlich weiß ich, dass jemand, der etwas Saudämliches angestellt hat und sein Verhalten bereut, nichts anderes tun kann, als sich aufrichtig dafür zu entschuldigen. Aber manchmal sind Entschuldigungen, egal, wie ehrlich sie auch gemeint sind, einfach nicht genug, Eliah! Manchmal gibt es nichts, was man sagen oder tun kann, um einen entstandenen Schaden ungeschehen zu machen oder ihn auch nur wieder glattzubügeln. Und ja, vielleicht beruht meine endgültige Entscheidung, der Spur von Adams Briefen zu folgen, wirklich auf einem unbewussten Fluchtversuch vor Jeremy. Aber ganz ehrlich: Es ist mir egal! Ich bin froh, wenn er wieder in Seattle ist und ich weiter ungestört meinem Leben nachgehen kann. Und bis dahin habe ich nicht vor, ihm noch einmal über den Weg zu laufen. Also werde ich die Zeit, die er nicht in Seattle ist, nutzen, um selbst dorthin zu fahren. Das ist nur logisch.«

Eliah nickt mir zu. »Nur logisch, stimmt! … Also fährst du zu dem Waisenheim, wo ich den Sekretär gekauft habe, und folgst Adams Spuren von da aus weiter?«

»Nein«, sage ich bestimmt. »Der Sekretär markiert zwar meinen momentanen Dreh- und Angelpunkt, weil Adam seine Briefe darin aufbewahrte. Und natürlich hoffe ich, mehr von ihm zu erfahren. Im Endeffekt will ich mich aber nicht auf die Suche nach seinen Nachfahren begeben …, sondern nach Graceys.«

Nun heben sich Eliahs Augenbrauen wieder. »Nach Graceys? Woher weißt du denn, dass ihre Nachkommen nicht auch Adams sind? Dass ihre Liebesgeschichte kein gutes Ende nahm?«

»Ich weiß es nicht«, gebe ich zu. »Aber … irgendwie ahne ich es. Und wenn es so ist und ich Adams Briefe schon lese, obwohl sie niemals für meine Augen bestimmt waren, dann sollte ich doch zumindest so fair sein, sie nach knapp neunzig Jahren endlich zuzustellen, denkst du nicht auch? Und wenn es nur noch an Graceys Enkel ist.

Abgesehen davon, dass eine solche Reise ins Ungewisse das mit Abstand Verrückteste ist, was ich je in meinem langweiligen Leben unternommen habe, und ich mich irgendwie nach diesem lauernden Abenteuer sehne, sollte wirklich jemand davon erfahren, wie aufrichtig Adam Gracey geliebt und auf eine gemeinsame Zukunft mit ihr gehofft hat. Glücklicher Ausgang oder nicht, seine Liebe ist auf jeden Fall ein Teil ihrer Lebensgeschichte.«

Eliahs Lächeln wandelt sich, bezieht seine Augen von einer auf die andere Sekunde stärker ein. Fast wirkt seine Miene ein wenig stolz. »Und ob«, sagt er. »Das war sie zweifellos. … Also, wann geht es los?«

»Übermorgen«, sage ich entschlossen. »Ich habe Megan,

meine Chefin, heute schon um Urlaub gebeten. Sie war nicht begeistert, um es milde auszudrücken, aber mein letzter längerer Urlaub liegt Ewigkeiten zurück, im Sommer des vergangenen Jahres. Mein Kollege Nick wird vermutlich vollkommen überfordert sein, aber diese Reise ist mir wirklich wichtig. Also werde ich morgen noch mal arbeiten gehen, die restlichen Abrechnungen fertigstellen, und dann … kann es losgehen.«

Eliah nickt mir anerkennend zu. »Wow! Und jetzt? Liest du zur Feier deines Entschlusses noch einen Brief?«

Ich atme noch einige Male tief und sehr bewusst durch. Merke mit jedem Atemzug, wie sich mein aufgebrachter Herzschlag beruhigt und die Temperatur meines Blutes zunehmend abkühlt. »Gar keine schlechte Idee«, befinde ich schließlich, stehe auf und nehme meine geleerte Cola-Dose an mich, um mir eine neue aus der Küche zu holen und dabei die große gläserne Obstschale mitzubringen, in der ich Adams Briefe seit gestern aufbewahre. Als ich auch Eliahs Dose prüfend anhebe, wundere ich mich, dass sie nach wie vor so randvoll ist, obwohl er doch schon einige Male daraus getrunken hat. »Hey, magst du etwa kein Red Bull? Soll ich dir was anderes mitbringen?«

»Nein, nein«, winkt er ab. »Dieses Getränk ist … so gut wie jedes andere. Ich sagte dir ja, ich habe keinen Durst.«

Ich beeile mich in der Küche und bin schnell wieder bei ihm. »Spiel mal Bestimmung!«, fordere ich Eliah auf und stelle die Schüssel mit den Briefen vor ihm ab.

»Oh, die Verantwortung, die dieser Job mit sich bringt«, seufzt er theatralisch. »Und immer diese Erwartungshaltung, dieser ständige Druck …«

»Jetzt mach schon!« Den Klaps, den ich seinem Oberarm verpasse, tut er mit einem Lachen ab und zieht dann willkürlich einen Brief aus der Schale. »Dieser hier, bitte.«

Vorsichtig entfalte ich das dünne Papier und starre zunächst lange und ungläubig auf das Datum.

Newcastle, WA, 9. September 1929

Meine liebste Grace!

Nach all der Zeit, all den vielen Monaten, in denen wir uns nun schon heimlich geschrieben haben, fühlt es sich schlichtweg falsch und unnatürlich an, es plötzlich nicht mehr zu dürfen.
Da in Deinem letzten Brief jedoch stand, dass Du den Herbst im Hause Deines Onkels in Chicago verbringst und mir deshalb für die verbleibende Zeit bis zu unserem Wiedersehen nicht mehr schreiben kannst, werde ich vernünftig sein, nichts riskieren und diesen Brief nur verfassen, um ihn im Anschluss zu den anderen nicht adressierten in das Geheimfach meines Sekretärs zu legen.
Deine Schulzeit ist vorbei, Gracey, für alle Zeit passé, kannst Du Dir das vorstellen?
Keine Kontrollen mehr, ob die Wäsche sorgsam gefaltet, die Kopfkissen kräftig genug aufgeschüttelt und die Zierdecken ordentlich zurechtgezupft wurden, keine verhasste Mathematik mehr und auch kein Stickunterricht.
Ich habe ohnehin nie verstanden, wie es Dein Vater dulden konnte, dass Dich Deine Mutter auf diese Schule mit ihren überholten Vorstellungen schickte. Ich meine, genau in dem Jahr, als Seattle seine erste Bürgermeisterin bekam, hocktest Du mit all den anderen Mädchen und Frauen in einem stillen Raum und sticktest Wandbilder oder umhäkeltest Taschentücher.

Nun ja, von jetzt an hast Du jedenfalls mehr Zeit für Deine geliebten Bücher und die Malerei. Wie sehr ich mich danach sehne, endlich eines Deiner Gemälde bestaunen zu dürfen.
Das Beste ist jedoch, dass Du in weniger als 100 Tagen endlich volljährig bist. Dann steht unserem Glück nichts mehr im Wege.
Ich arbeite mehr als je zuvor, um mein Meisterstück so bald wie möglich abzuliefern und mir eine gut bezahlte Stelle suchen zu können, bis es für mein eigenes Geschäft reicht.
Da dieser Brief geheim ist und es zumindest vorläufig auch bleiben wird, kann ich es ja hier beichten: Während ich dieses besondere Stück anfertige, denke ich ständig an Dich, Gracey. Seit fast einem Jahr arbeite ich nun daran, und glaube mir, Liebste, es soll ein echtes Schmuckstück werden, zumal ich beabsichtige, es Dir zur Verlobung zu schenken. Immer wieder stelle ich mir vor, dass es Dich fortan ein Leben lang begleitet und dass mir, sobald mein Auge darauf fällt, in Erinnerung kommt, warum ich so hart daran gearbeitet habe und wie sehr sich die Mühe gelohnt hat.
Unser Leben, Gracey, unser gemeinsames Leben! Es liegt unmittelbar vor uns, beinahe greifbar, fühlst Du es bereits? Es ruft nach uns, ich kann es hören, von Tag zu Tag lauter und frohlockender.
Du weißt, dass ich im Norden Englands geboren und aufgewachsen bin, in einem kleinen Dorf mitten im Nichts. Ich habe es stets gehasst, in einer Gegend zu leben, deren Winter so lang und hart waren, in der man ständig fror und manchmal auch hungerte. Aber nun sehne ich mich nach dem ersten Zeichen des Herbstes. Ich wünschte, der Sommer würde endlich das Weite suchen und den lauernden

Winter im wahrsten Sinne des Wortes schon in den Herbst hineinschneien lassen. Denn das Wissen, schon beim nächsten Weihnachtsfest mit Dir vereint zu sein, ist wie eine süße Folter. Es kitzelt und schmerzt zu gleichen Teilen.
Vielleicht sitzen wir dann in einem Zimmer mit kargen Wänden, die Du mit Deinen Bildern schmücken könntest. Wahrscheinlich haben wir auch einen Baum, der eher mit lackierten Tannenzapfen, kleinen Äpfeln, geschnitzten Holzsternen und goldenen Nüssen geschmückt ist, anstatt mit den edlen gläsernen Kugeln, die Du doch sicher von zu Hause gewohnt bist. Aber zumindest werden uns die Möbel in dem Zimmer gehören, denn der Meister ließ mich in jedem Vierteljahr ein weiteres Stück wählen, sodass es um meine Ausstattung mittlerweile gar nicht so übel bestellt ist.
Wir werden es warm und gemütlich haben, auf unserem Tisch wird gutes Essen stehen, und unter dem Baum werden zumindest zwei oder drei der neuesten Bücher Deiner Lieblingsautoren liegen sowie eine Staffelei mit feinen Ölfarben und Pinseln.
Am wichtigsten ist mir jedoch, dass wir zusammen sein werden, Du und ich. So, wie es sein soll und schon bald sein wird.
Ich weiß nicht, wie es um Deine Geduld bestellt ist, Gracey, aber ich für meinen Teil fühle mich wie ein haltloses Kind, sobald ich an all das Glück denke, das uns bevorsteht. Ich kann es kaum erwarten, die Gegenwart, die stets nur in Richtung dieser verheißungsvollen Zukunft blinzelt, endlich der Vergangenheit zu überlassen.
Momentan jedoch zwinge ich mich dazu, auch der Vergangenheit meine Beachtung zu schenken. Nicht nur den unvergesslichen Momenten, die wir bereits erleben durf-

ten und von denen ich bis heute zehre. Nein, auch diesem unbeschreiblichen Moment vor nahezu drei Jahren, von dem ich Dir bislang noch gar nicht erzählt habe. Es geschah auf einer der großen Seefahrten, bei denen David und ich gemeinsam als Schiffsjungen angeheuert hatten. Mitten im Oktober waren wir im Südwesten Englands an Land gegangen und saßen bei der eisigen Kälte einer sternklaren Nacht auf dem blanken Dock. Jeder eine Flasche billigstes Bier in der Hand, schwiegen wir miteinander.

Oh Gracey, ich kann mir Dein Lachen vorstellen, würdest Du diesen vorangegangenen Satz wirklich zu lesen bekommen. Aber es ist wahr, Dave und ich schwiegen miteinander. Das ist eine Kunst unter Männern, weißt Du? Einen ganzen Abend lang stumm nebeneinanderzusitzen und am Ende doch alles Wichtige gesagt zu haben. Nach Stunden dieser Art ist die Last auf Deinen Schultern um einiges leichter, und die Luft wirkt klarer als zuvor. Es gibt nur wenige Menschen, mit denen man schweigen kann. Für mich ist David einer davon, und vielleicht ist er gerade deswegen mein bester Freund.

Jedenfalls saßen wir stumm nebeneinander, blickten abwechselnd in den Himmel hinauf oder über das raue Meer, und spielten gedankenverloren an den Hälsen unserer längst geleerten Bierflaschen. Keiner von uns war zufrieden mit seinem Leben, doch ebenso kannte keiner von uns einen Ausweg. Wir wollten mehr aus uns machen, dem Teufelskreis entfliehen, in den wir hineingeboren waren, wussten aber nicht, wie. David zeichnet sehr gute Porträts, damit verdiente er sich auch damals schon ein gewisses Zubrot. Aber ich, ich konnte nichts und sah mich für immer in diesem Kreislauf des täglichen Überlebenskampfes gefangen.

Diese Aussicht und die Furcht vor dem scheinbar Unausweichlichen ließen mich an diesem Abend beinahe verzweifeln.

Als wir so dasaßen, zischte es mit einem Mal über unseren Köpfen, einmal, zweimal und dann hundertfach. Ich traute meinen Augen kaum, denn, ich weiß wirklich nicht, wie ich es anders schildern soll, es regnete Sterne. Tausende winziger Sternschnuppen zischten über uns hinweg, ließen uns von jetzt auf gleich zu neuem Leben erwachen und aufspringen.

David rief mir zu, ich solle mir etwas wünschen, aber ich lachte ihn nur aus und fragte, ob er allen Ernstes daran glauben würde, dass uns fallende Sterne Wünsche erfüllten.

Ich habe ihm nie erzählt, dass ich mir später, in unserer Kajüte, als er schon lange schlief, dennoch etwas wünschte. Auch das schreibe ich nur, weil dieser Brief nicht dazu bestimmt ist, an Dich versandt zu werden.

Ich wünschte mir, dass es mir gelänge, mein Leben von Grund auf zu ändern. Ich bat um eine Arbeit, eine richtige Arbeit, die ich ordentlich und, wenn es so sein sollte, auch mühsam erlernen wollte. Ich wünschte mir eine Perspektive für mein Leben, eine Unterkunft, die ich aus meinem eigenen Geldbeutel bezahlen konnte, geregeltes Essen, und ein Mädchen – verzeih, eine Frau –, die mir die Kraft geben könnte, alle Mühen, die ich zweifellos für diese Änderungen betreiben müsste, auch nach schwierigen Tagen als lohnenswert zu erachten.

Was soll ich sagen, Grace, all das hat sich nur wenige Monate später erfüllt. Die Begegnung mit Dir läutete den Wandel in meinem Leben ein, und plötzlich schien sich alles andere einfach so zu fügen. Es war wie Bestimmung.

Also werde ich es mir jetzt, so unmittelbar vor dem Erreichen all meiner Ziele, nicht erlauben, allzu ungeduldig zu werden.
Weniger als 100 Tage, dann wird endlich alles gut.

Ich liebe Dich, meine Gracey!

Dein Adam

Jeremy

31. Oktober 2013, in einer ziemlich überlaufenen physiotherapeutischen Praxis

Hallo, mein Name ist Jeremy McDonald. Ich müsste dringend zu Dr. Carter, mein Nacken bringt mich noch um.« Ich übe mich an einem gequälten Gesichtsausdruck und lasse meinen Blick dann noch einmal unauffällig durch den Vorraum schweifen.

Wo ist sie?

»Sie kommen ohne Termin, nehme ich an?«

»Ja, leider.«

Der junge Kerl hinter dem Tresen nickt mir mit verzogenem Mund zu. Die Spitzen seiner Ohren lugen rot unter den aschblonden Haarspitzen hervor, hektische Flecken lassen das pausbäckige Gesicht glühen. Auf seinem Arbeitsplatz stapeln sich Patientenakten, und das Telefon klingelt schon nonstop, seitdem ich die Praxis vor über einer Viertelstunde betreten habe. Kurzum: Er wirkt hoffnungslos überfordert. »Bitte nehmen Sie noch im Wartezimmer Platz, Mr. McDonald, füllen Sie diesen Bogen aus, und geben Sie ihn mir dann wieder ab. Hier ist heute alles etwas chaotisch«, erklärt er mit entschuldigendem Blick. »Halloween-mäßig chaotisch, um ehrlich zu sein.«

Ich betrachte sein Namensschild. »Wo ist denn Ihre Kollegin, Nick?«, klopfe ich auf den Busch.

»Mary?« Sein Blick schießt hoch, und der Versuch, sich die Haare aus der schweißbenetzten Stirn zu pusten, scheitert.

Bingo!

»Fragen Sie mich nicht, Sir. Sie hat von heute auf morgen Urlaub beantragt. Einfach so, mitten unter der Woche. Ich hoffe, dass sie wenigstens einen triftigen Grund hatte, sonst werde ich sie bei ihrer Rückkehr leider umbringen müssen.«

Ob das Lächeln, das ich mir abringe, wohl ebenso aufgesetzt wirkt, wie es sich anfühlt?

Also ist sie womöglich sogar verreist …

»Wissen Sie denn, was sie vorhatte?«, sprudelt es aus mir hervor. Vollkommen unbedacht, wie mir Nicks fragender Blick schnell bewusst macht. »Ich verstehe nicht, Sir.«

Nein, natürlich nicht.

»Schon gut«, wehre ich kopfschüttelnd ab.

Nick schaut mich noch ein, zwei Sekunden skeptisch an, dann räuspert er sich kurz und ruft sich zur Besinnung. »Also, wie gesagt, bitte nehmen Sie noch im Wartezimmer Platz. Und Sie sollten es sich bequem machen, denn ohne Termin werden Sie auf jeden Fall ungefähr zwei Stunden warten *müssen.*«

Zwei Stunden? Nein, diese Zeit habe ich nicht. Nicht jetzt, wo ich nicht mal weiß, wo sie ist.

»Oh, dann … vergessen wir das einfach, Nick«, sage ich kurz entschlossen, schiebe ihm das Klemmbrett mit dem unausgefüllten Anmeldeformular über den Tresen zurück und wende mich ohne weitere Umschweife zum Gehen, während er mir verblüfft nachschaut und sich vermutlich insgeheim denkt, was für ein Idiot ich doch bin.

Vor der Praxis überquere ich hastig die lächerlich breite Straße, steige in meinen Wagen und fahre los, ohne überhaupt zu wissen, wohin.

Bestimmt ist sie verreist.

Schließlich stand Marys Mini heute Morgen nicht vor dem Haus, in dem sie wohnt. Dabei war ich extra früh losgefahren, um sie rechtzeitig abzufangen. Und auch vor dem Haus des Möbelfritzen stand nur dessen Lieferwagen.

Also hatte ich geschlussfolgert, dass Mary bereits bei der Arbeit sein musste, und war zu der Praxis gefahren, deren Adresse ich im Internet ausfindig gemacht hatte.

Und jetzt das, nachdem ich die vergangenen beiden Tage ganz für mich allein und so ruhig wie schon lange nicht mehr verbracht habe und der feste Entschluss in mir gereift ist, nicht nach Seattle zurückzufahren, ehe ich nicht dieses Gespräch mit Mary geführt habe.

Na, großartig! Und was mache ich jetzt?

Als ich endlich aus meinen Gedanken auftauche, befinde ich mich unmittelbar vor der Einfahrt, die auf das große Haus am Waldesrand zuführt.

Ich kann nicht gerade behaupten, bewusst hier rausgefahren zu sein. Dennoch biege ich jetzt voller Entschlossenheit ein und fahre so schnell die Einfahrt herab auf das Haus zu, dass sich die Schottersteine, die unter den Reifen meines Wagens zur Seite springen, in der verglasten Front des Untergeschosses spiegeln.

Mit großen Schritten stiefele ich über den Parkplatz, direkt auf die Tür des Verkaufsraums zu. Doch sobald ich dagegen drücke und das Bimmeln eines kleinen Glöckchens über mir erklingt, löst sich meine Entschlossenheit auf, wie Schnee, der auf Wasser fällt.

Der Geruch von Holz schlägt mir entgegen. Wohl geballter als je zuvor in meinem Leben, denn für einige Sekunden lähmt er mich förmlich.

Beize, Öl, Wachs … kein Lack.

Tief inhaliere ich den Duft. Und plötzlich ist da dieser leise, helle Klang. Eine Spieluhr, die nur in meinem Kopf spielt.

»Mister?«

Ich schrecke aus meiner Versunkenheit. »Ja?«

Ein junger Mann – eigentlich eher noch ein Junge – steht mir gegenüber. Aus hellgrünen Augen betrachtet er mich freundlich; unzählige Sommersprossen bedecken seine Nase und die hohen Wangenknochen. »Ich bin Tim, hallo! Kann ich Ihnen weiterhelfen, oder möchten Sie sich nur umsehen?«

»Ich suche … ähm … deinen Chef, nehme ich an.«

»Eliah? Er ist hinten in der Werkstatt. Oh, Moment! Sind Sie vielleicht Jeremy McDonald?«

»Ähm … ja.«

Stolz grinst er und winkt mich dann heran. »Na, dann kommen Sie direkt mit! Er sagte, ich soll Sie zu ihm führen, sobald Sie hier auftauchen.«

Sobald ich hier auftauche? Was …?

Mir bleibt keine Zeit für meine Verwunderung. Der Junge geht bereits voran. Erstaunt folge ich ihm über den breiten Gang, der genau in der Mitte des Raums verläuft und uns an zahlreichen beeindruckenden Massivmöbeln vorbeiführt.

Dieser Eliah erwartet mich? Wie kann das sein? Und woher kennt er meinen Namen?

Tim stößt eine Schwingtür auf, hinter der lautstark gearbeitet wird. Mit dem ersten Schritt in die Werkstatt ist es mir, als drehten sich die Wände um mich herum. All diese Werkzeuge, dieser Geruch, die Geräuschkulisse … Hier verbirgt sich ein Jungentraum. Meiner, um genau zu sein. Und so verwundert es mich kaum, als ich endlich feststelle, dass sich natürlich nicht der Raum dreht, sondern ich mich in ihm. Ich kreise um meine eigene Achse, wie ein Kind zwischen den prall gefüllten Regalen einer Spielwarenabteilung.

»Eliah, das ist Jeremy McDonald!«, höre ich Tim rufen, doch seine Worte dringen nur gedämpft zu mir vor.

»Danke dir, Tim!«, ruft Eliah. Seine Stimme zerrt mich endgültig aus meiner sekundenlangen geistigen Abwesenheit und lässt mich zu ihm herumwirbeln. Er hingegen schaut weder zu mir noch zu Tim auf. Konzentriert arbeitet er weiter daran, zwei Bretter miteinander zu verbinden. »Hey Jeremy, ich bin sofort bei dir!«, begrüßt er mich jedoch freundlich, zwischen gezielten Schlägen seines gummierten Hammers.

Stumm und reglos verharre ich an Ort und Stelle, überwältigt von den verwirrenden Eindrücken der letzten Minute. Warum auch immer, aber in diesen vier Wänden überkommt mich ein Anflug von Ehrfurcht, der mich buchstäblich erstarren lässt. Tim wendet sich ab und geht zurück in den Verkaufsraum. Mein Blick schweift weiter über die Wände der großen Werkstatt.

All diese Sägen, Hobel, Feilen … Wow!

Schließlich legt Eliah den Hammer zur Seite, streift sich die Schirmkappe – *Er trägt das Ding tatsächlich schon wieder* – vom Kopf und kommt auf mich zu.

»Hallo! Schön, dass du da bist«, sagt er und streckt mir seine Hand entgegen. Als ich ihm die meine nur sehr zögerlich reiche, schüttelt er sie mit rauen Fingern und festem Druck. Seine Augen sind so dunkel, dass sich die Pupillen kaum absetzen; er mustert mich tief und scheint dabei wirklich erfreut darüber, mir zu begegnen. Ratlos halte ich seinen Blick.

»Mein Name ist Eliah Woods«, stellt er sich vor.

Moment, was?

Dieser Kerl heißt wirklich Woods mit Nachnamen, wo er mitten im Wald lebt und von der Herstellung eigener und der Restauration antiker Holzmöbel lebt? Das zumindest stand an seinem Schaufenster: »Wiederherstellung – Reparaturen – Auftragsarbeiten«.

Eliah grinst wissend über meinen stummen Spott.

»Man hat mich quasi schon von Haus aus mit einer Art selbst erfüllender Prophezeiung ausgestattet, ganz recht«, sagt er mit einem Lächeln, das seine beinahe schwarzen Augen strahlen lässt. Dieser Mann ist offensichtlich so im Reinen mit sich selbst, dass es mich – gefangen in meinem eigenen Aufruhr – mehr als nur irritiert.

»Jeremy McDonald«, wispere ich.

»Ich weiß!«, sagt er leichthin und lässt dabei endlich meine Hand los.

»Und woher, wenn ich fragen darf? Der Junge ... Tim sagte mir, du ... würdest mich bereits erwarten?«

Nun zuckt er mit den Schultern. »Richtig. Ich dachte mir schon, dass du früher oder später hier auftauchst, wenn du erst mal merkst, dass Mary nicht mehr da ist.«

»Sie ist ... Aber ... Woher ...?« Mein Gestammel ist erniedrigend, besonders wenn man sich vor Augen hält, dass es mein Job ist, zu jeder Zeit handfest und schlagfertig argumentieren zu können.

Auch Eliah schmunzelt amüsiert. »Jerry, in Papen County leben nicht mal dreitausend Seelen. Was dachtest du, wie lange es hier dauert, bis sich herumspricht, dass du ihr nachgereist bist?«

Scheiße!

Resigniert fahre ich mir durchs Haar. Bestimmt hat Mary irgendwie über Tom und Peter erfahren, dass ich hier bin.

»Dann weißt du auch ... von ...«

»Eurem Blind Date in Seattle?«, beendet Eliah meinen Satz mit hochgezogenen Augenbrauen. »Klar, Mary hat mir alles erzählt.«

Na toll!

Hier stehe ich nun, aufgeflogen und bis auf die Knochen blamiert. Und das ausgerechnet vor ihm, Marys Freund.

»Na komm schon, spuck's aus!«, fordert der mich vollkommen zusammenhanglos auf, nachdem ich sekundenlang keinen Mucks von mir gegeben habe.

»Was meinst du?«, frage ich mit halb erstickter Stimme, doch er bleibt weiterhin gelassen.

»Na, was du gerade denkst, will ich wissen. Was auch immer dir so zu schaffen macht.«

»Wie bitte? Ich habe keine Ahnung …«

Oh, oh, jetzt verdreht er die Augen. »Muss ich es moderner ausdrücken, umgangssprachlicher, damit du mich verstehst, Jerry? Na schön, ich versuche mein Glück.« Er schürzt die Lippen, als würde er über einer äußerst schwierigen Aufgabe brüten. Ich selbst stehe nach wie vor stocksteif inmitten des Raums und versuche, schlau aus dieser Szene zu werden, deren Nebendarsteller ich nur sehr widerwillig bin. Nein, diese Bühne ist eindeutig Eliahs. Seitdem ich seine Werkstatt betreten habe, fühle ich mich angespannt und alarmiert, befinde mich wieder in dieser seltsamen Habtachtstellung, die ich vor dem Wiedersehen mit Mary für lange Jahre abgelegt hatte.

»Okay, ich glaube, jetzt hab ich's!«, verkündet er nach einer Weile in Stille. Bedeutungsvoll hebt er den Zeigefinger. »Was genau pisst dich so an, Jeremy?«

»Was mich anpisst?«, wiederhole ich – zu verblüfft, um belustigt zu sein. Er nickt. »Ja. Was ist dein Problem mit mir?«

»Ich … habe kein Problem mit dir«, lüge ich und erschrecke im nächsten Moment, als sein Lachen laut durch den Raum schallt. »Sicher hast du das!«, ruft er. »Es geht dabei um mich und um Mary … und um diese eine Frage, die schon seit Tagen am drängendsten an dir nagt.«

»Frage?«

»Jawohl.«

»Welche Frage?«

»Sag du es mir!«, fordert er.

Dieser Typ raubt mir den letzten Nerv. Genervt werfe ich meine Hände in die Luft. »Ich habe nicht den leisesten Schimmer, wovon du sprichst!«

»So?« Er nickt vor sich hin und betrachtet scheinbar grübelnd einen mit Sandpapier überzogenen Holzklotz, den er kurz darauf auch zur Hand nimmt.

»Du willst also nicht wissen, was zwischen Mary und mir läuft?«, fragt er schließlich.

Oh! Doch, ehrlich gesagt will ich genau das.

»Was geht mich das an?«, erwidere ich schulterzuckend. Dummerweise gelingt es mir keinesfalls, die Geste so gleichgültig wirken zu lassen, wie ich es am liebsten hätte.

»Nichts, du hast recht«, befindet Eliah, zupft an den Hosenbeinen seiner dunkelbraunen Hose, um die Spannung des Stoffs von seinen Oberschenkeln zu nehmen, und setzt sich dann auf eine Ecke seiner Werkbank. Absolut alles, was dieser Typ tut – jede Bewegung, jede Geste –, wirkt wie aus einer anderen Zeit. Und dennoch … keineswegs lächerlich.

Sein Blick wird prüfend, er betrachtet mich eingehend. »In Ordnung, Jeremy, beenden wir diesen Zirkus, ja? Nehmen wir an, ich würde im selben Moment, in dem du dich durchringst, mich nach Marys und meiner Beziehung zu fragen, den Entschluss fassen, aufrichtig zu dir zu sein, und zugeben, dass es nie eine Beziehung zwischen uns gab. Weder jetzt noch jemals zuvor. Wie wäre das?«

Meine Kinnlade klappt herab, denn ich kann nicht glauben, was hier gerade geschieht. Woher nimmt er den Mut zu seiner Direktheit, woher seine Empathie und … den spürbaren Willen, mir diese erniedrigende Situation zu erleichtern?

Wie auch immer es geschieht, unter seinem herausfordernden Blick formen meine Lippen die einzig ehrliche Antwort auf seine Frage: »Erleichternd, nehme ich an.«

»Dachte ich mir.« Mit einem Schmunzeln streckt er mir den Sandpapierklotz entgegen, den ich ihm – nach wie vor vollkommen verdutzt – wie ferngesteuert abnehme.

»Ich könnte ein wenig Hilfe beim Schmirgeln gebrauchen«, sagt er schlicht.

»Ich … habe so was noch nie gemacht«, stammele ich, was ihn erneut schmunzeln lässt. »Ist ganz leicht. Große, gleichmäßige Züge. Und immer mit der Maserung des Holzes gehen.«

Er zeigt es mir mit einem anderen Klotz anhand der beiden Bretter, die er gerade miteinander verbunden hat. Ich versuche meinen ersten Strich. »So?«

»Genau, nur zu!«

»Ich liebe Holz. Ich habe nur noch nie damit gearbeitet.«

»Hm, hm.«

Eine unschätzbare Weile arbeiten wir stumm nebeneinander. Hunderte Fragen schlagen Kapriolen in meinem Kopf, und nur eine kristallisiert sich schließlich als unverfänglich genug heraus, um das Gespräch mit Eliah wieder aufzunehmen.

»Was trägst du da eigentlich immer für Klamotten, Mann?«, erkundige ich mich neugierig und bringe seine Maske der Gelassenheit damit kurzfristig zum Fallen. In offensichtlicher Verblüffung hält er in seinen Bewegungen inne, weicht ein Stück zurück und schaut an sich herab. »Was stimmt nicht mit meiner Kleidung? Sie ist sauber, bequem und dient ihrem Zweck.«

Nun, das mag wohl sein, nur …

»Schön und gut, aber was ist mit Mode?«

»Ich bin mir sicher, dass diese Kombination als durchaus modisch galt«, erwidert er im Brustton der Überzeugung.

»Ja, 1890«, gebe ich mit einem spöttischen Grinsen zurück. Er wirkt unbeeindruckt. »Nein, schon ein wenig später.«

»Dich fasziniert also die alte Zeit?«, frage ich. »Ernsthaft, oder ist das nur Teil deines Geschäfts?«

»Nein, mich fasziniert diese Zeit wirklich, Jerry.« Er klingt fast ein wenig gekränkt, aber ernsthaft, ich verstehe es nicht.

»So? Während alle anderen mit Begeisterung in die Zukunft blicken und jeden Monat mindestens ein neuer Science-Fiction-Blockbuster anläuft, schwärmst du für Nostalgie? … Warum?«

Er wiegt den Kopf hin und her und überdenkt seine Antwort ausgiebig. »Die Zukunft ist doch immer nur eine Konsequenz des Vergangenen und der Gegenwart«, sagt er endlich.

»Wenn das stimmen würde, dann wäre sie doch vorhersehbar?«, halte ich dagegen.

»Nicht für jeden Einzelnen, aber im großen Ganzen … ja!« Er zuckt mit den Schultern. »In der Vergangenheit hingegen … liegt eine gewisse Magie.« Erneut wendet er sich den Brettern zu; gemeinsam schleifen wir ihre raue Oberfläche. »Ihr haftet eine naturgegebene Faszination an, weil in ihr unser aller Ursprung liegt und wir dorthin doch nie wieder zurückkönnen«, erklärt Eliah weiter. »Die Vergangenheit ist wie eine unendliche Straße mit unzähligen Toren, von denen sich, Augenblick für Augenblick, eines nach dem anderen hinter uns verschließt. An einige Augenblicke erinnern wir uns noch lebendig, an andere nur sehr schemenhaft, an die meisten überhaupt nicht mehr. Für länger zurückliegende Ereignisse, die wir nur aus Geschichtsbüchern, Filmen oder Zeitromanen kennen, wird Fantasie benötigt, was für die meisten Menschen schon eine unüberwindbare Barriere darstellt.« Er richtet sich auf, wirkt plötzlich entrückt. Und ich sehe ihn an und lausche gebannt seinen Worten.

»Nur die Glücklichsten können sich vielleicht vorstellen, wie es früher einmal roch, wie die Menschen in ihrem alltäglichen Leben, das heute keiner mehr kennt, wirklich aussahen. Wie sie sich verhielten, welche Ängste sie hatten, woran sie sich erfreuten und wie sie ihren Gefühlen Ausdruck verliehen. Aber ein Schicksal teilen alle, Fantasie hin oder her: Man kann vergangene Sprachen studieren, Schriften, Kulturen, Religionen. Trotzdem wird man all das niemals mehr am eigenen Leib erfahren, niemals ein Teil davon sein, niemals über eine – im besten Fall sehr bildliche – Theorie hinauskommen. Und in dem Moment, wenn die Erinnerung ahnungslos wird und einen selbst die beste Vorstellungskraft im Stich lässt, bleibt nichts als Dunkelheit zurück. Jedes Leben, das einmal war und jetzt nicht mehr ist, ist verloren. Und mit ihm ein Stück seiner Zeit.«

Während Eliah spricht, driftet sein Blick immer weiter ab. Seine Worte werden von einer unbeschreiblichen Melancholie getragen; in seinen Augen funkelt hingegen eine gewisse … Begeisterung?

»Das klingt ja furchtbar«, entfährt es mir, was ihn aus seiner Starre zucken und sofort wieder grinsen lässt. »Nein, ganz und gar nicht, Jerry. Das ist einfach der Lauf der Zeit. Also, genieß dein Heute! Jeden Tag.«

Mein Heute? Wohl kaum.

Ich starre auf die Bretter zwischen uns, tue wieder einige Züge mit dem Sandpapier und prüfe das Ergebnis mit der flachen Hand.

Hm, dieses Holz fühlt sich fantastisch an.

»Ich weiß nicht«, erwidere ich schließlich leise.

»Was? Jetzt, wo du gehört hast, dass Mary vor dir getürmt ist, erscheint dir der heutige Tag nicht mehr so rosig?«, hinterfragt Eliah und trifft es damit auf den Punkt. *Das heißt …*

»Sie ist wirklich vor mir getürmt?«

»Auch, ja«, gibt er unverblümt zu.

»Autsch!«

Eliah schlägt mir kameradschaftlich auf die Schulter, als wollte er mich ermutigen, es nicht zu schwer zu nehmen. Es ist seltsam: Ich kenne ihn erst seit ein paar Minuten, und doch fühle ich mich schon erstaunlich vertraut mit ihm. »Erzähl mir, warum du so dringend mit ihr sprechen willst!«, fordert er. Unschlüssig fahre ich mir durch die Haare.

»Weil ich es ihr schulde, denke ich. Denn … unserer Vergangenheit, und so viel ist sicher, haftet bestimmt keine Magie an.«

»So? Na, das bezweifle ich wirklich, warum wärst du sonst hier?« Eliah lässt mir keine Zeit für Reaktionen: »Aber … weshalb genau warst du damals überhaupt so furchtbar zu ihr, wenn ich fragen darf?«

Oh Mann, er weiß wirklich viel mehr, als mir lieb ist.

»Das … ist eine ziemlich lange Geschichte«, antworte ich kleinlaut und massiere mir meinen Nacken.

Eliah legt den Klotz mit dem Sandpapier zur Seite. »Weißt du, Jerry, wenn ich in meinem Beruf etwas habe, dann ist es Zeit.«

Das klingt beneidenswert. Ich wünschte, ich könnte dasselbe von mir behaupten.

»Na schön!«, willige ich schließlich ein, wohl ahnend, dass der einzige Weg, der mich von hier aus doch noch zu Mary leiten könnte, zwangsläufig über ihn führt.

»Ich war zehn, als mein Bruder starb«, beginne ich nach einer Weile, in der ich mich sammeln muss, vorsichtig. Bis heute fällt es mir unglaublich schwer, über diese Zeit zu sprechen, und auch jetzt gelingt es mir besser fortzufahren, indem ich auf den Klotz in meinen Händen herabblicke, anstatt Eliah anzusehen.

»Für die meisten war Aaron nicht mehr als ein Außenseiter. Zu ruhig für einen Jungen seines Alters, zu … nachdenklich. Aber für mich war er das größte Vorbild. … Es war eine Art Mutprobe, vier Tage nach seinem zwölften Geburtstag.«

Eliah hat erneut auf der Kante seiner Werkbank Platz genommen und schaut mich tief und mitfühlend an. »Als Aaron starb, blieb ich traumatisiert zurück. Es passierte im Sommer, während wir gemeinsam in einem Feriencamp in den Bergen waren. Wie gesagt, es war eine dumme Mutprobe. Ein paar Jungen, die ihm bis dahin das Leben schon nicht gerade leichter gemacht hatten, stachelten Aaron an, sich zusammen mit ihnen vom Gelände zu stehlen und in einem der wilden Ströme schwimmen zu gehen, die nicht umsonst ein absolutes Tabu für uns Kids waren. Aaron zögerte trotzdem nicht. Er war wohl entschlossen, sich vor den anderen keine Blöße zu geben, zog sich aus, sprang in den Fluss … und wurde davongerissen. Einfach so. Von jetzt auf gleich war er nicht mehr da.

Ich war ihnen heimlich gefolgt, hatte mich im Gebüsch versteckt und sah mit eigenen Augen, wie er abtauchte … und nicht mehr hochkam.«

»Wie schrecklich!«, haucht Eliah.

»Ja.« Ich zwinge mich, die schlimmsten Bilder meines Lebens abzuschütteln … zum wohl tausendsten Mal.

»Meine Eltern waren mit der damaligen Situation vollkommen überfordert. Meine Mom hörte monatelang nicht auf zu weinen, Dad trank noch mehr als zuvor. Er war nicht gewalttätig, niemals. Er driftete nur mehr und mehr ab, bis er eines Tages … auch einfach nicht mehr da war.«

Eliah schweigt eine Weile, dann hakt er nach: »Das klingt alles sehr schlimm, Jerry, aber was hat das damit zu tun, wie du Mary damals behandelt hast?«

»Ich komme darauf«, versichere ich ihm.

Nur muss ich dafür ein wenig ausholen.

»Das Schlimmste war damals, dass ich aus meinem Versteck stürmte. Als es geschah, versuchte ich Aaron in meiner Verzweiflung zu helfen. Irgendwie. Die feigen Pseudofreunde meines Bruders waren von seinem Abtauchen wohl selbst vollkommen überrannt. Sie gerieten in Panik, schrien und riefen durcheinander, absolut kopflos. Dann preschte auch noch ich urplötzlich aus dem Gebüsch hervor. So unerwartet, dass dem Ältesten von ihnen, Jackson, endgültig die Sicherungen durchbrannten. Als ich immer weiter mit dem Strom am Flussufer entlanglief, direkt auf das Lager zu, mir dabei mein Shirt abstreifte und immer wieder Aarons Namen brüllte, rannte Jackson hinter mir her und schlug mich zu Boden, ehe ich meinem Bruder im Affekt nachspringen konnte.«

An dieser Stelle meiner Erzählung pressen sich meine Lippen wie von selbst fest aufeinander. So lange habe ich schon nicht mehr über meinen Bruder, Jackson und diesen furchtbaren Tag gesprochen; zu schmerzhaft sind die Erinnerungen. »Ich hasse es, dass Jackson mir mit dieser Aktion vermutlich das Leben gerettet hat«, wispere ich verbittert. Wie auf Kommando durchfährt mich ein Stich unterhalb meines Herzens. Gedankenversunken massiere ich die Stelle durch meinen Pullover.

»Allerdings fiel ich unglücklich auf einen Felsen und verletzte mich dabei an einer scharfen Kante. Jackson hielt mich fest und beschwor mich, nur ja den Mund zu halten und keinem der Camp-Betreuer zu erzählen, dass er und die anderen Jungs an dem Unglück beteiligt waren. Stattdessen bläute er mir eine Story ein, in der sich Aaron und ich alleine weggestohlen hatten. Ich stand unter Schock und hatte schreckliche Angst vor Jackson. Immerhin war er drei Jahre älter als ich und von der Statur her ein echter Bullterrier.« Beschämt blinzele ich zu Eliah auf. Seine Stirn liegt in tiefen Falten, und aus seinem Blick spricht nichts als Verständnis und Mitgefühl.

»Also hast du gemacht, was er verlangte.« Das ist eine Feststellung.

»Ja«, flüstere ich trotzdem. »Fast anderthalb Jahre hielt ich mich an die Lüge, die er mir in den Mund gelegt hatte, und behauptete, allein mit Aaron gewesen zu sein, als das Unglück geschah.«

»Und dein Bruder ist …«

Meine Kehle droht sich durch den dicken Kloß, der sich unter Eliahs unvollendeter Frage schlagartig in meinem Hals bildet, zu verschließen. Schnell räuspere ich mich.

»Er ist ertrunken. … Tagelang wurde vergeblich nach ihm gesucht. Dann fand man seine Leiche viele Meilen entfernt am Ufer.« Wieder muss ich mich räuspern … und diesmal dauert es länger, bis ich meiner Stimme wieder ausreichend vertraue.

»Ich kam mit alldem nicht klar«, gestehe ich. »Nicht nur mit dem Tod meines Bruders, sondern auch mit der Trauer meiner Mom, dem immer passiveren Verhalten meines Vaters. Und natürlich mit dem Druck, den die Jungen weiterhin auf mich ausübten. Jackson und einer der anderen wohnten nämlich in unserer unmittelbaren Nachbarschaft. Sie ließen keine Gelegenheit aus, mir zu drohen. Das ging nicht spurlos an mir vorbei, schon bald war ich ein nervliches Wrack.«

Wortlos sieht Eliah mich an. Geduldig wartet er, dass sich der Kreis zu Mary schließt.

»Irgendwann wusste sich meine Mom nicht länger zu helfen und wandte sich an eine Psychologin, die zunächst nur meinen Dad mit seiner Alkoholsucht, später dann aber uns alle in einer Art … ja, Familientherapie betreute. Die Frau war toll. Sie schaffte es schließlich auch, dass ich mein Schweigen brach und die volle Wahrheit rund um die Umstände von Aarons Tod preisgab.«

»Sehr gut«, befindet Eliah. »Und wie haben deine Eltern reagiert?«

»Geschockt. Sie stellten Jackson und Co. zur Rede, sprachen lange und ausgiebig mit den Eltern und der Schulleitung. Schließlich verklagten sie sogar die Organisatoren des Feriencamps und gewannen den Prozess. Aber all das machte Aaron natürlich auch nicht wieder lebendig.

Noch während des laufenden Rechtsstreits beschlossen meine Eltern gemeinsam mit Dakota, so hieß unsere Therapeutin, dass uns ein kompletter Neuanfang guttun würde. Wenige Monate später zogen wir von Everett nach Redmond. Der Umzug fand zum Beginn der Sommerferien statt, nach denen ich auf die Junior-High wechselte. Insofern erschien das Timing perfekt.

Als das neue Schuljahr anbrach, war ich ein wenig älter als Aaron bei seinem Tod. Mein Stottern und … einige andere körperliche Störungen hatten sich unter der Therapie weitestgehend gelegt. Dad hatte einen erfolgreichen Entzug hinter sich gebracht, und an guten Tagen sah ich meine Mom manchmal sogar lächeln. Unsere Familie funktionierte wieder einigermaßen.«

»Und dann trafst du auf Mary?«, fragt Eliah.

»Ja, direkt an unserem ersten gemeinsamen Schultag. Und ich … fand sie sofort toll.« Lächelnd erinnere ich mich an die erste Begegnung mit ihr.

»Aber … warum hast du sie dann so traktiert?«

»Weil …«

Plötzlich winkt Eliah ab. »Weißt du was? Eigentlich geht mich das gar nichts an. Das ist etwas, das du lieber ihr erzählen solltest anstatt mir.«

Moment mal, was? Jetzt bin ich an dem Punkt, wo es endlich um sie geht, und jetzt will er es nicht mehr hören?

»Würde ich ja gerne. Wenn ich nur wüsste, wo sie steckt«, rufe ich erregt.

Eliah sieht mich lange prüfend an. Und gerade als sich sein Mund wieder öffnet und ich mir erhoffe, dass er mir nun endlich sagt, wo sie hingefahren ist, wechselt er ganz unverhofft das Thema: »Könntest du mir noch kurz eine Hand leihen, Jerry? Diese Rückwand ist unheimlich sperrig.«

Die aufgewirbelten Erinnerungen summen wie ein Schwarm wilder Bienen durch meinen Kopf. Trotzdem reiße ich mich zusammen und komme seiner Aufforderung nach. Drehe die große hölzerne Wand auf der anderen Werkbank gemeinsam mit ihm und halte sie gut fest, damit sie nicht herunterrutscht und auf den Boden knallt. Als sie so liegt, wie Eliah sie braucht, fahre ich bewundernd mit den Fingerspitzen über die Verbindungen zwischen den einzelnen Brettern.

So glatt, so präzise.

»Vor dem Laugen muss das noch mal geschliffen werden«, befindet Eliah kritisch … und drückt mir im nächsten Moment schon eine Art Schwamm mit feinsten metallenen Fasern in die Hand.

Ein Polierkissen.

»Dir ist es wirklich ernst mit Mary, hm?«

»Zumindest so ernst, dass mir die Idee, sie könnte mich für alle Zeiten als den kleinen Idioten von damals in Erinnerung behalten, nicht gefällt. Überhaupt nicht sogar«, gebe ich wahrheitsgemäß zu.

Eliah beobachtet, wie ich die langen, gleichmäßigen Züge über das Holz wieder aufnehme, bevor er sich nach einer Weile erneut seiner Tätigkeit zuwendet. »Vielleicht braucht sie jetzt aber auch ein wenig Zeit allein, zum Nachdenken«, grübelt er schließlich laut. »Reichst du mir mal den Stechbeitel?«

Ich drehe mich um, suche kurz unter all den breiten und schmalen Stemmeisen und reiche ihm dann das geforderte Werkzeug. »Den hier?« Er schmunzelt. »Perfekt. Den passenden Klüpfel?«

Wieder wende ich mich ab, lasse meinen Blick über diverse Werkzeuge schweifen und entscheide mich schließlich instinktiv für eines, das mir aus der Masse förmlich entgegenzuwinken scheint.

»Sie kann so viel Zeit zum Nachdenken bekommen, wie sie will. Nur würde ich ihr davor noch wirklich gerne erzählen, wie es damals dazu kam, dass ich so ein Kotzbrocken war. Dass ich selbst … einfach nur Angst hatte, erneut gemobbt zu werden.«

Gott, das klingt so falsch und erbärmlich, wenn ich versuche, es in dieser Kurzform zu erklären.

Plötzlich mutlos, lege ich den schweren Klüpfel in Eliahs Hand. Er begibt sich sofort an die Arbeit; sticht die erste angesägte Auskerbung mit gezielten Schlägen an und stemmt sie Stück für Stück aus.

Erneut überprüfe ich die Beschaffenheit der Holzoberfläche mit meiner flachen Hand und überarbeite eine Stelle, an der sich die Fasern noch aufstellen.

»Ach, ich weiß auch nicht. Vielleicht sollte ich einfach wieder nach Hause fahren und mit der Idee endgültig abschließen, mein damaliges Verhalten gutmachen zu wollen.«

»Vielleicht, ja«, sagt Eliah schulterzuckend. Dann legt er seine beiden Werkzeuge ab und wendet sich der Schwingtür zu. »Bitte, Jerry, fahr doch schon mal mit dem Zinken fort. Ich bin sofort wieder bei dir. Muss nur kurz was holen und nachsehen, was Tim so treibt.« Schon verschwindet er durch die Tür, deren Hin-und-her-Schwingen ich nur am Rande meines Sichtfeldes wahrnehme.

Gedankenversunken trete ich an die Seite der Werkbank, betrachte die keilförmigen Einschnitte und nehme Stechbeitel und Klüpfel zur Hand.

Wie kann er so gleichgültig tun? Bis eben wollte er noch alles wissen, und jetzt bricht er unser Gespräch mittendrin ab.

Ich setze das schmale Eisen mit seiner abgeschrägten Kante genau an Eliahs Bleistiftlinie an und beginne, mit dem Klüpfel auf den Griff des Beitels zu schlagen. Nicht zu fest, nicht zu schwach. Schnell ist das richtige Maß an Kraft und Schwung gefunden.

Meine Gedanken hüpfen währenddessen zurück zu Mary und verweilen bei ihr. Bei unserer Vergangenheit, unserem Wiedersehen und der Frage, wo sie nun wohl ist.

Plötzlich steht Eliah – wie aus dem Nichts – wieder hinter mir.

»Sehr, sehr gut«, lobt er. Erschrocken tue ich meinen letzten Schlag und spüre, dass etwas unter dem hölzernen Hammer nachgibt und mit einem leisen »Klack« zwischen meine Füße herabfällt. Schwungvoll drehe ich mich zu Eliah herum. »Was?«

»Na, deine Arbeit.«

»Arbeit?«, frage ich, vollkommen verdattert. Er deutet auf den Boden. Ich folge seinem ausgestreckten Zeigefinger und blicke herab … auf drei kleine, sorgfältig herausgearbeitete Keile. »Wie …?«, stammele ich.

Selten zuvor habe ich in meinem Leben mit Werkzeugen gearbeitet. Niemals mit etwas anderem als Hammer, Schraubenzieher oder Kombizange. Mein Dad sieht handwerkliche Arbeit bis heute als etwas Minderwertiges an. Eine Einstellung, die ich nie teilte, der ich mich aber irgendwann beugte.

Während mein alter Herr die architektonische Kunst der alten Ägypter bewunderte, faszinierten mich schon als Kind nur die tatsächliche Leistung und das unsagbare Geschick der unzähligen Arbeiter und Sklaven dieser Zeit.

Der Werkzeugkasten, den ich mir als Junge beharrlich gewünscht hatte, fehlte immer wieder als einziges Geschenk auf meinem Gabentisch. Jahr für Jahr. Nicht einmal ein Vogelhäuschen durfte ich bauen. Als ich den Wunsch dazu äußerte, kaufte mir mein Dad am nächsten Tag eine dreistöckige Designer-Vogelvilla und ließ sie von unserem Gärtner aufhängen.

Irgendwo zwischen meinem Studium, meinem Einstieg in die Kanzlei und all den Umzügen von einer voll möblierten Wohnung in die nächste, war mein Kindheitstraum einer eigenen Werkstatt endgültig gestorben. Manchmal habe ich das Gefühl, mein eigentliches Leben liegt unter dieser Zeitspanne zwischen Aarons Tod und der Gegenwart begraben.

Jetzt jedoch, mein erstes handwerkliches Resultat vor Augen, tun sich mehrere Fragen vor mir auf: Woher wusste ich überhaupt, was ein Stechbeitel ist … und ein Klüpfel? Warum hat sich das Schmirgeln des Holzes so befreiend angefühlt, warum so vertraut? Und wie, zum Teufel, ist es mir gelungen, so präzise zu zinken, wenn ich doch nie zuvor etwas Vergleichbares gemacht habe?

Überhaupt weiß ich verblüffend genau, was es mit dem Zinken auf sich hat. Dass es an der Seitenwand des Schrankes die entsprechenden Gegenstücke zu den Zinken dieser Rückwand geben wird, die im Endeffekt wie Puzzleteile ineinandergreifen und so eine sehr stabile Eckverbindung bilden werden. Bringt man das Holz danach durch die Laugung zum Aufquellen – kontrolliert, versteht sich –, macht es sogar das Leimen überflüssig.

Verflucht noch mal … Was?

Hoffnungslos verwirrt sehe ich Eliah an. Er lächelt. Natürlich.

»Manche Menschen neigen dazu, zu viel über alles nachzudenken«, wispert er, als könnte der Klang seiner Stimme meine Nerven endgültig überlasten. Vermutlich stimmt das sogar. »Anstatt einfach intuitiv zu handeln, wälzen sie alles so lange in ihren Köpfen hin und her, bis jeder anfängliche Impuls, jede ursprüngliche Herzensangelegenheit schlaff, ausgelaugt und platt gewalzt hinter ihnen liegt.« Mit offenem Mund sehe ich ihn an.

»Ich hingegen werde jetzt etwas sehr Impulsives tun, Jerry. Ich werde dir eine Adresse zustecken. Und du wirst sie nehmen, dich in dein Auto setzen und ab jetzt auf dein Herz hören, anstatt weiter über das nachzudenken, was du tun oder auch nicht tun könntest. Alles klar?«

Ich nicke, fast ein wenig ängstlich. Eliah kommt noch näher, nimmt mir den Klüpfel aus der Hand und legt stattdessen einen schmalen Zettel hinein.

»Tief in ihrem Inneren weiß sie genau, dass es kein Entkommen gibt, Jerry. Und ich wette, im Verborgenen sehnt sie sich sogar danach, dass du dich anstrengst und für Klarheit zwischen euch sorgst. Nur ist ihr das momentan noch nicht bewusst. Ebenso wenig, wie dir bis eben klar war, dass du deine Leidenschaft zum Holz zwar nie ausgelebt, über all die Jahre aber dennoch in dir getragen hast.«

Er zieht die Augenbrauen hoch und verleiht seinem Blick eine noch durchdringendere Intensität. »Wie oft streben wir danach, das, was uns in unserem Alltag lästig erscheint, einfach auszublenden? Aber das, was im Grunde unserer Herzen doch Bedeutung für uns hat, lässt sich nicht so einfach abstreifen. Es arbeitet in uns weiter, vollkommen unbewusst. Wenn du also nicht von Mary lassen kannst, Jerry, und wenn du ihr im Gegenzug auch immer noch so sehr unter die Haut gehst, dass sie keinen anderen Weg als die Flucht vor dir sieht, dann ist das ein Zeichen.«

Mit diesen Worten nimmt Eliah den Stechbeitel wieder an sich, wendet sich der großen Holzplatte zu und zinkt munter drauflos.

Atemlos stehe ich neben ihm und zähle in Gedanken meine galoppierenden Herzschläge. Schließlich gelingt es mir, mich aus meiner Starre zu reißen. Fluchtartig stürme ich aus der Werkstatt, aus dem Verkaufsraum. Hinaus, auf den Schotterparkplatz.

Weder Eliah noch der arme Tim erhalten einen anständigen Abschiedsgruß von mir. Doch während der Junge verdutzt hinter mir herschaut, blickt Eliah nicht mal mehr von seinen werkenden Händen auf. Dieser Typ ist mir unheimlich. Und zwar so was von.

Mit rasendem Herzen starte ich den Motor meines Wagens.

Nur schnell weg!

Mary

Dreieinhalb Stunden später, 362 Meilen südwestlich, am Rande eines Stadtbezirks von Seattle

Adam Winterfield Stiftung« steht über dem Eingang des schmalen Hauses. Adam Winterfield.

Ein Schauder rinnt mir den Rücken hinab und hinterlässt auf seinem Weg eine Gänsehaut. Ich reibe mir mit beiden Händen über die Unterarme und schaffe es nicht mal für die Dauer eines Blinzelns, die Augen von dem Schriftzug zu lösen. In seinen Briefen an Grace hatte Adam seinen vollen Namen nie erwähnt. Warum hätte er auch, sie wusste ja, wie er hieß. Und natürlich gab und gibt es bis heute sehr viele Adams. Dennoch bin ich mir sicher, dass dieser Schriftzug kein Zufall sein kann. In diesem Haus stand sein Sekretär, und hier lebte er; es ist der richtige Adam. Das spüre ich einfach.

Ich betrachte das Gebäude näher. Es ist nicht größer als ein Einfamilienhaus. Hatte Eliah nicht gesagt, der Sekretär hätte in einem Kinderheim gestanden? Ich weiß zwar nicht so genau, wie ich mir ein solches Heim vorzustellen habe, doch dieses Haus scheint mir zu klein und … zu gemütlich zu sein. Es ist ein altes Landhaus, mit den typischen Butzenscheiben des 19. Jahrhunderts und der ebenso typischen schmalen, länglichen Form. Es steht etwas außerhalb von Newcastle und grenzt an einen Wald.

Zögerlich steige ich die wenigen Stufen zur Haustür empor und betätige ein kleines Glöckchen.

Nur einen Wimpernschlag später wird mir geöffnet. Ein

junger Mann steht vor mir. Er trägt eine verwaschene, an den Knien zerschlissene Jeans und einen weiß verschmierten Pullover. In der einen Hand hält er eine Farbrolle, über der Brille mit den runden Gläsern sowie den halblangen Haaren verteilen sich unzählige Farbsprenkel.

»Ja, bitte?«, fragt er, als ich mich nicht sofort vorstelle.

»Marielle Welley, hallo. Ich …«

Ich brauche einen Moment, um mich an meinen Text zu erinnern. Während der fünfeinhalbstündigen Fahrt hatte ich genug Zeit, mir etwas zurechtzulegen. Schnell strecke ich ihm meine Hand entgegen, die er umständlich und nur sehr behutsam ergreift und kurz schüttelt – vermutlich bedacht darauf, mich nicht mit der frischen Farbe, die auch seinen Fingern anhaftet, zu beschmutzen.

»Ich komme aus Papen County, Idaho, und bin auf der Spurensuche eines Mannes, der vor etlichen Jahren in diesem Haus gelebt haben muss.«

»War er ein Waisenjunge?«

»Ähm … mag sein. So genau weiß ich das leider nicht. Aber wenn ich Ihnen meine Geschichte erzählen dürfte, könnten Sie mir vielleicht weiterhelfen, Mr. …?«

»Mason. Aber bitte, nenn mich einfach Connor.«

»Mary«, stoße ich erleichtert aus. Er sieht mich noch einen Moment an, dann winkt er mich kurzerhand über die Schwelle in den Eingangsbereich des Hauses. »Ich befürchte, dass ich Ihnen nicht weiterhelfen kann, Mary. Ich bin selbst erst vor wenigen Wochen aus Portland angereist, um diesem trostlosen Haus neues Leben einzuhauchen. Von seiner Vorgeschichte weiß ich kaum mehr als das, was in dem kurzen Bericht stand, den man mich zur Einweisung hat lesen lassen.«

»Oh«, mache ich enttäuscht. »Wer könnte mir …?« Ich lasse den Satz so unvollendet verhallen, denn in Connors Augen, hinter den weiß besprenkelten Brillengläsern, erkenne ich bereits, dass er meine Frage verstanden hat. Wieder wedelt er mit der Hand, wieder folge ich ihm. Diesmal steigen wir hintereinander die hölzerne Treppe zum Obergeschoss des Hauses hinauf. Die Stufen knarren unter unseren Schritten, die Treppe ist vermutlich so alt wie das Haus selbst. Mein Blick schweift über ihr außergewöhnlich schönes Geländer, die kunstvoll gedrechselten Stäbe. Beinahe ehrfürchtig fahre ich mit den Fingerspitzen über den Handlauf und muss plötzlich schmunzeln. Hat etwa ein Teil von Eliahs Liebe für Holz schon auf mich abgefärbt?

»Ich bin Sozialarbeiter«, erklärt Connor währenddessen. »Renovierungsarbeiten standen zwar nicht unbedingt in der Stellenbeschreibung, aber unser Budget ist echt klein.« Wir gehen über einen Korridor, der viel länger ist, als es die Frontansicht des Hauses vermuten lässt, und bleiben schließlich vor einer Tür stehen, hinter der gedämpfte Reggae-Musik erklingt. »Handwerker können wir uns nicht leisten. Daher packen Caren und ich selbst mit an.«

»Caren?«, wiederhole ich.

»Jepp! CC, Caren und Connor. Wir finden, das klingt nach einem echten Spitzenteam, aber momentan könnte das Kürzel ebenso für ›Captain Chaos‹ stehen.« Er grinst. »Kannst froh sein, dass ich gerade unten war und die Rolle ausgewaschen habe. Von hier oben hätte ich dein Läuten nie gehört.« Damit stößt er die Tür auf. Bob Marleys *Sun is shining* dröhnt uns entgegen. In einer Ecke hockt eine junge Frau mit langen roten Dreadlocks und pinselt mühevoll um einen alten Heizkörper herum. Die Musik ist so laut, dass sie unser Erscheinen überhaupt nicht bemerkt. Erst als Connor den CD-Player ausschaltet, wirbelt sie zu uns herum. »Hey, was machst du denn?«, beschwert sie sich, doch als sie mich neben Connor erblickt, glättet sich ihre Stirn wieder, und die Empörung weicht Verwunderung.

»Caren, das ist Mary«, stellt Connor mich vor. »Sie hat einige Fragen, die du ihr vielleicht beantworten kannst.«

»So?«, fragt Caren, erhebt sich und streift sich die Hand an der labberigen Cordhose ab. Mein Blick haftet auf ihrem Augenbrauen-Piercing, als sie auf mich zukommt und mich grinsend begrüßt. »Haben wir was verbrochen, oder bist du so harmlos, wie du aussiehst?«, fragt sie kess. Ich muss lachen ... und fühle mich sofort wohl.

»Absolut harmlos, garantiert. Also ...« Caren hat mich mit ihrer fröhlichen Art aus meinem Konzept gebracht. Ich atme tief durch und lasse die Schultern fallen. »Vermutlich klingt es ziemlich verrückt, denn ich suche nach Informationen zu einem Mann, der schon seit Jahrzehnten tot sein muss. Und ich wusste bislang nur, dass er Adam hieß und vielleicht mal hier gelebt hat, etwa von 1927 bis 1929. Und ... na ja, jetzt kam ich hier an und sah den Schriftzug über der Haustür. Ich bin mir fast sicher, dass es sich bei dem Mann, auf dessen Spuren ich mich begeben habe, um diesen Adam handelt. Adam Winterfield.«

Derselbe Schauder, der mich schon draußen packte, erfasst mich auch nun wieder, als ich seinen vollen Namen zum ersten Mal ausspreche. »Ich spüre einfach, dass er es sein muss«, murmele ich, mehr zu mir selbst als zu Caren oder Connor.

»Bist du seine Enkeltochter oder so?«, fragt der. Prompt schüttelt Caren den Kopf. »Nein, Quatsch! Winterfield hatte keine Nachkommen.«

»Du kennst ihn?« Ich erschrecke fast, als ich bemerke, dass ich Carens Oberarm umfasst habe. So eindringlich, wie ich sie anstarre, muss ich den Eindruck einer Verrückten erwecken. Schnell ziehe ich meine Hand zurück. Caren hingegen grinst mich weiterhin offen an, keine Spur von Skepsis. »Ja, du hast Glück. Ich denke, dass ich dir zumindest ein paar deiner Fragen beantworten kann, denn im Gegensatz zu meinem Kollegen aus Pooortlaaand …« Sie zieht Connors Herkunftsort mit säuselnder Stimme und einem Augenrollen ins Lächerliche, »… lebe ich schon seit Ewigkeiten hier. Und Winterfields Geschichte ist praktisch mit diesem Haus verschweißt.« Sie legt den Pinsel auf die Fensterbank, reibt sich die Finger an einem Lappen ab und nickt mir dann zu. »Komm mit in die Küche, wir trinken einen Tee. Dabei quatscht es sich gemütlicher. Und Connor, wenn ich wiederkomme, ist hier alles blitzeweiß gestrichen, verstanden?« Er zeigt ihr einen Vogel, und sie lacht herzlich. Ich mag die beiden auf Anhieb.

Ungeduldig rühre ich in meiner Tasse mit Malventee, aber Caren lässt sich nicht drängen. Erst als sie auch ihre Tasse vorbereitet hat, zieht sie die weite Cordhose an ihren Oberschenkeln etwas zurück und verschränkt das rechte Bein so auf der Sitzfläche des alten Holzstuhls, dass sie darauf zu sitzen kommt.

»Wie kommt es, dass du dich für Winterfields Geschichte interessierst?«, fragt sie nun. Ich komme mir vor wie ein Tonband. Bei der Erwähnung der geheimen Liebesbriefe weiten sich Carens Augen. Das warme Braun scheint zu schmelzen wie Schokolade in der Sonne.

»Gracey, sagst du? Wow, das ist so schön«, schwärmt sie am Ende meiner Schilderungen. Dann lehnt sie sich mir beinahe verschwörerisch entgegen. »Ich muss gestehen, dass ich anfangs dachte, mit dem Kerl konnte was nicht stimmen. Ich meine, wie oft kommt man schon mit so viel uneigennütziger Güte in Kontakt? Und bei all den Schauergeschichten, die man durch die Nachrichten immer wieder hört … Kein Wunder, dass ich an seiner Selbstlosigkeit zweifelte, wenn auch nicht lange.«

Ich ignoriere die Tatsache, dass sie für mich in Rätseln spricht, und beobachte stattdessen stumm, wie sie mit einer vor Abscheu verzogenen Miene den Kopf schüttelt. »Wenn ich allein daran denke, womit ich mich in meiner kurzen Karriere schon so herumschlagen musste.« Sie schüttelt sich. »Allerdings schwärmten die Älteren, die Winterfield noch persönlich kannten, immer so sehr von ihm, dass ich meine Bedenken schnell fallen ließ. Er wurde hier wie ein Heiliger bewundert.«

Ich räuspere mich. »Caren, ich befürchte, dass du mir einiges erklären musst. Ich weiß wirklich nichts über das, was Adam getan hat. Bei seinen Briefen an Grace war er Anfang, Mitte zwanzig, und über seine Tätigkeiten hat er nie viel geschrieben. Ich weiß nur, dass er sehr dankbar war, überhaupt einen Beruf erlernen zu dürfen.«

Caren nickt. Und dann, endlich, beginnt sie, so zu erzählen, dass auch ich etwas verstehe. »Ja, das weiß ich auch noch. Die Großen haben davon erzählt. Dass Adam Winterfield ein Waisenkind war, wie jeder von uns. Dass er sich lange vollkommen allein durchschlagen musste. Er hat als Schiffsjunge angeheuert, ist als Schuhputzer durch die Straßen gezogen, hat in Küchen und Ställen ausgeholfen, Weihnachtsbäume geschlagen oder bei der Ernte mitgeholfen. Immer nur für ein paar Kröten, die zum Sterben zu viel und zum Leben zu wenig waren. Bis er auf einen Mann traf, der sich seiner annahm. Adam war handwerklich sehr begabt und lernte von diesem Mann das Tischlern, von der Pike an.« Caren stellt ihre Tasse ab, ihr Blick geht ins Leere. »Was ich aber nicht wusste, war, dass es einmal eine Frau in seinem Leben gab. Oder besser, vermutlich noch ein Mädchen, nicht wahr?«

»Gracey war sehr jung, ja. In einem seiner Briefe schrieb Adam, dass er den Geburtstag ihrer Volljährigkeit kaum erwarten könnte.«

Caren spielt versonnen an dem Griff ihrer Tasse. »Verrückt, oder? Wie konnte sich Adam seiner Gefühle so sicher sein, wenn er doch selbst noch so jung war?«

»Vielleicht bewirkte das härtere Leben damals, dass die Menschen schneller reiften«, mutmaße ich.

»Mag sein. Oder aber ...« Carens Blick wird schelmisch, »... der Kerl war einfach nur überfällig und komplett hormongesteuert. Etwas, was ich für diese prüde Zeit nicht ausschließen würde.«

Ich muss lachen, Caren winkt ab. »Wie dem auch sei, ich kenne Winterfield nur aus den Erzählungen der Großen. So, wie man seinen Urgroßvater kennt, nicht mehr. Und die Jungs beschrieben ihn immer als einen Mann, der sich ein Leben lang für andere aufopferte. Für jeden Einzelnen von ihnen, um genau zu sein.«

»Die Jungs?«, hake ich neugierig nach.

Caren nickt, und das geschmolzene Braun ihrer Augen verhärtet sich wieder – binnen weniger Sekunden verliert es seinen Glanz. »Meine Eltern kamen bei einem Unfall ums Leben, als ich gerade dreizehn geworden war. Wir hatten Verwandtschaft in Illinois, aber das Verhältnis war schon zu Lebzeiten meiner Eltern so schlecht, dass ich es vorzog, in ein Heim zu gehen. Man brachte mich hierhin, zu Jacob Burton, der Winterfields Erbe angetreten hatte.« Sie sieht mich an. »Dieses Haus hier war kein gewöhnliches Heim, Mary. Wir waren nie viele, warteten nie auf Vermittlung. Anfangs nahm Winterfield sieben oder höchstens acht Jungen unter seine Fittiche, Jacob Burton am Schluss nur noch vier bis fünf.

Jeder von uns war psychisch schwer angeschlagen. Keiner

hätte woanders eine wirkliche Chance gehabt. Aber genau auf diese Kinder und Jugendlichen hatte sich Winterfield eingeschossen. Wie gesagt, ich weiß all das nur aus Erzählungen. Jacob war immer sehr gut zu uns, er war ja selbst einer von ›Winterfields Jungen‹.« Mit einem traurigen Lächeln zieht sie die Gänsefüßchen um die letzten Worte. »Doch hinter vorgehaltener Hand wurde stets gemunkelt, dass er Adam nicht mal ansatzweise das Wasser reichen konnte.«

»Also, dann hat sich Adam gezielt verwaister Kinder angenommen, die ansonsten schwer vermittelbar gewesen wären? Kann man das so sagen?«, hake ich nach. Meine Hand legt sich dabei über meine Brust, weil mein Herz so heftig pocht. Es ist unglaublich, tatsächlich hier zu sitzen und mehr über diesen beeindruckenden Mann zu erfahren, der mich mit seinen Briefen so neugierig machte.

Caren wiegt den Kopf hin und her. »Einerseits, ja. Ich weiß, dass er zeit seines Lebens bereit war, jedem eine zweite Chance zu geben. Nicht mal vor den schwierigsten Fällen schreckte er zurück.«

Auf einmal baut sich Jeremys Bild vor meinem geistigen Auge auf. In diesem Haus, in dessen Wänden Adams guter Geist förmlich vermauert zu sein scheint, fühle ich mich ein wenig ertappt und … ja, beinahe schuldig.

Lag Adam richtig mit seiner Überzeugung? Hat wirklich jeder Mensch eine zweite Chance verdient?

»Andererseits wollte wohl auch keiner von uns in eine neue Familie«, fährt Caren fort. »Ich meine, versuch mal, dich in unsere Situationen zu versetzen. Wir steckten allesamt mitten in der Pubertät, als wir zu Waisen wurden. Ein zwei- oder dreijähriges Kind in eine neue Familie zu integrieren ist schon sehr schwer, aber ein dreizehn-, vierzehnjähriges? Beinahe unmöglich. Winterfield ist dieses Vorhaben komplett anders angegangen. Er hatte ja auch keine Familie zu bieten, nur sich selbst und das, was er konnte. Und seine größten Talente, außerhalb des Handwerks, waren zuzuhören, Trost zu spenden und Zugang zu seinen Schützlingen zu finden. Über kurz oder lang hat er jeden von ihnen zurück ins Leben geführt.« Caren zuckt mit den Schultern. »Wie gesagt: Ich kam unter der Leitung von Jacob und war das erste Mädchen in diesem Haus. Winterfield hat immer nur Jungen bei sich aufgenommen.« Sie wirft mir einen entschuldigenden Blick zu. »Das meinte ich vorhin, weißt du? Viele Menschen betrachteten seinen Einsatz mit Skepsis, wie ich anfangs auch. Ein alleinstehender Mann, der sich ein Leben lang pubertierende Waisenjungen ins Haus holt, ist schon ein bisschen seltsam, oder? Aber Adam war ein gutherziger Mann, der nie etwas anderes im Sinn hatte, als zu helfen.«

Ich kann kaum glauben, dass es tatsächlich einen derartigen Verdacht gab, und schüttele die Idee, die Menschen könnten hinter vorgehaltener Hand sogar schlecht über ihn gesprochen haben, schnell aus meinem Kopf.

»Er hat die Jungen also zu sich genommen und … für ihre Ausbildung gesorgt?«, hake ich stattdessen nach.

»Ja«, bestätigt Caren. »Auf unterschiedlichste Art und Weise. Er betreute die Schulzeit, bis es für einige aufs College ging. Anderen brachte er das Tischlern bei und wie man ein Geschäft führt, mit all der Bürokratie und Buchhaltung, die dazugehört. Man sagt, er hätte die Gabe gehabt, jeden seiner Jungen individuell zu fördern und zu begleiten. Für die meisten wurde er dadurch ganz von selbst zu einer Art Vaterfigur.« Caren lächelt sanft. »Einer meiner großen Pflegebrüder hat immer wieder von Winterfields Beerdigung erzählt. Er sagte, er hätte nie wieder ein solches Blumenmeer gesehen wie an diesem Grab.«

Ich muss mich zusammenreißen, um die Tränen, die sich unweigerlich in meinen Augenwinkeln gesammelt haben, zurückzublinzeln. Ich räuspere mich, aber meine Stimme klingt trotzdem verräterisch gepresst. »Hast du noch Kontakt zu diesem Pflegebruder?«

»Aber sicher, er lebt nicht weit von hier entfernt. George ist wirklich wie der ältere Bruder, den ich immer haben wollte. Ich gebe dir seine Adresse, wenn du willst. Aber ... darf ich dich zuerst noch etwas fragen?«

»Klar!«

»Was ist deine Intuition? Was bezweckst du mit deiner ... Nachforschung?« Ich denke noch einmal selbst über meine Beweggründe nach, denn diese Frage ist natürlich verständlich und sollte aufrichtig beantwortet werden. »Sieh mal!«, beginne ich dann zaghaft. »Wenn ich den Zustand dieses Hauses richtig deute, steht es nicht gut um Adams Stiftung, oder? Ihr musstet sogar sein altes Inventar verkaufen, stimmt's?«

Caren beißt die Zähne zusammen, als würde ihr der Gedanke körperliche Schmerzen bereiten, und schüttelt traurig den Kopf. »Ich war dagegen und bin es bis heute. Aber bis vor ein paar Monaten lebte Jacob noch. Er war schwer krank. Woran er litt, hat er uns nie wissen lassen. Jedenfalls gab er das Zepter nicht rechtzeitig aus der Hand. Es gab eine Zeit, da wollte George, also der Pflegebruder, von dem ich dir gerade erzählt habe, Jacobs Position einnehmen und die Ursprungsidee von Winterfields Stiftung weiterführen. Nur war Jacob damals der Meinung, George wäre noch nicht so weit. Es gab eine Art Rivalitätskampf zwischen den beiden. Heute ist George Raumausstatter. Er lebt mit seiner Familie im Westen von Seattle und leitet ein sehr erfolgreiches Möbelgeschäft in der Innenstadt. Das alles aufzugeben, dazu ist er jetzt nicht mehr bereit. Jacob hingegen wurde immer schwächer. Irgendwann konnte er keine neuen Jugendlichen mehr aufnehmen, und die Stiftung bekam kaum mehr Zuschüsse. Am Ende lebte nur noch ein Junge hier, alle anderen waren bereits ausgezogen. Dieser Junge war geistig ein wenig … benachteiligt, aber ein herzensguter Kerl und der loyalste Mensch, den man sich nur vorstellen kann. Im Endeffekt war der Arme wohl mehr damit beschäftigt, sich um Jacob zu kümmern, als der sich noch um ihn hätte kümmern können.«

»Was ist mit ihm geschehen?«

»Mit dem Jungen? Er hatte Glück und ist nach Jacobs Tod neu untergekommen. Aber die Stiftung ist vollkommen marode. Die Stadt hat nun zumindest das Haus gekauft und Connor und mich eingestellt, um eine Art Jugendzentrum daraus zu machen. Am Wochenende soll es ein Ausflugsziel für Kinder benachteiligter Familien werden, in den Ferien eine Art Camp. Ich bin gespannt und freue mich auf meine Arbeit hier, keine Frage. Aber mit Winterfields Ursprungsidee hat das Ganze natürlich nicht mehr viel zu tun.«

»Na ja, immerhin besser als nichts«, versuche ich zu trösten. »Was ihr vorhabt, klingt großartig.« Adams verblichener Namenszug an der Hauswand baut sich vor meinem inneren Auge auf und erinnert mich an Carens ursprüngliche Frage. »Noch mal zu meinen Beweggründen für diese Reise: Ich kann dir auch nicht so recht sagen, warum ich mich auf Adams Spuren begeben habe, und weiß, es klingt vermutlich verrückt. Aber er hat mich einfach neugierig gemacht. Aus seinen Briefen spricht so viel Liebe und … Enthusiasmus. Und was du mir gerade über ihn erzählt hast, verstärkt diesen Eindruck nur noch. Ich fühle mich Adam schon viel näher, und langsam bekomme ich einen Eindruck seines Lebens.« Dankbar lächele ich Caren an. »Dieser Besuch hier hat mir jetzt schon bewiesen, dass sich meine Reise gelohnt hat. Vielleicht sollten sich die Menschen, die das Glück hatten, ihn zu kennen, einfach noch einmal an Adam Winterfield erinnern.«

»Ja, vielleicht. … Also, willst du Georges Adresse haben?« Caren schiebt ihren Stuhl geräuschvoll zurück.

»Nichts lieber als das«, antworte ich glücklich. »Aber Caren?«

»Hm?«

»Es war nicht selbstverständlich, mich einfach so einzulassen und mir deine Zeit zu schenken. Ich würde mich gerne bei dir bedanken. Für deine Offenheit.«

»So?« Sie wirft ihre roten Dreadlocks über die Schulter zurück und tut ihre freundliche Art mit einem Achselzucken ab. »Und wie willst du das tun?« Entschlossen erhebe ich mich und streife mir die Jacke von den Schultern. »Connor und du, ihr habt nicht zufällig noch einen Pinsel übrig?«

Stunden später stehe ich vor einem mehrstöckigen Haus am westlichen Rand von Seattle. Ich habe die Klingel mit dem Nachnamen »Black« bereits betätigt, doch leider rührt sich nichts. Kein »Ja, bitte!« über die Gegensprechanlage, kein Surren des Türöffners. George und seine Familie scheinen nicht zu Hause zu sein. Der Halloween-Abend ist angebrochen, es ist bereits dunkel. Vielleicht gehen George und seine Frau mit ihren Kindern von Haus zu Haus und sammeln »Süßes oder Saures« wie meine Eltern damals mit Toby und mir.

Seufzend wende ich mich ab und verschiebe meinen Besuch gedanklich auf den folgenden Tag. Mein Magen knurrt. Ich bin müde von der langen Fahrt, und meine Oberschenkel und Arme schmerzen von den unverhofften Malerarbeiten in Adams ehemaligem Haus.

Es führt kein Weg an der Erkenntnis vorbei, dass mir nun

die Etappe meiner Reise bevorsteht, vor der ich mich am meisten fürchte. Mein Dad erwartet mich.

Erschöpft lasse ich mich in mein treues altes Auto plumpsen und werfe mit der üblichen Geduld den Motor an. Ich hatte vergessen, wie verrückt der Verkehr Seattles sein kann. So viel hat sich verändert, seitdem ich hier lebte. Sicher, es ist eine wunderschöne, sehr charismatische Stadt, aber sie ist schon lange nicht mehr mein Zuhause. Ich fühle mich wie eine Fremde in meiner ehemaligen Heimat. Zu viel liegt hier begraben, was ich für immer hinter mir lassen wollte. Es schockiert mich fast, dass ich tatsächlich so schnell – und diesmal sogar aus freien Stücken – zurückgekehrt bin. Für einen Moment driften meine Gedanken zurück zu dem Blind Date mit Jeremy. Zu der Berührung unserer Hände und diesem unbeschreiblichen Gefühl, das uns beide dabei durchzuckte. *Warum beschäftigt mich diese Begegnung noch immer so sehr?*

Schnell reiße ich mich aus der Erinnerung und trete wieder einmal auf die Bremse, weil auch diese Ampel natürlich unmittelbar vor mir auf Rot schaltet. An der Kreuzung diskutieren verkleidete Kinder aufgeregt miteinander. Eine Hexe, ein Gespenst, ein Vampir. Die Kinder lassen sich gegenseitig in ihre noch recht schlaffen Tüten blicken. Nicht mal, als die Fußgängerampel auf Grün umspringt und sie die Straße passieren, hören sie damit auf, stolz die Errungenschaften ihres vermutlich ersten Beutezugs zu präsentieren. Schmunzelnd beobachte ich die drei. Ein Hupen des Wagens hinter mir lässt mich kurz aufschauen und dann hastig anfahren. Doch was ist das?

Ehe ich realisiere, wer oder was da vor mir auf die Straße läuft, habe ich bereits reagiert und meinen Fuß mit voller Kraft auf das Bremspedal gestoßen. Mit einer Vollbremsung komme ich wieder zum Stehen.

Den Bruchteil einer Sekunde später ertönt ein mächtiger Knall. Ich werde in meinen Sicherheitsgurt gepresst, starre verdutzt auf das Lenkrad.

Ein Unfall?

Ich hebe den Kopf, blicke in das blasse, von toupiertem Haar umrahmte Gesicht eines Mädchens, das unmittelbar vor der Motorhaube meines Minis steht und mich mit schockgeweiteten Augen anstarrt. Die Kleine sieht aus wie die junge Regan aus *Der Exorzist*, und alles, was ich denke, ist: *Wirklich gelungen! Man erkennt sofort, wer sie sein soll.*

Dann drehe ich mich um und sehe den aufgebrachten Mann im Wagen hinter mir. Er schüttelt den Kopf und hievt sich umständlich aus seinem Sitz. Wild gestikulierend kommt er auf mich zu, offensichtlich tobend vor Wut.

Beinahe mechanisch steige ich aus, schaue mich suchend nach dem Mädchen um. Doch die Kleine rennt bereits mit ihren drei Grusel-Freunden, zu denen sie offenbar hatte aufschließen wollen, über den Bürgersteig die Straße hinab. Also wende ich mich dem Mann zu, sehe, wie sich seine Nasenflügel aufblähen und sein Kopf rot anläuft. Ich lausche … doch sein Schimpfen dringt nur sehr gedämpft zu mir durch, verebbt immer mehr, und schon bald kommt nichts mehr davon bei mir an. Kein Wort, kein Ton, kein einziger Laut der Außenwelt findet seinen Weg mehr zu mir. Ich höre nur noch das Rasen meines Herzens und das Rauschen meines eigenen Blutes. Es dröhnt in meinen Ohren. *Adrenalin?*

Ich hätte etwas essen sollen. Oder zumindest mehr trinken. Malventee. Allein beim Gedanken an das eigenartige Gebräu zieht sich mein Magen zusammen.

Und plötzlich ist es, als würde mir jemand Wattebäusche aus den Ohren ziehen. Plötzlich tauche ich auf und bin wieder Teil dieser Welt.

»So etwas Dämliches. Sie können doch nicht erst anfahren und dann doch wieder eine Vollbremsung hinlegen. Das ist idiotisch!«, brüllt der dicke Mann mit den bebenden Nasenflügeln. Mein Blick bleibt an seiner Glatze hängen, die im Licht der mittlerweile wieder roten Ampel glänzt. »Aber dieses Mädchen«, sage ich mit einer Stimme, die zu dünn klingt, um wirklich zu mir zu gehören.

»Ach, das wäre schon zurückgesprungen«, blafft er. »Hatte doch gerade erst einen Fuß auf die Straße gesetzt.«

Endlich schaffe ich es, an ihm vorbei zum Heck meines Minis zu gehen und einen ersten Blick darauf zu wagen. Die Stoßstange und eine große Fläche des Kofferraums sind vollkommen eingedrückt. Die Motorhaube des Choleriker-SUVs hat sich förmlich in meinen Liebling gestanzt. Ich kämpfe mit aufsteigenden Tränen. »Das muss die Versicherung zahlen«, murmele ich mir selber Trost zu. Der Dicke lacht. »Ja, aber Ihre. Ich werde hier rein gar nichts bezahlen, das können Sie sich direkt abschminken.«

Geschockt blicke ich von seinem breiten Gesicht zurück auf meinen Wagen. Dann wieder zu ihm, wie er so grimmig vor mir steht. Hinter uns ertönen die ersten Hupen. Sekundenlang komme ich mir wieder wie das kleine, unbeholfene Mädchen von früher vor. Immer wieder frage ich mich, was ich jetzt nur tun soll und ob es überhaupt noch schlimmer kommen könnte. Dann mischt sich urplötzlich eine weitere Stimme in das Geschehen ein … und nimmt mir die Überlegung mit dem ersten Klang ab.

Na großartig! War ja klar, dass es noch schlimmer kommen kann.

Jeremy

Selbe Zeit, selber Ort – diesmal exakt

Entschuldigen Sie bitte, dass ich mich einmische, junge Dame.«

Beim Klang meiner Stimme zuckt sie zusammen und wirbelt zu mir herum. Mit weit aufgerissenen Augen starrt sie mich an. Leichenblass.

Mein Herz wummert wie wild in meiner Brust, doch der hochrote Kopf ihres Unfallgegners, den ich nur im Hintergrund wahrnehme, verhilft mir zu dem seriösen Auftritt, den diese Situation erfordert. »Ich war auf der gegenüberliegenden Abbiegespur und habe alles beobachtet. Sie haben wirklich super reagiert. Es tut mir leid, dass es eine Weile gedauert hat, bis ich hier sein konnte, aber ich musste erst wenden.«

Das ist eine Lüge, und sie weiß es. Zwar habe ich wirklich alles beobachtet, aber ich war dabei nicht auf der anderen Seite der Kreuzung. Ich fuhr nur wenige Wagen hinter ihr und diesem Brüllaffen. Von dem alten Haus in Newcastle – zu dem die Adresse gehörte, die Eliah mir zugesteckt hatte – bis quer durch die Stadt an den westlichen Rand Seattles und schließlich hierhin, an diese Kreuzung, habe ich Mary bereits verfolgt.

Gut, das alles weiß sie vermutlich nicht, aber zumindest, dass unser Wiedersehen kein Zufall ist. Ihre schockgeweiteten Augen sprechen Bände. Es tut fast weh, wie entsetzt sie mich ansieht.

Du hast das getan. Du allein trägst die Schuld daran, dass sie dich anblickt wie ein Bambi in einer großen, todbringenden Falle.

Es muss sich etwas ändern. Ich muss versuchen, eine andere Dynamik in diese Geschichte zu kriegen. Es ist an der Zeit, Mary die Fäden in die Hände zu legen und abzuwarten, ob sie daran zieht, so heikel der Versuch auch ist.

Schnell nutze ich ihre Benommenheit und fahre fort: »In meinen Augen ist die Situation eindeutig: Die Schuld an diesem Unfall liegt definitiv nicht bei Ihnen. Sie haben für ein Kind gebremst, ich weiß gar nicht, was es da überhaupt noch zu diskutieren gibt. Meiner Meinung nach sollten Sie nicht eine Minute länger auf diese unverschämte Weise mit sich sprechen lassen.« Ich werfe dem glatzköpfigen Wutknubbel hinter ihr meinen finstersten Blick zu. »Ich biete mich gerne als Zeuge an … oder als Anwalt, sollten Sie einen brauchen.« Mit diesen Worten strecke ich ihr meine Visitenkarte entgegen.

Mary starrt mich nach wie vor reglos an, während meine letzten Worte und mein gewinnendes Lächeln dem Hitzkopf neues Leben einhauchen. Wieder flucht er vor sich hin. Zwar deutlich leiser als zuvor, doch während er sich dabei immer wieder mit beiden Händen über den kahlen Kopf fährt, sehe ich, dass sogar seine Glatze glüht, so wütend ist er. Mary hingegen wirkt nach wie vor hilflos und verloren. Mit flatternden Lidern blickt sie zwischen ihrem Unfallgegner und mir hin und her. Zumindest nimmt sie mir die Visitenkarte ab, bevor meine Pose peinlich wird. Mit zittrigen Fingern zwar, aber sie nimmt sie.

»Wenn Sie meine Hilfe benötigen, zögern Sie nicht!«, sage ich unter einem tiefen Blick in ihre schönen blauen Augen. Dann reiße ich mich los, wenn auch mit einer unglaublichen Überwindung, wende mich ab und gehe. Einfach so. Ich frage nicht, ob es ihr gutgeht oder ob sie sich so unwohl fühlt, wie es den Anschein macht. Nein, ich lasse sie zurück. Mit allen Möglichkeiten.

Sie wird keinen Anwalt benötigen, das weiß ich genau. Die Stimme des Glatzkopfs ist jetzt schon bedeutend ruhiger geworden; nun spricht er respektvoll mit ihr, nahezu versöhnlich. So, wie sie es von Anfang an verdient hätte.

Die Stunden verstreichen, und noch immer kein Lebenszeichen von ihr.

Natürlich nicht, was hattest du erwartet? Und jetzt hast du ihre Spur vollkommen verloren. Geh nach Hause, du Pfeife!

Aber nein, der Gedanke an Jeannines dortige Präsenz lässt mich erschaudern.

Richtig, nach Hause zu gehen ist auch keine Option.

Ich klopfe mit der Faust gegen meine Stirn und fühle mich wie der letzte Volltrottel. Was mir, als ich Marys Unfall beobachtete, noch als gute Idee erschien, kommt mir im Rückblick einfach nur kolossal idiotisch vor.

Wie konnte ich gehen und sie mitten auf der Kreuzung mit diesem Hitzkopf stehen lassen?

»Noch ein Bier, bitte!«, rufe ich dem Kellner zu. Eine Frau mit dunkel geschminkten Augenrändern und einer riesigen künstlichen Brandwunde auf der Wange lässt sich neben mir auf dem Barhocker nieder. Das heißt, sie versucht es, was sich im Kampf gegen ihr voluminöses Brautkleid allerdings als gar nicht so leicht herausstellt.

»Hey, was'n los mit dir?«, fragt sie, als sie es doch endlich geschafft hat. »Ich beobachte dich schon den ganzen Abend. Alle hier feiern und haben Spaß. Ich meine, hallo, warum geht man an diesem Abend auch sonst aus dem Haus, oder? Es ist Halloween! Nur du sitzt hier so missmutig, dass ich langsam echt Angst kriege, du könntest den Preis der fiesesten Visage ganz ohne Kostüm und Schminke gewinnen. Dabei hab ich mir so ’ne Mühe gegeben.«

Irritiert sehe ich die Mörderbraut an. »Wow, was für eine Art, ein Gespräch zu beginnen. Fieseste Visage, ernsthaft?«

Sie lacht. »Nein, Schnucki, eigentlich bist du echt süß. Nur so grimmig.« Sie ahmt meinen Gesichtsausdruck nach. In übertriebener Weise, hoffe ich. Mit ihrem Lachen weht mir auch eine enorme Alkoholfahne entgegen, unter dem Geruch zieht sich mein Magen schlagartig zusammen. Vielleicht hätte ich ihn früher ignoriert und die eindeutig leichte Beute bestimmt nicht ausgeschlagen, aber heute …

»Ja, stimmt. Und sei mir nicht böse, aber ich wäre wirklich lieber weiter grimmig. Allein.«

Lalle ich etwa auch schon?

Wie auch immer, Chuckys Braut hat mich verstanden. Pikiert wendet sie sich ab und überlässt mich meinen trüben Gedanken, zu denen ich erstaunlich schnell zurückfinde.

Nachdem ich die Unfallstelle verlassen hatte, war ich zunächst an den Strand gefahren, später dann noch einmal zu dem Dunkellokal. Und nun sitze ich hier, an der Theke der Bar, vor der ich am Abend des Blind Dates Zeuge der Diskussion zwischen Mary und ihrer Freundin Amy geworden war.

Monster sämtlicher Art tanzen und johlen ausgelassen um mich herum.

Irgendwann, zwei bis drei Bier später, klingelt mein Handy. Es liegt direkt neben mir auf dem Tisch, daher hält der euphorische Impuls, der mich bei dem Klang durchzuckt, nicht lange an. Als mein Blick auf das Display fällt, weicht die spontane Anspannung sofort aus meinem Körper. »Hi Rob!«

»Hey Urlauber! Na, alles klar?« Ich halte mir mein freies Ohr zu, weil die Musik in diesem Schuppen so furchtbar laut ist.

»Geht so. Was gibt's?«

»Nicht viel. Wollte nur mal hören, was bei dir so läuft. Und wie es kommt, dass du hier in Seattle eine Visitenkarte unserer Kanzlei herausgeben kannst, wenn du doch laut meiner Info 350 Meilen weit entfernt bist, irgendwo in Idaho?«

»Was?« Schon bin ich aufgesprungen – mit viel zu viel Schwung – und hindere den stark wankenden Barhocker nur im letzten Augenblick am Umkippen. »Wo ist sie?«

»Die Visitenkarte oder die Inhaberin?«

»Rob!«, warne ich. Er lacht. »Komm in die Kanzlei!«

»Was zum Teufel machst du um diese Uhrzeit noch im Büro? Es ist fast Mitternacht.« Und ich muss es wissen, habe ich die dämlichen Zeiger meiner Armbanduhr in den vergangenen Stunden kaum aus den Augen gelassen.

»Erkläre ich dir dann, mach dich jetzt einfach auf den Weg!«, fordert Rob. »Und, Jerry?«

»Ja?«

»Nimm dir ein Taxi und wirf ein paar Kaugummis ein. Du lallst.«

Ausnahmsweise befolge ich seinen Ratschlag. Dank der fortgeschrittenen Uhrzeit fließt der Verkehr, und ich benötige kaum zwanzig Minuten zur Kanzlei. Dennoch zeigt die Uhr auf meinem Schreibtisch bereits halb eins, als ich endlich in mein Büro platze und vollkommen unverhofft vor Rob und Mary stehe.

»Mary«, hauche ich ihren Namen. Erleichtert, geschockt, beides zu gleichen Teilen. Denn trotz Robs Anruf hatte ich nicht wirklich damit gerechnet, sie hier anzutreffen. Zögerlich gehe ich einen Schritt auf sie zu. »Hey, ist alles okay?«

Sie antwortet nicht. Sitzt nur stumm vor mir, auf meinem Schreibtischstuhl, und blickt aus ihren großen blauen Augen zu mir auf, als würde sie einem Geist begegnen. Rob, der neben ihr auf meinem Schreibtisch Platz genommen hat, erhebt sich mit einem Räuspern und nickt mir zu. »Kann ich kurz unter vier Augen mit dir sprechen?«

Ich schaffe es kaum, meine Augen von dem kleinen Häufchen Unglück zu nehmen, als das Mary vor mir sitzt.

Was ist passiert? Warum spricht sie nicht? Warum schreit sie mich nicht wenigstens an?

Rob räuspert sich ein weiteres Mal. »Jerry«, wispert er und zupft ungeduldig am Ärmel meines Mantels. Endlich schaffe ich es, mich loszureißen und ihm zu folgen.

»Stalkst du die Kleine?«, fragt er, kaum dass er die Tür hinter uns zugezogen hat.

»Was? Spinnst du? Nein, verdammt, tue ich nicht. Wie kommst du nur auf so einen Mist?«

»Weil es exakt danach klingt und aussieht«, befindet er nüchtern. »Das ist doch die Kleine, die bei dem Blind Date vor dir geflüchtet ist, nicht wahr? Die, wegen der du bis nach Idaho gefahren bist. Und jetzt erzählt sie mir, dass du dort kein einziges Wort mit ihr gewechselt, ihr dafür aber hier wieder aufgelauert hast. Ich denke, der Begriff ›Stalken‹ umfasst das alles recht gut, meinst du nicht?«

Oh Mann, wenn er es so zusammenfasst …

Ich atme schwer aus. »So ist es aber nicht. Ich erkläre dir das alles später. Ist sie denn deshalb hier, um sich bei dir zu beschweren?«

Rob schüttelt den Kopf. »Ich weiß nicht so recht, warum sie hier ist. Was das angeht, ist sie nicht mit der Sprache herausgerückt … Ich war heute sehr lange im Büro. Dieser scheiß Blanket-Fall hat es echt in sich und ohne dich … Egal! Jedenfalls, als ich etwa vor einer Dreiviertelstunde endlich hier rauskam, stand sie weinend und vollkommen außer Atem vor unserer Tür. Ich sah die Visitenkarte in ihrer Hand und fragte sie, was los sei. Zunächst hat sie kaum etwas gesagt, aber dann hat sie mir von dem Unfall erzählt und davon, dass du wie aus dem Nichts plötzlich aufgetaucht bist.« Er zuckt mit den Schultern. »Warum sie allerdings mitten in der Nacht hier aufkreuzt, weiß ich bis jetzt nicht. Ich meine, sie kann unmöglich davon ausgegangen sein, dich hier noch anzutreffen, oder?«

»Keine Ahnung!«

»Wie auch immer, ich lasse euch dann mal allein. Den Schlüssel zu deinem Appartement hat Jeannine bis jetzt nicht vorbeigebracht, aber du hast den Zweitschlüssel zu meiner Wohnung noch, oder? Das Gästebett ist frei, wenn du es brauchst. Ich verbringe die Nacht ohnehin bei Virginia. Na ja, zumindest die paar Stunden, die von dieser Nacht noch übrig sind.« Unter einem herzhaften Gähnen schaut er auf seine Armbanduhr.

»Du weißt, dass die Erklärung, die du mir schuldest, mit jedem von Marys Worten länger und länger geworden ist, oder?«

Ich nicke stumm und schlage ein, als er mir seine Hand hinhält. Rob zieht mich an sich und klopft mir auf die Schulter. »Ein Blinder mit Krückstock sieht, dass dir was an dem Mädchen liegt, Jerry«, wispert er. »Und sie ist wirklich heiß. Also verbock es nicht, wenn du da jetzt wieder reingehst, verstanden?«

»Ich gebe mein Bestes.«

Rob lacht. »Oh Gott, lass mich bloß vorher Land gewinnen.« Und damit beeilt er sich, unsere Kanzlei zu verlassen.

Unsicher bleibe ich vor der Tür zu meinem Büro zurück. Lasse meinen Blick über die hellen Wände, schweren Möbel und den bordeauxroten Empfangstresen schweifen, als stünde ich zum ersten Mal hier. Für einen Moment spiele ich sogar mit dem Gedanken, an meine Bürotür zu klopfen, doch dann drücke ich die Klinke einfach ganz langsam herab und trete ein. »Hey!«, sage ich leise, den Rücken gegen die nun wieder geschlossene Tür gepresst.

»Hey!«, erwidert Mary mit ebenso dünner Stimme.

Gott sei Dank, zumindest spricht sie überhaupt mit mir.

Ich wage es nicht, mich zu rühren. Dies ist einer dieser Momente, in denen jedes Geräusch, egal, wie schwach, zu gewaltig wirkt. Die Atmosphäre ist nicht nur zum Bersten gespannt, sondern regelrecht zerbrechlich.

Den rechten Arm angehoben, massiert sich Mary den Nacken und rollt dabei mit dem Kopf hin und her. Sorge meldet sich in mir und gewinnt den Kampf gegen meine Unsicherheit. »Du hast bestimmt ein Schleudertrauma.«

»Kann sein.« Mary klingt erschreckend kraftlos.

»Es tut mir leid, dass ich vorhin einfach gegangen bin«, bricht es aus mir heraus. »Ich hätte dich nicht allein dort zurücklassen dürfen. Aber ich wusste nicht, was ich sonst hätte tun sollen.«

Als hätte ich einen Schalter betätigt, fällt die Hand von ihrem Nacken schlaff in ihren Schoß. »Nein, Jeremy! Eigentlich hättest du überhaupt nicht erst dort sein sollen.«

Autsch!

Vermutlich entgleisen meine Gesichtszüge mindestens so stark, wie es sich anfühlt, denn Mary rudert augenblicklich ein Stück weit zurück. Heftig blinzelnd wendet sie ihren Blick ab. »Versteh mich nicht falsch, nach dem ersten Schock war ich ja ganz froh, dass du da warst. Zumindest, als sich dieser Choleriker so schlagartig beruhigt und mir freiwillig alle nötigen Daten seiner Versicherung gegeben hat. Aber … darum geht es überhaupt nicht.« Ihr Blick schießt zurück und prallt erneut auf meinen. »Ich meine, was soll das eigentlich, dass du mir seit diesem dämlichen Blind Date hinterherreist, Jeremy? Und soll das jetzt ewig so weitergehen?«

»Nein, natürlich nicht«, sage ich ruhig. »Zumindest hoffe ich sehr, dass du nicht mehr vor mir fliehst, wenn ich dir erst mal erklärt habe, warum ich damals in der Schule so unausstehlich zu dir war.«

Ich habe keine Ahnung, woher ich den Mut für diese kessen Worte nehme, doch in dem Moment, als sie so frei zwischen uns im Raum schweben, spüre ich, dass sie zwar wahrscheinlich nicht sehr klug gewählt, sehr wohl aber wahr sind. Um ehrlich zu sein, hat es mich schon sehr geschockt, dass Mary Reißaus vor mir genommen hat. Zweimal.

Und auch jetzt schafft sie es nicht länger, meinem Blick standzuhalten. Ruckartig neigt sie den Kopf und betrachtet angestrengt ihre makellos manikürten Fingernägel. Nun ja, alle sind sie makellos, bis auf den kleinen der linken Hand. An dem kaut sie, wenn sie nervös ist, das war schon immer so. Vermutlich trage ich die größte Schuld daran, dass er momentan so kurz ist.

Sekunden verstreichen in bedrückender Stille. Vielleicht sind es sogar Minuten, in denen es keiner von uns wagt, das Schweigen zu durchbrechen. Dann halte ich es nicht länger aus.

»Mary, ich sage nicht, dass ich irgendwas von dem, was ich dir damals angetan habe, rechtfertigen kann, denn das ist unmöglich. Aber … ich könnte zumindest versuchen, dir meine damalige Situation zu erklären, denn was geschehen ist, tut mir so aufrichtig und von Herzen leid. Das sollst du auch jetzt schon wissen«, sage ich endlich. Mary sieht mich an, senkt dann jedoch wieder ihren Blick.

»Ich verstehe bis jetzt nicht, wie es dazu kommen konnte,

dass ich heute Morgen aus Papen County aufgebrochen bin, um dir zu entkommen, und dir nun doch gegenübersitze«, gesteht sie leise. »Hier, in deiner Kanzlei, mitten in Seattle.« Sie stößt ein bitteres kleines Lachen aus und schüttelt fassungslos den Kopf. »Also beeil dich lieber mit deinen Erklärungen, Jeremy, solange ich noch unter Schock stehe.«

Okay, also dann … Jetzt! Los!

»Also … ähm … Das Ganze fing eigentlich mit dem Tod meines Bruders an«, beginne ich zaghaft. Sofort schießen ihre Augen zu mir auf, doch ich lasse mich von dem Schock, der sich in ihnen widerspiegelt, nicht ausbremsen. Einmal angefangen, erzähle ich ihr die ganze Geschichte. Von Aaron, der Mutprobe, der reißenden Strömung, meiner Panik, Jacksons brutaler Reaktion und der Lügengeschichte, die er mich zu erzählen zwang.

Mary hängt gebannt an meinen Lippen.

»Jackson hat mich andauernd schikaniert und gedroht, ich solle bloß nichts erzählen. Für mich … war das damals sehr hart. Ich litt unter schlimmen Albträumen, schielte ab und zu und stotterte sogar.«

»Wie schrecklich!«

Ermutigt durch Marys Reaktion, berichte ich weiter, von der Therapie, der sich unsere gesamte Familie unterzog, von der Wahrheit, die ich mich dadurch schließlich zu sagen wagte, und von der Verbesserung meines Zustands.

Bis zu diesem Punkt fällt es mir gar nicht so schwer, mich Mary anzuvertrauen. Im Prinzip wiederhole ich ja nur, was ich am Morgen schon Eliah erzählt habe. Doch dann betrete ich neues Terrain:

»Meine Eltern beschlossen eines Tages, umzuziehen. Für einen echten Neuanfang, wenn du so willst. Mir ging es inzwischen wieder ganz gut, und die Idee des Umzugs gefiel auch mir. Nur die Gedanken an die Schule brachten panische Angst mit sich. Ich fürchtete, dass mich meine neuen Mitschüler nicht akzeptieren und ebenso wie Aaron verspotten würden. Schließlich waren sich mein Bruder und ich immer sehr ähnlich gewesen. Tja, und dann schienen all meine Albträume wahr zu werden, als der erste Schultag anbrach und ich schon morgens im Bus Anthony Perone über den Weg lief.« Ich werfe Mary einen bedeutungsvollen Blick zu. Ob sie sich wohl noch an den kräftigen Jungen italienischer Herkunft erinnert? Er gehörte damals – genau wie ich später – zu den angesagten, aber ziemlich fiesen Kids unserer Stufe.

»Ach du Schande, Perone«, seufzt Mary. »Ja, an den kann ich mich auch noch lebhaft erinnern. Aber … was hat diese Dumpfbacke jetzt mit alldem zu tun?«

»Er ist Jacksons Cousin.«

»Oh, Mist!«, flucht Mary.

»Ja. Er war bei Aarons Mutprobe zwar nicht dabei, wohl aber mit in dem Feriencamp. Bei unserem unerwarteten Wiedersehen ging er direkt stinksauer auf mich los, weil ich mein Schweigen ja gebrochen und seinen Cousin doch noch verpfiffen hatte. Von dem Tag an mobbte er mich zwar nicht öffentlich, ließ aber, wie Jackson zuvor, auch keine Gelegenheit aus, mich hintenherum zu schikanieren und ständig subtil zu bedrohen. In die Bredouille kam er allerdings, als sich unsere Freundeskreise miteinander vermischten. Dabei hatten wir eine Art stillschweigendes Abkommen: Ich erwähnte unseren Freunden gegenüber weder Aarons Tod noch die Umstände, die dazu geführt hatten. Als Gegenleistung behielt Anthony für sich, dass ich auf meiner alten Schule als verängstigter Loser gegolten hatte. Wir mieden einander, so gut es ging. Aber wenn wir Zeit miteinander verbrachten, war da immer dieses … unterschwellige Brodeln zwischen uns. Eine Zeit lang herrschte angespannte Ausgewogenheit. Doch das änderte sich schlagartig, als Anthony meine große Schwäche spitzkriegte.« Unsicher blinzele ich Mary an, denn jetzt ist der entscheidende Punkt meiner Offenbarung unumgänglich. »Und die warst du.«

»Ich?«, entfährt es ihr entsetzt.

»Ja, du«, wiederhole ich fest. »Ich fand dich umwerfend, Mary«, gestehe ich schnell, bevor mich der Mut dazu verlässt. »Aber du warst eine Einserschülerin, eine Bücherratte. Und ich hatte das Rückgrat eines Gummibärchens. Ich war schlichtweg zu feige, vor den anderen zuzugeben, wie sehr ich dich eigentlich mochte. Ich erinnere mich bis heute noch sehr genau daran, dass Anthony dir an unserem ersten gemeinsamen Morgen auf dem Korridor die Bücher aus dem Arm schlug. Ich stand nicht weit von dir entfernt, wurde durch seine Aktion überhaupt zum ersten Mal auf dich aufmerksam. Mein erster Impuls war es, dir beim Aufsammeln zu helfen. Aber ich tat es nicht, weil ich mich nicht traute und damals noch zu geschockt von Anthonys Gegenwart war. Stattdessen stand ich da und beobachtete dich reglos. Und … tja, jetzt kommen wir zu dem Part, den ich bis heute nicht begreife.«

»Ja?«, hakt Mary nach. Sie klingt ein wenig atemlos, vermutlich geschockt.

Ich hingegen beiße mir auf der Unterlippe herum und fahre – wie so oft, wenn ich noch unschlüssig bin – durch mein wirres Haar. »Damals, als ich dich so beobachtete, da … regte sich irgendetwas in mir.«

Sie blickt mich nur verständnislos an.

Verflixt, das ist so schwer!

»Ich … fühlte mich unglaublich stark zu dir hingezogen, Mary«, presse ich schnell hervor. »Es fühlte sich beinahe unnatürlich an, an Ort und Stelle stehen zu bleiben und mich dir nicht zu nähern, dir nicht zu Hilfe zu kommen. Aber der Moment verstrich ungenutzt, und du gingst mit deinen Büchern an mir vorbei, ohne mich auch nur anzusehen. Und irgendwie, warum auch immer, machte mich das wütend.«

»Nur, weil ich dich nicht sofort beachtet habe?«, fragt Mary fassungslos. »Ich kann mich an diese Situation überhaupt nicht erinnern. Vermutlich habe ich dich nicht einmal bemerkt.«

»Nein! Nein, das war es nicht«, versuche ich, sie wieder zu beschwichtigen. »Das ist viel komplizierter zu erklären.«

»Na dann … versuch es!«

Ich seufze resigniert. »Du hast an diesem Morgen meine Pläne, mir möglichst schnell möglichst angesagte Freunde zuzulegen, einfach so durchkreuzt. Buchstäblich. Nur durch deine bloße Anwesenheit.« Verschämt massiere ich mir den nach wie vor verspannten Nacken.

»Also rief ich mich zur Besinnung, riss mich am Riemen und konzentrierte mich wieder auf dieses fest gefasste Ziel.«

Mary sieht mich an, als wüsste sie nicht, was sie von meiner Geschichte halten soll. Beinahe flehend gehe ich einen Schritt auf sie zu, sehe sie tief an. »Aber du musst dich doch auch daran erinnern, dass mir das nur sehr bedingt gelang, Mary. Dass ich nicht von Anfang an so gemein zu dir war, sondern dass es zu Beginn ganz … anders zwischen uns war.«

Ich zumindest muss mich nicht sonderlich anstrengen, diese viel zu kurze, ungetrübte und aufregende Anfangszeit zwischen uns in meinen Erinnerungen aufleben zu lassen: große, hellblaue Augen, die mich über den Rand eines Schulbuches hinweg beobachteten. Diese verstohlenen Blicke, die mir sofort entzogen wurden, sobald ich sie spürte und erwiderte. Und natürlich erinnere ich mich auch an meine eigenen vor Hitze glühenden Wangen, die Mary allerdings erst sehen konnte, als ich von unserem Lehrer aufgefordert wurde, das Buch vor mir auf dem Tisch abzulegen.

Als die blitzartigen Erinnerungsbilder den realen weichen und ich wieder klar sehe, kommt mir der Blick der bildhübschen jungen Frau, der ich nun gegenüberstehe, beinahe ebenso verlegen vor wie der des Mädchens, das sie damals noch war.

»Es dauerte nicht lange, bis ich den ersehnten Anschluss fand und mich inmitten meiner neuen Freunde sicher fühlte«, erkläre ich. »Und so wurde ich nachlässiger darin, mein heimliches Interesse an dir zu verbergen. Die Ersten zogen mich schon bald damit auf, dass ich mich in dich verliebt hätte.«

Nun muss ich darüber schmunzeln, doch damals …

»Wir waren halt Zwölfjährige und noch längst nicht so abgebrüht wie die Kids von heute. Natürlich leugnete ich alles, denn der geringste Spott ließ die alte Angst sofort wieder aufglimmen. Ich wollte auf keinen Fall in die Position kommen, gehänselt und verspottet zu werden, so wie Aaron damals. Davor hatte ich panische Angst.«

»Das kann ich gut verstehen«, sagt Mary und kassiert dafür ein dankbares Lächeln von mir.

»Na, jedenfalls, nach und nach ließen die Jungs das Thema fallen. Nur Anthony nutzte seine Vermutung für neue Drohungen. Vor unseren Freunden spielte er sich damit auf, dass es ihm ein Leichtes wäre, herauszufinden, was mir wirklich an dir läge. Während das noch wie ein harmloser Scherz klang, kündigte er mir in einem unbeobachteten Moment ganz unverhohlen an, dass er sich über dich an mir rächen würde. Für die Schande, die ich über seine Familie gebracht hätte.«

Kopfschüttelnd rümpft Mary die Nase. »Die Schande, die du …?«, wiederholt sie ungläubig, bringt es jedoch nicht fertig, den Satz komplett zu wiederholen.

»Ja. Verrückt, nicht wahr? Ich meine, sein Cousin hat das

Leben meines Bruders auf dem Gewissen, zumindest teilweise.« Ein trauriges Schmunzeln umspielt meine Mundwinkel für wenige Sekunden, bis ich meine Miene und Gedanken wieder unter Kontrolle kriege und Mary ebenso ernst wie tief ansehe.

»Ich würde mir und auch dir liebend gern einreden, dass ich dich seit diesem Tag nur mit dem einen Ziel traktierte, dich vor Anthonys Übergriffen zu schützen, Mary«, sage ich beschämt. »Aber wenn ich ehrlich bin, kam damals sehr viel zusammen, und dieser Aspekt war nur einer von etlichen. Da tobte zum einen eine ganz allgemeine Wut in mir. Eine tiefe Verzweiflung mit unzähligen Ursprüngen. Na ja, und dann war ich tatsächlich sauer auf dich, weil du mich wieder so angreifbar machtest. Du warst meine persönliche Achillesferse, so albern das auch klingt. Und ich wollte mich nicht länger zu dir hingezogen fühlen. Also stieß ich dich mit aller Kraft weg und war so grob zu dir, was mir mit der Zeit immer leichter fiel.« Ich muss schlucken.

»Mich in dieser Situation vor dir – ausgerechnet dir – so aufzuspielen, verlieh mir irgendwie ein Gefühl der Kontrolle. Eine neue Macht, die ich genoss. Das ist wohl die bittere Wahrheit.«

Ja, das ist sie. Und auch wenn es vielleicht schlauer gewesen wäre, mein Geständnis schon vor einigen Sätzen abzubrechen, weiß Mary jetzt zumindest alles.

»Natürlich wollte ich dich auch vor Anthonys Angriffen beschützen, denn sie wären mit Sicherheit noch viel härter ausgefallen als meine eigenen. Dadurch, dass ich dich traktierte, schlug ich also gewissermaßen zwei Fliegen mit einer Klappe: Zum einen hielt ich meine Gefühle erfolgreich unter Verschluss und bewies mir Tag für Tag, dich nicht mögen zu müssen.«

Ich rümpfe die Nase, denn es fällt mir auch nach der langen Zeit nicht leicht, mich so intensiv mit meinem alten Ich zu beschäftigen. Dieser feige und gemeine Knirps widert mich an. Der zweite Teil meiner Erklärung geht mir spürbar leichter von den Lippen:

»Und zum anderen machte ich dich uninteressant für Anthonys Rachepläne, indem ich ihm einfach den Wind aus den Segeln nahm.«

Mary schnaubt. »Das klingt ja beinahe heldenhaft, als hättest du mich gerettet. Dabei hat mir nie jemand mehr wehgetan als du.« Ihr letzter Satz ist kaum mehr als ein tonloses Wispern; vielleicht bereut sie ihn sogar, so schnell, wie sie den Blick nun auf ihre Hände herabsenkt.

»Mary!«, hauche ich mit schuldgetränkter Stimme. »Ich weiß, dass meine Entschuldigung viel zu spät kommt. Dass ich nichts von dem, was sich damals zwischen uns ereignete, ungeschehen machen kann. Aber jetzt, im Nachhinein, denke ich wirklich, dass ich dir nur deshalb so heftig begegnete, weil ich damit übertünchen wollte, wie … großartig ich dich vom ersten Augenblick an eigentlich fand. Denn das war so, Mary, so wahr ich hier sitze. Und glaub mir: Ich hätte es nie ertragen, dich an Anthony Perone auszuliefern.« Ich fixiere sie mit den Augen und halte sie im Blick ganz fest.

Mit offenem Mund starrt sie mich an, sekundenlang. Es ist offensichtlich, dass sie Schwierigkeiten hat, all das Gehörte zu verdauen … oder es mir überhaupt zu glauben, ich weiß es nicht.

Dann, ganz plötzlich, neigt sie den Kopf und stößt ein leises Geräusch aus, von dem ich zunächst nicht weiß, ob es ein Seufzen oder ein Wimmern ist. Erst, als sie wieder zu mir aufschaut und ich die schmalen Bäche sehe, in denen die Tränen über ihre blassen Wangen herabrinnen, begreife ich wirklich, dass sie vollkommen aufgelöst ist.

Mit nur zwei großen Schritten bin ich bei ihr – endlich –

und gehe vor ihr in die Hocke. Zwinge sie, mich weiterhin anzusehen, sich nicht erneut abzuwenden. »Was ist passiert, Mary? Hat es mit dem Unfall zu tun? Ist dieser Mistkerl doch noch unverschämt geworden? Oder weinst du wegen dem, was ich dir gerade erzählt habe? Ich weiß, ich war ein Idiot, Mary, und es tut mir so leid. Bitte, sprich mit mir!«

Wie sehr will ich ihre Hände in meine nehmen, denn trotz der verzwickten Situation fühlt sich die Nähe zu ihr so richtig an, so natürlich und … gut. Dennoch reiße ich mich zusammen und unterdrücke das Bedürfnis mit aller Macht.

Mary schüttelt den Kopf und wischt sich mit dem Handrücken über die Nase. Schnell erhebe ich mich wieder und hole ein Papiertaschentuch aus meiner Schreibtischschublade. Für einen winzigen Augenblick wage ich es nun doch, über ihren Handrücken zu fahren, als ich es ihr reiche. Sofort ist dieses elektrisierende Gefühl wieder da, durchfährt meinen gesamten Körper und lässt auch Mary ein wenig zusammenzucken.

»Nicht!«, flüstert sie und zieht ihre Hand zurück.

»Entschuldige«, erwidere ich geknickt. »Sagst du mir, warum du so aufgelöst bist?«

Vorsichtig blinzelt sie zu mir auf. »Das hat nichts mit dem zu tun, was du mir gerade erzählt hast. Sondern eher …« Noch einmal schöpft sie tief und zittrig die Luft aus ihren Lungen. »Vorhin, als der Unfall passierte, war ich nicht mehr weit von dem Haus entfernt, in dem mein Dad lebt.«

»Und du bist danach noch bis zu ihm gefahren?«, mutmaße ich. Sie nickt. »Die Stoßstange und der Auspuff sind zwar lose, aber noch hält es ja. Ich bringe Paul direkt morgen in die Werkstatt.«

»Paul?« Ich brauche einen Moment, um zu begreifen. »Du hast deinem Auto einen Namen gegeben?«

Endlich schießt das Blut zurück in ihre Wangen. »Machen das nicht viele?«

Ich muss schmunzeln. »Vielleicht, ja. Also, Paul kommt morgen zum Beulenarzt, okay.«

Der lockere Ton scheint zu funktionieren, zumindest für diesen Moment, denn ihre Mundwinkel zucken. Mary ist wunderschön, wieder mit ein wenig Farbe und dem vagen Ansatz eines Lächelns im Gesicht. Ich kann mein Glück noch gar nicht begreifen, hier mit ihr zu sitzen und endlich richtig zu reden, von Angesicht zu Angesicht.

»Erzähl weiter!«, bitte ich leise und nehme unmittelbar vor ihr auf dem Teppich Platz, den ich so sehr hasse, den Jeannine aber für stilvoll hielt.

»Das ist nicht so leicht«, sagt sie, wischt sich noch einmal über die Nase und zwirbelt dann das Papiertaschentuch zwischen ihren Fingern. »Können wir es für den Moment einfach dabei belassen, dass … ich nicht länger bei meinem Dad bleiben wollte und … nicht wusste, wohin?« Ihre Stimme bricht unter den letzten Worten weg, wieder schluchzt sie so herzzerreißend auf.

»Sicher«, beeile ich mich zu sagen. »Und ein Hotelzimmer hast du so spät wahrscheinlich nicht mehr gefunden, richtig?«, erkundige ich mich vorsichtig.

Sie schüttelt den Kopf, wirkt plötzlich sehr verlegen. »Ich habe es versucht, aber ohne Erfolg. Es war einfach viel zu spät. Es ist Halloween, morgen ein Brückentag, und am Wochenende findet wohl irgendeine Messe statt. Die Hotels, die in der näheren Umgebung lagen, waren beide komplett ausgebucht.« Sie holt tief und zittrig Luft. »Außerdem ist mein armer Paul kaputt, mein Kopf bringt mich noch um, und dieses Seattle hat so gut wie nichts mehr mit der Stadt zu tun, die ich als Kind ab und zu besuchte …« Wieder wird ihr schmaler

Körper von einem dieser unkontrollierbaren Schluchzer gepackt. »Plötzlich hielt ich deine Visitenkarte in der Hand. Und, na ja, deswegen bin ich hier.«

»Es war also eine reine Notlösung?«, frage ich.

»Absolut!«, gibt sie postwendend zurück, doch ihre Augen verraten sie, indem sich winzige Lachfältchen um die äußeren Winkel legen. Nur für die Dauer eines Wimpernschlags halten sie sich dort, aber dennoch – lange genug für mich, um sie wahrzunehmen und mich zu rühren. So verzweifelt Mary auch sein mag, sie lässt sich auf meinen Sarkasmus ein.

»Warum hast du nicht einfach angerufen?«, hake ich nach.

»Keine Ahnung. Ich …« Ich warte einen Moment, bis ich mir sicher bin, dass sie ihren Satz nicht beenden wird.

»Du wolltest mit jemandem sprechen, oder? Persönlich.«

»Nein.«

»Nein?«

Sie schüttelt den Kopf und hält meinen Blick. Zum ersten Mal, ohne dass ich auch nur eine Spur von Wut darin erkenne. »Nein«, wiederholt sie bestimmt. »Ich wollte nicht mit jemandem sprechen, sonst hätte ich meine Freundin Amy angerufen. Ich … wollte mit dir sprechen.« Plötzlich sieht sie mir so fest in die Augen wie noch nie zuvor. So fest, dass ich es kaum schaffe, ihrem Blick standzuhalten. »Ich wollte mich für deinen filmreifen Auftritt nach dem Unfall bedanken. Damit sind wir jetzt wohl quitt.«

Für einen Moment halte ich die Luft an und lasse ihre Worte auf mich wirken. Dann stoße ich sie in einem Seufzer wieder aus. »Mary, wir sind noch lange nicht quitt. So, so lange nicht. Nicht nach dem, was ich dir damals angetan habe. Nicht nach …«

Sie wedelt mit der Hand, in der sie nach wie vor das Papiertaschentuch hält. Wie eine kleine weiße Flagge nutzt sie es, ein Symbol der Ergebenheit. »Und natürlich bin ich auch deshalb gekommen, Jeremy. Nach all dem, was in den letzten Tagen passiert ist, war mir klar, dass du mit mir reden wolltest, und ich wollte das einfach nur hinter mich bringen. Aber … Na ja, jetzt hast du deinen Standpunkt deutlich gemacht. Es tut dir leid, in Ordnung. Und ich will dich nicht länger hassen, ich kann es nicht. Mir fehlt schlichtweg die Kraft dazu. Ich bin zu … harmoniebedürftig, um mein Leben lang verhärmt zu sein. Ich weiß zwar nicht, ob ich es wirklich schaffe, all das zu vergessen und dir ab sofort so ganz ohne Zorn zu begegnen, aber der Versuch, dich aus meinem Leben zu verbannen, ist hiermit offiziell gescheitert. Herzlichen Glückwunsch!«

Fassungslos blicke ich sie an. Suche nach dem Haken, doch sie zuckt nur mit den Schultern. »Und bevor du mich noch länger heimlich verfolgst, habe ich beschlossen, es zumindest mit Vergebung zu versuchen. Immerhin waren wir damals noch Kinder, nicht wahr? Außerdem hat mir ein Mann, den ich für unglaublich klug halte, erst gestern noch gesagt, dass jeder Mensch, der eine Dummheit von Herzen bereut, eine zweite Chance verdient.«

Intuitiv weiß ich, dass sie von Eliah spricht. Was ich nicht weiß, ist, wie lange ich sie anstarre, ohne etwas sagen zu können. Als ich meine Sprache endlich wiederfinde, fällt mir nur ein einziges Wort ein. Und selbst das ist kaum mehr als ein Hauchen.

»Danke!«

»Ich habe gesagt, dass ich nicht weiß, ob ich es schaffe«, erinnert sie mich mit einem eindringlichen Blick.

»Egal. Danke für den Versuch.«

»Hm.«

Plötzlich wird mir unsere momentane Situation bewusst

und bringt mich spontan zum Lachen. »Was?«, fragt Mary alarmiert. »Was ist so lustig? Lachst du mich etwa aus?«

Abrupt verstumme ich wieder. Verflixt, sie ist nach wie vor so verunsichert in meiner Gegenwart. »Himmel, nein!«, beeile ich mich klarzustellen. »Nein. Es ist nur: Wir befinden uns beide in unsagbar dämlichen Situationen. Unter anderen Umständen würde ich dir anbieten, mit zu mir nach Hause zu kommen und die Nacht in meiner Wohnung zu verbringen, aber … Nun ja, ich wohne derzeit selbst bei Rob. Und wir müssten mit einem Taxi fahren, weil mein Wagen noch vor der Bar steht, in der ich bis zu Robs Anruf war. Ich bin also ähnlich unterkunfts- und fahrzeuglos wie du.«

Mary lächelt. Prompt kommt mir der rettende Einfall. »Aber, warte mal, Rob hat gesagt, er würde die Nacht bei seiner Freundin verbringen. Das bedeutet, wir könnten gemeinsam in seine Wohnung fahren, wenn du möchtest.«

Mary setzt an zu protestieren, aber ich bin schneller. »Er hat hundertprozentig nichts dagegen.«

Ihr Blick wirkt nach wie vor skeptisch. »Ich schlafe auf seinem Gästebett, falls es dich beruhigt«, werfe ich darum noch schnell hinterher, denn auf einmal wünsche ich mir nichts mehr, als dass sie mit mir kommt. »In einem anderen Zimmer, versteht sich.«

Nun lacht sie. So offen, dass mir ihre schönen Zähne entgegenblitzen und die blauen Augen noch stärker glänzen als ohnehin schon.

»Na schön«, sagt sie endlich … und ich frage mich, ob sie den Aufprall des zentnerschweren Steins hört, der mir unter diesen zwei kleinen Worten aus ihrem Mund vom Herzen fällt.

»Worüber denkst du nach?«, frage ich.

Wir sitzen zwar gemeinsam in einem Taxi, haben aber so

viel Platz zwischen uns gelassen, wie die lederne Rückbank hergibt. Ihre Reisetasche, die zwischen uns auf dem mittleren Sitz liegt, fungiert als zusätzlicher Abstandhalter.

Mary blinzelt einige Male hintereinander und findet offenbar nur schwer aus ihrem gedankenverlorenen Zustand. Dann schüttelt sie betrübt den Kopf.

»Ich hätte nicht weglaufen dürfen. Wie ein Teenager habe ich mich benommen. Dabei braucht mein Dad doch Hilfe. Er braucht jemanden, der sich um ihn kümmert. Und ich laufe weg.«

»So ist das wohl immer mit Eltern«, sage ich leise, denn ohne zu wissen, was zwischen ihr und ihrem Dad passiert ist, verstehe ich nur zu gut, was sie fühlt. »Egal, wie schwach sie sind, und egal, wie unreif sie sich benehmen, sie haben trotzdem die Macht, dass wir uns wieder wie die kleinen Kinder fühlen, die wir nie mehr sein wollten. Nicht, dass sie das beabsichtigen. Sie merken es vermutlich nicht einmal. Aber so ist es doch, nicht wahr?«

Mary denkt eine Weile darüber nach, dann nickt sie verhalten.

»Möchtest du mir nicht erzählen, was passiert ist?«, frage ich leise.

Mary überrascht mich, indem sie mich lange ansieht, noch einmal tief durchatmet … und sich dann näher zu mir herüberlehnt, um sich mir tatsächlich anzuvertrauen. »Meine Eltern haben sich vor elf Jahren getrennt. Meine Mom hat damals einen neuen Mann kennengelernt, und sie sind zusammen nach Kalifornien gezogen.«

»Oh, das ist blöd«, sage ich, doch Mary schüttelt nur den Kopf.

»Jedenfalls musste mein Dad unser Haus vor einigen Jahren verkaufen und wohnt seitdem allein in einer Mietwohnung, hier in Seattle. Er war schon immer ein ziemlicher Eigenbrötler, ist nie gerne unter Menschen gegangen. Selbst seinen Beruf hat er größtenteils von zu Hause ausgeübt. Aber seitdem er alleine lebt, geht es ihm überhaupt nicht mehr gut. Er vermisst meine Mom bis heute, trinkt viel zu viel und ist kaum noch wiederzuerkennen. Sämtliche meiner Versuche, ihn zu mir nach Papen County zu holen, sind gescheitert. Dabei wäre ein bisschen Geselligkeit so wichtig für ihn, denn von dem starken, liebevollen Vater meiner Kindheit ist mittlerweile nicht viel mehr als ein Schatten übrig geblieben.«

Sie räuspert sich kurz, sichtbar um Fassung ringend. »Zwischen uns … ist es ziemlich schwierig. Ich liebe ihn sehr, aber es tut mir furchtbar weh, ihn so zu sehen. Deswegen …« Ihre Scham ist für die neue kleine Pause verantwortlich, die sie einlegt. »Ich meide den Kontakt, weil ich mich so hilflos fühle und es mich jedes Mal runterzieht, ihn zu besuchen oder mit ihm zu sprechen. Natürlich telefonieren wir regelmäßig, aber immer bin ich diejenige, die ihn anruft, niemals umgekehrt. Und selbst dann kann man mit viel gutem Willen nur bei etwa einem Viertel dieser Telefonate von einem echten Dialog sprechen. … Vor unserer heutigen Begegnung habe ich ihn das letzte Mal im vergangenen Jahr gesehen, und da war es schon schlimm. Aber heute …«

Sie tupft über ihre Wangen, weil neue Tränen überquellen. »Es hat keine zwei Minuten gedauert, bis er sich nach Mom erkundigte. Und dann …« Sie schluchzt erneut auf und schlägt sich sofort die Hand vor den Mund, um den Laut zu unterdrücken. Es bricht mir das Herz, sie so zu sehen, aber nicht nur deshalb verstehe ich genau, was sie meint, wenn sie von ihrer Hilflosigkeit spricht.

Meine Erinnerungen lassen eine lang zurückliegende Szene zwischen meinen Eltern aufflackern. Meine Mom, die stumm vor sich hin weinend am Küchentisch saß und stundenlang auf die Maserung des Holzes starrte, und mein Dad, der irgendwann schwankend auf sie zuging, sie in seiner Verzweiflung anbrüllte und schüttelte, und, weil es ihm einfach nicht gelang, sie aus ihrer Depression zu ziehen, sie zumindest von ihrem Stuhl in seine Arme riss. Ich war gerade elf Jahre alt, als sich diese Szene real vor mir abspielte, und doch kann ich sie bis heute so deutlich abrufen.

Deshalb weiß ich genau, wie hilflos man sich wirklich fühlen und wie erdrückend die Angst sein kann. Alkohol lähmt nicht nur den Geist des Süchtigen. Er macht auch aus denen, die den Trinkenden von Herzen lieben, nutzlose Marionetten.

»Mary!« Voller Mitleid seufze ich ihren Namen und strecke ihr über ihre Reisetasche hinweg meine Hand entgegen, doch sie wendet den Kopf ab und schüttelt ihn kaum wahrnehmbar.

Die Tränen fließen unaufhaltsam, der zierliche Körper zuckt immer wieder heftig. Ich habe das starke Bedürfnis, Mary zu berühren, die unerklärliche Hoffnung, unser Hautkontakt könnte einen Teil ihres Kummers von ihr nehmen. Natürlich halte ich mich weiterhin zurück – wohl wissend, dass meine Berührung das Letzte ist, was sie nun noch verkraften könnte.

»Ich war so wütend und traurig, dass ich einfach nicht über Nacht bei ihm bleiben konnte«, fährt sie fort. »Und überhaupt, wie es dort aussah …« Sie schüttelt sich.

»Mach dir keine Sorgen, er wird die Nacht schon unbeschadet hinter sich bringen«, sage ich in einem lahmen Versuch, sie zu trösten. »Und morgen kannst du ihn ja besuchen. Mit ein wenig emotionalem Abstand, meine ich.«

Für den Rest der Fahrt starre ich aus dem Fenster. Auch Mary bleibt stumm.

Erst als ich die Tür zu Robs Wohnung aufschließe, räuspert sie sich hinter mir. »Es kommt mir komisch vor, einfach so in den vier Wänden eines Mannes zu übernachten, mit dem ich gerade mal ein paar Sätze gewechselt habe. Ich weiß nicht, ob das wirklich so gut ist. Abgesehen davon, dass er nicht mal etwas davon ahnt.«

Ihren Überlegungen zum Trotz wagt sie es dennoch, Robs Wohnung zu betreten und ihren Blick durch den großen Wohnraum schweifen zu lassen. Schnell schließe ich die Haustür hinter uns.

»Ist es das wirklich, Mary, oder doch eher das bedrückende Gefühl, mit mir allein zu sein? Denn Rob könnte ich mit einer SMS aufklären, und ich schwöre dir, er hätte nichts dagegen.«

Um meine Entschlossenheit zu demonstrieren, zücke ich mein Smartphone und beginne, die Nachricht einzutippen. Mary beobachtet mich stumm und reglos. Sie enthält sich einer Antwort … was ja auch schon ein Statement ist. Ich ignoriere den Stich in meiner Brust, schicke die SMS ab und schenke Mary ein aufmunterndes Lächeln.

»So, fertig! In spätestens einer Minute wird dein Aufenthalt hier vollkommen offiziell sein. … Und nun komm!«, beeile ich mich zu sagen, bevor das Schweigen zwischen uns erneut ins Peinliche umschlägt. Ich nehme ihre Reisetasche an mich und durchkreuze den Wohnraum in Richtung Robs Schlafzimmer. Mary folgt mir, wenn auch noch immer ein wenig zaghaft.

»Hier …«, sage ich und betätige den Lichtschalter, um ihr zu zeigen, wo sie schlafen wird. Robs riesiges Wasserbett erstreckt sich in heillosem Chaos vor uns. Sein Pyjama liegt quer über dem zerknüllten Laken, daneben eine Bluse, die wohl Virginia gehören muss. »… werde ich wohl erst mal aufräumen müssen«, beende ich meinen Satz mit einem Seufzen und anders als ursprünglich geplant. »Direkt nebenan ist das Bad«, sage ich schnell. »Ich beziehe dir dieses Bett neu. Obwohl, vielleicht sollte ich es erst einmal ausbrennen.« Während ich nach wie vor angewidert auf Robs Lustlager starre, lacht Mary neben mir auf. »Schon gut. Ich denke, ein neues Laken tut es voll und ganz. Und natürlich kann ich das auch selbst machen, wenn du mir das Bettzeug raussuchst.«

Entschlossen schüttle ich den Kopf. »Kommt nicht infrage! Also, willst du etwas trinken oder essen?«

»Nein, ich bin einfach nur müde. Wenn es dir nichts ausmacht, mache ich mich schon mal fertig für die Nacht.«

»Sicher, nur zu!« Schnell suche ich ihr noch ein großes Duschtuch, dann verschwindet sie hinter der angrenzenden Tür.

Während im Bad zunächst das Wasser am Waschbecken und dann der Duschstrahl rauscht, sehe ich Mary vor meinem geistigen Auge, verbanne das Bild aber ganz bewusst wieder und konzentriere mich stattdessen auf die Wiederherstellung von Robs Bett.

Als das Prasseln der Dusche verstummt, habe ich es neu bezogen. Hinter der Badezimmertür höre ich ein leises Schimpfen.

»Hey Mary, alles klar?«

»Hm, geht so«, gibt sie zu. Der Schlüssel dreht sich im Schloss, ihr Kopf erscheint im Türspalt. »Ich Trottel habe meinen Pyjama vergessen.«

»Du bist ohne Pyjama verreist?«, frage ich erstaunt.

»Nein, das natürlich nicht«, gibt sie zu. »Aber ich habe ihn schon unter das Kopfkissen im Gästezimmer gestopft, bei meinem Dad.«

Amüsiert lege ich den Kopf schief. Sie erwidert mein Lächeln nahezu schüchtern, in offensichtlicher Verlegenheit.

»Schau nicht so, das ist eine Marotte. Ich muss mein Schlafoutfit auspacken, unter mein Kopfkissen legen und die Bettdecke zurückschlagen. Erst dann fühle ich mich … angekommen.«

Für einen Moment spiele ich mit dem Gedanken, ihr ein Hemd von Rob zu geben, doch dann erinnere ich mich an ihre Zurückhaltung, überhaupt hier schlafen zu wollen, und daran, dass mein Freund und Partner quasi ein Fremder für sie ist.

»Na, wenn das so ist«, sage ich kurz entschlossen und streife mir meinen Pulli über den Kopf.

»Um Himmels willen, was machst du da?«, fragt Mary erschrocken, als ich auch mein T-Shirt noch folgen lasse. So unauffällig wie möglich schnuppere ich dabei an dem Shirt. Gott sei Dank habe ich es an diesem Morgen erst frisch angezogen; es riecht nicht mehr waschfrisch, aber zumindest auch nicht muffig. »Na ja«, sage ich, während ich es auf Robs Bett zusammenfalte und anschließend unter das frisch bezogene Kopfkissen lege. »Ich schätze, dir bleibt die Wahl zwischen dem hier … oder einem von Robs Hemden. Und ich denke …« Damit schlage ich das Cover zurück, »… das hier ist das kleinere Übel, oder?«

Als ich mich Mary wieder zuwende, starrt sie auf meine Brust. Unter ihrem Blick wird mir überhaupt erst bewusst, was ich getan habe. Dass ich halb nackt vor ihr stehe – und das nicht einmal eine Stunde nachdem ich ihr und mir geschworen habe, die körperliche Distanz zwischen uns zu wahren.

Schnell wende ich mich ab und ergreife meinen Pullover.

»Warte!«, ruft Mary. Erstaunt drehe ich mich wieder zu ihr um. Zögerlich kommt sie aus dem Bad, mit nach wie vor tropfenden Haaren und nur in das große Tuch gehüllt, das ich ihr rausgesucht hatte. Einzelne Wasserperlen benetzen das schöne herzförmige Gesicht. Die großen blauen Augen fixieren eine Stelle an meinem Oberkörper, der ich mir erst jetzt, unter diesem Blick, wieder bewusst werde.

Mein Tattoo, die Narbe.

»Was ist das?«, fragt Mary und zuckt mit ihrem Zeigefinger in Richtung des Namenszuges, der in einem leichten Bogen schräg unter meinem Herzen verläuft. »Aaron«, flüstert sie. »Das war der Name deines Bruders, richtig?«

War … ja.

Ich schlucke. So hart, dass das Geräusch die Stille durchbricht. »Ja.«

Mary wendet ihre Augen nach wie vor nicht von der Stelle. Nie zuvor, bei keiner einzigen sexuellen Erfahrung, kam ich mir so nackt, so unverhüllt vor wie jetzt … unter ihrem offenen Blick. Es ist, als würde sie durch die Tinte in meiner Haut und durch die Narbe, die ich damit zu verdecken versuchte, hindurchsehen. Während ich jedem anderen Mädchen zuvor – Jeannine eingeschlossen – auftischte, es würde sich bei Aaron um einen verstorbenen Freund handeln, und die Existenz meines Bruders geheim hielt, kann ich ihr nun nichts mehr vormachen. Und was viel wichtiger ist: Ich will ihr auch überhaupt nichts vormachen.

»Ist das die Narbe, die du davongetragen hast, als er starb?«

»Nein, Mary«, flüstere ich. »Diese Narbe sitzt viel tiefer.«

Endlich löst sie ihren Blick von der Stelle und sieht mich an.

»Aber du hast trotzdem recht, ja. Sie stammt von dem Stein, auf den ich fiel, als mich Jackson zu Boden rang und mir eine verpasste.«

»Nein!«, haucht Mary. Wieder zucken ihre Finger in Richtung meiner Narbe, doch sie besinnt sich erneut und zieht ihre Hand zurück, bevor sie mich berührt. »Als man Aaron fand …«, fahre ich fort und frage mich im selben Moment, warum ich das überhaupt tue. Bisher kennt niemand die Hintergrundgeschichte zu diesem Tattoo. »... hatte er an genau der gleichen Stelle eine ganz ähnliche Wunde. Die gleiche leicht gebogene Form, die gleiche Länge. Ziemlich verrückt, oder?«

Mary schaut mich lange offen an, und so beobachte ich, wie sich ihre schönen Augen erneut mit Tränen füllen. »Nein, überhaupt nicht verrückt. Ihr seid miteinander verbunden, auch über den Tod hinaus«, flüstert sie. »Ich bin mir sicher, dass es so etwas gibt.«

Ich schaffe es nicht länger, sie anzusehen. Starre stattdessen meine Fußspitzen an und räuspere mich immer wieder, bis ich glaube, meine Fassung zurückerlangt zu haben. »Also dann«, sage ich und streife mir endlich meinen Pullover über. »Gute Nacht!«

»Dir auch«, wispert Mary, offenbar immer noch mitgenommen. »Und, Jerry?«

Es ist das erste Mal, dass ich meinen Spitznamen aus ihrem Mund höre. Bereits an der Tür, wende ich mich ihr noch einmal zu. »Ja, Mary?«

Jerry und Mary ...

Sie lächelt, als würden die Worte ihrer Freundin Amy auch in ihrem Kopf widerhallen. »Danke für alles!«

»Sehr gerne«, erwidere ich fest und spüre, wie sich mein Kopf dabei ein wenig nach vorne neigt. Es ist eine altmodische, eigentlich viel zu spießige Geste. Dennoch fühlt sie sich keineswegs albern an, sondern absolut richtig. Aufrichtig eben.

Ja, ich verneige mich vor der Frau, die bereit ist, mir trotz allem eine zweite Chance zu geben.

Mary

Selber Ort, nur wenige Sekunden später

Wie benommen stehe ich allein in diesem fremden Schlafzimmer und versuche, mir über das klar zu werden, was hier gerade passiert ist. Nach all den Jahren haben wir uns endlich ausgesprochen. Durch seine Erklärungen hat Jerry das Gerüst unserer scheinbar feststehenden Vergangenheit auseinandergenommen und vor meinem geistigen Auge wieder neu zusammengesetzt. Ganz anders als zuvor.

Und Eliah hatte recht: Es war richtig, Jerry die Chance zu geben, sich zu erklären, und seine Entschuldigung zu akzeptieren. Es fühlt sich gut an, ihn nicht länger zu hassen, auch wenn ich nach wie vor gekränkt bin, sobald ich an einige seiner Gemeinheiten zurückdenke.

Überhaupt geht das alles so wahnsinnig schnell. Noch bevor ich die Ereignisse und Geständnisse der vergangenen Stunden wirklich sacken lassen konnte, verbringe ich schon die Nacht mit Jerry. Nicht richtig natürlich, aber … *Oh Mann, mein armer Kopf!*

Alles dreht sich. Also setze ich mich auf das Bett – ein Wasserbett –, ziehe die Knie an, umschlinge sie mit beiden Armen und lege mein Kinn darauf ab.

Du musst dringend schlafen, Mary!

Matt lasse ich mich zur Seite plumpsen und rolle mich wie ein Embryo auf diesem viel zu großen, glucksenden Bett zusammen.

Ich denke an Jerrys traurigen Blick, als ich ihn auf das Tattoo ansprach, und daran, wie hart er schlucken musste, bevor er mir noch einmal von seinem verstorbenen Bruder erzählen konnte. Wie von selbst wandert meine linke Hand unter das weiche Kopfkissen und zieht sein T-Shirt hervor. Das Handtuch gleitet von meinem Körper, als ich mich erneut aufsetze.

Ich gebe es noch immer nicht gerne zu und bin nach wie vor weit davon entfernt, diesem neuen Jerry, den ich so nie im Leben erwartet hätte – schon gar nicht zurück in meinem –, zu vertrauen. Dennoch muss ich gestehen, dass es eine wirklich süße Geste von ihm war, mir sein Shirt zu überlassen und mir mit dem Verstauen dieses »Ersatzpyjamas« sowie dem anschließenden Zurückschlagen der Bettdecke zu demonstrieren, wie groß sein Wunsch war, dass ich mich hier wohlfühlte.

Nun, die Wahrheit ist: Das tue ich. Spätestens, als ich jetzt sein Shirt über meine saubere, frisch eingecremte Haut streife und sein Duft den meiner Vanillelotion mühelos überlagert, fühle ich mich auf so seltsam tiefe Weise wohl und geborgen, dass es mir schwerfällt, nicht auf der Stelle einzuschlafen.

Einzig und allein die Gedanken an meinen Dad und an die Begegnung mit Caren halten mich noch davon ab. Nun ja, und natürlich die an meinen Unfall … und an Jeremy, der wie mein persönlicher Retter urplötzlich hinter mir auftauchte. Zur richtigen Zeit am richtigen Ort.

Dass ich diesen filmreifen Auftritt natürlich nicht dem Zufall zu verdanken hatte, sondern einzig und allein der Tatsache, dass er mir aufgelauert und mich verfolgt hatte, sollte mich vermutlich ängstigen. Ja, Angst wäre wohl genau das richtige Gefühl, das einem der normale Menschenverstand bei einer derart beunruhigenden Erkenntnis zuspielen sollte. Tut er aber nicht, im Gegenteil. Ich fühle mich weiterhin pudelwohl, in diesem mir fremden Bett, eingehüllt in frische weiche Laken und ein riesiges T-Shirt, das sich eher wie ein Nachthemd um meinen Körper schmiegt. Jerrys Duft scheint in dem Stoff verwebt zu sein. Ich schließe die Augen und atme tief durch.

Nicht einmal die Kopfschmerzen, die kurz nach meinem Unfall eingesetzt hatten, halten sich länger unter diesem Gefühl der Geborgenheit. Oh ja, mit mir scheint etwas ganz und gar nicht zu stimmen. Ich fühle mich viel zu gut für all die Verwirrung und Aufregung, die dieser Tag mit sich gebracht hat. Aber ich komme beim besten Willen nicht dazu, die Funktionsfähigkeit meines Verstandes noch länger zu hinterfragen, als mich eine übermächtige Erschöpfung überrollt und mit sich zieht.

Am nächsten Morgen werde ich von einem Duft geweckt, der mich schlagartig, noch vor dem ersten Blinzeln, um Jahrzehnte zurückkatapultiert.

Ich sehe meine Mom am Herd stehen und die Pfannkuchen in der Pfanne wenden, wie sie es früher an jedem Sonntagmorgen tat. In der Szene, die sich vor meinem geistigen Auge abspielt, tritt mein Dad, der damals so fröhlich war, dass mich die Erinnerung an sein früheres Ich schmerzt, auf leisen Sohlen hinter sie und schlingt einen Arm unter ihren. So plötzlich, dass sie vor Schreck leise aufschreit. Wie zur Versöhnung zieht er sie an sich, küsst ihre Schläfe und den Ansatz ihrer hellblonden Haare. Bereitwillig neigt sie den Kopf zur Seite, gewährt ihm Zugang zu ihrem Hals. Sie konnte ihm nie lange böse sein. Wenn die beiden stritten, dann heftig, aber stets nur kurz.

An dieser Stelle reißt der Film meiner Erinnerung abrupt ab. Kein Wunder, schafften Toby und ich es doch nie, unsere Eltern für längere Zeit in ihrer Seifenblase zu beobachten. Ihr Verhalten, das von frisch verliebten Teenagern oftmals nicht hätte überboten werden können, trieb uns damals schon die Röte ins Gesicht und ließ uns die verstohlenen Blicke abwenden, ohne dass uns jemand dazu hätte auffordern müssen.

Beinahe wütend schlage ich die Augen auf und blinzele verbissen gegen das Licht der Morgensonne an, bis ich ihm standhalten kann.

Dieser Duft, der mich so unverhofft zurück in meine Kindheit führte – ihn mache ich für den Schmerz verantwortlich, der nun wieder in meiner Brust wütet und den ich sonst so gut verdrängen kann.

Pfannkuchen, Ahornsirup, Rührei mit Speck und warme Milch. Es gibt einen Grund, warum ich diese Frühstückskombination meide, wann immer es geht. Ich vermisse sie einfach zu sehr. Denn die Sonntage meiner Kindheit sind verblasst wie das Glück der einstigen Liebe meiner Eltern.

Bis heute zurückgeblieben ist nur das traurige Staunen, dass sich ein Mensch so sehr in einem anderen irren kann.

Gott weiß, ich verurteile meine Mutter nicht dafür, dass sie sich in einen anderen Mann verliebt hat. Ich weiß, dass sie jahrelang versuchte, dieses langsam wachsende Gefühl zu ignorieren, zu unterdrücken und einfach weiterzumachen wie bisher. Ich weiß, dass sie zusammenbrach und sich selbst hasste, als sie an diesem Vorhaben scheiterte. Und ich erinnere mich gut an die bedrückende Zeit danach, in der sie nicht nur unserem Dad, sondern auch Toby und mir kaum in die Augen schauen konnte.

Aber ich weiß auch, dass mein Dad an dieser Trennung zerbrach. Dass alles, worauf er in seinem Leben gesetzt und vertraut hatte, mit dem Auszug meiner Mutter in sich zusammenfiel. Alles, was danach kam – die Scheidung, der Verkauf des Hauses, seine Alkoholsucht –, schien seinen persönlichen Niedergang nur mehr und mehr zu besiegeln.

Eigenartigerweise habe ich den Glauben an die wahre Liebe dennoch nie verloren. Doch seit der Trennung meiner Eltern weiß ich, dass es eben nicht für jeden Topf ein Deckelchen gibt. Und ich habe mich oft und lange mit dem Gedanken beschäftigt, mein Leben lang ein deckelloser Topf zu bleiben. Wie mein Dad.

Und wie Adam.

Ich setze mich auf, grabe meine Hand in Jerrys T-Shirt, knülle den Stoff in meiner Faust und rieche daran.

Verfolge ich Adams Spuren auch deshalb?

Weil ich mich nach einem anderen, besseren Ausgang einer gescheiterten großen Liebe sehne als dem, den mir mein Vater zu bieten hat?

Das Bild meines Dads, wie er am Vorabend in seinem heruntergekommenen Wohnzimmer saß, zwischen all diesen Bierdosen und leeren Pizzakartons, verfolgt mich. Ganz unwillkürlich frage ich mich, was wohl schlimmer wäre: sein Gegenstück niemals zu finden, oder aber ihm zu begegnen und ein gemeinsames Leben mit ihm zu beginnen, nur um irgendwann doch wieder schutzlos und allein dazustehen. Zu allem Überfluss dann auch noch mit dem Wissen, wie schön sich das Leben zu besseren Zeiten anfühlte. *Genauso muss es Amy gehen.*

Ein leises Klopfen unterbricht meine Gedanken. Auf mein »Ja?« wird die Klinke vorsichtig herabgedrückt, und Jerrys Kopf erscheint im Türspalt. »Hey, guten Morgen! Und, gut geschlafen?«

Schnell wische ich mir eine widerspenstige Haarsträhne aus der Stirn. »Wie ein Stein, ja.«

»Sehr gut«, befindet er zufrieden. »Das Frühstück ist fertig, kommst du? Ich hoffe, du isst deine Pfannkuchen noch immer mit Ahornsirup und die Rühreier mit Salz, aber ohne Pfeffer?«

Ich glaube, meine Augen sind so groß wie Unterteller. Als es mir bewusst wird, beeile ich mich zu blinzeln. »Woher ...?«

Er grinst ... und kratzt sich den Nacken. »Abschlussfahrt der Kunstklasse, im vierten Jahr der Highschool. Weißt du noch, wir sind nach Portland gefahren. Als wir die Kutter am Hafen skizziert hatten und jeder sein Frühstück wählen durfte, hast du dir das bestellt. Mit einem Glas warmer Milch.«

»Und das weißt du noch?«, entfährt es mir. Hätte er mir diese Fahrt nicht noch einmal ins Bewusstsein gerufen, wäre sie vermutlich – begraben unter dem Haufen unliebsamer Erinnerungen dieser Zeit – für immer verschollen geblieben.

»Allerdings.« Vielleicht schöpft Jerry Mut aus meiner offensichtlichen Verwunderung, denn die Hand in seinem Nacken löst sich aus dem dichten dunkelblonden Haar. Langsam lässt er sie sinken. »Ich erinnere mich an viele Details dieser Fahrt.«

»Wirklich? ... Wieso?«, frage ich – ahnend, dass mehr hinter dieser Antwort steckt. Sein Blick trifft unsicher auf meinen; Jerry scheint mit sich zu hadern. »Weil ich wusste, dass es meine letzte war«, sagt er schließlich. »Unser Umzug stand unmittelbar bevor, und ich war bereits an einer neuen Schule angemeldet. Also ... sog ich alles in mich auf.«

»Alles?«, wispere ich.

»Hm, hm. Alles«, erwidert Jerry und sieht mich dabei so tief und bedeutungsvoll an, dass ich die Bettdecke unwillkürlich ein Stück höher ziehe. Schon im nächsten Moment schnappt er jedoch aus seiner kurzfristigen Starre und deutet mit dem Kopf in Richtung Küche. »Komm, sonst wird das Rührei kalt.«

»So, du bist also Anwalt geworden?«, frage ich, als wir uns bereits seit einigen Minuten kauend gegenübersitzen und sich die angespannte Stimmung nicht mehr so leicht durch meine lobenden Worte überspielen lässt. Nach fünf Beteuerungen weiß er nun wirklich, wie köstlich ich sein Frühstück finde. Außerdem finde ich, ist es an der Zeit, ihm zu beweisen, dass ich nicht nur heiße Luft von mir gegeben habe, als ich sagte, ich würde versuchen, ihn nicht länger zu hassen.

»Jepp, Anwalt«, sagt er und schaut mich mit gerümpfter Nase an. »Sag's schon! Ätzend, oder?«

Amüsiert stoße ich ein wenig Luft aus und spüle den letzten Bissen meines dritten Pfannkuchens mit einem Schluck Milch herunter. »Schon ein bisschen, ja«, gebe ich zu. »Aber … nicht der Beruf an sich. Nur, dass ausgerechnet du … Ich meine, du warst immer so gut in Kunst und Musik. Ich erinnere mich, dass du einer der wenigen Jungen warst, die nicht nur erbärmlich krächzten, wenn wir im Musikunterricht gemeinsam sangen. Also, warum ausgerechnet Jura?«

Jerry sieht mich lange an; er scheint erneut abzuwägen, ob er mir ehrlich auf diese offenbar nicht ganz so leicht zu klärende Frage antworten soll oder nicht. Schließlich gibt er sich einen sichtbaren Ruck und lehnt sich mir über die Platte des schmalen Küchentisches näher entgegen.

»Weißt du, ich spiele schon seit Längerem mit dem Gedanken, den Job an den Nagel zu hängen.«

»Wirklich?«

»Es läuft gut, versteh mich nicht falsch. Ich war schon mit sechsundzwanzig mit dem Studium fertig, konnte schnell in eine Kanzlei einsteigen. Und ich schätze es sehr, in Rob nicht nur einen Partner, sondern auch einen echten Freund gefunden zu haben, aber …«

»… es befriedigt dich nicht«, fasse ich das Offensichtliche zusammen. Jerrys plötzlich sehr trübe Augen sprechen Bände. Traurig starren sie mich an. Sekundenlang.

»Nicht die Spur«, wispert er schließlich. »Ich bin ganz gut in dem, was ich tue«, räumt er ein, doch stolz wirkt er nicht dabei, ganz im Gegenteil. »Ich weiß, welche Paragrafen ich für meine Mandanten wirken lassen kann, welche Schlupflöcher uns das System bietet und vor allem, wie ich ein überzeugendes Plädoyer zu halten habe. Aber … all das hat nur selten etwas mit Rechtsprechung zu tun, verstehst du? Es ist eher wie ein … immerwährendes skurriles Spiel, bei dem es nur darauf ankommt, die Gegenpartei schachmatt zu setzen, ohne sich selbst das Hemd beflecken zu lassen. Den längeren Atem zu haben, den sichereren Stand. Egal woher ›der Gegner‹ kommt und ob seine Argumente verständlich oder seine Klagen berechtigt sind.«

Ich lege die Gabel beiseite und versuche, mich mit schwindenden Chancen daran zu hindern, in diesem schimmernden Graugrün zu versinken, das immer schon eine Sogwirkung auf mich ausübte. »Und … das alles hattest du dir … anders vorgestellt?«, stammele ich.

Jerry stößt ein kleines bitteres Lachen aus und schüttelt den Kopf. »Ich hatte mir gar nichts vorgestellt.«

»Hm?«, mache ich verständnislos.

Er lehnt sich in seinem Stuhl zurück und spielt am Griff seiner Kaffeetasse. »Keine Ahnung, ob ich dir das erklären kann, ohne dass es zu sehr nach Tränendrüsenalarm klingt. Aber … damals, nachdem Aaron gestorben war und unsere Familie so auf die Probe gestellt wurde, war das eine verdammt harte Zeit für mich. Als meine Mom ihre Depressionen in den Griff bekam und mein Dad seinen Alkoholkonsum, und als ich endlich einen gewissen Frieden im Schulalltag fand – wenn auch auf Kosten anderer …«

Schnell weiche ich seinem entschuldigenden Blick aus. Es ist noch immer seltsam, seiner Ehrlichkeit zu begegnen und die Erkenntnis zuzulassen, dass ihm sein Verhalten von damals wirklich leidtut. So seltsam, dass ich dankbar bin, als er nach diesem kurzen Einschub einfach fortfährt: »Das war … Ich weiß gar nicht, wie ich das beschreiben soll. … Das war so eine unglaubliche Erleichterung für mich. Und ich tat ganz automatisch alles in meiner Macht Stehende, um diesen neuen Frieden beizubehalten und zu bewahren. Zum Beispiel, indem ich unsagbar fies zu dir war, um Anthony Perone von dir fernzuhalten. Ich verbog mich für meine vermeintlichen Freunde … aber auch für meine Eltern. Indem ich meine Talente und Interessen klaglos unter den Tisch fallen ließ, nur weil ich genau wusste, dass mein Vater jegliche Art künstlerischer oder handwerklicher Begabung für Vorboten eines Lebens in Armut und Unzufriedenheit hielt. Er wollte Akademiker aus Aaron und mir machen. Männer, die sich um Geld nicht zu sorgen brauchten. Anwälte, Ärzte. Wäre Aaron noch da gewesen, wer weiß, vermutlich hätten wir gemeinsam gegen die Ansichten und Vorstellungen unseres alten Herrn rebelliert, wie normale Teenager das eben tun. Aber so funktionierte ich einfach. Ich war … nie ein normaler Teenager.«

Er atmet schwer aus und streicht sich mit gespreizten Fingern die Haare zurück. Verlegen, als käme ihm seine eigene Antwort einfältig vor. »Ich weiß nicht, ob du das verstehst. Ich meine, ich habe mir nicht einmal Gedanken darum gemacht, was ich eigentlich für mein Leben wollte. Nicht einmal später, während des Studiums. Im Nachhinein habe ich begriffen, dass ich damals sowieso nur eines wollte: meine Eltern wieder glücklich sehen. Sie sollten sich zumindest an mir und meinen Erfolgen erfreuen.«

Wir bleiben lange stumm, denn ich weiß beim besten Willen nicht, was ich auf diese Erklärung erwidern soll. Gewiss ist nur: So hätte ich sie nicht erwartet. Schließlich durchbricht

Jerry unser Schweigen mit einem gepresst wirkenden Lachen. »Wohin so eine simple Frage wie ›So, du bist also Anwalt geworden?‹ doch führen kann, nicht wahr?«

»Ja«, erwidere ich, noch lange nicht bereit, das Thema fallen zu lassen. »Aber ... wenn du jetzt im Nachhinein darüber nachdenkst, was würdest du in beruflicher Hinsicht denn lieber machen wollen?«

»Hm, das ist schwierig«, sagt Jerry. »Du meinst, wenn ich ganz neu entscheiden könnte?«

»Ja. Und sagen wir, Geld würde dabei keine Rolle spielen. Wenn alle Berufe exakt gleich vergütet würden, welchen würdest du wählen?«

Er lächelt. »Gut, Lenin, lass mich kurz darüber nachdenken.« Und das tut er, mit geschürzten Lippen.

»Dann würde ich gerne einen kreativen Beruf erlernen, in dem man die Ergebnisse seiner Arbeit betasten und ansehen kann. Goldschmied vielleicht oder ...« Er lässt den Satz unvollendet fallen. Seine Stirn runzelt sich plötzlich und lässt mich vermuten, dass ihn ein konkreter Gedanke beschäftigt. Eine Erinnerung vielleicht.

»Ich hatte ein eigenartiges Erlebnis in Eliahs Werkstatt«, sagt er leise, fast wie zu sich selbst.

Bei Eliahs Erwähnung schießt mir prompt etwas durch den Kopf. »Also hat er dir verraten, wo ich steckte, nicht wahr? Ich wusste es!«

Jerry nickt. »Ich habe ihn besucht, nachdem ich in deiner Praxis war und dort erfahren musste, dass du kurzfristig Urlaub genommen hast.« Vollkommen perplex schaue ich ihn an. »Du warst in der Praxis?«

»Ähm ... ja. Ich habe nach dir gesucht.« Für einen Moment sieht er mich beinahe vorwurfsvoll an, doch als ich seinen Blick trotzig halte und dabei eine Augenbraue höher ziehe als die andere, lächelt er. »Jedenfalls hat mich Eliah in der Werkstatt mit anpacken lassen, während wir uns unterhielten und …« Er schüttelt gedankenverloren den Kopf. »Ich habe viele dieser Handgriffe ganz selbstverständlich erledigt, ohne groß darüber nachzudenken. Und das, obwohl ich mich nicht daran erinnern kann, schon jemals zuvor mit Holz gearbeitet zu haben.«

»Vielleicht wäre das ja deine Berufung gewesen?«, mutmaße ich.

»Tja, wer weiß!«, sagt er und bemüht sich vermutlich sehr, es leichthin klingen zu lassen. In Wahrheit jedoch spüre ich, wie stark ihn das Thema beschäftigt …, und deprimiert, wie mich sein folgendes Statement unschwer erkennen lässt. »Im Endeffekt läuft wohl jede Grübelei darauf hinaus, dass ich einen Beruf gewählt habe, der mich eigentlich nicht ausfüllt. Aber genug davon. Wie sind wir denn jetzt eigentlich von meinen – ich darf dich zitieren – ›fantastischen Pancakes‹ auf dieses Stimmungskiller-Thema gekommen?«, fragt er grinsend.

»Na ja, ich dachte, wir wollten uns besser kennenlernen.«

»Das stimmt«, räumt er ein. »Also schön. Wenn das so ist, darf ich dir dann auch eine Frage stellen?«

»Okay«, willige ich zögerlich ein.

»Wart ihr mal ein Paar, Eliah und du?«

Ich kann mir ein Schmunzeln nicht verkneifen. »Jerry, ich kenne Eliah seit nicht mal einer Woche.«

Nun sitzt er mir mit offenem Mund gegenüber. »Seit nicht mal einer … Aber … Warum seid ihr dann so … vertraut miteinander? Bist du … in ihn verliebt oder so?«

»Nein!« Empört hebe ich beide Hände in einer abwehrenden Geste.

»Was, zu intim?«, beeilt er sich nachzuhaken. »Entschuldige bitte, ich dachte nur … weil ihr euch doch geküsst habt.«

Hitze fährt in mein Gesicht und lässt meine Wangen glühen. »Was, du hast uns dabei beobachtet? Gehörte dir etwa der Wagen an der Straße?«

Jerry wirkt plötzlich alarmiert und fährt sich verschämt durch die Haare, die ihm prompt wieder zurück in die Stirn fallen. »An diesem Morgen bin ich dir das erste Mal gefolgt, ja. Ich wollte dich abfangen und mir dir sprechen, aber dann …«

… hast du Eliahs und meinen Kuss beobachtet, und der Mut verließ dich. Hm, interessant!

»Schon gut!«, erlöse ich ihn. »Also, nein. Wir sind kein Paar und werden auch keines werden, das wissen wir seit … eben diesem Kuss. Der übrigens unser einziger war, bevor du fragst. So, und jetzt … hätte ich gerne noch einen letzten Pancake und ein anderes Gesprächsthema. Bitte!«

Er lacht und kopiert meine abwehrende Geste, bevor er meinem Wunsch nachkommt. Nun ja, zumindest dem nach einem Pfannkuchen. Ein neues Thema scheint ihm genauso wenig einzufallen wie mir. Erzwungene Stille bricht über uns ein, bis sich einer meiner kreisenden Gedanken auf meiner Zunge niederlässt und sie ihn zwischen zwei Bissen zutage befördert. Einfach so, ohne meinen Verstand um Erlaubnis zu fragen.

»Was ist mit dir? Hast du … eine Freundin?«

Er grinst und zieht unter einem ungläubigen Kopfschütteln die Augenbrauen empor. Die seltsame Anspannung fällt sichtbar von ihm, während mir erneut die Röte in die Wangen steigt. »Was ist? Warum lachst du mich aus?«

»Ich lache dich nicht aus«, stellt er schnell klar. »Es ist nur … Ich habe keine Freundin, nein. Nur eine Exfreundin.«

Fragend schaue ich ihn an.

»Jeannine ist mir fremdgegangen«, erklärt er leise.

»Oh!« In meiner Unbeholfenheit schiebe ich mir eine beladene Gabel in den Mund und kaue konzentriert. Dass er auch ständig mit derartigen Geständnissen herausrücken muss, auf die ich nicht zu reagieren weiß …

»Ja, oh!«, sagt Jerry mit einem einseitigen Lächeln. »Das Verrückte daran ist, dass sie während unserer Beziehung fast schon krankhaft eifersüchtig war. Ich habe mir gerade vorgestellt, wie sie wohl darauf reagiert hätte, wäre ich dir vor wenigen Wochen begegnet und dann schon quer durchs Land nachgereist.«

Nun ist es an mir zu lachen. »Was du natürlich nicht getan hättest, wärst du noch mit ihr zusammen gewesen.«

Er sieht mich lange an. Das Lächeln bröckelt dabei zunächst aus seinem und dann – unter der plötzlichen Intensität seiner Augen – auch spürbar aus meinem Gesicht. Jerry enthält sich seiner Antwort. »Ahornsirup?«, fragt er stattdessen. Ich nicke hastig und beobachte, wie er dünne Sirupfäden aus der Tube drückt und den Rest meines Pancakes mit einem akkuraten Karomuster verziert. Er ist nach wie vor sehr geschickt, das weiß ich nun.

»Ahornsirup und Pancakes«, murmelt er. »Wie damals, in Portland. Auf unserer Heimreise bist du im Bus eingeschlafen. Ich hatte mir extra einen Platz vor dir gesucht, auf der gegenüberliegenden Seite des Gangs. So musste ich mich immer wieder zu den anderen umdrehen, um mit ihnen zu reden. Eigentlich jedoch … konnte ich dich auf diese Weise unauffällig beobachten.«

Er schließt die Tube, stellt sie zurück auf ihren Platz.

»Du sahst so friedlich aus.« Sein Blick trifft mich. »Und ich wollte nichts mehr als die Zeit anhalten.«

Ich blinzele so heftig, als hätte ich eine Wimper im Auge. Irritiert, verblüfft, … ein wenig geschockt sogar.

»Jerry, ich weiß nicht …«

»Du musst gar nichts darauf sagen. Ich wollte nur ehrlich zu dir sein, und das werde ich ab jetzt. Ich hoffe, das ist okay für dich.«

»Ich weiß es nicht«, gestehe ich. Zumindest entspricht auch das der Wahrheit. Wieder schweigen wir eine Weile.

»Wohnst du deswegen momentan bei Rob, wegen der Trennung von dieser Jeannine?«, frage ich, um der Situation ihre Anspannung zu nehmen.

Jerry nickt und erklärt mir, dass diese Frau bislang sämtliche Ultimaten hat verstreichen lassen und nach wie vor seine Wohnung belagert.

»Was hast du heute vor?«, fragt er schließlich.

»Ich muss zurück zu meinem Dad. Ich habe ein furchtbar schlechtes Gewissen, dass ich ihn gestern Abend einfach so zurückgelassen habe.«

Jerry schweigt eine Weile, in der er abzuwägen scheint, ob er mir widersprechen soll oder nicht. Letztendlich entscheidet er sich dagegen.

»Wenn du fertig gegessen hast, zieh dich ruhig an. Ich räume hier ab, und dann nehmen wir uns ein Taxi. Du musst zu deinem Dad und ich zurück zu meinem Wagen. Denn eigentlich …« Verlegen kratzt er sich den Nacken. »… wohne ich zurzeit ja überhaupt nicht hier, bei Rob, sondern in *Miss Elsas Pension* in Papen County.«

Ich kann nicht anders, als loszuprusten, so verschämt sieht er aus. Dumm nur, dass ich gerade einen Schluck Milch getrunken habe, denn die schießt mir nun aus der Nase. Ich verschlucke mich hoffnungslos und ringe mit vor den Mund geschlagenen Händen um Luft. Sofort springt Jerry auf und ist mit nur zwei Schritten bei mir. Sanft klopft er mir auf den Rücken. »Hey, nicht ersticken!«, fordert er lachend. »Ich hab dich doch gerade erst wiedergefunden.« Und dann, als ich mich einigermaßen beruhigt habe, tadelt er: »Siehst du, das hast du davon, so schadenfroh zu sein.«

»Du hast nicht wirklich deinen gesamten Krempel bei Miss Elsa gelassen und bist mir Hals über Kopf hinterhergefahren?«, frage ich fassungs- und immer noch ein wenig atemlos.

»Doch. Doch, ich befürchte, genau das getan zu haben«, gibt Jerry mit gerümpfter Nase zu. Er sieht unverschämt gut aus, wie er so vor mir steht und auf mich herabblickt.

Zu gut. Und zu nah.

»Okay.« Schnell erhebe ich mich und wende mich ab. »Lass mich am besten gar nicht erst zu lange darüber nachdenken, sonst bekomme ich doch wieder Angst vor dir. Ich werde jetzt lieber deinem Rat folgen und mich fertig machen. Bis gleich.«

Wieder sitzen Jerry und ich auf der Rückbank eines Taxis nebeneinander, wie schon in der vorangegangenen Nacht. Doch diesmal ist unsere Haltung deutlich entspannter; keiner von uns sitzt an die Seitentüren gepresst da. Im Gegenteil, da sich meine Tasche diesmal im Kofferraum befindet, ruhen meine rechte und seine linke Hand dicht beieinander auf dem mittleren Sitz. Seine zuckt bei meinen Worten sogar zunächst noch weiter in meine Richtung, bevor er sie wieder zurückzieht. Fast so, als würde er bewusst dem Drang widerstehen, mich zu berühren. Unwillkürlich frage ich mich, ob ich meine Beobachtungen richtig deute.

»Soll … ich dich vielleicht zu deinem Dad begleiten? Dann könnten wir den Mini anschließend gemeinsam in die Werkstatt fahren. Was meinst du?«

Ich weiß nicht.

Schließlich habe ich meinem Dad noch nie einen Mann mit

ins Haus gebracht. Und jetzt soll ausgerechnet Jerry diese ungeschriebene Regel brechen?

»Hm«, mache ich in der Hoffnung, mit diesem undefinierbaren Laut Zeit zu gewinnen. Jerry grinst, doch seine Augen wirken traurig. »Schon gut, war nur eine Idee.«

Kurz darauf hält das Taxi vor der Wohnung meines Vaters. Und damit – vollkommen unverhofft, wie es mir erscheint – steht Jerry und mir der Abschied bevor. Er steigt mit mir aus und holt meine Tasche.

»Also dann«, sagt er.

»Ja«, erwidere ich. »Fährst du heute noch zurück?«

»In deine Heimat, meinst du?« Er zuckt mit den Schultern. »Na ja, mein Zimmer bei Miss Elsa brauche ich jetzt, wo du hier bist, ja eigentlich nicht mehr.« Er lächelt so schelmisch, dass ich seinem Blick nicht mal für zwei weitere Sekunden standhalte. Schnell zupfe ich meinen Rock zurecht und merke danach nicht einmal, wie sich die Kuppe meines linken kleinen Fingers zwischen meine Lippen schiebt. »Nicht«, sagt Jerry und erfasst behutsam meine Hand, bevor meine Zähne den ohnehin schon geschundenen Nagel weiter bearbeiten können. Wieder durchfährt mich dieses unbeschreibliche Kribbeln, während er meine Hand in seiner hält und mich so tief ansieht, dass es mir schlichtweg nicht gelingt, mich seinem Blick zu entziehen. »Ich verspreche, dir nicht weiter aufzulauern. Aber … ich bin wirklich froh, dass du bereit warst, mir zuzuhören. Und ich hoffe, wir bleiben in Kontakt. Irgendwie. Gibst du mir … deine Nummer oder so?«

Ich schüttle den Kopf und merke es erst, als der hoffnungsvolle Schimmer aus seinen graugrünen Augen weicht. Ein, zwei weitere Sekunden verstreichen, bis ich endlich schlau aus meiner eigenen Geste geworden bin.

»Komm mit mir rein!«, presse ich schließlich hervor.

»Wie bitte?«

»Ich möchte, dass du doch mit mir zu meinem Dad kommst. Wenn es ihm wieder so schlecht geht wie gestern, wenn er wieder so deprimiert ist … Ich weiß nicht, wie ich das verkraften soll. Ich fühle mich einfach nur hilflos und mickrig, wenn ich ihm so begegne.«

Jerry nickt. »Okay«, willigt er ein und löst seine Finger nur um meine, um den Taxifahrer zu bezahlen. Dann kommt er wieder zu mir und legt seine Hand leicht an mein Kreuz. »Wollen wir?«, fragt er, als ich mich nicht rühre, und hakt seinen Arm dabei unter meinen. Die Geste ist altmodisch und überzogen höflich, jedoch keineswegs steif … und im Prinzip genau das, was ich momentan brauche: eine Entscheidung. Und die Gewissheit, nicht allein in dieser Situation zu sein.

»Hab keine Angst, ich bin ja bei dir«, sagt sein Blick. Mit gerümpfter Nase und einem Augenzwinkern nickt er in Richtung Haus. Und in diesem Moment, als das Taxi hinter uns abfährt und wir Seite an Seite über die wenigen Meter des schmalen Weges auf die geschlossene Haustür vor uns zusteuern, öffnet sich eine andere Tür in meinem Herzen, die ich Jahre zuvor gewaltsam zugeworfen hatte.

Es ist Jerrys.

Jeremy

Selber Ort, anderthalb Minuten später

Mary betätigt die Klingel nun schon zum zweiten Mal. Es ist wie ein kleines Wunder, dass ich hier neben ihr stehe. Dass sie mich zum Bleiben aufgefordert und um Unterstützung gebeten hat – denn setzt das nicht ein Mindestmaß an Vertrauen voraus?!

Endlich erklingt das Surren der Gegensprechanlage. Wir verlassen den Fahrstuhl im fünften Stockwerk, und sofort strömt uns ein Geruch entgegen, bei dem sich mein Magen unwillkürlich verschließt.

Schnaps. Likör vielleicht, so schwer und süß …

Mary riecht es auch. Sie zieht die Nase kraus und blinzelt unsicher zu mir auf. »Schon gut. Nichts, was mir nicht bestens bekannt wäre«, wispere ich ihr beruhigend zu. In ihrem Nicken steckt Erleichterung, und als sie mir den Ansatz eines Lächelns schenkt, bin ich endgültig froh, ihr gegenüber offen gewesen zu sein und von meinem Dad erzählt zu haben.

Die Wohnungstür ist angelehnt, und als Mary ihr einen sanften Stoß verpasst, liegt der schmale Flur dahinter leer vor uns.

»Dad?«, ruft sie leise.

»Wohnzimmer«, antwortet eine Stimme, die ich mir nicht so tief vorgestellt hatte. »Er lallt nicht mal«, wispert sie. Wie von selbst gleitet meine Hand über ihren Rücken. »Ich weiß«, flüstere ich zurück.

Schwer schwappt uns der beißende Geruch aus dem Wohnraum entgegen. Hier findet er seinen Ursprung, in einigen leeren Flaschen Likör, die zwischen weiteren Bierflaschen und leeren Pizzakartons überall herumstehen. Auf dem Boden, auf den Möbeln … und eine noch nicht vollkommen geleerte Flasche in der fleischigen Hand, die auf der Armlehne des Ledersessels ruht, dessen Rückseite uns zugewandt ist.

»Dad«, haucht Mary, doch die Hand regt sich nicht. Die Lehne des Sessels ist so hoch, dass sie den Rest von Marys Vater verdeckt.

Langsam, Schritt für Schritt, nähern wir uns. »Ich habe jemanden mitgebracht«, sagt Mary leise. Als hätten ihre Worte einen Schalter betätigt, kommt Leben in den Mann in dem Sessel. Zunächst zuckt die Hand, dann knirscht das Leder, und ein rundliches Gesicht schaut uns erwartungs- und … ja, hoffnungsvoll entgegen. Tief liegende, helle Augen, aufgedunsene, rot geäderte Wangen. Unliebsame Erinnerungen. Der Alkohol bringt es fertig, dass sich selbst Menschen ähneln, die von Natur aus eigentlich grundverschieden aussehen. Ein Schauder durchfährt mich, während die Hoffnung in den Augen des Mannes erlischt. Mary und ich verstehen wohl beide erst in diesem Moment, wen ihr Vater bei ihren Worten erwartet hatte. Träge sinkt er nun zurück in seinen Sessel.

»Wer ist das?«

Mary schluckt hart. Ich ergreife ihre Hand, ohne darüber nachzudenken, und erschrecke, als es mir bewusst wird. Doch sie zieht sie nicht zurück, im Gegenteil. Sie umklammert meine Finger so stark, dass es beinahe unangenehm ist. Dennoch gebe ich keinen Mucks von mir. Wie auch immer der Halt aussieht, den sie momentan braucht, ich will ihn ihr geben. Nicht nur, weil ich es ihr schulde.

»Das …« Sie zögert, »… ist Jerry.«

»Ist er dein Freund?«, fragt die tiefe Stimme matt.

»Nein«, sagt sie leise. Warum auch immer, aber diese Antwort versetzt mir einen Stich, der viel tiefer geht, als ich es erwartet hätte.

»Warum bringst du ihn dann hierher? Ausgerechnet jetzt.«

Plötzlich ändert sich Marys Gemütszustand, ich spüre es genau. Ihr Griff um meine Hand lockert sich, dann lässt sie mich komplett los. »Ausgerechnet jetzt?«, wiederholt sie aufgebracht. »Was, Dad? Wäre es dir morgen lieber gewesen? Oder übermorgen? Sieh dich doch mal an! Und sieh dich um, verdammt! Merkst du denn gar nicht, dass du dich langsam, aber sicher zu Tode säufst?«

Die letzten Worte schreit sie fast. Doch ob es nun ihre Wut, die daraus resultierende Lautstärke, die Wahl ihrer Worte oder die Kombination all dessen ist – für ihren Dad ist es zu viel. Er springt auf, wirbelt zu seiner Tochter herum und schwankt mit bebenden Nasenflügeln auf sie zu.

»So redest du nicht mit mir, junge Dame, hast du mich verstanden? Ich bin immer noch dein Vater!«, ruft er wütend. Gerade noch rechtzeitig gelingt es mir, die in Schock erstarrte Mary zur Seite zu drängen und mich somit vor sie zu schieben. Wie ein Bulldozer kommt er auf mich zu.

»Sir! Sir, ich bitte Sie!«, rufe ich. Er macht keine Anstalten, stehen zu bleiben, und so strecke ich meine Hände aus, um sie gegen seinen breiten Brustkorb zu stemmen.

Verdutzt hält er endlich inne, fegt meine Hände von seinem Oberkörper und bemüht sich dann sichtlich um einen gefassteren Ton. »Was? Denkst du, ich würde sie schlagen, du Spinner? Ich habe sie nie geschlagen. Sag es ihm, Mary! Sag ihm, dass ich niemals Hand an dich gelegt habe.«

»Nein, das hast du nicht«, schluchzt Mary hinter mir.

Das mag zwar bisher der Wahrheit entsprechen; trotzdem kann ich nicht die Hand dafür ins Feuer legen, dass er das jetzt auch noch hätte behaupten können, wäre ich nicht zufällig anwesend gewesen. Und er scheint das auch zu wissen – irgendwo in seinem benebelten Bewusstsein –, denn sein linkes Augenlid zuckt nervös.

»Das ist gut«, sage ich leise. »Denn wissen Sie, Mr Welley, Ihre Tochter sorgt sich sehr um Sie. Nur deshalb ist sie so verzweifelt.«

Zum ersten Mal sieht er mich wirklich an. Nur die Farbe seiner Augen und die Form seiner Nase lassen mich erahnen, dass Mary ihrem Vater sehr wohl ähnelt.

»Wer bist du überhaupt?«, schnaubt er. »Ein Pfarrer oder so was? Du hast mir doch nicht etwa einen Seelsorger auf den Hals gehetzt, oder, Mary?«

Ich lache bitter auf und biete ihr im Schutz meines Rückens erneut meine Hand an. Wieder zerquetscht sie meine Finger fast, doch es ist mir egal. Wichtig ist nur, dass sie meine Hand von sich aus ergriffen hat.

»Glauben Sie mir, Sir, ich bin ganz bestimmt kein Seelsorger.«

»Gut!« Er schlägt mit seiner Hand in die Luft, als wollte er eine lästige Fliege vertreiben. »Ich brauche nämlich keine Hilfe. Geht einfach wieder und lasst mich allein. Wie bisher.« Mit einem geringschätzigen Blick zu seiner Tochter wendet er sich ab und lässt sich zurück in seinen Sessel plumpsen.

Vielleicht wäre es an dieser Stelle wirklich das Klügste, zu gehen, aber … irgendetwas in mir entscheidet sich dagegen. Intuition?

»Na ja, wissen Sie, ich mag zwar nichts davon verstehen, wie es um Sie steht, Sir. Aber andererseits weiß ich nur allzu gut, in welcher Situation sich Ihre Tochter gerade befindet.«

»So?«, fragt er, ohne noch einmal zu mir aufzuschauen. Langsam löse ich meine Hand aus Marys, bedeute ihr mit sanftem Druck gegen ihren Bauch, dass sie mir nicht folgen soll. Dann erst wage ich einen weiteren Schritt auf ihren Dad zu … und nehme ungefragt auf der Couch neben ihm Platz. »Ich war auch mal in Marys Situation, wissen Sie? Als mein Bruder starb, kam mein Dad … damit nicht klar. Er trank. Tag und Nacht, Sir. Wie Sie jetzt.«

Wütend funkelt er mich an, die aufgedunsenen Lippen teilen sich in Empörung. Doch die Glut in seinen Augen verglimmt genauso schnell wieder, wie sie aufgeglommen war, und sein Mund schließt sich, ohne dass er einen Laut von sich gibt. Er ist einfach zu schwach, zu ermattet. Seine Hände zittern nun … und so wage ich mich noch weiter vor. Langsam beuge ich mich ihm entgegen, löse die Likörflasche aus seiner Hand und stelle sie zu den anderen unzähligen auf seinen Couchtisch. Reglos lässt er es geschehen. Ich weiß nicht, wie lange er mich noch anhören wird, also verliere ich keine Zeit. »Sehen Sie sich das an, Mr Welley. Machen Sie die Augen auf, und sehen Sie sich um. All diese Flaschen. Welche davon hat Ihnen wirklich weitergeholfen? Welche hat den Schmerz endgültig besiegt?«

Ich kann es kaum glauben, aber er tut, was ich ihm sage. Er blinzelt … und lässt seinen Blick über das Meer an leeren Flaschen schweifen. Und dann – völlig unverhofft – zittern plötzlich sein Kinn, seine Unterlippe.

»Zeigen Sie mir die rettende Flasche, dann nehme ich Ihre Tochter mit und wir gehen«, wispere ich. Mein Herz und der scharfe Sog, in dem Mary einatmet, sagen mir, dass ich nun von ihm ablassen sollte. Doch mein Verstand hält weiter dagegen, und ich weiß – ich spüre einfach –, dass er recht hat. So hart es auch sein mag.

»Schauen Sie Marielle an«, flüstere ich weiter, fast beschwörend.

»Jerry, nicht«, wispert die schluchzend, doch der Blick ihres Vaters lässt sie verstummen, denn ihr Dad schaut bei dem Klang der dünnen, gebrochenen Stimme tatsächlich zu Mary auf.

»Ihr kleines Mädchen steht inmitten dieses Chaos direkt neben Ihnen und weiß doch nicht, wie sie Ihnen helfen soll, Sir. Sie kommt nicht mehr an Sie heran, sosehr sie sich auch bemüht. Ihre Tochter ist verzweifelt … Ich weiß nicht, wie groß Ihr Kummer ist und wie massiv Ihr Verlust. Aber ich sehe, was Sie noch haben, was Ihnen das Leben bieten könnte. Und dass Sie mit jeder Flasche, mit jedem Schluck, den Sie trinken, ein wenig blinder dafür werden. Das können Sie nicht wollen, oder? Das wollen Sie nicht, Mr Welley.«

Er schüttelt den Kopf. Erst kaum wahrnehmbar, dann immer stärker.

»Nein, das will ich nicht.« Schließlich schluchzt er auf … und auch Marys Dämme brechen in diesem Moment vollkommen.

Wie das Mädchen, als das ich sie nach wie vor in Erinnerung habe, lässt sie sich auf den Schoß ihres Vaters fallen und umschlingt seinen rot geäderten Hals mit ihren zierlichen Armen. »Dad«, japst sie immer wieder und presst sich dabei an ihn.

»Was soll ich denn nur tun? Was soll ich machen?«, fragt der in seiner nun brachliegenden Verzweiflung und Hilflosigkeit. Die herzergreifende Szene birgt eine ernsthafte Chance. Mary spürt das … und ergreift sie mutig.

»Du musst in Behandlung, wie Toby und ich es dir schon seit Jahren sagen. Das Leben muss endlich weitergehen, auch für dich, Daddy. Vielleicht verlässt du Seattle, vielleicht ziehst du doch zu mir, nach Idaho. Aber zuerst … brauchst du Hilfe, Dad. Professionelle Hilfe.«

Langsam erhebe ich mich, ziehe mich zurück. Die beiden brauchen mich momentan nicht, das spüre ich sehr genau.

Ich warte in Rufweite, in dem schmalen Eingangsbereich, dessen Wände von alten Fotos geziert werden. Lange betrachte ich eine Aufnahme, die eine etwa zwölf- oder dreizehnjährige Mary mit ihrem jüngeren Bruder zeigt. Die beiden wirken ausgelassen auf dem Bild, schielen und strecken Wange an Wange ihre Zungen heraus. Trotz der entstellenden Grimasse erkenne ich die Mary von damals genau. Ihre großen blauen Augen, die Brille mit dem breiten Gestell, die Zahnspange, die zugegebenermaßen alles andere als dezent war. Und doch ist sie nach wie vor das schönste Mädchen aller Zeiten für mich. Ganz egal, wie ich sie damals genannt habe und mit welchen Beschimpfungen ich mich selbst vom Gegenteil zu überzeugen versuchte. Sie hatte – und hat bis heute – dieses herzförmig geschnittene Gesicht, diese ebenen, weichen Züge, diesen sanften Ausdruck, der tief im Blau ihrer Augen verankert zu liegen scheint.

Hohe Wangenknochen, lange dunkle und verblüffend dichte Wimpern und diese weich geschwungenen Lippen, die ich mir unsagbar zart vorstelle. Nie würde ich ihr das gestehen, aber diese Lippen waren mein größtes pubertäres Dilemma, verfolgten sie mich doch bis in meine Träume …

»Jerry?«

Erschrocken fahre ich zusammen. »Ja?«

Mary steht unmittelbar vor mir. Klein, zierlich, verheult. Ihre Unterlippe glänzt und vibriert immer noch leicht. Ich denke nicht, dass ich sie jemals mehr küssen wollte als in diesem Moment. »Er hat sich bereit erklärt, dass wir uns um Hilfe für ihn kümmern. Nicht, dass er diese Entscheidung nicht jederzeit wieder ändern könnte, aber … im Moment scheint es so, als würde er ernsthaft über einen Entzug nachdenken.«

»Hey!«, sage ich leise. »Nicht so negativ. Das wird schon.«

Sie nickt, wenn auch noch etwas steif. »Ich habe nur keine Ahnung, wen wir jetzt anrufen müssen. Ein Krankenhaus?«

»Ja. Am besten, wir fahren ihn selbst dorthin. Ich kenne eines mit einer angeschlossenen Beratungsstelle, die wirklich hervorragend ist. Von dort aus wird er direkt stationär aufgenommen und bekommt eine betreute Entgiftung. Allerdings muss er dafür freiwillig einen Vertrag unterschreiben.«

»Woher weißt du das alles?«, fragt Mary. »Von deinem Dad?«

»Im Ursprung, ja. Aber ich kenne die Frau, die dieses Center leitet, bis heute. Zumindest hoffe ich, dass sie das noch macht. Wir haben schon länger nicht miteinander telefoniert.« Ich zücke mein Handy und durchforste mein Telefonbuch nach ihrem Namen. »Hier.«

Es klingelt nur zweimal, schon ertönt die mir vertraute Stimme.

»Hallo?«

»Dakota?«

»Jerry McDonald, bist du das etwa?«

»Schätze schon, ja. Gut oder schlecht?«

Sie lacht. »Das wird sich noch zeigen.«

Marys Augenbrauen ziehen sich in Skepsis zusammen. Wie ferngesteuert strecke ich meine linke Hand nach ihr aus und glätte die kleine Falte dazwischen mit meinem Zeigefinger. Sie lächelt.

Schon besser.

Ich schildere Dakota unsere Situation. Erwartungsgemäß trägt sie uns sofort auf, was wir tun sollen. Dakota ist keine Frau von langen Grübeleien. Sie handelt.

»Eine Tasche mit zwei Pyjamas und zwei Wechselgarnituren Freizeitkleidung«, wiederhole ich ihre Packanweisungen.

Mary begreift sofort und nickt mir zu. »Unterwäsche für eine Woche, Pflegeartikel … Bücher, wenn er liest, okay … Versichertennummer, klar. Wir sind in höchstens einer Stunde bei dir, Dakota. Ich danke dir.«

Marys Dad beantwortet nur noch die wenigen Fragen, die ihm seine Tochter stellt, ansonsten bleibt er stumm, zumindest verbal. Aus seiner Haltung hingegen, und aus der Art, wie er ihren besorgten Blicken ausweicht, spricht tiefe Scham. Momentan gaukelt er niemandem mehr etwas vor, versucht den gebrochenen Mann, der er ist, nicht länger hinter unhaltbaren Scheinbildern zu verstecken. Ein gutes Zeichen, auch wenn es für Mary bestimmt sehr schwer ist. Ich erinnere mich erschreckend genau an das bedrückende Gefühl, den eigenen Vater so hilf- und wehrlos zu sehen.

»Toby weiß Bescheid. Er wird am Wochenende aus Vancouver kommen und dich besuchen«, sagt sie leise, als wir auf den Eingang des Beratungscenters zugehen. »Und du?«, fragt er.

»Ich komme, sooft es mir möglich ist, Dad«, versichert sie ihm.

Ich schweige, obwohl ich weiß, dass – sollte Marys Vater tatsächlich durchhalten – die kommenden Wochen und Monate hart werden, nicht nur für ihn. Wir durften meinen Dad in seiner Therapiezeit anfangs nur alle paar Wochen besuchen, und soweit ich weiß, fährt Dakota in ihrem Center weiterhin diese ziemlich harte, aber sehr effektive Schiene.

»Außerdem bin ich die kommenden Tage ja noch hier«, tröstet Mary ihren Vater.

Er schweigt.

Dakota nimmt uns freundlich in Empfang. Sie nach über zwei Jahren wieder in die Arme zu schließen, fühlt sich richtig gut an. Mit ihren grauen, kurz geschnittenen Haaren, den Röhrenjeans und den weiten Pullis hat sie sich kaum verändert.

Sie zeigt Phil, wie ich Marys Dad inzwischen nennen darf, die Räumlichkeiten und zieht sich dann zu einem ersten Gespräch unter vier Augen mit ihm zurück.

Mary und ich bleiben allein im Gemeinschaftsraum zurück. Seite an Seite sitzen wir auf orangefarbenen Kunststoffstühlen und warten auf Dakotas und Phils Entscheidung.

»Diese Dakota wirkt sehr nett«, sagt Mary leise.

»Oh, das ist sie. Du erinnerst dich an die Therapeutin, von der ich dir erzählte? Sie war es, die meinen Dad damals so intensiv betreut hat. Das war allerdings schon einige Jahre, bevor das Center gegründet und sie zur Leiterin ernannt wurde.«

Unter niedergeschlagenen Wimpern blinzelt Mary zu mir auf. »Aber du kennst sie besser, als man die Therapeutin seines Vaters kennt, oder?« Und da ist er wieder, dieser süße skeptische Blick, der mir in diesem Fall ein Lächeln ins Gesicht treibt. »Was willst du damit andeuten? Dass ich etwas mit einer durchaus attraktiven, aber deutlich älteren lesbischen Frau hatte?«

»Dakota ist lesbisch?«, fragt Mary. So laut, dass ich ihr in einer Art Reflex den Mund zuhalte.

»So lesbisch, wie man nur lesbisch sein kann«, sage ich und beeile mich dann, meine Hand von ihrem Mund zu lösen. Verlegen räuspere ich mich. »Aber du hast trotzdem recht. Dakota war eine Zeit lang so etwas wie die ältere Schwester oder junge Tante, die ich nie hatte. Ich habe ihr vertraut, und sie hat das nie missbraucht. Außerdem ist sie so locker und cool drauf, dass ich eher wie mit einer Freundin als wie zu einer Therapeutin mit ihr sprechen konnte.«

»Klingt toll!«, sagt Mary.

»Ist toll! Deswegen glaub mir: Hier ist dein Dad in den besten Händen.«

Behutsam lehne ich mich zur Seite und stupse mit meinem Oberarm gegen ihren. »Danke«, flüstert sie … und legt ihren Kopf dabei tatsächlich kurz an meine Schulter. Sofort halte ich ganz still.

»Wofür?«

»Musst du das wirklich fragen? Für die Art, wie du meinem Dad die Augen geöffnet hast. Ich … hätte das nie geschafft. Ich hätte es ja nicht einmal für möglich gehalten.«

Als sie ihren Kopf wieder hebt und mich ansieht, ist mir warm und kalt zugleich. Kalt, weil ich den verlorenen Körperkontakt zu ihr schlagartig vermisse. Und warm, weil mir so viel Sanftmut entgegenstrahlt. »Mit einer Sache hattest du wirklich recht«, flüstert sie geheimniskrämerisch.

»So? Mit einer nur, hm?« Ich grinse sie herausfordernd an.

»Mit einer entscheidenden«, fügt sie hinzu und verdreht ihre schönen Augen dabei. »Na?«, fordere ich, als sie mich weiterhin – für meine Begriffe zu lange – zappeln lässt.

Mary lächelt. Und zum ersten Mal seit langer, langer Zeit glaube ich, eine Art Zuneigung in ihrem Blick zu erkennen. »Du weißt tatsächlich, wie man ein überzeugendes Plädoyer hält«, sagt sie leise und stupst mit ihrer Seite zurück gegen meinen Arm.

Mary schafft es, die Tränen der Erleichterung zurückzublinzeln, als ihr Dad nach über einer Stunde aus dem Besprechungszimmer kommt und mit Dakotas Hilfe verkündet, er hätte sich tatsächlich für eine Entgiftungstherapie entschieden.

Zum vorerst letzten Mal schließt sie ihn fest in die Arme und wendet sich dann ab, um mir in Richtung Taxi zu folgen.

Nicht mal auf dem Weg zu meinem Wagen oder später, in der Wohnung ihres Vaters, lässt sie ihren Gefühlen freien Lauf. Gemeinsam räumen wir Phils Wohnung auf; über drei Stunden sind wir damit beschäftigt. Wissen wir anfangs kaum, womit wir beginnen sollen, fühlen wir uns mit jeder entsorgten Bier-, Likör- oder Schnapsflasche, mit jedem leeren Pizzakarton, den wir zerreißen oder platt treten, ein wenig besser, unbelasteter. Freier.

Letztendlich türmen sich die Spuren von Phils Alkoholsucht in sechs großen Müllsäcken, die wir im Flur zusammenstellen. Als Mary in der Wohnung ihres Vaters fertig staubgesaugt hat und ich den letzten Strich mit dem Wischmopp getan habe, stehen wir uns zufrieden lächelnd gegenüber – sekundenlang. Die Luft zwischen uns scheint plötzlich zu vibrieren, und mit jedem verstrichenen Herzschlag keimt mehr und mehr die Hoffnung in mir auf, diesen Tag doch noch ohne weitere Tränen aus Marys schönen Augen zu überstehen.

Dann fährt der bestellte Abschleppwagen vor und reißt uns mit seinem lang gezogenen Hupen unsanft aus unserem Moment.

Auf der Straße steht ein stämmiger Mann vor Marys Mini und beäugt ihn argwöhnisch. »Das ist viel schlimmer, als es aussieht«, lässt er sie nach einer knappen Begrüßung ohne weitere Umschweife und mit dem Gespür eines alten Kettenhundes wissen.

»Was meinen Sie damit?« Marys Stimme überschlägt sich beinahe, so aufgewühlt ist sie sofort wieder.

»Na ja, schon auf den ersten Blick würde ich meine Werkstatt dafür verwetten, dass wir es hier mit einem wirtschaftlichen Totalschaden zu tun haben. Ich meine, im Topzustand würden Sie für den Wagen vielleicht noch so um die 1500 Dollar bekommen, aber so … Die Reparaturkosten würden

den Verkaufswert übersteigen, Miss. Das ist so sicher wie das Amen in der Kirche.«

Die emotionslose Art dieses Kerls macht mich wütend. Drei Sätze aus seinem Mund, und schon zerbröselt meine Hoffnung auf einen tränenlosen Ausklang dieses harten Tages zu Staub. Marys Augen weiten sich, dann schluchzt sie auf, wendet sich ab und stürmt den Bürgersteig hinab, wohin auch immer.

Ich werfe dem verdutzten Mechaniker meinen härtesten Anwaltsblick zu und eile ihr dann nach. »Hey, bleib stehen, Mary! Wo willst du denn hin? Komm zurück, oder willst du jetzt etwa bis nach Hause laufen?«

In meiner Hilflosigkeit fällt mir nichts Besseres als dieser blöde Spruch ein. Nun, so lahm er auch sein mag, er scheint zu wirken. Mary wirbelt zu mir herum. »Weißt du, was das Bittere ist, Jerry? Vermutlich wird mir gar nichts anderes übrig bleiben als genau das. Ich meine, jetzt, wo du da bist und auch wieder zurück nach Papen County musst, könntest du mich vielleicht mitnehmen, aber ansonsten? Ich war aufgebrochen, um jemanden ausfindig zu machen und endlich mal wieder meinen Dad zu besuchen. Ich hatte fest damit gerechnet, bei ihm zu übernachten und mich tagsüber frei mit meinem Auto bewegen zu können. Und jetzt?«

Mit nur wenigen Schritten schließe ich die letzte Distanz zwischen uns ... und Mary in meine Arme. Das Ganze geht so schnell vor sich, dass ich es erst bemerke, als es schon geschehen ist. Und wie durch ein Wunder lässt Mary selbst diese neue Nähe zwischen uns zu und setzt sich nicht gegen mich zur Wehr.

»Was jetzt?«, flüstere ich, überwältigt von Hunderten Gefühlen. »Du kannst doch trotzdem in Phils Wohnung übernachten.« Sanft drücke ich sie an mich.

Sie schüttelt den Kopf an meiner Brust. Wie klein sie ist, wie schmächtig. Und wie perfekt sich meine Arme um ihren Körper schließen. Nichts hat sich jemals richtiger angefühlt, nichts natürlicher, als Mary zu halten.

»Nein«, wispert sie, »Das möchte ich nicht. Es … wäre komisch für mich. So ohne ihn.«

»Dann bleib bei mir«, schießt es über meine Lippen. Mary erstarrt. Sofort lockere ich meine Umarmung und beeile mich, mein Statement ein wenig zu entschärfen. »Ich meine, wir können sicher noch ein oder zwei Nächte in Robs Wohnung bleiben. Und ein neues Auto besorgen wir dir in der Zeit schon, kein Problem.« Ich lächele ihr zu und hoffe, dass es zumindest ein wenig aufmunternd auf sie wirkt. »Die Versicherung des Cholerikers zahlt doch, schon vergessen?«

»Nein. Aber … selbst wenn das alles reibungslos ablaufen sollte, bekomme ich den Scheck erst in einigen Wochen. Auf jeden Fall zu spät, um rechtzeitig nach Hause zu kommen.«

»Dann strecke ich dir das Geld vor. Und sollte es nicht reibungslos ablaufen, kenne ich da ein paar sehr gute Anwälte.« Ich zwinkere ihr zu, aber Marys Stirn legt sich nur in noch tiefere Falten. Sie wägt ab und ist vermutlich kurz davor, mein Angebot auszuschlagen, also komme ich ihr zuvor. »Bitte, lass mich dir helfen, Mary. Ich möchte es.«

Sie nickt vorsichtig. »Trotzdem, mein armer Paul!« Neue Tränen kullern über ihre Wangen, während in dem hellen Blau ihrer Augen ein gewisser Funke aufblitzt, den ich vorerst nicht einzuordnen weiß. Bis sich ihre Lippen erneut teilen und mich an ihrem Gedanken teilhaben lassen. »Er war der einzige Mann, der mir wirklich richtig lange treu war.« Nun grinst sie … immer noch weinend.

Eine gute Stunde später sitzen wir in einem meiner Lieblingsrestaurants. Es ist bereits spät am Nachmittag, und seit dem Morgen haben wir beide nichts mehr gegessen. Umso besser schmecken die Spaghetti, die wir nun auf unseren Gabeln drehen.

Ein Gedanke lässt mich nicht los. Und da ich merke, dass Marys Anspannung nach ihrer Entscheidung, sich endgültig von Paul zu trennen, langsam von ihr fällt, wage ich ihn nun endlich auch auszusprechen. »Wen wolltest du denn ausfindig machen?«

»Hm?« Sie blickt von ihrem Teller auf und tupft sich mit der Serviette ein wenig Tomatensoße von den Lippen. Es ist so verdammt schwer, meinen Blick von dem winzigen Tropfen zu reißen, den sie dabei auslässt. Ich glaube, es gelingt mir nur unter heftigem Blinzeln.

»Vorhin. Du hast gesagt, du wolltest hier jemanden ausfindig machen. Warst du deswegen bei diesem Haus? Dieser Stiftung?«

Ihre Augen werden schmaler, dann begreift sie die Zusammenhänge. »Also dort hast du mich gefunden, ja? Oh, Eliah! Ich werde ihn umbringen, wenn wir erst wieder zurück sind.«

Als sie bemerkt, wie sehr mich ihr kleiner Kommentar verletzt, rudert sie sofort zurück. »Jerry, es macht mir nichts mehr aus, dass du mir nachgefahren bist. Im Gegenteil, im Moment bin ich sogar ganz froh, dass du hier bist. Aber … nichtsdestotrotz war es nicht sehr nett von ihm, dir einfach zu verraten, wohin ich gefahren war.«

Nun, damit hat sie nicht ganz unrecht. Allerdings bin ich Eliah noch immer so dankbar für sein indiskretes Handeln, dass ich das starke Bedürfnis habe, ihn zu verteidigen. »Er hat mir gesagt, ich solle es nicht wieder verbocken.« Marys Augenbrauen heben sich. Ich zucke mit den Schultern … und erröte spürbar bis zu den Ohrenspitzen. Doch Marys Lächeln hält eine bislang unbekannte Nachgiebigkeit. Es ermutigt mich, weiterzusprechen. »Ich weiß auch nicht, aber … ich denke, er wusste genau, was er tat.«

Nun senkt sie ihren Blick. »Vielleicht«, flüstert sie schüchtern. Ich fühle mich wie der Teenager, der ich in ihrer Gegenwart gerne gewesen wäre, aber nie war. Und ich frage mich unwillkürlich, ob es ihr mit mir genauso geht.

»Dieses Haus, das war seltsam …«, plaudere ich drauflos, einfach, um dem Moment seine Anspannung zu nehmen. »Als ich deinen Wagen davor sah und etwas entfernt parkte, um auf dich zu warten …« Verlegen blinzele ich zu ihr auf. Wenn ich es so in Worte fasse, klinge ich wirklich wie ein Stalker, Rob hat schon recht. »Es kam mir irgendwie bekannt vor.«

»Das Haus?«

»Hm, hm«, brumme ich grübelnd. »Ziemlich seltsam, denn ich kann mich nicht daran erinnern, jemals zuvor in dieser Gegend gewesen zu sein. Was ist das überhaupt für eine Stiftung?«

Mary legt die Gabel zur Seite und setzt zu ihrer Antwort an, als ihr plötzlich etwas einfällt. »Oh, Mist! Ich wollte doch heute noch zu George.«

»Wer ist George?«, frage ich, ein wenig zu scharf vielleicht. Die Eifersucht, die sich beim Klang dieses fremden Männernamens in mir breitmacht, steht mir nicht zu, auch wenn Mary unbeirrt lächelt. »Jemand, der mir bei meiner Suche behilflich sein könnte. Ich kenne ihn bislang selbst nicht, aber da ich nicht weiß, wohin mich diese Reise noch führt, und meine Zeit recht knapp bemessen ist, wäre es vermutlich ziemlich dumm, einen ungenutzten Tag verstreichen zu lassen.«

»Nach wem suchst du denn überhaupt?«, bohre ich nach.

Zögernd zieht sie die kleine Nase kraus. »Ehrlich gesagt traue ich mich nicht, dir das zu sagen. Du würdest mich für vollkommen durchgeknallt halten und … sei mir nicht böse, aber ich bin froh, dass du mir zum ersten Mal nicht das Gefühl gibst, exakt das zu sein.«

Beschämt senke ich meinen Blick. »Hey!«, flüstert Mary.

»Schon gut«, sage ich. »Erzähl mir einfach davon, wenn du mir genug vertraust.«

Und bis dahin werde ich weiterhin dafür kämpfen, dass es irgendwann so weit ist.

Ich reiße mich zusammen und schüttele meinen verletzten Stolz endgültig ab. »Also, wo wohnt dieser George? In dem Haus am West End, vor dem du gestern Abend gehalten und vergeblich geklingelt hast?«

Mary legt den Kopf schief. »Das ist echt gruselig, weißt du das?«

»Tut mir leid, aber du hast mir ja keine andere Chance gelassen.«

»Mag sein. … Ja, genau in diesem Haus. Gefühlte fünfzehn Meilen von hier«, seufzt sie.

»Vermutlich mehr«, erwidere ich. »Aber zum Glück hat ja wenigstens einer von uns noch einen fahrbaren Untersatz.« Und damit stupse ich leicht mit meinem riesigen Schuh gegen ihren winzigen und unterstreiche mein Angebot, sie zu fahren, mit einem Augenzwinkern, das sie mit einem dankbaren Lächeln erwidert.

Mary

Siebzehn Meilen südwestlich, dreiundfünfzig Minuten später

Hatte ich mit einer skeptischen, verhaltenen oder sogar abweisenden Reaktion über die Gegensprechanlage gerechnet, so weiß ich nun, als das Surren des Türöffners prompt erklingt, nicht so recht, wie mir geschieht. Als hätte ich anstelle meines Namens einen geheimen Code genannt, darf ich die Schwelle dieses mir fremden Hauses plötzlich passieren.

Zögerlich steige ich die Treppe zum ersten Stock empor. Ein großer Mann mit leicht ergrauten Schläfen und einem neugierigen Blick aus dunklen Augen erwartet mich vor seiner offenen Wohnungstür. Der deftige Geruch von angebratenen Zwiebeln und Hackfleisch strömt mir entgegen, und aus der Wohnung tönt das unverkennbare Gekicher jugendlicher Mädchen.

»Hallo Mary!«, begrüßt mich der hochgewachsene Mann, den ich spontan auf Mitte fünfzig schätze.

»Hallo, ähm … George?«, stammele ich verdutzt. Er nickt und beäugt mich von Kopf bis Fuß. »Caren hat Sie mir schon angekündigt. Sie wollen mit mir über Adam sprechen, nicht wahr?«

»Wow«, entfährt es mir. »Ich bin beeindruckt. Ja, das würde ich in der Tat sehr gerne.« Er winkt mich heran. »Na, dann bitte, immer hereinspaziert!« Zunächst führt mich George in die Küche, wo er mir seine Frau Tess vorstellt, dann lerne ich Jackie und Lizz, die zwei jüngeren seiner vier Töchter, kennen. Ein wenig überfordert von der mir entgegengebrachten Offenheit, bin ich ehrlich gesagt froh, als er mich anschließend in sein Arbeitszimmer führt und die Tür hinter uns schließt.

»Hier sind wir ungestörter«, erklärt er. »Darf ich Ihnen etwas zu trinken anbieten, Mary? Einen Wein vielleicht?«

»Nein danke«, erwidere ich und beiße das »Ich muss noch fahren«, das bereits auf meiner Zungenspitze kitzelt, erst in letzter Sekunde zurück, als mir wieder einfällt, dass es eine Lüge wäre. Es ist so verdammt ungewohnt, ohne Paul zu sein. Schnell schüttele ich den unliebsamen Gedanken an meinen verbeulten Liebling ab und sehe mich neugierig um. Der schmale Raum ist, wie auch schon die anderen zuvor, sehr stilvoll eingerichtet. Dunkle Holzmöbel und im Kontrast dazu helle Textilien in dezenten Farben – wie die beigefarbenen Leinenvorhänge und der hellbraune Hochflorteppich – bilden die Basisausstattung. Ausgewählte Accessoires, gezielt platziert, verleihen der sehr strukturiert wirkenden Büroeinrichtung einen gewissen Gemütlichkeitsfaktor. Ich fühle mich sofort wohl und tue mich nicht schwer damit, mir vorzustellen, dass George wirklich gut in seinem Job als Raumgestalter ist.

»Nun dann«, sagt er und bedeutet mir mit einer Geste, auf dem Drehstuhl vor seinem Schreibtisch Platz zu nehmen. Er selbst rollt sich einen großen Gymnastikball heran. »Für irgendwas muss das Ding ja gut sein«, murmelt er, während er ihn in Position bringt und schließlich recht umständlich darauf Platz nimmt. George ist mir, ähnlich wie zuvor schon Caren, auf Anhieb sympathisch. Und das, obwohl die beiden nicht unterschiedlicher sein könnten. Während Caren eher alternativ und ein wenig chaotisch wirkte, macht George einen geordneten, sehr seriösen Eindruck auf mich. Wie ein Geschäftsmann eben.

Unzählige Lachfältchen umspielen seine dunklen Augen; er betrachtet mich neugierig. »Sie haben Briefe von Adam gefunden, sagte Caren.«

»Richtig«, bestätige ich und erzähle auch ihm dann kurz von meinem unerwarteten Fund. Georges Blick schweift in die Ferne.

»Tja, der alte Sekretär«, murmelt er. »Sie wissen nicht zufällig, wo er zuletzt stand, oder?«

»Nein, wieso?«

Er zuckt mit den Schultern. »Es ist nicht so wild, aber ... ich habe nach diesem guten alten Stück gesucht, wissen Sie. Es war eines der ersten Möbelstücke, die Adam selbst hergestellt hat. Damals noch mit viel Hilfestellung und unter der strengen Anleitung seines Meisters. Aber es war eines seiner ersten Lehrlingsstücke und der erste ›Lohn‹, den er bezog. Adams Nachfolger Jacob, einer meiner ältesten Pflegebrüder, und ich ... Nun, wir waren uns oftmals nicht einig, hatten leider nicht das beste Verhältnis zueinander. Als Jacob starb und ich erfuhr, dass das alte Haus geräumt wurde und vieles verkauft werden sollte, fuhr ich hinaus. Der eigentliche Ausverkauf stand noch bevor, aber der Sekretär war bereits weg. Ein junger Mann hatte ein halbes Vermögen dafür geboten und ihn erstanden.« Georges Augen werden schmaler, er grübelt. »Das gute Stück muss die letzten Jahre im Keller gestanden haben und war laut Caren in einem vollkommen desolaten Zustand. Doch dieser Mann wollte nur dieses eine Möbelstück, sonst nichts. Seltsam, nicht wahr? Als hätte er gewittert, dass sich in dem alten Haus ein echter Schatz verbirgt. Ich wette, er hat Sie für diesen Sekretär tief in die Tasche greifen lassen, nicht wahr?«

»Hm«, mache ich, tue seine Frage mit einem Schulterzucken ab und behalte die Tatsache, dass ich Eliah gut kenne, ebenso für mich wie die, dass ich Adams Sekretär für einen eigentlich lächerlichen Preis erstanden habe. George nickt mir zu. »Ist ja auch egal. Bei Ihnen scheint er auf jeden Fall in guten Händen gelandet zu sein. Also, was hat es mit diesen Briefen auf sich?«

Ich hole tief Luft. Wieder weiß ich nicht, wie ich darauf antworten soll, und fange deshalb mit der simpelsten Feststellung an. »Also, zunächst einmal wurden sie alle an eine junge Frau gerichtet. Eine gewisse Grace. Sagt Ihnen der Name etwas?«

George überlegt lange, schüttelt dann jedoch den Kopf. »Ich kann mich nicht daran erinnern, jemals den Namen einer Frau aus Adams Mund gehört zu haben. Nicht den einer Frau von besonderer Bedeutung, zumindest … Grace, Grace …« Trotz seiner ernüchternden Antwort scheint ihn der Name nicht loszulassen. »Vielleicht weiß einer der Älteren mehr als ich, aber … eigentlich hatten Adam und ich immer ein sehr enges Verhältnis zueinander, obwohl ich einer seiner letzten Schützlinge war.«

»Wie viele waren es denn insgesamt?«, frage ich, fasziniert davon, wie viel Liebe und Zuneigung in Georges Worten mitschwingt, wenn er so von dem Mann spricht, den ich nur aus seinen geheimen Briefen kenne. Er, der Adam leibhaftig kannte, klingt sogar noch ehrfürchtiger als Caren, für die Adams Geschichte nie mehr als die Sage eines Wohltäters war.

»Neunundzwanzig Jungs«, sagt George. Die Zahl trifft mich wie ein Hammerschlag und setzt meine Kinnlade außer Gefecht. »So viele?«

Er nickt. »Und nicht einer von uns ist auf die schiefe Bahn gekommen. Zwischen manchen war das Verhältnis schwierig, wie bei Jacob und mir. Aber für viele empfinde ich tatsächlich wie für Brüder, und die meisten kommen bis heute noch einmal im Jahr zusammen, um den Kontakt untereinander aufrechtzuerhalten.« George schluckt hart und schüttelt dann den Kopf. »Sie können sich nicht vorstellen, wie viel Güte Adam besaß, Mary. Aber eine Frau … Nein, von einer Frau hat er nie erzählt.« Die kleinen Fältchen um seine Augen vertiefen sich; vermutlich hängt er einer Erinnerung nach. Dann, plötzlich, streift ihn ein weiterer Gedanke und lässt seine Züge entgleisen. »Obwohl … Warten Sie, so ganz stimmt das nicht. Ich musste gerade an eine Situation denken, als ich seit etwa einem Jahr unter seinem Dach lebte. Ich war noch ein Junge, kaum dreizehn Jahre alt. Damals, Anfang der Siebziger, kam eine sehr freundliche ältere Dame zum Haus und verlangte nach Adam. Sie war wohl ein paar Jahre jünger als er, so Mitte sechzig, schätze ich. Adam war im Garten und marschierte ohne erkennbare Aufregung um das Haus herum, als Sam nach ihm rief. Doch sobald er die Lady sah, geschah etwas mit ihm. Er schien seinen Augen nicht zu trauen. Sekundenlang stand er da, wie erstarrt. Und sie ebenso. Dann erst gingen die beiden langsam aufeinander zu. Sam sorgte dafür, dass wir Jüngeren das Feld räumten, und trieb uns in den Garten. Noch am Abend machten wir uns gemeinsam darüber lustig, wie perplex Adam gewirkt hatte und dass er selbst nach dem ersten Schock kein Wort hervorgebracht hatte. Er nahm die Dame mit auf sein Zimmer und ward für den Rest des Tages nicht mehr gesehen. Am kommenden Morgen war der Wagen der Lady verschwunden. Adam erschien nicht zum Frühstück, und in der Zeit danach wirkte er oft abwesend. Aber … diese Dame haben wir nie wieder zu Gesicht bekommen.«

»Und ihr Name?«, frage ich mit trockener Kehle.

»Keine Ahnung«, erwidert George mit einem Kopfschütteln. »Ich kann mich nicht daran erinnern, dass sie ihn Sam nannte.«

Ich beiße mir auf die Unterlippe.

Ob sie das war? Gracey?

Ich sehe die beiden alten Menschen bildlich vor mir. Sie Mitte sechzig, er um die siebzig Jahre alt. Sie in einem schicken hellen Kostüm mit Rock und passender Jacke, und er in schmutzigen Arbeitshosen und einem dicken Pullover gekleidet.

Sie muss es gewesen sein. Wer sonst hätte ihn so sehr aus der Fassung bringen können?

Den Blick auf George gerichtet, die Unterlippe nach wie vor zwischen meinen Zahnreihen eingeklemmt, ringe ich sekundenlang mit mir selbst. Ob ich es wagen kann, die Bitte, die sich binnen der letzten Sekunden in meinem Herzen entfaltet hat, auszusprechen?

»Soll ich Sam anrufen und ihn fragen, ob er sich an einen Namen erinnert?«, fragt George, der meine Idee auch unausgesprochen gehört zu haben scheint.

»Oh, wirklich, würden Sie das tun?« Er antwortet nicht. Lächelt nur milde und greift dabei schon zum Telefon. Während am anderen Ende der Leitung wohl die ersten Freizeichen erklingen, schirmt er den kleinen Apparat mit seiner Hand ab und flüstert: »Seien Sie aber nicht zu enttäuscht, wenn er überhaupt nichts mehr von dieser Situation weiß. Sam ist heute so alt wie Adam damals, nur nicht so fit. Er ist einer der Ältesten und hat uns damals mit ausgebildet ... Oh, hallo! Sam, bist du das? Hey, hier ist George! Wie geht es dir, mein Bester?«

Die beiden plaudern ein wenig miteinander, und es stimmt, George klingt wirklich, als würde er mit seinem älteren Bruder sprechen. Mein Herz schwillt zunehmend vor Bewunderung für Adam, dem dieses Kunststück gelungen ist, so viele verloren geglaubte Jungs aneinanderzuschweißen, sie zu Brüdern zu machen und ihnen ein neues Zuhause, Halt und Hoffnung zu geben.

Nach etlichen Minuten erzählt George schließlich von mir und den geheimen Briefen. Er lenkt das Thema auf den Besuch der mysteriösen Dame von damals, und dann – ich kann die Anspannung kaum noch aushalten – stellt er endlich die entscheidende Frage: »Du erinnerst dich an diese Frau? … Richtig, ja, sie fuhr mit dem dunklen Mercedes vor, von dem Jonas so angetan war, und lief geradewegs auf dich zu, das weiß ich noch. Sie muss über Nacht geblieben sein, aber am Morgen war sie verschwunden und … genau, nie wieder. Wie war ihr Name, Sam, weißt du das noch? … Nein?«

Meine Schultern sacken ein, als mich die Enttäuschung packt, und ich stoße Luft aus, von der ich zuvor nicht einmal wusste, dass ich sie angehalten hatte. Dann fällt mir etwas ein. »Sanders. Fragen Sie ihn bitte, ob ihr Nachname Sanders gewesen sein kann, ja?« George nickt und kommt meiner Bitte auch sofort nach, schüttelt jedoch nach wenigen Sekunden erneut den Kopf. »Nein, dieser Name kommt ihm vollkommen fremd vor, tut mir leid«, sagt er. »Gut, Sam, nichts für ungut. Es war einen Versuch wert. Der jungen Dame hier scheint es mit ihrer Suche nach Adams Jugendliebe nämlich sehr ernst zu sein. Und wie du weißt, kann ich hübschen jungen Frauen einfach keinen Gefallen ausschlagen.« Er zwinkert mir zu und beendet dann das Gespräch mit dem kurzen Versprechen, sich bald wieder für einen ausgiebigeren Plausch bei Sam zu melden.

»Es tut mir leid«, sagt er, kaum dass er das Telefon beiseitegelegt hat.

»Schon okay. Vielen Dank für den Versuch.«

»Gerne. Haben Sie denn schon Recherche im Internet betrieben?«

»Sicher! Nur ... einerseits ist der Name ›Sanders‹ leider sehr häufig, und andererseits ... Nun ja, ich nehme nicht an, dass Grace es Adam gleichgetan hat. Ich schätze, sie wird sehr wohl geheiratet und vermutlich auch eine Familie gegründet haben.«

Mein Gefühl sagt mir, dass es so ist. Die Ahnung gleicht eigentlich schon einer Gewissheit, so stark ist sie.

»Hm. Aber dann wäre es auch nicht weiter verwunderlich, dass Sam nichts mit ihrem Mädchennamen anfangen konnte.«

»Das stimmt natürlich.«

Eine Weile sitzen wir uns stumm gegenüber. Ahnungslos, wie ich jetzt noch weiter vorgehen könnte, bin ich schon kurz davor, mich bei George für seine Mühe zu bedanken, mich zu verabschieden und Jerry – der inzwischen vermutlich halb erfroren in seinem Wagen auf mich wartet – zu erlösen. Da springt George mit einem Mal so ruckartig auf, dass der Gymnastikball durch seine plötzliche Entlastung befreit davonhüpft.

»Grace!«, ruft er. »Jetzt weiß ich wieder, woher mir der Name so bekannt vorkam. Also, im Zusammenhang mit Adam, meine ich.«

Schon hat er sich abgewandt, ist in die Hocke gegangen und hat eine der unteren Türen des großen Schrankes hinter seinem Schreibtisch geöffnet. »Wo, zum Teufel ...?«, höre ich ihn fluchen, während er in dem Fach herumkramt. Innerlich aufgewühlt, kaue ich an meinem kleinsten Fingernagel. »Ah, hier!«, ruft George endlich triumphierend und taucht dabei wieder auf. Er wedelt mit einem ... Zeitungsbericht?

»Was ...?«, frage ich, doch er fällt mir ins Wort. »Warten Sie's ab, Mary, vielleicht bringt Sie das weiter.« Man sieht mir wohl an, dass ich nur Bahnhof verstehe. Zumindest beeilt sich George mit weiteren Erklärungen. »Es ist ein Artikel aus den späten Sechzigerjahren, über eine gewisse Grace … Moment …« Er breitet den Artikel auf seinem Schreibtisch aus. Kopf an Kopf beugen wir uns darüber. Gebannt verfolgen meine Augen die Zeilen, die Georges Zeigefinger abfährt. »Hier, lesen Sie!«

26. Oktober 1969

Grace Cornigam besuchte am vergangenen Freitag ihre ehemalige Heimatstadt und berichtete den Schülern der Franklin-Highschool aus erster Hand von der großen Depression, die im Oktober 1929 auch vor Seattle keinen Halt machte. Die Ehefrau des weltbekannten Immobiliengurus Royce Cornigam, die seit jener harten Zeit mit ihrer Familie in Chicago lebt, setzt sich bis heute für viele soziale Projekte in Seattle und Umgebung ein. Besonders liegt ihr dabei die Adam-Winterfield-Stiftung am Herzen. Auf Winterfield angesprochen, der sich schon seit Jahrzehnten verwaister Jugendlicher annimmt und sehr effizient für deren erfolgreichen Start in ein unabhängiges Leben Sorge trägt, sagt Grace Cornigam: »Was dieser wunderbare Mann leistet, ist einfach unfassbar. Ein Herz, so gütig und rein wie das seine, sucht manch einer sein Leben lang vergebens.«
Es ist also nicht weiter verwunderlich, dass die Einnahmen des Benefizkonzerts, welches das millionenschwere Ehepaar für den kommenden Donnerstag in der Central Hall organisiert hat und bei dem unter anderen berühmte Musiker wie Alan Tamberlane und Ruth Feathermill ihr Können zum Besten geben werden, größtenteils der Adam-Winterfield-Stiftung zufließen.

Sprachlos schaue ich auf und begegne Georges Blick. »Der Artikel lag zwischen einigen Fotos und Postkarten«, erklärt er. »Die üblichen kleinen Schätze, die nur von privater Bedeutung sind und sich im Laufe eines Lebens eben so ansammeln. Nach Adams Tod wollte ich ein Andenken an ihn behalten und habe den gesamten Stapel vor der Entsorgung gerettet, indem ich ihn klammheimlich habe mitgehen lassen. Natürlich dachte ich, er hätte den Abschnitt aufgrund der Erwähnung seines Lebenswerks aufbewahrt. Aber ich hatte ja keine Ahnung, dass ... Ich meine, wenn man davon ausgeht, dass es sich bei dieser Grace vielleicht wirklich um seine Jugendliebe handelte, dann ... könnte der Artikel, genauso wie dieser Satz von ihr, eine viel tiefere Bedeutung gehabt haben. Ihre Worte könnten sogar so etwas wie eine versteckte Botschaft an ihn gewesen sein.«

Ich kann nur nicken. Der dicke Kloß in meiner Kehle verhindert, dass ich auch nur einen Ton von mir gebe.

»Ein Herz, so gütig und rein wie das seine, sucht manch einer sein Leben lang vergebens.«

Graceys Satz hallt in einer Endlosschleife in mir wider, während sich mein eigenes anfühlt, als steckte es eingequetscht in einem Schraubstock fest. Die Hoffnung, mit diesem neuen Familiennamen – Cornigam – nun endlich auch das entscheidende Puzzlestück für meine Recherche gefunden zu haben, verblasst hinter der übermächtigen Rührung, die ich empfinde.

»Haben Sie einen seiner Briefe bei sich, Mary?«, fragt George. Wortlos ziehe ich mir meine Handtasche auf den Schoß, ergreife blind einen der bereits gelesenen Briefe und reiche ihm den Umschlag. Behutsam entfaltet er das Papier und liest still. »Das ist unglaublich«, befindet er erst am Schluss, als sein Blick starr auf Adams Unterschrift verharrt.

In kreisförmigen Bewegungen streicht sein Daumen über den geliebten Namen.

»Wie jung er durch diese Zeilen wirkt, wie euphorisch und ... ja, wie verliebt. Diesen Adam habe ich nie kennengelernt, nein. Er muss in diesem Mädchen die Liebe seines Lebens gesehen haben. Und Adam war bei Gott kein Mann für halbe Sachen. Also blieb er lieber allein, anstatt eine andere Frau nur halbherzig zu lieben.«

»Ich habe bisher nur einige Briefe gelesen, vielleicht die Hälfte«, gestehe ich. »Die anderen trage ich ungeöffnet mit mir herum.« Ich zeige ihm einige der Umschläge. Georges Nicken wirkt verständnisvoll. Zumindest hinterfragt er nicht weiter, warum ich noch nicht alle Briefe gelesen habe.

»Haben Sie ein Foto von ihm?«, wage ich schließlich zu fragen.

»Sicher.« Er zieht eine Schublade seines Schreibtisches auf und zaubert daraus einen braunen Pappbilderrahmen mit einer Fotografie hervor, die wohl aus den frühen Siebzigern stammen muss. »So sah er aus, als ich ihn kennenlernte«, erklärt George mit einem liebevollen Blick auf das Bild in seinen Händen. »Und so sehe ich ihn bis heute vor mir, wenn ich die Augen schließe.« Mit einem traurigen Schmunzeln reicht er mir das Foto. Es zeigt Adam im fortgeschrittenen Alter. In dunklen Arbeitshosen und dickem Pullover lehnt er am Treppengeländer vor der Eingangstür seines Hauses. Genauso, wie ich ihn mir vorgestellt hatte. Verrückt!

Einige Jungs hocken neben ihm auf den Stufen, ein anderer steht hinter ihm, die Arme locker um seinen Hals geschlungen, das Kinn auf seine Schulter gestützt. »Das bin ich«, sagt George und tippt auf diesen Jungen. Ich lächele ihm zu.

Mit dem ersten Blick auf dieses Bild ist mir klar geworden, dass Adam mehr für George und seine Pflegebrüder war als nur ein Heimleiter. Er war – und ist bis heute – eine Vaterfigur für sie, für jeden Einzelnen von ihnen. Irgendwie hat er das tatsächlich geschafft.

Auf dem Foto trägt Adam lange Koteletten und eine für diese Zeit typische Brille mit enormen Gläsern und breiter Fassung. Seine Haare sind aschgrau und leicht gewellt. Er lächelt.

»Er sieht glücklich aus«, befinde ich und streiche behutsam über sein fremdes und doch so vertraut wirkendes Gesicht.

»Ich denke, das war er auch. Zumindest ließ er uns nie etwas anderes spüren«, erwidert George. »Und er war unglaublich fit für sein Alter. Hat gesägt und gezimmert, sodass wir Jüngeren oft nicht mithalten konnten. Adam hatte immer Pläne, immer etwas zu tun.« Er lacht. »Sie können das Foto behalten, Mary. Ich habe damals Abzüge für all meine Brüder erstellen lassen und noch einige extra bestellt.« Ich bedanke mich und starre dann, ebenso wie George, noch lange auf das leicht verblasste Foto. Erst der schrille Klang des Telefons reißt uns aus unserer gemeinsamen Versunkenheit.

»Sam?«, meldet sich George, der die Nummer offenbar sofort zuordnen kann. »Ja, wirklich? Woran erinnerst du dich? … So, du solltest ihren Nachnamen vor Adam nicht erwähnen?« George sieht mich kurz an. Dann wiederholt er weiter Sams Sätze, um mich ins Boot zu holen und unmittelbar teilhaben zu lassen. »Du solltest den Besuch ›einer alten Bekannten‹ melden, verstehe. Und ihr Name? … Ist doch egal, versuch es einfach!« Wieder sucht er meinen Blick und hält ihn mit seinem. Seine Augen wirken belustigt. »Cottington? Nein, warte! Meinst du vielleicht Cornigam? … Mrs Cornigam, ja? Bist du sicher?«

Ein Nicken in meine Richtung lässt mich aufatmen. George grinst. »Ich danke dir, Sam. Und, nur dass du's weißt, alter

Knabe: Du hast soeben zwei unglaublich blaue Augen zum Strahlen gebracht.«

Er beendet das Telefonat und sieht mich herausfordernd an. »So, Mary, sprechen wir nun über mein Honorar.«

»Ihr … was?«, frage ich, entsetzt über seinen plötzlich so businessmäßigen Ton. Wenn überhaupt, grinst er nur noch breiter als zuvor. »Mein Honorar. Wie wäre es, wenn wir einen dieser ungeöffneten Briefe gemeinsam lesen? Einverstanden?«

Erleichtert lache ich auf. »Einverstanden, George!«

Newcastle, WA, 16. November 1929

Meine liebste Gracey!

Mir ist bewusst, dass ich Dir auch diesen Brief nicht werde senden können. Dennoch muss ich Dir einfach schreiben, denn ich weiß nicht mehr, wohin mit meiner Freude. David ist in der vergangenen Nacht Vater geworden! Und nun stell Dir vor, Louise hat nicht nur ein Kind zur Welt gebracht, sondern gleich zwei zwar schmächtige, aber gesunde Jungen. Ich erwachte gegen drei Uhr morgens, weil David vor dem Haus stand und Kieselsteine gegen mein Fenster warf. Er sah schrecklich blass aus, als er mir von Louises Niederkunft erzählte. Zuerst fürchtete ich deshalb, etwas wäre schiefgegangen, doch dann kam die Erleichterung und mit ihr auch die Freude. Wenn sie auch nur langsam durchsickerte, denn David stand wirklich unter Schock. Er sagt, seine Söhne glichen einander wie ein Ei dem anderen. Er wüsste nicht einmal, wie er sie auseinanderhalten sollte, geschweige denn, welche Namen er ihnen geben könnte. Ist das nicht unvorstellbar? Dieser Schuft ist nun

Vater, und das gleich zweifach. Ich werde mich direkt heute Abend daran begeben, ihm ein zweites Bettchen zu bauen. Leider kann ich nicht mehr schreiben als diese wenigen Zeilen, Gracey, weil der Morgen bereits fortgeschritten ist und die Zeit drängt. Doch ich werde Dir diesen Brief gemeinsam mit den anderen zeigen, in nur einem Monat, wenn es endlich so weit ist und wir wieder miteinander vereint sind. Ich fiebere dem Moment entgegen und kann es kaum noch erwarten, Dich endlich in meine Arme zu schließen.

In ewiger Liebe,
Dein Adam

***

Newcastle, 14. Dezember 1929

Adam hatte mit dem Gedanken gespielt, sich über ihre Bitte hinwegzusetzen und ihr doch zu schreiben, denn was hatte er denn noch zu verlieren? Doch dann hatte er sich dagegen entschieden und nur einen weiteren dieser in seinen Augen armseligen Briefe geschrieben, die sie nun niemals zu lesen bekommen würde.

Doch wie schwach er wirklich war, wusste er erst jetzt, nachdem er selbst jeden einzelnen seiner Briefe noch einmal gelesen hatte. Mehr war ihm nicht mehr geblieben, denn ihre hatte er in einem ersten Anfall von Wut und Verzweiflung verbrannt. Allesamt. Selbst ihre Locke und ihr Bild hatte er zunächst den Flammen überlassen wollen, es dann aber doch nicht übers Herz gebracht.

Jetzt saß er in seinem Zimmer, mit dem Brief in der Hand,

den er am Morgen nach der Geburt von Davids Zwillingssöhnen geschrieben hatte, und kam sich so einsam vor wie noch nie zuvor in seinem Leben. Alle seine Träume waren passé. Auch er hatte eines Tages Vater werden wollen, wie sein bester Freund. Doch diese Idee war nun zerplatzt wie eine Seifenblase. Einfach so, ohne jede Vorwarnung.

In der Stille des Morgens weinte Adam hemmungslos, bis er schließlich keine Tränen mehr hatte.

Dann erhob er sich, nahm das kleine Paket, das er geschnürt hatte, und versah es mit der Adresse, die auf ihrer Karte stand. Chicago oder nicht, Verbot hin oder her ... Er würde noch einmal zur Post gehen und Gracey etwas zusenden. Denn den Inhalt dieses Päckchens hatte er mit ihr vor Augen erschaffen, er gehörte unabwendbar zu ihr.

Und ihr dieses letzte Geschenk zu senden, das würde er sich von niemandem nehmen lassen. Nicht einmal von Gracey selbst.

Jeremy

Am Straßenrand vor Georges Wohnung, zur selben Zeit, als Mary und er Adams Brief lesen

Vermutlich würden mir vor Kälte schon die Zähne klappern, und wahrscheinlich würde ich sogar laut vor mich hin fluchen, wäre es nicht Mary, auf die ich hier warte. Meine um all die einschneidenden Ereignisse der vergangenen Tage kreisenden Gedanken lassen mich innerlich ganz erhitzt und aufgewühlt zurück.

Trotz meiner Grübelei und all der unschönen Stationen meiner mentalen Reise – Marys Unfall, Phils verwahrloste Wohnung, seine Einlieferung und die Tatsache, dass mir aufgrund meines überhasteten Aufbruchs noch einmal 700 Meilen verhasste Autofahrt bevorstehen – erwische ich mich immer wieder mit klopfendem Herzen. Ich komme nicht umhin, mir endlich etwas einzugestehen. Zu oft habe ich mich in der letzten Stunde vor meinem eigenen Spiegelbild erschreckt, als dass es sich länger leugnen ließe. Nein, dieses dümmliche Grinsen und die Tatsache, dass meine Lider unabänderlich auf Halbmast zu hängen scheinen, lassen keinen weiteren Aufschub zu. Genervt knipse ich die Innenbeleuchtung meines Wagens aus, um mich bei der mittlerweile herrschenden Dunkelheit nicht länger in der Reflexion meines Seitenfensters betrachten zu müssen.

Nichtsdestotrotz, das heftige Klopfen in meiner Brust bleibt … und mit ihm die unausweichliche Erkenntnis: Ich bin verliebt. Hals über Kopf und so intensiv, dass mir die Luft zum Atmen zu knapp wird – so sehr und so schnell habe ich mich in Mary verliebt. Und das schon zum zweiten Mal in meinem Leben. Unwillkürlich frage ich mich, ob ich überhaupt jemals ein anderes Mädchen, eine andere Frau als sie geliebt habe. Natürlich kenne ich die Antwort … und sie macht mir große Angst. Denn was bedeutet mein bisheriges Leben, wenn ich mir seit jeher selbst etwas vorgegaukelt habe? Wer bin ich überhaupt, wenn ich mich nie getraut habe, zu dem zu stehen, was mich wirklich ausmacht? Und was ist, wenn Mary mir zwar vielleicht mit der Zeit vergeben, mich aber niemals zurücklieben kann?

Plötzlich wird die Beifahrertür aufgerissen, und ich muss mich zusammenreißen, um nicht mit einem extrem mädchenhaften Schrei aus meiner Versunkenheit zu schrecken. »Mary!«

»Bitte entschuldige, dass es so lange gedauert hat, aber …« Sie wirft sich in den Beifahrersitz und lässt den Kopf nach hinten gegen die Stütze fallen. »Das war unglaublich! Ich bin übervoll mit so vielen Eindrücken. Kennst du das Gefühl, vor lauter Aufregung kaum noch atmen zu können? Wie damals, als du noch ein Kind warst und Weihnachten unmittelbar vor der Tür stand?« Mit ihren großen blauen Augen strahlt sie mich an. Ahnungslos, was sie dabei mit meinem armen Herzen anstellt, erwartet sie meine Antwort, zu der mir ihre unvermittelte Nähe jedoch spontan die Luft geraubt hat. Ein Nicken, mehr bleibt mir nicht.

Oh Mary, glaub mir, dieses Gefühl ist mir dank dir wieder bestens bekannt.

»Ich … habe mit Rob gesprochen«, stammele ich. Nicht gerade sehr empathisch. Sie ist aufgewühlt und scheinbar endlich auch ein wenig mitteilungsbedürftig … und ich würge ihre Euphorie mit einem zusammenhanglosen Gestotter wie diesem ab. Bravo!

»Oh!« Und schon entgleisen ihre freudigen Gesichtszüge. Schnell beeile ich mich, meinen Fauxpas wieder geradezurücken. »Er sagt, wir sollen ruhig in den nächsten Tagen bei ihm in der Wohnung bleiben. Er hat sich ein paar Klamotten geholt und macht es sich so lange bei Virginia gemütlich. Die beiden sind zurzeit ohnehin nur chirurgisch voneinander zu trennen.«

»Okay«, sagt Mary mit einem vorsichtigen Lächeln. »Aber nur, wenn …«

»Pst!«, befehle ich und lege meinen Zeigefinger über ihre Lippen. »Alles in Ordnung, keine Widerrede!«

Sie nickt mit angehaltenem Atem. Diese minimale Berührung – ihre warmen Lippen an meinem eisigen Finger – löst sofort wieder das elektrisierende Kribbeln zwischen uns aus. Für eine Weile sehen wir uns gegenseitig in die Augen. Tiefer denn je, wie es mir vorkommt. Dann ziehe ich meinen Finger unter einem Räuspern zurück und zwinge mich dazu, ein wenig mehr Abstand zwischen uns zu bringen.

»Lass uns ins Warme fahren, einen heißen Tee trinken und diesem Kaminofen, den Rob noch nie genutzt hat, endlich zeigen, wozu er da so prahlerisch mitten im Raum herumsteht. Dann kannst du mir alles in Ruhe erzählen, ja?«

Wieder nickt sie, und als ich kurz darauf den Motor meines Wagens anwerfe und sie beginnt, an dem Nagel ihres linken kleinen Fingers zu knabbern, kann ich mich der Hoffnung nicht erwehren, dass es ihr vielleicht doch so ähnlich ergeht wie mir.

Nach einer wortkargen Fahrt zurück in Robs Wohnung kommt Mary meinem Vorschlag nach, indem sie unverzüglich beginnt, einen Tee aufzubrühen. Also zögere auch ich nicht und heize dieses Monstrum von Ofen zum vermutlich ersten Mal überhaupt an. »Ich befürchte, dass wir nur das Holz haben, das hier so dekorativ in der Schale liegt«, sage ich lachend, als Mary meine Tasse mit dem dampfenden Tee auf der Ablagefläche des Ofens abstellt. »Das macht doch nichts. So kalt ist es ja auch wieder nicht«, befindet sie.

»Nicht?« Ich reibe meine nach wie vor eisigen Hände aneinander.

»Ich hätte dich nicht so lange warten lassen sollen, tut mir leid«, sagt sie mit schuldbewusster Miene.

»Ach was, schon okay! Du hättest dich sehen sollen, wie du gestrahlt hast, als du zurückkamst.«

Ich würde mein halbes Leben in der Antarktis ausharren, nur um dich noch einmal so strahlen zu sehen.

Erst in letzter Sekunde gelingt es mir, meinen Hirn-Mund-Filter zu aktivieren und das bereits sprungbereite peinliche Geständnis zurückzuhalten und stattdessen sicher in meinem Herzen einzuschließen.

»Also, was war so großartig, dass …« Ich schaffe es nicht, meinen Satz zu beenden, sondern werde von einer unangenehmen Niesattacke gepackt und regelrecht durchgeschüttelt. Als ich endlich wieder klar sehen kann, sitzt mir Mary geknickt gegenüber.

»Du hast dich erkältet.«

»Nein, Quatsch! Ich muss nur ein wenig auftauen. Vielleicht sollte ich mir eine heiße Dusche auf Robs Kosten gönnen, um den Prozess zu beschleunigen.«

Gesagt, getan.

Als ich frisch geduscht in meinem Pyjama zurück in den Wohnraum komme, muss ich kurz innehalten, so sehr nimmt mich der Anblick gefangen. Mary sitzt auf der Couch, das flackernde Kaminfeuer in ihrem Rücken, ein Bein unter das andere geschlagen und offensichtlich tief in Gedanken versunken. Sie hält meinen Laptop, um den sie mich zuvor noch gebeten hatte, auf ihrem Schoß. Von seinem künstlichen Licht angestrahlt und geblendet, bemerkt sie nicht einmal, dass ich sie beobachte. Vermutlich verschmilzt meine Silhouette für sie mit der Dunkelheit des Raums, denn diese beiden Lichtquellen – Kamin und Laptop – sind die einzigen und schaffen es längst nicht, ihn bis in die Ecken hinein auszuleuchten.

Etwas regt sich in mir, als ich sie so friedlich ... und so verdammt selbstverständlich dort sitzen sehe. Die Ahnung, um wie viel schöner mein Leben mit ihr an meiner Seite sein könnte, legt sich wie ein bleiernes Band um meinen Brustkorb und zieht sich zusammen.

Mary scheint zu lesen. Die vollen Lippen bewegen sich lautlos, ihre Augen weiten sich von Zeit zu Zeit, nur um sich kurz darauf immer wieder zusammenzuziehen. Das kleine V, das dabei über ihrer Nasenwurzel entsteht, ruft förmlich nach mir. Ich möchte es mit meinen Fingerspitzen glatt streichen, möchte den leisesten Ansatz von Sorge oder auch nur Skepsis buchstäblich von ihrem hübschen Gesicht wischen. Als sich die Angst in mir meldet, ertappt zu werden, und ich mich nicht länger traue, reglos im Türrahmen zu verharren und sie heimlich zu bestaunen, tue ich so, als würde ich gerade erst um die Ecke biegen. »Hey!«, grüße ich lässig, während ich meine Haare trocken rubbele.

»Hey!«, erwidert sie lächelnd.

»Was machst du da?« Ich deute in Richtung Laptop.

»Oh, ich ... recherchiere.«

»Du recherchierst? Soso. Und was genau recherchierst du, wenn ich fragen darf?«

»Ähhm ...« Mary neigt den Kopf zur Seite und zieht die Nase kraus. Kein gesprochener Satz könnte deutlicher ausfallen als diese Geste, mit der sie den Laptop zuklappt. »Du hast es dir anders überlegt, oder? Du möchtest nicht mehr mit mir darüber reden«, stelle ich enttäuscht fest.

»Es ist nur … Ich habe wirklich Angst, dass du mich danach für verrückt hältst«, flüstert sie und klammert sich dabei mit beiden Händen so an ihrer Tasse fest, dass mich die Scham fast umbringt. Zumindest drückt mich das entsetzliche Gefühl in den Sessel, der Mary gegenübersteht.

»Was kann ich tun, damit du mir vertraust, Mary? Damit du mir glaubst, dass ich nie etwas Schlechtes von dir gedacht habe, ganz egal, was ich damals gesagt habe? Ich möchte das so sehr, weißt du?«

Sie nickt nachdenklich. »Es gibt einige Dinge, die ich dich gerne fragen würde.«

»Was?«, frage ich. Zu laut und viel zu eifrig. »Was, Mary?«, wiederhole ich darum noch einmal leiser, gefasster. »Ich erzähle dir alles, was du wissen musst, um mir zu vertrauen.«

Und das ist ein Versprechen.

»Glaubst du an die wahre Liebe?«, brodelt es nach einem unmessbaren Moment, in dem sie ihre Unterlippe mit den Frontzähnen bearbeitet hat, aus ihr hervor.

»Wow!«, mache ich, für den Augenblick zu überrumpelt, um weiterhin gefasst zu wirken. Mit einem Räuspern weiche ich ein wenig zurück. »Ja«, sage ich dann ehrlich. »Ich denke, das tue ich … Warum?«

Mary schüttelt den Kopf, wirkt verlegen. »Na ja, das ist schon mal eine wichtige Grundlage für das, was ich dir vielleicht doch irgendwann erzähle.« Unter niedergeschlagenen Wimpern schaut sie zu mir auf und entlockt mir damit mühelos ein Lächeln.

»In Ordnung«, sage ich. »Also weiter. Was willst du noch wissen? Ganz egal, was es ist, raus damit!«

Mary nimmt mein Angebot wörtlich. Bis tief in die Nacht

hinein sitzen wir zusammen und reden über Gott und die Welt. Ausführlich berichte ich ihr von der Zeit meines Lebens, deren Erinnerungen ich bislang immer erfolgreich ausgeblendet habe, die Mary in ihrer jetzigen Situation jedoch verständlicherweise am brennendsten interessiert: von der Alkoholsucht meines Dads, von seiner Therapie und von den schweren Depressionen, die meine Mom damals plagten. Aber auch von meiner Trauer um Aaron, die ich mich aufgrund all dieser Umstände nie richtig auszuleben gewagt habe. Und irgendwann, inmitten all dieser intimen Offenbarungen, komme ich mir vor wie auf der Couch einer Psychologin. Einer verdammt talentierten Psychologin, wohlbemerkt.

»Wie kommt es, dass ich dir das alles erzähle?«, frage ich in unverhohlener Verwunderung. Mittlerweile sitzen wir nebeneinander auf der Couch, einander zugewandt, eine Decke über die Beine geschlagen und von Zeit zu Zeit den Blick in die nach und nach verglimmende Glut des längst erloschenen Kaminfeuers gerichtet. Mary zuckt mit den Schultern und wirkt das erste Mal seit unserer »Wiederbegegnung« vollkommen entspannt. Ich genieße diese Beobachtung in vollen Zügen. »Ich meine, ich hatte dir versprochen, offen zu sein, aber … vermutlich hättest du dich auch mit weniger Details zufriedengegeben, oder?«

»Ja, bestimmt«, sagt sie. »Aber so ist es mir lieber. So bekomme ich langsam endlich ein Bild von dir, das eher zu meinem ersten Eindruck von damals passt. Und, warum, weiß ich auch nicht, aber … Ich war immer diejenige, die tausend Geheimnisse mit sich herumschleppte, weil einfach Verlass auf mich war, dass ich sie nicht ausplauderte. Wenn du wüsstest, was man mir schon für unfassbare Dinge anvertraut hat …« Mit einem traurigen Lächeln schüttelt sie den Kopf. »Keine Ahnung, aber … die Menschen vertrauen mir irgendwie.«

»Hm«, brumme ich nur. »Da kann ich nicht mitreden. Nicht mal beruflich gelingt es mir immer, die Wahrheit aus meinen Mandanten herauszukitzeln.«

»Nein, du hast dich mit deiner abweisenden Art immer davor geschützt, dass man dir zu nahe kam«, sagt Mary unumwunden. Es verletzt mich, die bittere Wahrheit so ungefiltert ausgerechnet aus ihrem Mund zu hören. Als ich den Blick stumm auf den Kamin richte, legt sie ihre kleine Hand über meine. Glaubte ich zuvor, die Kälte aus meinem Körper erfolgreich verbannt zu haben, so spüre ich nun durch Marys Wärme, wie falsch ich lag. »Es ist verständlich, Jerry«, sagt sie leise. »Ich musste erst mit der Wut klarkommen, die sich über all die Jahre hinweg in mir aufgestaut hatte. Aber jetzt verstehe ich dich viel besser als zuvor. Es war … ein Abwehrmechanismus, ein Selbsterhaltungstrieb. Es gab schon so viel, mit dem du damals zurechtkommen musstest. Da war kein Platz mehr für weitere Emotionen. Du warst ohnehin schon überfordert.«

»Das stimmt … und auch wieder nicht«, entgegne ich und drehe meine Hand dabei mit der Innenfläche nach oben, um ihre zierlichen Finger zu umfassen und mich noch eine Weile an ihnen zu wärmen. »Ich habe damals nicht nur Schmerz und Kummer in mir getragen, Mary. Ich habe auch geliebt. So intensiv, so … erwachsen. Und das, obwohl ich eigentlich noch ein Kind war.« Ich bringe es kaum fertig, zwinge mich aber dennoch, von unseren Händen aufzuschauen und ihren Blick festzuhalten. »Warum habe ich dich damals so auf Abstand gehalten? Alle anderen … aber warum dich? Sicher hätte ich dich vor Anthony Perone verteidigen und schützen müssen, aber doch nicht, indem ich meine Gefühle für dich herunterspielte und ihm zuvorkam. Aber … da kochte diese Wut in mir.« Verständnislos schaue ich sie an. Lasse sie in meinen Augen lesen und hoffe, dass sie schlauer wird aus dem, was sie darin erkennt, als ich es jemals geworden bin. »Warum war da diese Wut in mir, Mary, als könntest du mich hintergehen? Ausgerechnet du, wo dir doch alle anderen zu Recht vertraut haben?«

Mary sieht mich noch lange an. Ein Funke ihrer alten Verletzlichkeit blitzt in ihren hellen Augen auf, lässt sie für einen winzigen Moment kindlich und schutzlos wirken. Doch dann fasst sie sich mit einem einzigen Blinzeln, lächelt sanft, und löst ihre Finger nur aus meinem Griff, um meine Hand erneut damit zu umfassen. »Lassen wir das Vergangene hinter uns und schauen stattdessen in die Zukunft? So, wie es sein soll, okay?«

Ich nicke ihr langsam und bedächtig zu, während ich durch ihre Worte zurück in Eliahs beeindruckende Werkstatt getragen werde und noch einmal Auszügen seines Monologs über die Zeiten lausche. »Eliah sagte, die Zukunft sei immer nur eine Konsequenz des Vergangenen und der Gegenwart«, flüstere ich, denn auf einmal erscheint es mir angesichts der Zerbrechlichkeit dieses Moments richtig, meine Stimme auf ein Minimum zu reduzieren. Und Mary scheint das ebenso zu sehen, denn auch ihre Antwort kommt als ein Hauchen über ihre Lippen. »Ja, so ist es ja auch.« Sie schaut auf unsere Hände herab, fährt zaghaft über meine. Ob sie versteht, was zwischen uns geschieht? »Aber, na ja, an der Gegenwart arbeiten wir ja gerade. Und die Vergangenheit hat uns überhaupt erst hierhergeführt, nicht wahr?«, wispert sie.

Mein Blick fällt von den langen Wimpern auf ihre Lippen. Ich schlucke so hart, dass es ihr unmöglich verborgen bleiben kann. Mit all meiner Kraft halte ich mich davon ab, die wenigen verbliebenen Zentimeter zwischen uns zu schließen und sie zu küssen. So perfekt dieser Moment auch auf mich wirkt, es ist viel zu früh für ein solches Wagnis, das spüre ich leider überdeutlich.

»Eliah. Ich fange an, diesen Kerl zu mögen«, sage ich nur, mit verräterisch rauer Stimme. Mary lächelt.

»Er ist ein wirklich faszinierender … wenn nicht sogar der faszinierendste Mann, den ich je kennengelernt habe.« Unsanft vom Stachel der Eifersucht gepikt, weiche ich ein Stück zurück. Marys Lächeln wirkt mit einem Mal schelmisch … und viel zu wissend, wenn ich sie mir so betrachte. »Hattest du schon viele Frauen, Jeremy McDonald?«, fragt sie urplötzlich.

»Was?«, rufe ich und ziehe erschrocken meine Hand zurück. »Wie kommst du denn jetzt darauf?«

Sie zuckt mit den Schultern. »Ich will es wissen.«

»So, du willst …« Nervös rutsche ich auf Robs Couch hin und her und streiche mir immer wieder die Haare zurück. Mary kichert leise. Sie weiß genau, dass sie mich hier zwischen meinem Versprechen, aufrichtig zu ihr zu sein, und dem Bedürfnis, eine möglichst gute Figur vor ihr abzugeben, grillt. Und sie genießt mein Unbehagen in vollen Zügen. »Na schön«, sage ich schließlich. »Du willst es wissen, dann … lass mich nachrechnen.« Diese Aussage lässt ihre Kinnlade sofort herabklappen und die feinen Augenbrauen nach oben schnellen. Aus dieser Nummer komme ich entweder nicht heil oder nicht ehrlich heraus. Schon ein erstes grobes Überschlagen führt mich zu einem Ergebnis von weit über zwanzig Frauen, die »ich hatte«, wie Mary es so brachial formuliert.

»Gut, rechne! Ich mache mich schnell fertig fürs Bett. Mal sehen, ob dir diese Zeit reicht.« Als sie unter diesem Satz aufsteht und sich an mir vorbei in Richtung Badezimmer zwängt, ist ihr Hinterteil genau auf meiner Augenhöhe. Es fällt mir so unglaublich schwer, ihr den Klaps, den ich ihr gerne für ihre – zugegebenermaßen ziemlich süße – Dreistigkeit verpassen würde, nicht zu geben, dass sich meine Hand wie von selbst in Stellung bringt und ich erst in letzter Sekunde widerstehe, indem ich mir selbst in die Faust beiße. Mary lacht nur. Hell und klar und so befreit, dass ich sie an mich ziehen und nie wieder loslassen möchte.

Als sie endlich zurückkommt, trägt sie mein T-Shirt. Fast so lang wie ein Nachthemd und so weit wie ein Sack, fällt es um ihren zierlichen Körper. Dieser Anblick und das Wissen, dass sie ihren eigenen Pyjama aus Phils Wohnung mitgenommen und sich trotzdem für mein Shirt entschieden hat, löst etwas in mir aus, für das mir buchstäblich die Worte fehlen. In meinen Augen ist sie die schönste Frau der Welt.

»Also?«

Mit nur einem kleinen Wort und doch so unsanft holt mich Mary zurück ins Hier und Jetzt. Ich gebe einen tiefen Seufzer von mir, der selbst in meinen eigenen Ohren theatralisch klingt.

»Willst du es wirklich wissen?« Sie spart sich ihre Antwort und zieht stattdessen nur ihre linke Augenbraue hoch. Beschämt stemme ich die Ellbogen auf meine Knie und lege mein Gesicht in beide Hände. Mary kennt kein Erbarmen. Ich höre ihr unterdrücktes Kichern, fühle, wie sie neben mir Platz nimmt und mit ihrem Knie gegen meinen Oberschenkel stupst. »So schlimm?«

»Schlimmer.«

»Komm schon, Jerry, spuck's endlich aus!«

»Vierund…dreißig.«

Einundzwanzig, zweiundzwanzig … Stumm zähle ich die Sekunden nach Marys Schnappatmung, bis sie sich endlich äußert.

»Das ist nicht dein Ernst! Was für ein Glück für dich, dass du cin Kerl bist.«

»Hm?« Neugierig löse ich meine Hände von meinen Augen und blinzle zu ihr auf. Sie sitzt unmittelbar neben mir. Ihr nacktes Knie berührt nach wie vor meinen Oberschenkel, doch ich zwinge mich, in ihre Augen – und nur in ihre Augen – zu schauen. »Na, wärst du eine Frau, wärst du ein hoffnungsloses Flittchen«, sagt sie in gespielter Empörung … und setzt damit meine Kinnlade außer Gefecht. Als sie triumphierend auflacht und das ihre einzige echte Reaktion auf meine verflossenen Liebhaberinnen zu bleiben scheint, macht sich sofort große Erleichterung in mir breit und lässt mich handeln, ehe ich weiß, wie uns beiden geschieht. Mary quietscht auf und krümmt sich unter mir, als ich mich über sie werfe und sie so lange durchkitzle, bis sie unter Schluckauf hicksend und glucksend schwört, Robs Designercouch zu ruinieren, wenn ich nicht sofort von ihr ablasse.

»Und du?«, frage ich, als wir beide wieder einigermaßen Luft bekommen. Mary liegt halb vor, halb unter mir, die hellblonden Haare wie bei einer Pusteblume um ihren Kopf verteilt, schwer atmend. Ihr Brustkorb hebt und senkt sich so stark, dass ich in anhaltender Gefahr laufe, meinen Blick auf die wogende Stelle zu senken. Mary wischt sich mit dem Handrücken eine Lachträne aus dem Augenwinkel und ergreift dann bereitwillig meine Hand, mit der ich sie wieder hochziehe.

»Was, ich?«, japst sie.

»Männer. Wie viele?«

Mary erhebt sich langsam, zieht ihr … nein, *mein* Shirt würdevoll herab und beugt sich mit dem sanftesten Lächeln so dicht an mich heran, dass ich unwillkürlich die Luft anhalte. Ich glaube, meine Lider flattern so aufgeregt und schnell wie die Flügel eines in die Falle geratenen Spatzen, als ihre Wange die meine streift und ich für einen Moment glaube, sie wolle mich dort küssen. Doch dann spüre ich ihre Lippen woanders. Flüsterzart kitzeln sie an meiner Ohrmuschel.

»Das … geht dich überhaupt nichts an!«, wispert sie und weicht dann ruckartig so weit zurück, dass es mir nicht mehr schnell genug gelingt, meine Fassung zurückzuerlangen und die Antwort mit einer weiteren Kitzelattacke aus ihr herauszuquetschen. »Gute Nacht!«, ruft sie mir nur noch zu und lugt dann ein letztes Mal für diese Nacht durch den Türrahmen zum Wohnraum. »Morgen erzähle ich dir von meinem Vorhaben und warum ich wirklich hier bin. Ist das ein Trost?«

»Wird sich zeigen«, entgegne ich und lasse mich, kaum dass sie die Tür zu Robs Schlafzimmer hinter sich zugezogen hat, rücklings auf die Couch fallen.

Mary

Hinter der verschlossenen Schlafzimmertür,
am folgenden Morgen

Amy beendet meine viel zu kurze und von Traumsequenzen unterschiedlichster Art zerfetzte Nacht mit ihrem Anruf.

Noch im Halbschlaf ergreife ich mein vibrierendes Mobiltelefon auf Robs Nachttisch und klappe es auf. Zu einer Begrüßung komme ich nicht; meine Zunge ist noch zu träge für meine beste Freundin, die eine geborene Frühaufsteherin und somit selbst zu dieser frühen Stunde schon eine wahre Quasselstrippe ist.

»Mary? Das ist es nicht, was ich meinte, als ich sagte, du solltest mich auf dem Laufenden halten, weißt du?! Du hast dich jetzt schon seit zwei vollen Tagen nicht mehr gemeldet. Was ist los mit dir, lebst du überhaupt noch?«

»Hm, hm …«

»Oh, du schläfst doch nicht etwa noch, Süße? Entschuldige bitte. Aber … es ist doch alles gut bei dir, oder? Warst du inzwischen bei diesem Heim? Bist du dort mit deiner Suche weitergekommen? Ich finde das ja alles so spannend … und du lässt mich hier im Ungewissen hängen. Nicht nett! Überhaupt nicht.«

Mühevoll rappele ich mich auf, bringe mich in eine aufrechtere Position und wische mir die Haare aus der Stirn. Es hat ja doch keinen Zweck. Die kommende Viertelstunde bin ich damit beschäftigt, Amy ausführlich Bericht zu erstatten.

Als wir endlich auflegen, werfe ich einen ersten Blick auf die Uhr meines Handys. 7:43 Uhr. Zunächst bin ich versucht, mich erneut auf diesem überaus bequemen Wasserbett zusammenzurollen und noch einmal ins Land der Träume abzudriften, doch dann streift mich ein anderer Gedanke, der den Prozess meines Erwachens beschleunigt und mich zunächst ins Bad und von dort aus direkt in die Küche schleichen lässt.

Und so bin ich an diesem noch so frühen Morgen diejenige, die nur wenig später an Jerrys Zimmertür klopft und sie leise öffnet. Na ja, Zimmertür ist vielleicht etwas übertrieben, angesichts der Tatsache, dass sich nicht mehr als eine schmale Abstellkammer mit einem aufgeklappten Gästebett dahinter verbirgt. Nicht mal ein Gang ist neben dem Bett noch frei; Jerry muss sich von der Tür aus quasi direkt auf die Matratze werfen. Der schwache Lichtstrahl fällt vom Korridor in die Dunkelheit des winzigen Raums und lässt mich seine entspannten Gesichtszüge zumindest schemenhaft erkennen.

Zusammengekauert liegt er auf der Seite und atmet ruhig und gleichmäßig. Er schnarcht nicht, trotzdem höre ich jeden seiner Atemzüge deutlich. Eine Weile stehe ich reglos da, bis sich meine Augen an die schlechten Lichtverhältnisse gewöhnt haben und ich den schlafenden Mann vor mir in aller Ruhe betrachten kann. Dann reiße ich mich zusammen, beuge mich zu ihm herab und zupfe die Decke so weit zur Seite, dass einer seiner riesigen Füße zum Vorschein kommt.

Oh Mann, welche Schuhgröße trägt er denn bitte? U-Boot?

Die Kuppe seines großen Zehs misst mindestens den doppelten Umfang meines Daumens. Vorsichtig fahre ich mit meinen Fingernägeln über seinen Fußballen, um ihn zu wecken. Er zuckt und dreht sich unter einem Maulen auf den Rücken. Angestrengt versuche ich, nicht zu kichern … und wiederhole meine Aktion. Diesmal strampelt er missmutiger, als wolle er eine lästige Fliege verscheuchen. Wach wird er dabei jedoch immer noch nicht.

»Hey, Jerry«, flüstere ich also und zupfe erneut an der Bettdecke.

»Hmmm«, brummt er.

»Guten Morgen. Ich habe Frühstück gemacht.« Langsam bäumt sich sein Oberkörper auf, und Jerry beginnt, sich zu strecken. Dann, mit einem Mal, hält er ruckartig inne, setzt sich auf und starrt mich ungläubig an. Er sieht fast schon unverschämt gut aus, wie er so verschlafen und ein wenig verlegen, mit zerzaustem Haar und schweren Lidern, vor mir sitzt. »Hey, guten Morgen! Warst du das eben … an meinem Fuß?«

Ich versuche, mir mein Schmunzeln zu verkneifen, scheitere aber mit jeder verronnenen Sekunde mehr und mehr. »Keine Ahnung, wovon du sprichst«, lüge ich scheinheilig. »Also, was ist, kommst du?«

»Wohin auch immer du gehst, ich folge dir«, murmelt er. »Das habe ich mittlerweile voll drauf.« Mit einem herzhaften Gähnen erhebt er sich von dem ächzenden Klappbett.

»Dieses Teil kann unmöglich bequem sein«, stelle ich ein wenig mitleidig fest. Jerry streckt sein geschundenes Kreuz durch und rollt den Kopf in seinem Nacken hin und her. Seine Miene wirkt schmerzverzerrt.

»Nein«, stöhnt er. »Eindeutig alles andere als bequem.«

»Was hast du eigentlich angestellt, dass du in Robs Abstellkammer nächtigen musst?«

Ratlos sieht er mich an, bis der Groschen fällt. »Oh, du meinst wegen Jeannine?«

»Ja, wegen deiner Ex«, erwidere ich und versuche dabei, meine Frage viel beiläufiger klingen zu lassen, als sie es zugegebenermaßen ist.

Jerry fährt sich durch die Haare. »Eigentlich habe ich mir bei ihr gar nichts zuschulden kommen lassen, im Gegenteil.«

»Und warum hat sie dich dann rausgeschmissen?« Warum auch immer, aber diese Frage entlockt ihm das erste Lachen des Tages. »Lass mich kurz im Bad verschwinden, dann stehe ich dir gleich ein wenig entspannter Rede und Antwort, okay?« Kopfschüttelnd drückt er sich an mir vorbei, murmelt dabei irgendwas von »Vorwitznase« und streift in der Enge des Gangs mit seinem Handgelenk an meinem Po entlang. Es ist keine Absicht – zumindest glaube ich das –, und die Berührung währt kaum für die Dauer eines Herzschlags. Dennoch kribbelt meine Haut unter dem dünnen Stoff seines T-Shirts, und die Erinnerung an seine Berührung hallt viel länger in mir nach als der Kontakt selbst. Es durchzuckt mich buchstäblich, wenn Jerry mich berührt. Jedes Mal frage ich mich, was diese Intensität zu bedeuten hat … und woher sie überhaupt kommt.

»So«, sagt er, als er nur wenige Minuten später in die Küche kommt. »Du hast also Frühstück gemacht, hm?«

»Sieht so aus, ja«, erwidere ich und lasse meinen Blick über den gedeckten Tisch schweifen. »French Toast magst du doch, oder? Ich habe auch Omelette gemacht, falls nicht.«

»Beides herrlich«, befindet er und lacht dann offen, als sein Magen wie zur Bestätigung ein lautes Grummeln von sich gibt. Für einen winzigen Augenblick blinzle ich selbst über die letzten – ohnehin nur noch bruchstückhaften – Wände meiner Jerry-Abwehr-Ruine hinweg und lasse seinen Anblick ungefiltert auf mich wirken.

Mit nach wie vor zerzaustem Haar und locker auf den Hüften hängender Pyjamahose steht er vor mir und grinst mich an. Und wie ich leider zugeben muss, sieht er absolut bezaubernd dabei aus. So männlich und kindlich fröhlich zugleich.

Sexy.

Ja, zur Hölle mit ihm, aber ein anderer Begriff trifft es einfach nicht.

»Hm, wollen wir?«, presse ich unter einem verlegenen Räuspern hervor und nehme dann schnell mit gesenktem Kopf Platz, damit er nicht sieht, wie meine Wangen glühen. Jerry setzt sich mir gegenüber, wie schon am Morgen zuvor. »Oh Mann, das ist wunderbar, Mary«, lobt er bei seinem ersten Bissen French Toast.

»Du schuldest mir noch eine Antwort«, erinnere ich ihn.

»Richtig, wegen Jeannine. Nun, das ist eine lange Geschichte.« Er hält trotzdem Wort und erzählt sie mir. Als er fertig ist, sitze ich ihm mit weit aufgerissenen Augen gegenüber und spüle nach einigen Anlaufschwierigkeiten das unzerkaute Stück Toast in meinem Mund mit einem Schluck Milch hinunter. »Moment, warte! Das heißt, diese Jeannine ist in deiner Wohnung, eventuell sogar ab und zu mit ihrem neuen Freund, während du dich jeden Abend mit einem Hechtsprung in Robs Abstellkammer schmeißt und dir die Wirbelsäule auf seinem Gästebett ruinierst? Obwohl sie dir fremdgegangen ist? Und das nur, weil du ein schlechtes Gewissen hast, sie vor die Tür zu setzen?«

Jerry rümpft die Nase. »Wenn ich das so aus deinem Mund höre, lässt es mich wie einen verdammten Feigling klingen.«

»Nun ja, so hätte ich es nicht direkt …«, stammele ich, schaffe es jedoch nicht, meinen Satz zu beenden. »Du hast dich wirklich geändert«, wispere ich stattdessen und versuche, den Schmerz, der mich schon während seiner Erzählung gepackt hat und den ich für kurze Zeit nicht mal einzuordnen wusste, zu ignorieren. Jerry versteht mich hingegen sofort. Akustisch und emotional. Behutsam legt er seine Hand auf meine. »Nein, Mary«, sagt er leise. »Ich war noch nie wirklich fies zu jemandem. Außer zu dir. Und es gibt nichts in meinem Leben, wofür ich mich mehr schäme.« Aufrichtig hält er meinen Blick, bis ich wieder frei atmen kann. »Ich meine, ich habe mich den Frauen gegenüber auch nicht immer korrekt verhalten. Nicht respektvoll genug. Ich war dieser typische One-Night-Stand-Typ, der beim ersten Sonnenstrahl die Kurve gekratzt und im Bestfall eine kurze Nachricht auf dem Nachttisch hinterlassen hat. Aber … zumindest habe ich meine Absichten immer von vornherein offengelegt. Und wenn ich doch mal eine Freundin hatte, war ich treu. Also war ich zu den anderen Mädchen und Frauen nicht wirklich gemein, oder? … Nur zu dir.« Seine grüngrauen Augen büßen einen entscheidenden Teil ihres Glanzes ein.

»Jerry, wir wollten das doch lassen«, erinnere ich ihn und atme dann erleichtert und enttäuscht zugleich auf, als er sich auf seinem Stuhl zurücklehnt und mir dabei nickend seine Hand entzieht. Was auch immer es mit dieser Intensität unserer Berührungen auf sich hat, sie überfordert mich jedes Mal wieder.

»Wie soll es denn jetzt weitergehen?«, frage ich. »Mit Jeannine, meine ich. Was, wenn sie dein nächstes Ultimatum wieder ignoriert? Irgendwann hat sie das Schloss ausgetauscht, und du stehst draußen.« Ich untermale die Lächerlichkeit meiner Äußerung mit einem Kichern, aber Jerry sieht dennoch für einen Moment geschockt aus. »Lassen wir das, es geht mich ja auch gar nichts an«, winke ich schnell ab. Offenkundig dankbar, beeilt er sich, das Thema zu wechseln: »Du schuldest mir auch noch eine Antwort.«

»Hm?«

»Warum bist du hier, und wie lautet deine Mission?«, fragt er mit so aufgesetzt militärisch strenger Miene, dass ich lachen muss. *Spinner!*

Aber was bleibt mir übrig, ich hatte versprochen, es ihm zu erzählen … und er war so ehrlich zu mir.

Also erzähle ich ihm schließlich alles. Von dem Sekretär, dem Geheimfach, den Briefen und meinem Vorhaben, Grace zu finden. Als ich bei diesem letzten Part angelangt bin, schaffe ich es kaum noch, ihm in die Augen zu sehen. Angestrengt betrachte ich meine Hände, mit denen ich unnötigerweise das leere Milchglas umklammere, so einfältig komme ich mir mit einem Mal vor. Umso erstaunter bin ich, als ich in der nach meinem Monolog einsetzenden Stille unsicher zu Jerry blinzele und seinem … ja, bewundernden Blick begegne.

»Du schämst dich doch nicht ernsthaft für das, was du mir da gerade erzählt hast, oder?«, fragt er.

»Na ja, um ehrlich zu sein, doch, ein bisschen. Ich meine, ziemlich verrückt klingt das Ganze schon, oder?«

»Ein wenig, ja«, gibt er mit wiegendem Kopf zu. »Aber in erster Linie klingt es nach der coolsten Sache, von der ich je gehört habe. Ich meine, überleg doch mal! Du hast von heute auf morgen alles stehen und liegen lassen und dich auf eine spontane Reise begeben, nur um die Spur dieses Paares aufzunehmen.«

Ich verdrehe meine Augen. »Du tust ja so, als hätte ich dafür nach Indien reisen müssen. Außerdem bin ich nicht nur aufgebrochen, um mich auf Adams und Graceys Spuren zu begeben.« Er erwidert mein schelmisches Grinsen, und ich weiß, dass er diesmal nicht traurig sein wird, wenn ich meinen Gedanken ausformuliere. Seltsam, dass mir das wichtig ist, aber ich will seine schönen Augen nicht mehr traurig sehen. »Ich bin auch aufgebrochen, um dir zu entkommen. Na ja, und jetzt bin ich wohl an beiden Vorhaben gescheitert.«

»Warum an beiden?«

Ich zögere einen Moment, entscheide mich dann jedoch dafür, ihm auch weiterhin alles zu erzählen. »Auf Adams Spuren bin ich zumindest so weit gekommen, dass ich Graceys Nachnamen noch erfahren habe. Cornigam.«

Wie auf Kommando ziehen sich Jerrys Augenbrauen zusammen. »Cornigam, Cornigam. Grace Cornigam. Mir ist, als hätte ich den Namen schon mal gehört oder gelesen.«

»Wenn überhaupt, dann hast du etwas über ihren Mann gelesen, Royce Cornigam.«

»Der Immobilien-Milliardär?«, fragt er postwendend.

»Genau der.«

»Wow, das ist ja krass! Von dem habe ich tatsächlich mal eine Biografie gelesen. Ein ziemlich gewiefter Geschäftsmann muss das gewesen sein ... Richtig, seine Frau hieß Grace.«

»Warum hast du denn seine Biografie gelesen?«, frage ich verdutzt.

Jerry denkt eine Weile über meine Frage nach, bevor er sie beantwortet. »Ehrlich gesagt habe ich keinen Schimmer. Während meines Studiums ging ich über einen Büchermarkt, eigentlich auf der Suche nach einem juristischen Buch. Mit einem Mal stach mir dabei dieses ins Auge: *Man nennt mich Mr. Know-how* von Royce Cornigam. Auf dem Cover war ein Schwarz-Weiß-Foto von ihm abgebildet, darüber stand groß sein Name ... und irgendwie sprach mich das Buch sofort an. Ab und zu ist das einfach so, das kennst du doch sicher auch.«

»Ja, klar.« Plötzlich sehr aufgeregt, kann ich meine Fragen gar nicht schnell genug loswerden. »Weißt du noch, ob in dem Buch etwas von den Kindern stand? Grace und er müssen zwei Töchter und einen jüngeren Sohn gehabt haben. Weißt du etwas davon?«

»Nein, leider nicht. Das heißt, ich erinnere mich zwar recht gut an seine Biografie, aber sie bezog sich fast ausschließlich auf Cornigams erfolgreiches Berufsleben. Es war nur ab und an die Rede davon, dass ihn seine Frau immer gerne auf Wohltätigkeitsveranstaltungen begleitet hätte und dass sie auch selbst sozial sehr engagiert war. Mag schon sein, dass die Kinder auch erwähnt wurden, aber wenn, dann nur in ein oder zwei kleinen Absätzen. Nichts, was mir im Gedächtnis geblieben ist.«

»Ich habe gestern durch Google etwas über die älteste Tochter herausgefunden. Liz«, sage ich.

»Oh, okay.«

»Ja, sie hat bis zu ihrem Lebensende in Chicago gelebt und sich recht erfolgreich um eines der Nobelhotels ihres Dads gekümmert. Es ist also nicht unwahrscheinlich, dass eventuelle Nachkommen auch noch in Chicago leben.«

»Hast du mal auf der Homepage des Hotels nachgesehen? Im Impressum könnten die Namen erwähnt sein.«

Ich verziehe den Mund, denn leider … »Ja, Namen, die ich nicht kenne. Liz hieß später Hammington mit Nachnamen, so weit bin ich noch gekommen. Sie und ihr Mann haben zwei Töchter, die mittlerweile um die fünfzig Jahre alt sein dürften. Und sollten die …«

»… auch geheiratet haben, verwischt die Spur endgültig«, beendet Jerry meinen Satz mit seiner Schlussfolgerung. »Hm, aber vielleicht könnte man doch noch das eine oder andere in Erfahrung bringen. Ich habe einige sehr gute Kollegen in Chicago. Das ist das Positive an meinem Job: Man kommt weit im Land herum und verfügt nach einigen Jahren über etliche Kontakte. Vielleicht können sie mir etwas über Cornigams Nachkommen erzählen. Unwahrscheinlich ist das nicht, bei dem großen Namen.«

»Danke«, erwidere ich kopfschüttelnd. »Aber der Drops ist gelutscht, Jerry. Ich habe schlichtweg kein Geld mehr, um diese Reise fortzusetzen. Obwohl … Vielleicht könnte ich so zumindest einen schriftlichen Kontakt herstellen.«

Er lächelt. »Wenn du denkst, ich lasse dich zurückfahren, ohne dass wir zumindest versucht haben, dein Ziel zu erreichen, und zwar auf dem persönlichen Weg, dann hast du dich gewaltig geschnitten, Marielle Welley.«

Marielle. Er hat mich noch nie zuvor bei meinem vollen Vornamen genannt, doch gerade jetzt wird der ungeahnt weiche Klang von meiner Empörung übertüncht.

»Vergiss es!«, rufe ich, als ich eine leise Ahnung davon bekomme, was er im Schilde führt. »Wir können nicht nach Chicago fliegen, ausgeschlossen!«

»Warum nicht? Wir haben beide frei, ich habe das Geld dafür, und abgesehen davon …« Der schmerzverzerrte Ausdruck, der das erste Dehnen und Strecken seines Tages begleitete, kehrt in sein Gesicht zurück. »… wäre ein bequemes Hotelbett eine wirklich verlockende Perspektive.«

»Jeremy McDonald, hör mir jetzt sehr gut zu!«, fordere ich in aller Strenge und gebe mir die größte Mühe, dabei auch meinen besten Drohblick aufzusetzen. »Ich habe noch nie in meinem Leben ein Flugzeug bestiegen, und auch du wirst mich weder mit Engelszungen noch mit der Kraft von zehn Elefanten dazu kriegen, eine solche Maschine zu betreten und mit dir nach Chicago zu fliegen. Ist das klar?«

»Klar!«, sagt er. Einfach so, mit einem lässigen Schulterzucken … und beißt dann wieder in seinen inzwischen kalten Toast.

Jeremy

4. November 2013, in einer Höhe von 3800 Fuß über Seattle

Wir werden alle sterben! Wir werden abstürzen und sterben …«

Ich sollte sie beruhigen, ihr gut zusprechen. Aber Himmel, ich kann nicht mehr vor Lachen. Unser Flugzeug hat vor nicht mal zehn Minuten abgehoben, und seitdem brabbelt Mary ununterbrochen nervös vor sich hin. Zum ersten Mal, seitdem ich sie kenne, bin ich dankbar dafür, dass sie bei Aufregung an ihrem linken kleinen Fingernagel knabbert, denn so bleiben ihr jetzt nur noch neun lange Nägel übrig, die sie mir in ihrer Panik in den Unterarm bohren kann. Wie einen Rettungsring hält sie mich umklammert. Als ob ich wirklich einen drohenden Flugzeugabsturz abwenden könnte, sollte ihn das Schicksal für uns vorgesehen haben. Allerdings gibt es derzeit nicht den geringsten Anlass für eine derartige Mutmaßung. Unser Flieger ist lediglich dabei, die dicke Wolkendecke über Seattle zu durchbrechen, und schuckelt uns dabei ab und zu ein wenig durch. Alles im grasfroschgrünen Bereich.

Nur die süße Frau an meinem Arm scheint das anders zu empfinden. Das Beben ihres zierlichen Körpers geht mir durch und durch und verhilft mir zurück zu dem nötigen Ernst.

»Mary, ganz ruhig! Sobald wir über den Wolken sind, wird er wieder butterweich fliegen. Dann erlöschen sogar die Anschnallzeichen, du wirst sehen … Na ja, vorausgesetzt, du öffnest deine Augen bis dahin.«

Das Gesicht an meinem Oberarm vergraben, dringt ihr Atem warm durch meinen Pullover auf meine Haut. Dachte ich bisher, man könnte Gänsehaut nur durch Kälte bekommen, so beweist mir Marys Atem nun das Gegenteil. Ein sanfter Schauder durchfährt mich und entfaltet ein stolzes Grinsen über meinem Gesicht, als ich mir wieder einmal ihrer unmittelbaren Nähe bewusst werde. Ja, Marielle Welley ist zurück in meinem Leben. Und ich werde sie nicht so einfach wieder gehen lassen.

»Sei still!«, grummelt sie. »Du hast uns das alles überhaupt erst eingebrockt.«

»Und du wirst mir dankbar dafür sein, sobald wir wieder festen Boden unter den Füßen haben.«

»Ja, sollte es dazu kommen.«

»Vertrau mir!«, fordere ich und befreie meinen Arm nur von ihrem Griff, um die schmale Lehne zwischen uns hoch-, meine Rückenlehne ein wenig zurückzuklappen und Mary in einer entschlossenen Umarmung noch dichter an mich heranzuziehen. In dieser neuen Position, die sie wie durch ein Wunder ohne jeden Protest zulässt, kann ich sie halten und mit den Mustern, die meine streichelnden Finger auf ihren Rücken zeichnen, so lange ablenken, bis die Beruhigungstablette, die ich ihr unmittelbar vor Antritt unseres Fluges verabreicht habe, ihre Wirkung zeigt. Endlich sackt Mary mit jedem Atemzug ein wenig schwerer an mich heran, endlich entspannen sich ihre Schultern, endlich hebt und senkt sich ihr Oberkörper gleichmäßig und ruhig.

Auf diesem Flug trinke und esse ich nichts. Ich sehe weder aus dem Fenster noch auf einen der kleinen Fernsehbildschirme, höre keine heulenden Kinder oder hustenden Alten, die mich auf meinen Geschäftsreisen sonst so oft gestört haben. Ich versinke einfach in dem Glück, Mary zu halten. Sie schläft so tief, dass ich schmunzelnd an ihre vorangegangene Nacht zurückdenke, in der sie laut eigenen Angaben kein einziges Auge zutun konnte.

Aber jetzt, jetzt schläft sie … in meinen Armen. Nie zuvor waren vier Stunden so kurz, nie zuvor sehnte ich eine Landung weniger herbei. Als es schließlich doch so weit ist, weckt mich eine der Stewardessen. Jawohl, mich.

»Sir, es tut mir leid, aber Sie müssen Ihren Sitz nun aufrecht stellen. Wir haben bereits mit dem Landeanflug begonnen.«

Ich nicke schläfrig und ziehe meinen inzwischen halb tauben Arm fester um Mary, die sich an meiner Brust bewegt und erste Anstalten macht, aufzuwachen. Ihre kleine Hand krallt sich dabei in meinen Pulli, und sie gibt ein wohliges Geräusch von sich, das mich an das Schnurren einer Katze erinnert. Behutsam stelle ich die Rückenlehne senkrecht, in dem vergeblichen Versuch, Mary nicht endgültig aufzuwecken. Plötzlich schreckt sie hoch, entzieht mir ihre Wärme, und der Zauber unseres gemeinsamen Schlummers ist verflogen. Im wahrsten Sinne des Wortes.

»Wir landen«, erkläre ich auf ihren orientierungslosen Blick.

»Oh!«, sagt sie verwundert und streicht sich dabei eine Haarsträhne aus dem Gesicht. Mein Pullover scheint in Falten unter ihr gelegen zu haben, denn ein langer Abdruck des Strickmusters zieht sich über Marys linke Wange. Beinahe erwarte ich, dass mit ihr auch die Flugangst wieder erwacht, doch sie blinzelt nur mit nach wie vor trägen Lidern und gähnt hinter vorgehaltener Hand. Kurzum: Sie sieht zum Anbeißen süß aus.

»Und, war es so schlimm?«, frage ich und beobachte amüsiert, wie sich ihre Nase kräuselt.

»Noch sind wir nicht unten.«

»Och, runter kommen sie alle«, sage ich leichthin und kassiere dafür einen Klaps gegen meine Brust. In einer Art Reflex ergreife ich Marys Hand und halte sie an der Stelle über meinem Herzen, das sich so sehr nach der verlorenen Wärme ihres schlafenden Körpers zurücksehnt. Reglos und still verharren wir in der Magie des Augenblicks. Mary schluckt schwer, ebenso wie ich. »Danke«, sagt sie dann.

»Wofür?«

»Für alles. Ich habe mich bisher weder für diese Reise noch für deine Bereitschaft, mit mir zu kommen, bedankt. Ich meine, Chicago! Das ist der Wahnsinn! Ich freue mich wirklich darüber, Jerry.« Streng genommen ist es unnötig, dass sie es ausspricht, denn ihre strahlenden Augen verraten sie ohnehin. Dennoch genieße ich ihre Worte, sind sie doch meine persönliche Bestätigung, endlich mal das Richtige getan zu haben.

»Ich würde gerne behaupten, dass ich den Flug und die Hotelzimmer vollkommen selbstlos gebucht habe, aber … das wäre gelogen, Mary«, gestehe ich kleinlaut. »Ich …«

… bin zu feige, dir jetzt schon zu gestehen, was du in den letzten Tagen mit mir angestellt hast.

»Ich genieße die Zeit mit dir«, sage ich darum nur. Eine Antwort, die ausreicht, um mir die Röte bis in die Ohrenspitzen zu treiben. Es gelingt mir nicht einmal, Mary dabei anzusehen. Das Geständnis allein kostet mich schon Überwindung genug. Und als die Sekunden ohne eine Reaktion von ihr verstreichen, sehe ich sie dennoch vor mir, wie sie sich verschämt auf der Lippe herumbeißt und mit sich ringt, ob sie etwas und wenn, was sie erwidern soll. Erst unmittelbar bevor ich ihr sage, dass ich keine Antwort von ihr erwarte, setzt sie genau zu dieser an. Flüsternd. Schüchtern. Genauso, wie ich mich fühle.

»Es ist verrückt, und noch bis vor wenigen Tagen hätte ich nie im Leben gedacht, dass ich diesen Satz jemals über die Lippen bringe, aber …« Erwartungsvoll sehe ich sie an, bis sich ihre Miene wandelt und sie den Kopf schüttelt. »Nein«, sagt sie mit einem dieser schelmischen Blicke, bei denen sich ihre linke Augenbraue höher als die rechte zieht. »Ich krieg's einfach nicht raus.«

Ehe ich ihr mit dem Finger in die Seite piksen kann, werden wir so stark durchgeschüttelt, dass ich das Geschirr auf den vorhangverhangenen Servierwagen scheppern höre. Mary quiekt unterdrückt auf und klammert sich erneut an meinen Arm. Wie von selbst finden meine Fingerspitzen in ihr Haar, massieren beruhigend ihre Kopfhaut. »Schon gut, die Landung ist ähnlich wie der Start. An Höhe zu verlieren ist nicht immer angenehm, und die Wolken …« Ich spüre, dass weder meine Berührung noch meine Worte zu ihr durchdringen. Mary scheint mich ausgeblendet zu haben. Wieder zittert sie, wieder sind ihre Augenlider krampfhaft geschlossen. Für den Moment besteht ihre Welt nur aus diesem schrecklichen Gefühl irrationaler Panik.

»Hier!« Gepackt von einem hoffentlich rettenden Gedanken, ziehe ich mein Smartphone aus der Seitentasche meines Rucksacks hervor, den ich unter den Vordersitz geschoben hatte. Schnell entwirre ich die Kopfhörer, schiebe der nach wie vor zitternden Mary einen Knopf ins Ohr und nehme mir selbst den anderen. Meine Wahl fällt schnell … auf Katie Meluas *Nine Million Bicycles*.

Erst als das von der Flöte gespielte Intro schon verklungen ist und Katie mit ihrer zarten Stimme die ersten Zeilen singt, bemerke ich, wie wunderbar der Text dieses Liedes meine Gefühle für Mary widerspiegelt. Kurz befürchte ich, mit meiner Songauswahl unbewusst zu viel preisgegeben zu haben, doch alle Sorgen lösen sich schnell und rückstandslos in ein großes Nichts auf, als Mary sich deutlich entspannt und ihre warme Wange vertrauensvoll an meinen Oberarm schmiegt.

Mit einer vorbildlichen Landung, Katies Versprechen – *And you know that I will love you till I die* – und einem bezaubernd erleichterten Lächeln der zierlichen Frau an meiner Seite, endet Marys erster Flug.

»Überlebt«, flüstere ich und zupfe dabei den kleinen Knopf aus ihrem Ohr. »Ja, unfassbar!«, entgegnet sie, plötzlich wieder euphorisch. »Jetzt muss ich aber Pipi.« Erschrocken schlägt sie sich die Hand vor den Mund und errötet in Rekordschnelle bis zu den Haarwurzeln. Doch es ist zu spät, die Worte sind bereits entschlüpft … und mein Flug endet, wie er begonnen hat: Ich kann nicht mehr vor Lachen.

Mary

Am Flughafen O'Hare in Chicago, wenige Minuten nach der Landung

Wir verlassen das Flugzeug glücklich. Warum Jerry so strahlt, weiß ich zwar nicht, aber ich für meinen Teil bin einfach nur froh, wieder festen Boden unter meinen nach wie vor wackligen Beinen zu spüren.

Da wir beide nur mit Handgepäck unterwegs sind, laufen wir zügigen Schrittes an den anderen Passagieren vor den Transportbändern vorbei, dem Ausgang entgegen. Jerry sucht immer wieder meinen Blick, und seine Hand streift die meine nicht nur ein Mal. Dennoch erfasst er sie nicht – und ich erwische mich dabei, dies mit einem Anflug von Enttäuschung zur Kenntnis zu nehmen.

»Warum rennen wir so?«, frage ich, ohne das Tempo zu verringern.

»Unser Flieger hatte eine Viertelstunde Verspätung, und John ist sicher in Eile«, erklärt Jerry knapp, unmittelbar bevor wir die große Doppeltür erreichen, die sich automatisch für uns öffnet.

Unter all den Wartenden, die sich hinter der Abtrennung drängen, fällt mein Blick sofort auf den richtigen Mann. Hochgewachsen und sehr hager, die sonst so dunklen Haare an den Schläfen bereits ergraut, mit gehetztem Blick hinter schmalen Brillengläsern, sieht Jerrys ehemaliger Studienkollege John genauso aus, wie er ihn mir beschrieben hat.

Als John Jerry entdeckt, schiebt er sich den letzten Riesenbissen eines Burgers in den Mund und winkt ihm mit dem zusammengeknüllten Papier in der Hand zu. Wir kämpfen uns zu ihm durch, die Männer begrüßen sich kurz mit einer kumpelhaften Umarmung.

»Hey John, schön, dich endlich mal wieder zu sehen. Das ist Mary.« Mit einem Lächeln, das mir beinahe stolz erscheint, zieht Jerry mich heran.

»Hallo John!«, begrüße ich seinen Kollegen. »Und entschuldige, dass wir dir so viel Mühe machen.«

»Ach was, Mühe«, sagt er und winkt ab. Die hastige Handbewegung und sein hektisch-verstohlener Blick in Richtung Armbanduhr sprechen dabei jedoch deutlicher zu mir als die höfliche Floskel.

»Sorry, unsere Maschine ist zu spät gestartet. Wir standen fast eine halbe Stunde auf der Startbahn, bevor es endlich losging«, erklärt Jerry.

»Kein Problem! Kommt, mein Wagen steht in der Tiefgarage.«

John nimmt meine Tasche an sich und geht voraus. »Ich wünschte, ich hätte die Zeit, euch die Stadt ein wenig zu zeigen oder zumindest mit euch essen zu gehen. Aber wir haben da diesen großen Fall, und morgen steht der erste Gerichtstermin an. Ich muss also alles noch mal mit meinem Mandanten durchkauen. Ein furchtbar unsympathischer Mensch, der glaubt, immer alles besser zu wissen. Dabei schwafelt er, wenn es schlauer wäre, einfach mal die Klappe zu halten, und hüllt sich in trotziges Schweigen, wenn Antworten angebracht wären. Drei Kreuze, wenn wir den morgigen Tag ohne Saalverweis überstehen.« Missmutig schüttelt John den Kopf. »Tja, und nach meinem Meeting mit Mr Großkotz steht uns wohl noch eine Nachtschicht im Team bevor.« Humorlos stößt er etwas Luft aus, den Blick auf Jerry gerichtet. »Aber was langweile ich dich? Natürlich kennst du das.«

»Schon gut, John«, sagt Jerry, während wir neben seinem Kumpel einen Fahrstuhl betreten. »Ich weiß, wie kurzfristig ich mit meinem Anliegen um die Ecke kam. Insofern bin ich dir wirklich dankbar, dass du überhaupt Zeit gefunden hast, uns hier abzuholen.«

»Na ja, irgendwie muss ich euch ja briefen.«

Die Fahrstuhltür öffnet sich und entlässt uns auf der untersten Ebene, im Parkhaus. John geht zielstrebig auf einen der Kassenautomaten zu und wischt Jerry mit dem Ellbogen zur Seite, als dieser sich bemüht, das Ticket zu zahlen.

Als es John gelungen ist, seine Karte in den Automaten zu stecken, schlägt er Jerry triumphierend auf die Schulter und leitet uns dann in Richtung seines Wagens – eines schicken Chrysler-Sebring. »Wow!«, entfährt es Jerry anerkennend.

»Ja. Für irgendwas muss die ganze Plackerei ja gut sein«, befindet John und beeilt sich dann, unser Gepäck in den schmalen Kofferraum zu verladen. Im Wagen betreiben die Männer noch ein wenig Small Talk, bis sich die Schranke des Parkhauses vor uns öffnet und Chicago uns einsaugt. Ich kann es nicht anders beschreiben, es fühlt sich tatsächlich wie ein Sog an, als wir uns mehr und mehr dieser mir unbekannten Stadt mit ihrer gigantischen Skyline nähern. Es ist bereits dunkel, und so tauchen wir schon bald in das typische Lichtermeer einer Großstadt ein. Ampeln, beleuchtete Schaufenster, gigantische Leuchtreklamen …

Im Prinzip ähnelt jede Stadt der anderen, besonders nachts, so sollte man doch meinen. Dennoch überkommt mich während unserer halbstündigen Fahrt ein seltsames Gefühl. Ich weiß genau, dass ich noch nie zuvor in Chicago war, dass ich die Stadt – wie so viele andere – nur aus Filmen und Büchern kenne. Trotzdem fühle ich mich seltsam vertraut mit ihr. Allerdings komme ich nicht dazu, dieses Gefühl stärker auf mich wirken zu lassen, geschweige denn, ihm auf den Grund zu gehen. Denn seitdem wir das Parkhaus verlassen haben, berichtet John von seinen Recherchen … und ich lausche gebannt.

»Also nach meinem Stand der Dinge gibt es hinter Royce und Grace Cornigam nur noch vier Erben. Einen Sohn der zweiten Tochter Carol, zwei Töchter nach der ältesten Tochter Liz, und in diesem Zweig auch eine Urenkelin. Grace' und Royce' Sohn, Adam, starb kinderlos bei einem Autounfall vor ungefähr zwanzig Jahren.«

An dieser Stelle zieht sich mein Herz so stark zusammen, dass ich meine zur Faust geballte Hand gegen meinen Brustkorb presse. Zeitgleich schnelle ich aus dem Rücksitz nach vorne und umklammere mit meiner anderen Hand Jerrys Kopfstütze, um ihm und John näher zu sein. Schon spüre ich Jerrys Atem an meiner Wange. »Adam«, flüstert er so leise, dass nur ich es höre. Ein Schauder rieselt meinen Rücken hinab und lässt mich nicken. Ja, es kann kein Zufall sein, dass Grace ihrem einzigen Sohn diesen Namen gab.

John fährt währenddessen unbeirrt fort: »Zwei der drei Enkel und die Urenkelin leben nicht mehr in Chicago. Die zweite Tochter, Carol, lebt zwar noch hier, ist aber geistig nicht mehr auf der Höhe und wird rund um die Uhr betreut. Also bleibt euch nur Liz' Tochter Ellie, die ihr für eure Fragen kontaktieren könnt. Hier …« Damit zückt er einen Zettel und reicht ihn Jerry. »… ist die Adresse und eine Telefonnummer. Ohne Gewähr, aber die Angaben müssten stimmen.« Er grinst stolz. »Sonst hätte meine Sekretärin zum ersten Mal einen Fehler gemacht, was ich für ausgeschlossen halte. Aber ihr habt diese Angaben nicht von mir, verstanden? Auch Ellie Hammington ist bis heute viele Millionen Dollar schwer und wird vermutlich nicht begeistert sein, wenn irgendwelche

Fremden einfach bei ihr zu Hause anrufen. Ihr werdet die Sache mit viel Geschick angehen müssen, um eine Audienz zu erhalten, vermute ich. Aber ihr macht das schon. Ich kenne niemanden, der überzeugender argumentieren kann als du, Jerry.«

Seinen ruhigen Worten zum Trotz heizt John nur so durch die nächtlichen Straßen Chicagos. Nebel und leichter Schneefall verschlechtern die Sicht, und so beschließe ich einfach, nicht länger aus dem Fenster auf die vorbeifliegenden, Schlieren ziehenden Lichter zu schauen, nachdem sich mein Magen zum wiederholten Male verdächtig zusammengekrampft hat.

»So, jetzt aber zu euch! Wie habt ihr euch kennengelernt?«, will John wissen. »Und vor allem: Was hast du mit ihm angestellt, Mary, dass der Frauenheld unseres Jahrgangs plötzlich so handzahm geworden ist, hm?« Er lacht auf und schlägt dem sichtlich verlegenen Jerry auf den Oberschenkel. »Hast du zu oft ›Verrückt nach Mary‹ geschaut, oder was?«

Irgendwie schafft es Jerry, sich vor einer Antwort zu drücken. Wenige Minuten später hält John vor unserem Hotel. »So, aussteigen, bitte!«, ruft er. »Das Hilton?«, japse ich – gleichermaßen entzückt wie empört den Blick auf das riesige Vordach mit seinen goldenen Pfeilern und den ebenso goldenen Schriftzug auf dem bordeauxroten Hintergrund geheftet. »Bist du verrückt, Jeremy McDonald?«

In der scheinbar für ihn typischen Hast reicht mir John meine Tasche aus dem Kofferraum und beugt sich dabei verschwörerisch zu mir herab. »Ja, ganz offensichtlich nach dir, sage ich doch«, flüstert er mit einem Zwinkern und streicht mir dann zum Abschied über den Oberarm.

»Also dann, mein Freund«, sagt er an Jerry gewandt, den er wieder in diese typische Männerumarmung zieht, bei der doch kaum Körperkontakt entsteht und sie sich eigentlich nur gegenseitig auf die Schultern klopfen. »Mach's gut, Junge! Und melde dich das nächste Mal etwas eher, damit ich dich besser einplanen kann. Dann gehen wir was trinken, okay?«

»Klar, machen wir. Vielen Dank für alles, John!«, erwidert Jerry mit einem Lächeln, das seine seltsam trüben Augen nicht erreicht. Irgendetwas stimmt nicht mit ihm.

Als John davonbraust, nimmt Jerry meine Tasche an sich und schenkt dabei auch mir ein solch halbherziges Lächeln. Wie eine Maske liegt es auf seinem Gesicht, aber ich komme nicht dazu, es zu hinterfragen. Denn als wir Seite an Seite das riesige Entree betreten, kann ich vor lauter Faszination schlagartig kaum noch atmen.

»Das ist zu viel. Warum hast du ...? Ich meine, das Hilton ...«, stammele ich in meiner Überforderung, abwechselnd auf die hellen Decken und die dunkel marmorierten Böden starrend. Nie zuvor war ich in einem so noblen Hotel. »Etwas in Richtung *Miss Elsas Pension* hätte es auch getan, weißt du?«, wispere ich, unmittelbar bevor uns der nette Mann hinter der Theke den elektronischen Zimmerschlüssel überreicht.

Moment mal, den Zimmerschlüssel? Einen?

Ich schweige irritiert, bis wir mit einem der Fahrstühle die 24. Etage erreichen und Jerry zielstrebig auf die entsprechende Zimmertür zusteuert.

»Was ist ...?«, frage ich beim Eintreten, unfähig, meinen Satz zu beenden. Jerry lacht und stößt mir dabei seinen warmen Atem in den Nacken. Urplötzlich bin ich mir seiner unmittelbaren Nähe überaus bewusst. »Eine Suite, Mary. Mit zwei getrennten Schlafzimmern und einem gemeinsamen Wohnzimmer. Was dachtest du? Dass ich uns ein Doppelzimmer gebucht habe? Das hätte ich nie gewagt. Allerdings muss ich gestehen, dass ich unsere gemeinsamen Abende in Robs Wohnzimmer sehr genossen habe. Darum habe ich mich gegen zwei einzelne Zimmer entschieden. Ich hoffe, das ist in Ordnung?« Ich schnelle zu ihm herum, sehe ihn vollkommen verdattert an. Nicke wie benommen. Nun lächelt er wieder so, wie ich es mag. Mit hundert kleinen Fältchen um die äußeren Augenwinkel. »Na los!«, wispert er, den Blick auf meine Lippen gerichtet. »Such dir dein Zimmer aus!«

Entfesselt klatsche ich in die Hände und widerstehe nur knapp der Versuchung, Jerry um den Hals zu fallen. Dann stürme ich durch unsere Suite – *Unsere Suite, wow!* –, bestaune zunächst den riesigen Wohnraum, dann das edle Bad und das erste Schlafzimmer.

»Hier bleibe ich!«, rufe ich entschlossen, nachdem ich mich mit einem Hechtsprung von der bequemen Matratze des gigantischen Bettes überzeugt habe.

»Hm, da bin ich mir nicht so sicher«, befindet Jerry und lockt mich damit doch noch einmal aus dem Raum hervor. Er steht in dem anderen Schlafzimmer, das zwar ein wenig kleiner als das erste ist, dafür jedoch über einen wunderbaren Ausblick verfügt. Jerry winkt mich zu sich an das tiefe Fenster und hält mich von hinten an den Oberarmen fest. Unter uns liegt ein wunderschön beleuchteter Park, weiter entfernt glitzern die unzähligen Funken einer weiten Wasserfläche.

»Oh, mein Gott!«

»Das ist der Grant Park«, erklärt er. »Direkt dahinter liegt der Lake Michigan. Und, wie steht es jetzt um deine Zimmerwahl?«

»Das hier«, hauche ich.

»Dachte ich mir.« Sein Schmunzeln lässt die tiefe Stimme vibrieren. Sekunden verharren wir still, in genießerischem Staunen. Dann knurrt Jerrys Magen und entlockt mir ein Lachen, das selbst in meinen eigenen Ohren mädchenhaft klingt.

»Wie sieht's aus, bist du von dem Schlag Frauen: ›Meine

Kleidung muss fein säuberlich auf Bügeln im Schrank hängen, bevor ich mich hier wohlfühlen kann‹«, äfft er mit hoher Stimme, »oder bist du eher der Camper-Typ und lebst auch mal gerne aus dem Koffer?«

»Keine Ahnung!«, gestehe ich. »Es ist ja nicht gerade so, als wäre ich schon oft verreist. Aber …«

Ich wende mich ab und laufe, wie das junge Mädchen, das ich einst war und das in Jeremys Gegenwart immer und immer wieder in mir erwacht, zurück in den anderen – in seinen – Schlafraum und hole meine Tasche. Schnell packe ich meine Pyjamahose und sein T-Shirt aus und stopfe beides unter das Kopfkissen. »So wird's wohl gehen. Ansonsten tut es sicher der Koffer.«

Jerry wirkt erleichtert. »Dann lass uns etwas essen gehen. Ich komme schon fast um vor Hunger. Irgendwer hat mich vorhin nämlich um meinen Flugzeugimbiss gebracht.« Seine Anschuldigung klingt alles andere als ernst gemeint. Dennoch spiele ich mit und tue pikiert. »Du hättest mich ja nicht den gesamten Flug über halten müssen.«

Er schließt die Lücke zwischen uns mit nur einem großen Schritt und ergreift meine Hände. »Tss, als ob das wirklich eine Möglichkeit gewesen wäre. Um nichts in der Welt hätte ich darauf verzichten wollen.«

Ich möchte es nicht, doch ich versteinere augenblicklich unter seinem Geständnis. Ich würde mich gerne für seine Flirtversuche gewappnet fühlen, ihnen cool, frech und schlagfertig begegnen … aber ich kann es nicht. Noch nicht. Stattdessen fällt mein Blick von seinen graugrünen Augen auf unsere Fußspitzen. Meine Fingerkuppen prickeln, als Jerry sie in spürbarer Enttäuschung aus seinen Händen gleiten lässt und einen Schritt zurückweicht. Wie so oft versucht er, sich nichts anmerken zu lassen.

»Hier gibt es eine irische Bar oder eine sehr gemütliche Lounge, mit breiten Sesseln und Kaminfeuer. Was meinst du?«

Ich denke an unseren zweiten Abend in Robs Wohnzimmer zurück. Das prasselnde Kaminfeuer, unser erstes durch und durch entspanntes Gespräch, seine Offenheit und die plötzliche Scham, als ich ihn auf seine bisherigen Frauen ansprach. Seine Kitzelattacke. Drei Tage liegt das alles nun schon zurück. Drei Tage, die an Jerrys Seite wie im Flug vergingen. Und das zumindest teilweise buchstäblich. Ich kann es bis jetzt nicht fassen, dass er mich tatsächlich überredet hat, mit ihm nach Chicago zu fliegen. John hat recht: Niemand kann so überzeugend argumentieren wie Jerry.

»Was?«, fragt er, denn scheinbar habe ich unter meinem Gedanken den Kopf geschüttelt.

»Nichts … Kaminfeuer klingt toll!«

Wenig später sitzen wir, umringt von anderen Hotelgästen, an einem kleinen Tisch der *720 South Bar*, schlürfen Cocktails und genießen beide ein Steak. Trotz der Gemütlichkeit dieses großen Raums und der Qualität, die sich eindeutig auf unseren Tellern wiederfindet, ist Jerry sehr still. Ich beobachte ihn eine Weile und bemerke, dass er erneut so seltsam betrübt wirkt wie schon zuvor, nach der rasanten Fahrt in Johns Sebring.

»Was ist los mit dir?«, erkundige ich mich und streiche dabei behutsam mit meiner Schuhspitze über seine Wade. Jerrys Lider flattern, als hätte ich ihn mit meiner Berührung aus tiefen Gedanken gezogen.

»Entschuldige, ich …« Er beendet seinen Satz nicht, lehnt sich jedoch zurück und legt seine Gabel auf dem Rand seines Tellers ab.

»Okay, was ist passiert? Da liegt ein argentinisches Rumpsteak auf deinem Teller, und du hörst auf zu essen?«

Wenn ich in den vergangenen Tagen etwas über Jerry gelernt habe, dann, dass er gutes Fleisch liebt. Er lächelt, doch auch dieses Mal wirkt es matt. In mir rührt sich mein schlechtes Gewissen. »Jerry, ist es wegen vorhin? Weil ich es nicht schaffe, dir in die Augen zu sehen, wenn du so … süß zu mir bist? So offen? … Ich brauche Zeit, weißt du? Das alles … ist noch so unwirklich für mich, so neu«, gestehe ich ihm kleinlaut und nicht nur ein wenig verschämt.

Er sieht mich lange an, schüttelt dann jedoch den Kopf. »Ich werde dich zu nichts drängen, das habe ich mir geschworen. Wenn überhaupt, dann gibst du das Tempo vor. Du allein, Mary. Ich halte an dieser Stelle nur fest, dass du mich gerade ›süß‹ genannt hast.« Er rümpft die Nase. »Und dass ich mich, obwohl ich dieses Wort noch nie mochte, in gewisser Weise geschmeichelt fühle.«

»So? Und warum bist du dann so … geknickt?«

»Na ja, um ehrlich zu sein, ist es wegen der Begegnung mit John.«

»Was war mit ihm? Er war doch sehr nett«, hake ich ratlos nach.

Jerry stochert noch eine Weile in seinen Kartoffelecken herum, ehe er endlich mit der Sprache herausrückt. »Sicher war er nett, ja. Aber ich schätze, er hat mir zwar unbewusst, aber dennoch sehr deutlich vor Augen gehalten, was ich in der vergangenen Woche so gar nicht vermisst habe. Dieser Stress, weißt du? Dieses von einem Termin zum nächsten hechten und die Gedanken dabei in einer Endlosschleife um die aktuellen Fälle kreisen lassen. Sämtliche Anschuldigungen, mit denen die gegnerischen Anwälte aufwarten könnten, schon im Vorfeld abzustecken, auf der ständigen Suche nach den schlagenden Argumenten, um alle ungünstigen Theorien möglichst schon im Keim zu ersticken.« Klirrend landet seine

Gabel auf dem Teller. »Ich habe es satt, Mary. So satt! Es ist wie ein aussichtsloser Kampf.«

»Und du willst nicht länger kämpfen.«

»Ich wollte es noch nie. Selbst wenn Rob und ich Fall für Fall gewinnen, weiß ich doch, dass wir es in höchstens fünfzig Prozent der Fälle auch verdienen. Was ich tue, fühlt sich … schon so lange nicht mehr gut an.«

»Dann hör doch auf!«

Er lacht verbittert und nickt mir über den Rand seines Cocktailglases zu. »Das sagt sich so leicht, nicht wahr? Aber … was soll ich denn sonst machen? Es ist das Einzige, was ich gelernt und studiert habe. Das Einzige, was ich wirklich kann.«

»Nein!«, protestiere ich. So entschlossen, dass er sofort verstummt.

»Es ist das Einzige, was du studiert hast, okay. Aber es ist nicht das Einzige, was du kannst. Ich habe dich mit meinem Dad reden gehört. Du hast ihm binnen Minuten die Augen geöffnet und ihn davon überzeugt – wirklich überzeugt –, dass er Hilfe benötigt. Du hast mich dazu gebracht, dir zuzuhören. Und du hast mir, fast gegen meinen Willen, gezeigt, wer du wirklich bist. Dass ich mich in dir getäuscht habe und … dass ich dumm wäre, dir keine zweite Chance zu geben. Du hast eine Gabe, Jerry, ob du es nun erkennst oder nicht. Ich sehe es, und selbst John hat gesagt, dass er niemanden außer dir mit einer derartigen Überzeugungskraft kennt. Du bist hartnäckig und, wenn du an etwas glaubst, nahezu unerschütterlich. Du dringst zu den Menschen durch, rüttelst sie auf, schaffst es, etwas in ihnen zu bewegen. Nur deshalb bist du bis heute so ein guter Anwalt. Ich meine, überleg doch nur mal, wie jung du noch bist und wie weit du es in deinem Job schon gebracht hast. Eine eigene Kanzlei, mitten in Seattle.«

»Zwei, drei große gewonnene Fälle«, spielt Jerry seinen Status herunter.

»Auf die manch ein Anwalt sein halbes Berufsleben lang vergeblich hofft«, halte ich dagegen, doch er schüttelt den Kopf. »Außerdem ist es eine Gemeinschaftskanzlei. Streng genommen habe ich mich nur bei Rob eingekauft.«

»Was vermutlich sein großes Glück war«, sage ich, inzwischen beinahe trotzig. »Aber wenn es nicht das ist, was du wirklich tun willst, Jerry, dann bin ich mir sicher, dass du dieses Talent auch anderweitig nutzen könntest. Auf eine für dich befriedigendere Art und Weise.« Er schürzt seine Lippen, wirkt alles andere als überzeugt.

»Außerdem hast du diese handwerkliche, künstlerische Begabung«, ereifere ich mich weiter. »Du hast selbst gesagt, wie sehr es dich überrascht hat, dass du Eliah in der Werkstatt so selbstverständlich zur Hand gehen konntest.« Ich halte inne, weil er die Augen verdreht.

»Ich habe ein Stück Holz bearbeitet. Wow!«

»Auch das will gekonnt sein«, erwidere ich fest. »Ich bin mir sicher, Eliah teilt da meine Meinung. Aber … letztendlich bleibt doch nur die eine Frage, ob du diesen Schritt tatsächlich wagst und deine Erkenntnis nutzt, um etwas zu ändern.« Nun weicht er mir nicht länger aus, endlich sieht er mich an.

»Du bist unglücklich, okay. Aber bist du auch bereit, das Gewohnte hinter dir zu lassen und dich für etwas Neues zu öffnen? Von vorne zu beginnen, nur mit der vagen Hoffnung auf mehr Zufriedenheit?«

»Ich weiß es nicht«, gesteht er ehrlich.

»Dann solltest du in dich gehen und nach der Antwort suchen.«

Er schaut mir lange in die Augen, wobei sein Blick mit jedem verstrichenen Herzschlag intensiver wird. Prüfender. »Wie ist das bei dir?«, fragt er schließlich.

»Was meinst du?«

»Na, wolltest du immer schon eine Sekretärin werden?« Sein ernsthaftes Interesse behütet die Frage davor, geringschätzig oder herablassend zu klingen. Dennoch trifft er einen wunden Punkt damit.

»Nein«, gestehe ich mit einem Lächeln, das sich hart und aufgesetzt anfühlt. Nun trage ich diese Maske, die ihn vermutlich ebenso wenig täuschen kann, wie es die seine zuvor bei mir vermochte. »Aber vor gut zehn Jahren wollte ich einfach nur noch weg. Weg aus Seattle, von meinem alten Leben. Meine Großmutter lebte damals noch in der Wohnung, die ich heute alleine bewohne. Ich war gerade neunzehn geworden und zog zu ihr. Alles andere … ergab sich irgendwie so.«

»Und du hast dich damit zufriedengegeben«, hält er fest.

»Ich hätte mich wohl mit vielem zufriedengegeben, um meinem Dad nicht länger dabei zusehen zu müssen, wie er sich von Tag zu Tag mehr im Alkohol verlor. Ich meine, meine Alternativen waren nicht gerade die besten. Entweder hätte ich, wie Toby, bei meiner Mom und ihrem neuen Freund Ted leben können, einem Mann, den ich bis heute nicht sonderlich mag. Ober eben bei meinem Dad, der seit der Trennung kaum noch sprach, geschweige denn das Haus verließ. Als Steuerberater musste er ja nicht mal regelmäßig für seinen Job vor die Tür gehen, und so schottete er sich zunehmend ab. Dadurch, dass er bei klarem Kopf wirklich gute Arbeit leistete, fiel seine Alkoholsucht beruflich erst nach einigen Jahren auf, als diese klaren Momente immer seltener wurden.«

So nervös, wie ich bei diesem unliebsamen Thema immer werde, spiele ich am Stiel meines Cocktailglases und meide den Augenkontakt zu Jerry. Und so brennt sich sein mitfühlender Blick in meine Kopfhaut ein. »Es machte mich krank, ihn so zu sehen, und natürlich hatte ich ein furchtbar schlechtes Gewissen«, fahre ich betrübt fort. »Vermutlich hätte ich es nie übers Herz gebracht, einfach zu gehen und ihn allein zurückzulassen. Manchmal fühlt es sich für mich bis heute so an, als hätte ich ihn im Stich gelassen. Und das, obwohl er jede Hilfe kategorisch abgelehnt und mich immer wieder von sich gestoßen hat.« Fast ein wenig wütend schiebe ich das Glas von mir und reiße mich aus diesen finsteren Erinnerungen, die ich mir nur selten gestatte. »Damals kam meine Nana zu Besuch und erkannte, dass meinem Vater nichts und niemand würde helfen können, außer eines Tages vielleicht die eigene Einsicht. Meine Nana war eine sehr liebenswerte, aber ziemlich resolute Frau. Sie beschloss, mir die Entscheidung meines Auszugs nicht länger selbst zu überlassen, und nahm die Zügel in die Hand. Und ich blieb bei ihr, dankbar, in ihren vier Wänden endlich wieder das junge Mädchen sein zu dürfen, das ich damals doch auch noch war.«

»Das war ein guter Schritt. Der richtige«, sagt Jerry. »Ich weiß genau um die Tücken dieser Sucht.« Federleicht streicht er mit seinem Zeigefinger über meinen. Zum ersten Mal denke ich nicht darüber nach, sondern reagiere einfach. Ergreife seine Hand und drücke sie. Ich will ja, dass er weiterspricht. Dass er mich versteht.

»Man fühlt sich verantwortlich und gleichzeitig so machtlos«, sagt er leise. »Aber deine Nana hatte recht. Du warst nichts von beidem. Damals wäre vermutlich niemand in der Lage gewesen, ihm die Augen zu öffnen. Dafür musste er erst seinen Tiefpunkt erreichen.«

»Ich hoffe so sehr, dass er die Therapie durchsteht«, sage ich mit einem tiefen Seufzer. »Dass er endlich wieder anfängt zu leben, auch ohne meine Mom.« Meine Stimme klingt zu dünn und gepresst. Es fällt mir nicht leicht, um den Kloß in meinem Hals herumzusprechen.

»Nun, ich kenne jemanden, der mindestens genauso überzeugend argumentieren kann wie ich«, sagt Jerry. »Und das ist Dakota. Sie wird deinen alten Herrn schon wieder geradebiegen, wie sie es damals auch mit meinem getan hat.« Er schenkt mir ein letztes aufmunterndes Schmunzeln, bevor er seine Gabel wieder zur Hand nimmt und ein großes Stück von seinem Steak schneidet. »So etwas müsste es sein, weißt du?«, fällt es ihm während des Kauens plötzlich ein. Dann entsinnt er sich auf seine Kinderstube und beeilt sich, den Mund zu leeren, bevor er weiterspricht. »Dakota bewirkt mit ihrem Talent wirklich etwas Gutes, etwas Sinnvolles. Das ist bestimmt ein harter Weg, und sicher ist er neben ihren Erfolgserlebnissen auch mit einigen Niederlagen und etlichen Rückschlägen gepflastert, aber … zum Teufel, wenn sie am Ende ihres Lebens nicht weiß, was sie geleistet hat.«

Er nickt abschließend und schneidet ein weiteres Stück von seinem Steak, während ich ihn nur staunend beobachte.

Wie nur konnte ich mich so von der fiesen Fassade des Jungen, als den ich ihn damals fürchtete und zugleich liebte, blenden und einschüchtern lassen? Wie konnte ich nicht erkennen, welch guter Kern in ihm steckte … und offensichtlich noch bis heute steckt?

Jeremy

Hilton Hotel in Chicago, wenige Stunden später

Müde von der Reise und dem langen Tag, der hinter uns liegt, fallen wir nach einem kurzen Spaziergang im leichten Schneegestöber des Grant Park erschöpft, aber zufrieden in unsere Betten. Meine letzten bewussten Gedanken sind die an Mary, wie sie sich auf den zugeschneiten Wegen um ihre eigene Achse drehte. Die Arme weit von sich gestreckt, kreiselte sie durch die dicken weißen Flocken, die unerschöpflich auf uns herabtanzten. Ich überlege lange, kann mich jedoch nicht daran erinnern, jemals glücklicher gewesen zu sein als an diesem Abend. Mit ihr an meiner Seite.

Über diesen Gedanken muss ich eingeschlafen sein, denn als ich meine Augen wieder öffne, bohrt sich die blasse Novembersonne bereits durch die Vorhänge meines Zimmers. Träge und ein wenig widerwillig rolle ich mich aus diesem himmlischen Bett. Es ist einfach zu lange her, dass ich auf einer solch bequemen Matratze schlafen durfte.

Mary erwartet mich angezogen und perfekt geschminkt im Wohnzimmer.

»Hey! Schon so früh wach?«, murmele ich verschlafen.

»So früh? Was denkst du denn, wie spät es ist, Schlafmütze?«, lacht sie. Ein Blick auf meine Armbanduhr bestätigt, dass sie nicht scherzt.

»Es ist schon zehn? Mary, du hättest mich wecken sollen!«

»Wozu denn? Du hast schließlich Urlaub, oder nicht?«

»Schon, aber … wir haben noch so viel vor. Warte!« Schnell

schreite ich zum Telefon und ordere ein Frühstück auf unser Zimmer.

»Warum das?«, fragt Mary, als ich den Hörer auflege.

»Es spart Zeit. So kann ich schon telefonieren, während wir noch frühstücken.«

Mary beißt sich angespannt auf die Unterlippe. »Meinst du, Ellie wird uns abblocken? ... Es ist komisch für mich, mir das vorzustellen. Bisher sind mir auf dieser Suche alle so offen und hilfsbereit begegnet. Eliah, Caren, George, du ...« Sie blinzelt zu mir auf. »Kaum vorstellbar, dass sich das nun, wo ich mein Ziel ja quasi erreicht habe, noch ändern soll.«

Ich frage mich, ob ihr wirklich bewusst ist, womit sie Ellie konfrontieren wird, wenn wir die Chance dazu bekommen. »Hm. Hast du dich mal gefragt, wie sich die Enkelin in Titanic fühlte, von der die alte Rose auf das Forscherschiff begleitet wurde und die den Erinnerungen der Greisin dort zum ersten Mal lauschte? Glaubst du, es war ein gutes Gefühl, zu erfahren, dass ihre geliebte Großmutter erst die Liebe ihres Lebens hatte verlieren müssen, um später zu ihrem Ehemann zu finden?«, frage ich vorsichtig. Marys entgleisende Gesichtszüge sprechen für sich. Zu keinem Moment hat sie bislang daran gedacht, dass Ellie sich mit einer derartigen Erkenntnis schwertun könnte.

»Lass uns nicht weiter mutmaßen, Mary«, sage ich schnell, unfähig, mit dem abrupten Erlöschen ihrer Euphorie umzugehen. »Es wird Zeit für diesen Anruf.«

Das Freizeichen erklingt nur zweimal, dann meldet sich eine junge Frau mit mexikanischem Akzent.

»Guten Tag. Mein Name ist Jeremy McDonald. Ich würde gerne mit Ms Hammington sprechen.«

»Sir, darf ich fragen, in welcher Angelegenheit Sie anrufen?«

»Es geht um etwas Privates. Ich bin ein alter Bekannter«, lüge ich ohne das geringste Zögern. Marys Augenbrauen schnellen nach oben.

»Verstehe. Einen kleinen Moment, bitte«, sagt das Mädchen am anderen Ende der Leitung und hält dann offenbar die Hand vor den Hörer, wie mich das gedämpfte Knacken und Knistern erahnen lässt.

Ich tue es ihr gleich und wispere Mary zu: »Das ist das Gute daran, einen Nachnamen wie den meinen zu haben, weißt du? Gott und die Welt heißt so, und ich wette, auch Ellie Hammington kennt irgendeinen McDonald.«

Mary lächelt.

»Hallo?«, meldet sich in diesem Moment eine deutlich tiefere Stimme als die des mexikanischen Mädchens.

»Ms Hammington?«

»Ganz recht. Mit wem spreche ich bitte? Austin, bist du das?«

Ich unterdrücke ein Schmunzeln und atme tief durch. »Nein, hier ist nicht Austin. Mein Name ist Jeremy. Und ich habe gelogen, Ms Hammington. Ich bin kein alter Freund. Aber bitte legen Sie trotzdem nicht auf. Ich wusste nicht, ob man mich zu Ihnen durchstellen würde, hätte ich die Wahrheit gesagt.«

»Die da gelautet hätte?«, fragt sie unumwunden, in dem festen Ton, den ihr Großvater wohl schon beherrscht haben muss, glaubt man den Angaben in seiner Biografie.

»Wir sind uns nie begegnet«, fahre ich fort. »Aber ich habe ein Anliegen an Sie.«

Die Frau atmet hörbar tief ein. Ich ahne, dass sie genervt ist. »Wenn es um Spenden geht, eine Benefizveranstaltung oder Ähnliches, dann wenden Sie sich bitte an …«

»Nein!«, unterbreche ich sie. »Es handelt sich um nichts

dergleichen. Es geht um etwas sehr Privates. Ich habe eine Freundin hier, die Briefe gefunden hat. Sehr alte Briefe.«

»Briefe? Und was soll ich damit zu tun haben?«

»Sie persönlich gar nichts. Aber wir denken, dass diese Schreiben an Ihre Großmutter adressiert waren. An Grace, damals noch unter ihrem Mädchennamen. Sanders, nicht wahr?«

Langes Schweigen dehnt sich bis ins Unerträgliche.

»Ms Hammington?«

»Ja, ich bin noch da. Und … wollen Sie mir diese Briefe jetzt verkaufen, oder wie darf ich Ihr Anliegen, wie Sie es nennen, verstehen?«, hakt sie mit einem ironischen Unterton nach. »Ich finde es schon ziemlich befremdlich, dass Sie hier einfach anrufen und mein Mädchen täuschen, nur um mich an den Apparat zu bekommen, das muss ich schon sagen«, ereifert sie sich aufgebracht.

»Das kann ich gut verstehen«, versuche ich, sie zu beruhigen. »Aber nein, wir wollen Ihnen nichts verkaufen. Wir wollen Ihnen diese Briefe nur übergeben, persönlich. Das ist alles. Wir … könnten uns dazu gerne auf neutralem Boden treffen. In einem Restaurant vielleicht oder …«

»Nein!«, beschließt Ellie. »Kommen Sie hierher. Aber erst gegen zwei Uhr nachmittags, davor habe ich noch einige Termine. Wie lautete Ihr Nachname? McDonald, oder war das auch gelogen? Und haben Sie die Adresse?«

»McDonald ist korrekt und ja, Ihre Adresse ist mir bekannt. Ich komme mit Ms Marielle Welley.«

Ellie Hammington übergeht achtlos den Stolz, der bei der Erwähnung von Marys vollständigem Namen in meiner Stimme mitschwingt.

»Ich werde dem Portier Bescheid geben, Sie und Ihre Bekannte einzulassen.«

»Das ist wunderbar, vielen Dank.«

»Also, bis dann. Und bringen Sie Ihre Ausweise mit.«

Damit legt sie auf.

»Ahhhh!«, schreit Mary und hüpft haltlos auf und ab. Plötzlich fällt sie mir in den Arm, zieht sich aber sofort wieder zurück und schaut etwas verlegen zu mir auf. »Das hast du ganz großartig gemacht. War wirklich nicht so leicht, oder?«

»Ich hatte es mir schlimmer vorgestellt«, gestehe ich glücklich. »Sie war zwar nicht besonders freundlich, aber auch nicht wirklich abweisend. Auf jeden Fall ist sie jetzt neugierig. Also, zwei Uhr, du hast es gehört. Wir haben ein Date, Ms Welley! Dass du mir nur nicht deinen Ausweis vergisst.«

Die verbleibenden Stunden nach dem Frühstück überbrücken wir mit einem ausgedehnten Spaziergang entlang des Lake Michigan. Mary wird zunehmend nervöser, je weiter sich die Zeiger meiner Armbanduhr drehen, was sie in regelmäßigen Abständen überprüft. Plötzlich scheint sie sich ihrer Sache gar nicht mehr so sicher zu sein, doch ich kann sie schließlich beruhigen. Als wir nach einem kleinen Mittagssnack schließlich im Taxi in Richtung Hammington-Anwesen sitzen und ich es wage, Marys Hand zu ergreifen, sind ihre zierlichen Finger ganz feucht vor Aufregung.

»Alles klar?«, frage ich.

»Es geht so. Weißt du, ich habe inzwischen zwar alle Briefe gelesen, mehrfach sogar, aber … es wird mir trotzdem schwerfallen, sie Ellie zu überlassen. Adam war in gewisser Weise … auch etwas Besonderes für mich.«

»Wie meinst du das?«

»Seine Liebe zu Grace hat ihn so besonders gemacht. Es war unglaublich schön, seine Briefe an sie zu lesen, obwohl ich immer ein etwas schlechtes Gewissen hatte, wenn ich es tat. Aber diese Intensität in seinen Zeilen zu spüren, diese Innigkeit, das hat mir doch immer wieder Zuversicht gegeben.«

»Zuversicht?«, hake ich verdutzt nach.

»Hm, hm. Den Glauben an die wahre Liebe nicht zu verlieren.«

»Du glaubst, Grace war Adams große Liebe?«

Sie nickt eifrig. »Bis an sein Lebensende hat er keine Frau mehr geliebt. Zumindest nicht so wie sie.«

»Aber sie hat seine Gefühle nicht erwidert«, gebe ich zu bedenken und spüre dabei, wie ich mich verkrampfe. Etwas an dem Gedanken, dass er dieses Mädchen sein Leben lang unerwidert geliebt haben soll, stört mich ganz gewaltig. Mary hingegen neigt nur den Kopf. Sie scheint zu grübeln. »Ich glaube das nicht«, sagt sie dann. »Ich denke bis jetzt, dass irgendetwas vorgefallen sein muss. Sie hat ihn geliebt, da bin ich mir sicher. Sie hat ihr Leben lang seine Stiftung unterstützt und sogar ihren einzigen Sohn heimlich nach ihm benannt, zumindest stelle ich es mir so vor. Nein, es muss etwas zwischen den beiden vorgefallen sein, das ihnen ein Zusammensein endgültig unmöglich machte. Und vielleicht kennt Ellie die Antwort auf dieses Rätsel.«

Als wir nach einer halbstündigen Fahrt – die uns aus der City von Chicago hinaus in eine etwas vorstadtmäßigere Gegend führt – das mächtige Anwesen erreichen, werden wir noch vor dem schmiedeeisernen Tor gebeten, das Taxi zu verlassen. Ein Portier kontrolliert unsere Pässe und leert Marys Handtasche. Dann fährt er unsere Körper, wie bei der Sicherheitskontrolle am Flughafen, mit einem Metalldetektor ab.

»Die Lady scheint nicht nur ein paar Millionen schwer zu sein«, raune ich Mary zu, als wir endlich entlassen werden und Seite an Seite über eine lange Einfahrt auf das große Eingangsportal der viktorianischen Villa zusteuern, die in dem riesigen, parkähnlich angelegten Grundstück fast wie ein Schloss vor uns liegt.

Eine dunkelhäutige junge Frau öffnet uns schon die Tür, ehe wir die Stufen der breiten Marmortreppe erreicht haben. »Ms Welley und Mr McDonald?«, fragt sie mit dem mexikanischen Akzent, den ich schon von unserem Telefonat kenne. Unser Nicken wartet sie kaum ab. »Bitte, treten Sie ein.« Sie nimmt unsere Mäntel entgegen und leitet uns von dem riesigen Entree in eine Art Vorwohnzimmer. Die Doppeltür zu dem eigentlichen Wohnraum schließt sie schnell, bevor sie uns bittet, auf einer großen hellen Ledercouch zwischen unzähligen bunten Kissen Platz zu nehmen. »Ms Hammington wird in wenigen Minuten bei Ihnen sein«, lässt sie uns wissen. Dann klackern ihre Absätze über den Marmorboden, als sie den Raum verlässt. Kurz darauf kommt sie mit einem Tablett mit Wasser und einigen Knabbereien zurück, das sie vor uns auf dem kleinen Glastisch abstellt.

Obwohl die Villa auf diesem Anwesen und der gesamte Umgang mit uns schon von extremem Reichtum zeugen, kenne ich die Gebärden der High Society prinzipiell. Mary hingegen wirkt schwer beeindruckt … und auch ein wenig verloren, wenn ich sie so beobachte, wie sie an ihrem Wasser nippt und mit großen Augen alle Details des Raums in sich aufzusaugen versucht. »Diese hohen Decken, schau dir das an«, flüstert sie in offener Faszination. »Und hast du gesehen, das hier ist nicht das richtige Wohnzimmer. Das ist nebenan und etwa dreimal so groß wie dieses hier. Verrückt, oder? Dabei ist Ellie doch ganz allein, oder nicht?«

»Soweit ich weiß«, bestätige ich amüsiert. Es ist so herzergreifend liebenswert, Marys neidloses Unverständnis für diese überzogene Lebensart zu beobachten. Sie kann mit all diesem Prunk nicht viel anfangen, so viel steht fest. Als wir bereits eine Viertelstunde auf der für meine Begriffe zu harten Couch gesessen haben, hören wir endlich eine Regung im Entree. In ein langes grausilbernes Kleid gehüllt, betritt Ellie Hammington den Raum … und bringt meinen Atem zum Stocken. Ich weiß nicht, warum, aber mir ist, als wäre ich dieser Frau mittleren Alters schon einmal begegnet. Die hellbraunen Locken kommen mir genauso vertraut vor wie der Blick aus den ebenfalls hellbraunen Augen, die für mein Verständnis nur etwas zu businessmäßig schauen. Nicht sanft genug. Eilig reiße ich mich aus meiner Verwirrung und erhebe mich. Mary tut es mir gleich; sie klebt quasi an meiner Seite.

»Ms Welley, Mr McDonald«, begrüßt uns Ellie Hammington mit einem höflichen, aber distanzierten Lächeln, das ihre prüfenden Augen nicht mal annähernd erreicht. »Ich hoffe, Sie haben den Weg hierher gut gefunden?«

»Bestens, vielen Dank«, bestätige ich und spüre Marys Nicken unmittelbar neben meiner Schulter.

»Bitte, setzen Sie sich doch.« Mit einer Handbewegung weist sie uns zurück auf die Ledercouch. Sie selbst nimmt uns gegenüber in einem samtbezogenen braunen Sessel Platz.

»Na, dann erzählen Sie mal. Sie haben also Briefe gefunden, die an meine Großmutter adressiert gewesen sein sollen? Warum hat sie dann nie einen davon erhalten?«

Mary öffnet ihre Handtasche und zückt das Bündel mit den Briefen. Wie einen Schatz hält sie es in ihren Händen, während sie die Story des alten Sekretärs erzählt, von ihrem Fund, und somit auch von dem Entschluss, Adams Briefe an Graceys Erben zu übergeben. Weiter berichtet sie von den Etappen ihrer bisherigen Reise, von Caren, George und dem Zeitungsartikel, der den entscheidenden Hinweis auf Grace' Nachnamen brachte.

»Und warum war es Ihnen so wichtig, mir diese Briefe zu bringen?«, hakt Ms Hammington schließlich nach.

»Nun, dafür gibt es zweierlei Gründe«, erklärt Mary. »Einerseits müssen Sie diese Briefe einfach lesen. Sie strotzen nur so vor Liebe und Verbundenheit, dass man gar nicht anders kann, als die beiden vor seinem geistigen Auge zu sehen. Wie sie sich heimlich zu ihrer alten Eiche davongestohlen haben, wie sie die Anstandsdame täuschten und später Graceys Eltern hintergingen, um sich heimlich weiter zu schreiben. All das … und noch viel mehr.«

»Nun gut«, sagt Ellie, deren Mundwinkel zum ersten Mal während dieses Gesprächs zucken. »Und was ist der zweite Grund?«

Mary zuckt mit den Schultern. »Ich habe auf Antworten gehofft.«

»Von mir?«, fragt Ellie erstaunt. Mary nickt unbeirrt. »Ja. Aus Adams Briefen konnte ich entnehmen, dass Gracey alles daransetzte, weiterhin mit ihm zu schreiben. Dass sie die Zeit in dem Internat, auf das man sie aufgrund ihrer Liebe zu Adam schickte, nur überstand, weil sie ihrer Volljährigkeit und damit einem Leben an seiner Seite so sehr entgegenfieberte. Doch dann ging sie nach Chicago, zu ihrem Onkel, und plötzlich endete ihre Liebe abrupt.«

»Nun, sie wird meinen Großvater kennengelernt haben«, mutmaßt Ellie. »Fand dieser Einschnitt 1929 statt, wissen Sie das?«

Mary nickt. »Sehen Sie!«, sagt Ellie. »Die beiden lernten sich nämlich unmittelbar vor der großen Depression kennen und verliebten sich. Im Dezember desselben Jahres, bei der Geburtstagsfeier meiner Großmutter, gaben sie ihre Verlobung bekannt. Nur wenige Wochen später fand die Hochzeit im engsten Familienkreis statt.«

»Oh!«, sagt Mary. So ein kleines Wort und doch so viel Enttäuschung, die darin mitschwingt.

»Ja. Die beiden kamen aus sehr wohlhabenden Familien. Vermutlich hat meine Großmutter irgendwann eingesehen, dass die soziale Kluft zwischen ihr und diesem Adam einfach zu groß war.«

Etwas flackert in Marys Augen auf. Ich erkenne zu spät, dass es ein Anflug von Zorn ist. »Ich glaube nicht, dass es so war«, sagt sie entschieden.

Ellies Augenbrauen heben sich ungläubig. »Wie bitte?«

»Nein, das war es nicht!«, beharrt Mary. »Diese soziale Kluft, von der Sie sprechen, war Grace egal, dessen bin ich mir sicher. Sie ließ sich bis ins hohe Alter hinein nie chauffieren, wenn sie allein unterwegs war. Und ihren Reichtum nutzte sie, um wohltätige Stiftungen zu unterstützen, darunter auch immer Adams Stiftung für verwaiste Jungen. Hätte sie nicht jegliche Art von Kontakt gemieden und anderen Organisationen ihre Spenden zufließen lassen, wäre ihr Adam egal gewesen? Und ihren einzigen Sohn, Ihren verstorbenen Onkel, Ellie … Meinen Sie, es ist Zufall, dass er ausgerechnet den Namen Adam trug?«

»Mary!«, werfe ich ein. »Es ist nicht höflich von uns, all diese Fragen zu stellen. Wir sollten …« Sie blinzelt, als würde ihr jetzt erst bewusst werden, was sie gesagt hat. Offensichtlich scheint sie ihren Ausbruch sofort zu bereuen. Ich befürchte, dass Ellie uns rausschmeißen wird, mitsamt Adams Briefen, sobald sie sich wieder gefasst hat. Umso erstaunter bin ich, als sie sich erhebt und auf eine ihrer Kommoden zusteuert.

Stumm zieht sie die oberste Schublade auf, kramt ein wenig darin herum und zieht schließlich einen silbernen Bilderrahmen hervor.

»Sehen Sie sich das mal an«, fordert sie in einem überaus gefassten Ton und reicht Mary dabei das Bild. Es ist ein Foto, auf dem eine Frau abgebildet ist, die Ellie unglaublich ähnelt. Die gleichen braunen Locken, die gleichen schönen Augen. Nur der Blick ist weicher, sanftmütiger … für meinen Begriff stimmiger.

Mein Herz verfällt bei dem Anblick der Frau, die bei der Entstehung der Aufnahme auch in etwa so alt gewesen sein muss wie Ellie heute, in einen schnelleren Rhythmus, den ich mir selbst nicht erklären kann. Dieses Gesicht, ich kenne es. Es ähnelt Ellies, sicher, aber vor allem ähnelt diese Frau auf dem Foto …

… Jeannine?

Ist das Zufall, oder wie kann das sein?

Verdattert lasse ich meinen Blick zu dem kräftigen, grauhaarigen Mann schweifen, dessen Gesicht ich definitiv bereits kenne, von dem Cover seiner Biografie. Lachend hält er die Frau – seine Frau – im Arm.

Mein eigener Arm legt sich bei diesem Anblick wie von selbst um Marys Rücken. Sanft, aber bestimmt rutsche ich dichter an sie heran.

»Wie wirken die beiden auf Sie?«, fragt Ellie.

»Glücklich«, sagt Mary ohne das geringste Zögern.

»Und das waren sie auch«, bestätigt Ellie. »Das sind meine Großeltern, wie ich sie immer in Erinnerung behalten werde. Lebensfroh und glücklich. Es mag sein, dass es vor meinem Großvater schon einen anderen Mann für sie gab. Aber ich weigere mich zu glauben, dass dieser Mann das Leben meiner Großmutter bis zum Schluss beeinflusst hat.«

Mary schaut zu Ellie Hammington auf, mit ihren großen blauen Augen, in denen nun auch deutlicher Zweifel zu erkennen ist. Und in diesem Moment geschieht etwas Eigenartiges. Der Blick der eleganten schlanken Hausherrin verändert sich, wird wärmer und weicher … und gleicht plötzlich dem ihrer verstorbenen Großmutter. Ein Schauder durchfährt mich, als Ellie uns so wohlwollend ansieht und schließlich sogar neben Mary Platz nimmt.

»Sie gehören zu den romantischen Frauen, die gerne an die eine große Liebe glauben möchten, nicht wahr?«, fragt sie. Mary antwortet nicht, doch sie errötet verräterisch. »Ist schon recht«, sagt Ellie, tätschelt Marys Hand und zwingt sie mit einem tiefen Blick zu größerer Offenheit. »Wissen Sie, ich war eine halbe Ewigkeit mit einem Mann zusammen, den ich sehr geliebt habe. Zweiundzwanzig Jahre lang haben wir zusammen gelebt, gestritten, uns geliebt. Dann starb er, von jetzt auf gleich, an einem Hirnschlag.« Tränen sammeln sich in den hellbraunen Augen, doch Ellie blinzelt sie entschlossen zurück, während Mary und ich reglos neben ihr sitzen und nicht wissen, wie wir reagieren sollen. Schweigen scheint die einzig richtige Lösung zu sein, und so bleiben wir beide stumm.

»Das ist nun schon acht Jahre her«, fährt Ellie irgendwann fort. »Ich kann mir bis heute nicht vorstellen, jemals einen anderen Mann so zu lieben, wie ich ihn geliebt habe. Wenn Sie mich also fragen, ob ich an die einzig wahre Liebe glaube, so lautet die Antwort eindeutig: Ja, das tue ich. Aber wenn Sie mich fragen, ob dieser Adam die große Liebe meiner Großmutter war, so muss ich diese Frage verneinen. Denn wie hätte sie es übers Herz bringen können, ihn so sehr leiden zu lassen, sein Leben lang, während sie in den Armen eines anderen lachte?« Mit einem Nicken deutet Ellie auf das Bild ihrer Großeltern in Marys Händen. »Und das, wenn dieser Adam doch ihre große Liebe gewesen sein soll?«

Mary erwidert nichts darauf. In meiner Brust spüre ich den Stachel der Eifersucht, der sich mit jedem von Ellies abschließenden Worten immer tiefer in mein Herz bohrte. Aus welchem Grund auch immer, Adams einsames Schicksal lässt auch mich nicht kalt.

»Nehmen Sie die Briefe wieder mit, Ms Welley. Ich muss sie nicht lesen, wirklich nicht«, sagt Ellie. »Was würde das auch ändern? Ihnen bedeuten diese alten Schriftstücke mit Sicherheit mehr als mir.«

Und mit diesem Beschluss und einem freundlichen, aber bestimmten Händedruck endet unser Besuch bei Graceys Enkelin nur wenige Minuten später.

Mary

In einem Taxi, auf dem Weg zurück in die Stadt

Du bist enttäuscht«, stellt Jerry nach einigen stummen Minuten fest.

»Ein wenig schon, ja«, gebe ich zu. »Zumindest ernüchtert, das trifft es wohl eher.«

»Was hattest du dir erhofft? Dass sie die Briefe an sich nimmt und ...«

Er lässt die Frage unvollendet und gibt mir dann die Zeit zum Grübeln, bis mir zum ersten Mal wirklich bewusst wird, in welchem Gefühl der Drang zu meiner Reise wohl eigentlich begründet lag. »Ich glaube, es war Mitleid«, sage ich endlich, als ich mir sicher genug bin.

»Mitleid? Was meinst du?«, hakt er nach.

»Mit Adam. Ich hatte Mitleid mit ihm.«

»So? Warum?«

»Weil er sich in Graceys Familie nie Gehör verschaffen konnte. Nicht bei ihren Eltern, zumindest. Die Mutter hätte ihn doch hochkant aus ihrem Haus geworfen, hätte er auch nur versucht, auf ehrliche Art und Weise seine Absichten darzulegen. Dabei hätte er es so verdient, angehört zu werden. Er hat so hart dafür geschuftet, Gracey ›eines Tages würdig zu sein‹.« Ich ziehe Anführungszeichen um meine letzten Worte, weil es eigentlich die seinen sind. »So nannte er es in seinen Briefen immer ... Vielleicht bin ich auch einfach nur enttäuscht darüber, dass Gracey ihn offenbar doch nicht so geliebt hat wie er sie. Ich weiß auch nicht. Auf jeden Fall war das Leben nicht fair zu den beiden. Sie hätten eine echte Chance miteinander verdient.«

»Ja, vermutlich«, befindet auch Jerry. Nach weiteren gedankenverlorenen Minuten in Stille beschließt er, die seltsame Melancholie zu durchbrechen. »Weißt du, was ich denke?«

»Sag es mir.«

»Wir sollten Eliah anrufen. Gemeinsam, hier, aus Chicago.«

Unter seiner Idee und dem spitzbübischen Lächeln, das ihn so jung aussehen lässt, muss auch ich schmunzeln. »Wirklich? Aber ich möchte zuerst mit ihm sprechen.«

Im Moment unseres Beschlusses hält das Taxi am Hafen, nahe unserem Hotel, und der Fahrer durchkreuzt unsere Pläne, indem er uns den Preis für die Fahrt nennt. Jerry bezahlt, bevor ich auch nur die Chance habe, meine Geldbörse zu zücken. »Weißt du, zumindest diese eine Taxifahrt könntest du mich zahlen lassen«, beschwere ich mich.

»Kommt nicht infrage!«, entgegnet er kopfschüttelnd, schlägt, wie zur Unterstreichung seiner Aussage, die Beifahrertür des Taxis zu und klopft auf das Dach. Wie auf Kommando fädelt der Fahrer seinen Wagen zurück in den Verkehr und braust davon.

Und in diesem Moment, als sich Jerry so zufrieden schmunzelnd zu mir umdreht und sich eine einzelne dicke Schneeflocke auf seinem Haar herablässt, um dort sofort zu schmelzen, ist es mir plötzlich, als sähe ich ihn zum ersten Mal. Nicht wirklich, natürlich, aber mit einem Mal wirkt sein schönes Gesicht so … unbelastet auf mich. Staunend horche ich in mich hinein und wundere mich im nächsten Moment darüber, dass ich mich zwar noch an diese Wut erinnere, die ich nach unserem Blind Date empfand, jedoch nicht deutlicher als an den Schmerz einer vollkommen abgeheilten Wunde. Ja, sicher, Jerry hat mir früher sehr wehgetan. Aber der Schmerz ist erloschen, und in diesem Moment ließe sich die alte Wut vermutlich nicht mal mehr bewusst heraufbeschwören.

»Alles klar?«, fragt Jerry, dem mein entrückter Blick natürlich nicht entgeht. »Alles bestens!«, versichere ich ihm erst nach einigen Sekunden mit einem aufrichtigen Nicken, das ihm das kurzfristig erloschene Lächeln zurück ins Gesicht zaubert.

Seite an Seite schlendern wir am Hafen des Michigan Lakes entlang. Unsere Ellbogen streifen sich bei jedem unserer Schritte, und ich erwische mich dabei, mir zu wünschen, dass es nicht gar so kalt wäre und wir nicht gar so dick angezogen sein müssten. Ich ertappe mich tatsächlich wieder einmal dabei, Jerrys körperliche Nähe zu ersehnen. Ich weiß nicht, wie es ihm geht, doch als ich seinen Blick suche und er dem meinen begegnet, wirkt sein Lächeln plötzlich unsicher, beinahe schüchtern. Abrupt bleibe ich stehen … und er kopiert mein Innehalten so prompt wie ein Spiegel.

»Jetzt bin ich nicht mehr wütend auf dich«, stelle ich klar.

»Nicht?« Sein linker Mundwinkel zuckt ein wenig.

»Nein. Ich bin einfach nur froh, mit dir hier zu sein.«

Der Mundwinkel wandert noch höher, ein Grübchen taucht darunter auf. Erst dann liftet sich auch der rechte Mundwinkel. Jerry strahlt mich an, wie Sonnenlicht, das durch dichte Wolken bricht. Theatralisch lässt er den Kopf in den Nacken fallen und ballt beide Hände zu Fäusten. Die triumphierende Geste begleitet das laute »Danke!«, das er gen Himmel schickt. Dann suchen seine Augen wieder die meinen.

»Du bist verrückt!«, rufe ich lachend und versetze ihm einen Klaps gegen die Brust, den er reglos einsteckt.

»Ja«, sagt er nickend … und wird sofort wieder nachdenklich. Irgendetwas hält er zurück, aber ich komme nicht dazu, zu hinterfragen, was es ist. »Darf ich dich auf einen Cappuccino einladen?«, fragt er schon und deutet mit der Nasenspitze auf ein kleines Café, das nur circa fünfzig Meter vor uns an der Uferpromenade liegt. »Sehr gerne«, erwidere ich und verhelfe uns beiden wieder zurück zu unserem Schlendergang, indem ich mit meinem Oberarm gegen seinen stupse.

Die dampfenden Tassen vor uns, erinnern wir uns wieder an unser Vorhaben, Eliah anzurufen. Jerry wählt und reicht mir sein Smartphone. Das Freizeichen erklingt nur ein Mal, schon …

»Jerry, alter Freund!«

»Nicht so ganz, nein. Du elendiger Verräter!«

Er lacht. »Hey, Mary, wie geht es dir, meine Liebe?«

»Och, so weit ganz gut«, sage ich, meine freie Hand an der warmen Cappuccino-Tasse und den Blick in Jerrys graugrüne Augen gerichtet. Hinter seinem dunkelblonden Wuschelkopf, abgetrennt durch eine der großen Frontscheiben des Cafés, schaukeln einige Boote und kleinere Yachten auf sanften Wellen im Hafen. Dichte, dicke Schneeflocken fallen aus dem milchigen Himmel, wie Federn aus einem Kissen, und bedecken den Gehweg.

»Eigentlich sogar sehr gut«, revidiere ich, was Jerry spontan grinsen lässt.

»Soso!«, lacht Eliah. »Er hat dich also gefunden, hm?«

»Ja, das hat er. Dank dir!«

»Du klingst nicht wirklich so, als würde dich das stören«, stellt Eliah fest. »Abgesehen davon, dass du von seinem Handy anrufst.«

Ich muss lächeln.

»Und, wie läuft es so in Seattle?«, erkundigt er sich.

»Oh, wir sind schon seit gestern nicht mehr dort. Wir sind nun in Chicago«, sage ich stolz. Er stutzt, jedoch nur für einen kurzen Moment.

»Graceys Nachkommen«, schlussfolgert er dann.

»Ganz genau.«

»Erzähl mir alles!«

Und das tue ich. Allerdings komme ich mir wieder einmal wie ein Tonband vor, als ich von den Etappen meiner … unserer … Reise berichte. Während ich schließlich auch von unserem Besuch bei Ellie erzähle, macht sich in meiner Brust wieder diese seltsame Enttäuschung breit. Eliah wäre nicht Eliah, würde er es nicht bemerken.

»Mary?«

»Ja?«

»Sei nicht traurig. Du hast dich mit dieser Reise auf die Spuren wahrer Liebe begeben. Und genau die … hast du doch auch gefunden.«

»Wie meinst du …?«, stammele ich, den Blick nach wie vor auf Jerry gerichtet. Er sitzt mir, in seinen Stuhl zurückgelehnt, gegenüber, die große dampfende Tasse mit beiden Händen fest umschlossen, und wirkt so entspannt auf mich wie noch nie zuvor.

»Ich glaube nicht, dass Gracey Adam so einfach vergessen hat«, stellt Eliah klar. »Warum hätte sie ihn sonst auch nach all den Jahren und Jahrzehnten in seinem Heim besuchen sollen? Sie hat die Nacht bei ihm verbracht, Mary. In seinem Zimmer. Selbst wenn die beiden zu diesem Zeitpunkt noch gute Freunde gewesen wären, würde das doch eine solche Nacht nicht rechtfertigen.«

»Davon habe ich Ellie gegenüber gar nichts erwähnt«, fällt mir auf.

»Was gut war«, befindet Eliah. »Was hätte es auch gebracht,

ihre Erinnerung an die geliebte Großmutter zu trüben. Du hast intuitiv genau das Richtige getan und Graceys Würde vor ihrer Enkelin bewahrt. Aber das bedeutet nicht, dass Ellie mit ihrer Sicht der Dinge auch richtiggelegen haben muss.«

Ich schweige lange und lasse seine Worte und die damit verbundene Erkenntnis auf mich wirken. »Nichtsdestotrotz ist meine Reise hier zu Ende«, seufze ich dann. »Und die Briefe, die ich doch eigentlich Graceys Erben überreichen wollte, befinden sich nach wie vor in meiner Handtasche.«

Eliah lacht. »So, wie es sein soll, Mary. Die Briefe sind genau dort angekommen, wo sie auch hingehören. Zu dir.«

»Meinst du?«

»Ich bin absolut überzeugt davon.«

Ich grinse in Jerrys Handy. »Wenn du es sagst. Ich freue mich schon darauf, dich bald wiederzusehen.«

»Hm«, macht Eliah nur. »Du bist eine großartige Frau, Mary. Pass gut auf diesen Kindskopf auf, mit dem du unterwegs bist. Er hat ein zu weiches Herz, weißt du? Und es gehört alleine dir.«

»Ist das so?«, erwidere ich leise.

»Absolut. So war es schon immer«, sagt Eliah in aller Ernsthaftigkeit. »Gibst du ihn mir kurz?«

»Klar«, antworte ich, ein wenig verdutzt von seiner vorangegangenen Aussage. Schon immer?

»Also dann, bis bald«, sage ich zum Abschied.

»Ja, wir sehen uns, Mary«, erwidert Eliah ungewohnt förmlich.

Jerry nimmt den Hörer an sich. Er spricht nicht lange mit Eliah, errötet aber bei einer Passage, die für meine Ohren still bleibt, bis zu den Haarwurzeln, und wispert dann ein verschwörerisches »Das werde ich, versprochen!« in den Hörer. Unmittelbar danach beendet er das Gespräch.

»Was wirst du?«, frage ich herausfordernd und beobachte mit einer Mischung aus Belustigung und Mitgefühl, dass er verschämt auf seinem Stuhl hin und her rutscht und es nicht schafft, mir in die Augen zu sehen.

»Willst du das wirklich wissen?«

»Ich denke schon, ja.«

Jerry räuspert sich. »Na schön. Eliah sagte, ich soll diesmal um dich kämpfen. Ohne Rücksicht auf irgendwen oder irgendwas, das mir dabei im Wege stehen könnte.«

Mein Herz rutscht ein Stockwerk tiefer und schlägt plötzlich in meiner Magengrube weiter, so fühlt es sich zumindest an. *»Das werde ich, versprochen!«*, hallen Jerrys Worte im Fluss meines Blutes wider, der mit voller Wucht durch meine Ohren rauscht.

»Mary«, flüstert er nun und beugt sich zu mir vor. Über den kleinen Tisch hinweg ergreift er meine rechte Hand. »Ich weiß nicht, was mit mir passiert ist, aber … seitdem ich dich wiedergetroffen habe, möchte ich nichts anderes, als nur mit dir zusammen sein. Ich möchte dich ansehen und deine Hand nehmen können, wann immer mir danach ist.« Zärtlich streichelt er meine Fingerspitzen. »Es ist mir, als könnten wir durch diese Nähe zueinander etwas aufholen, was wir für lange Zeit versäumt haben. Diese seltsame Wut, die ich dir gegenüber damals empfand, ist vollkommen verblasst. Ich erinnere mich an sie, aber …« Er sucht nach den richtigen Worten, doch ich kenne sie bereits.

»… nicht mehr als an eine abgeheilte Wunde?«, frage ich gepresst. Er sieht mich tief an. »Ganz genau, ja. Wenn ich bei dir bin, ist es ohnehin so, als würde all das Negative in meinem Leben mehr und mehr verblassen. Du verhilfst einer besseren, freieren Form von mir, die ich über die Jahre hinweg tief verdrängt und beinahe vergessen hatte, zurück an die

Oberfläche. Und im Endeffekt bleibt, ganz egal, was wir tun, nur dieses unglaubliche Gefühl zurück, das mir mit seiner Macht fast ein wenig Angst bereitet. Ich würde ja sagen, dass es zu plötzlich kommt, dass es mich überrollt, aber …«

Wieder kann ich seinen Satz beenden: »… es war schon damals da, als wir noch Kinder waren.«

»Ja.« Sein Lächeln wirkt erleichtert und hoffnungsvoll zugleich. »Du spürst es also auch?«

Ich senke meinen Blick, doch noch fühle ich mich nicht bereit dazu und vor allem nicht sicher genug, dieses Geständnis jetzt und hier vor ihm abzulegen. Stattdessen fällt mein Blick auf den Boden seiner leeren Tasse.

»Lass uns gehen, ja?«, flüstere ich und ziehe meine Hand aus seiner. Es ist nicht zu übersehen, dass Jerry von meiner ausweichenden Reaktion enttäuscht ist, auch wenn er erneut versucht, sich nichts anmerken zu lassen, und meinem entschuldigenden Blick mit einem Lächeln begegnet.

Den Rest des Nachmittags verbringen wir mit Sightseeing – zu Fuß oder im Bus –, beim Shoppen von Halstüchern für Amy und Caro, Büchern für Matty und Julie und einer *I love Chicago*-Tasse für Eliah.

Nach einem frühen Abendessen in einem sehr leckeren italienischen Restaurant bummeln wir auf müden Beinen zurück zu unserem Hotel. Ich gehe davon aus, dass Jerry sich mit seiner Einschätzung vertan hat, denn seine »halbe Meile« erstreckt sich ins Qualvolle, und meine Füße schmerzen von Schritt zu Schritt mehr, obwohl Jerry die Tüte mit den kleinen Geschenken bereits an sich genommen hat.

»Wann geht unser Flug morgen?«, erkundige ich mich, als ich endlich die goldenen Säulen unseres Hoteleingangs erspähe.

»Um drei Uhr nachmittags. Gegen halb zwei sollten wir am Check-in-Schalter sein«, sagt Jerry. Ich wende mich ihm zu, um ihn noch etwas zu fragen, was mir jedoch in der nächsten Sekunde spontan entfällt. Denn Jerry tritt scheinbar auf gefrorenen Untergrund, rutscht aus … und landet sehr unsanft auf seinem Hintern.

»Oh Gott!« Sofort bin ich bei ihm, strecke meine Hand nach ihm aus und mache Anstalten, ihm zumindest die Einkaufstüten abzunehmen, doch er winkt mich mit schmerzverzerrter Miene zurück.

»Bleib, wo du bist, hier ist es glatt!«, erinnert er mich.

»Bist du denn okay?«

»Lebe noch!«, presst er unter Schmerzen, die sich in seinen Gesichtszügen widerspiegeln, hervor. »Wozu genau hat der Mensch dieses Steißbein, kannst du mir das erklären? Ist das Ding evolutionstechnisch betrachtet nicht schon längst überholt und überflüssig? Wie der Blinddarm … oder so?« Auf dem Boden sitzend und sein Körpergewicht auf eine Seite verlagernd, lacht er eindeutig nur, um nicht laut aufzujaulen. Man sieht ihm an, dass er sich am liebsten krümmen würde, und ich mag mir gar nicht erst vorstellen, wie spitz und beißend der Schmerz sein muss, den er mit einem derartigen Wortschwall zu überspielen versucht.

»Nein, das Steißbein ist ein wichtiger Ansatzpunkt für Bänder und Muskeln«, erkläre ich. Jerrys Augen werden zu schmalen Schlitzen. Grinsend schüttelt er den Kopf. »Du kleine Klugscheißerin«, zischt er amüsiert. »Das weißt du doch nur, weil du in einer physiotherapeutischen Praxis arbeitest.«

»Nein«, entgegne ich und taste mich nun doch behutsam zu ihm vor, um ihm eine helfende Hand zu reichen. »Hättest du damals besser bei Mrs Miller in Biologie aufgepasst, dann wüsstest du das jetzt auch noch.«

Mit einem Stöhnen lässt er sich von mir hochziehen, biegt seinen Rücken ins Hohlkreuz durch und flucht leise vor sich hin. »Verdammte Axt, das sind Schmerzen.«

»Es ist nicht mehr weit«, tröste ich ihn und hake meinen Arm unter seinen. »Hoffen wir, dass der Fahrstuhl nicht ausgefallen ist«, ergänze ich mit einem Kichern, kaum dass mich der bösartige Gedanke gestreift hat.

Empört schaut er an seinem Arm herab in mein Gesicht. Dicke weiße Flocken liegen auf den feuchten Wuschelhaaren, der Schnee tanzt um uns herum im Licht der Straßenlaternen. Nie zuvor sah Jerry in meinen Augen schöner aus als in diesem Moment. Ich muss mir auf die Unterlippe beißen, um die Worte nicht laut auszusprechen. Und das erinnert mich an etwas.

»Was hast du vorhin zurückgehalten?«, frage ich leise.

»Zurückgehalten? Den lauten Schmerzensschrei, oder wovon sprichst du?«

»Nein! Vor dem Café, als ich sagte, du seist verrückt.«

»Oh! Ist dir aufgefallen, hm?«

»Ja. Also?«

Er sieht mich lange an und streicht dabei mit Fingern, die sich beinahe heiß an meiner halb erfrorenen Wange anfühlen, eine Haarsträhne hinter mein Ohr zurück. »Ich mag verrückt sein, Mary«, sagt er dann leise und kommt dabei so nah, dass ich glaube, er will mich küssen. »Aber John hatte schon recht. Wenn ich verrückt bin, dann nur nach dir.«

Meine Lider flattern, ich schließe sie für einen Moment. Dann öffne ich sie wieder und starre direkt in Jerrys Augen.

»Komm!«, sagt er nur, weicht zurück und tut einen ersten vorsichtigen Schritt. »Oh verflucht, das wird ein weiter Weg«, ächzt er, den Blick sehnsüchtig auf den etwa fünfzig Meter entfernten Hoteleingang geheftet, während ich stumm und verdattert zurückbleibe und noch ein paar stolpernde Herzschläge verstreichen lassen muss, ehe ich mich wieder gefasst habe.

In unserer Suite angekommen, verliert Jerry keine Zeit, sich aus seiner schneefeuchten Kleidung zu schälen und stattdessen den Pyjama überzustreifen. Also folge ich seinem Beispiel und ziehe ebenfalls meine Schlafhose und sein T-Shirt an. Der Versuch, auf der Couch im Wohnraum Platz zu nehmen, scheitert, als ich merke, dass das Sitzen Jerry Schmerzen bereitet. Er sagt nichts, aber in seinem Unwohlsein rutscht er haltlos hin und her und hat auch nach einigen Minuten noch immer keine Position gefunden, in der er sein armes Hinterteil erfolgreich entlasten kann.

»Komm schon, so wird das nichts, Krüppelchen!«, beschließe ich und gehe voraus in mein Schlafzimmer. Unschlüssig tapst er hinter mir her, bleibt jedoch im Türrahmen stehen. »Was hast du vor?«

»Fernsehen«, erwidere ich und fege einige der Zierkissen vom Bett, bevor ich die Decke zurückschlage. »Im Liegen, für die Schwerverletzten unter uns.«

»Hier? In … deinem Bett?«, hakt Jerry mit ungläubiger Miene nach.

»Ganz recht. Aber frag ruhig noch länger, dann überlege ich es mir garantiert noch anders«, gebe ich lachend zurück. Jerry versteht das als sein Kommando, sich der Länge nach auf das Bett fallen zu lassen.

Lachend plumpse ich neben ihn.

Eine Weile lang liegen wir steif wie zwei Bretter nebeneinander und starren mit leeren Blicken auf den Bildschirm, bis es Jerry zu albern wird. Ich höre, wie er tief ein- und wieder ausatmet; dann dreht er sich mit einem unterdrückten Stöhnen auf die Seite und sieht mich an.

»Das ist doch absurd. Als ob du nicht spüren würdest, was in mir vorgeht«, brummt er dabei, wohl eher zu sich selbst als zu mir. Die eine Hand unter seiner Wange, die Beine leicht angewinkelt und die Augen in dieser liegenden Position ausnahmsweise auf derselben Höhe wie die meinen, bietet er mir ein vollkommen neues Bild. »Darf ich … dich in den Arm nehmen, Mary?«

Ich spare mir eine Antwort, sondern drehe ihm meinen Rücken zu, rutsche dabei jedoch näher an ihn heran. Er überbrückt die letzte Distanz zwischen uns, verschachtelt seine langen Beine mit meinen und zieht mich in seine Arme. Bei dem wohligen Brummen, das er ausstößt, trifft sein warmer Atem auf meinen Nacken. Ich liege ganz still, mit geschlossenen Augen. Unser Vorhaben, gemeinsam fernzusehen, ist passé. Stattdessen spüre ich, wie seine Fingerspitzen zaghafte Kreise auf meine Unterarme zeichnen, wie sich sein Brustkorb gegen meinen Rücken hebt und senkt, und wie behutsam sogar seine riesigen Zehen gegen meine Ballen streichen. Allerdings dauert es nicht lange, bis er seine kleinen Liebkosungen eine nach der anderen einstellt. Nur sein Atemfluss geht nun noch regelmäßig und tief, sein Arm ruht schwer auf mir. Er ist eingeschlafen.

Eine Weile liege ich noch reglos da, dann siegt meine Neugier und bewirkt, dass ich mich in seiner Umarmung drehe. Zu früh, denn Jerry schlägt die Augen auf, ehe ich ihn betrachten konnte.

»'tschuldige! Ich … sollte wohl gehen«, murmelt er, bevor ihm die Lider erneut zufallen.

»Nein!«, flüstere ich, plötzlich unwillig, ihn schon gehen zu lassen. »Bleib!«

Erneut siegt er für einen Augenblick gegen die Macht der Müdigkeit und sieht mich erstaunt an. »Mary, bist du …«

»Pssst!«, mache ich und fahre ihm mit Daumen und Mittelfinger über beide Lider, um sie für diesen ausklingenden Tag endgültig zu schließen. »Schlaf einfach, Sturkopf!«

Er lächelt … und ergibt sich dann sichtlich meiner Forderung, denn schon im nächsten Moment entgleisen seine Gesichtszüge wieder, als er erneut abdriftet. Ich setze mich auf, knipse den Fernseher aus und ziehe die Bettdecke über unsere Beine. Es sollte sich seltsam anfühlen, das zu tun, doch das ist es nicht. Es fühlt sich einfach nur … ja, ganz natürlich an, neben Jerry zu liegen und im schwach einfallenden Licht der nach wie vor eingeschalteten Wohnzimmerleuchte sein entspanntes Gesicht zu betrachten.

Ich kann mir zwar nicht erklären, was in diesen Minuten mit mir geschieht und was zum Teufel in mir vorgeht. Doch während ich Jerry so aus nächster Nähe beim Schlafen beobachte, zerrinnt vermeintlich Wichtiges zur Nichtigkeit. Mit einem Mal besteht das gesamte Glück meiner Welt aus seiner gleichmäßigen Atmung, dem sanften Vibrieren seiner geteilten Lippen und diesen großen Fingern, die ich mit meinen viel kleineren umfasst habe und die im Traum nun von Zeit zu Zeit in meiner Hand zucken.

Für die Dauer seines friedlichen Anblicks lösen sich auch die letzten Überreste der einst so schmerzlich empfundenen Ungerechtigkeit auf. Zurück bleiben nur eine tiefe Zufriedenheit und dieses Gefühl des Angekommenseins und der Geborgenheit, das mich umso unverhoffter und fester packt, zumal ich den Glauben daran für mein Leben schon fast aufgegeben hatte.

Das alles ist viel zu überwältigend. Die schwellenden Emotionen überfordern mich maßlos, und ich bin froh, dass zwischen dem Jetzt und unserem Erwachen noch eine volle Nacht und zumindest eine halbe Umdrehung der Erde liegt.

Allein mit diesem schlafenden Mann und meinem plötzlich sehr wachen Verstand, schaffe ich es nicht länger, dem ohnehin unausweichlichen Eingeständnis zu entkommen: Ja, ich habe mich in Jerry verliebt.

So sehr, dass es in diesem Moment regelrecht wehtut und mir die Tränen in die Augen steigen.

Und so beginne ich neben ihm zu weinen, still und unterdrückt, damit er auf keinen Fall etwas davon mitbekommt. Doch meine Bemühungen scheinen zu missglücken, denn er atmet immer unruhiger und schlingt schließlich seinen Arm um mich, zieht mich ganz dicht an sich heran, bis mein Gesicht an seiner Brust liegt und ich seinen starken Herzschlag in meinen Fingerspitzen spüre.

»Schhhh«, macht er und küsst meinen Kopf. »Allesissgu.« Seine Beteuerung klingt wie das Gurren eines Betrunkenen, mit träger Zunge gelallt. Aber er ist nicht betrunken, er schläft nur. Tief und fest. Und genau das sollte ich auch tun. Nur, dass die dummen Tränen fließen und fließen und einfach nicht abreißen wollen.

Der Sicherheitsgurt, den Jerrys Arme um mich gebildet haben, legt sich dabei wie ein eisernes Band um mein Herz, brennt sich in meine Seele. Und plötzlich weiß ich, einfach so, dass ich von nun an zu ihm gehöre. Dass ich ihm vermutlich schon immer gehört habe, seit dieser schrecklichen Epoche unserer gemeinsamen Schulzeit. Jetzt bleibt mir nur noch, mich mit diesem Wissen abzufinden und wirklich ein für alle Mal Frieden mit unserer Vergangenheit zu schließen. Stattdessen sollte ich die Gegenwart genießen und der Zukunft offen entgegenblicken.

Als meine Tränen endlich versiegen, schenkt mir die nahtlos einsetzende Erschöpfung eine lang ersehnte Erleichterung. Ich schmiege mich enger an Jerry und verharre in der süßen Faszination, wie perfekt sich diese neue Ergebenheit anfühlt. Ich kämpfe nicht länger gegen seine Nähe an, sondern gestatte mir zum ersten Mal, sie zu genießen. Vollumfänglich, mit allem, was dazugehört: seinem ruhigen Atem, seiner Wärme und diesem unverwechselbaren Geruch nach Meer, Leder, Waschmittel und … ihm. Jerry.

Jeremy McDonald, wer hätte das gedacht?

So dicht an ihn gekuschelt, legt sich seine bleierne Müdigkeit endlich auch über mich und lässt mich gnädig, für die Dauer einer traumlosen Nacht, alle einstigen und gegenwärtigen Missstände meines Lebens vergessen.

Newcastle, WA, 1. Dezember 1929

Liebste Gracey!

Heute ist er angebrochen, der Monat, den ich schon so lange herbeigesehnt habe. Klammheimlich und unspektakulär, mit Schneeregen und einem eher grauen als blauen Himmel, ist er plötzlich da.

Vielleicht würdest Du mich ja auslachen, wenn Du wüsstest, dass ich Deine Weihnachtsgeschenke schon längst besorgt habe. Die Päckchen liegen auf meinem Schrank, in Erwartung des großen Tages. Im Wald hinter dem Haus habe ich sogar schon einen Weihnachtsbaum für uns ausgesucht. Meine Ungeduld mag lächerlich sein, aber das ist mir egal. Dieses kommende Weihnachtsfest ist das erste seit beinahe zwei Jahrzehnten, auf das ich mich wieder freue.

Soll ich Dir verraten, worauf ich jedoch am meisten hinfiebere, Gracey? Ich zähle die Stunden, bis Du endlich an meiner Seite liegst. Meine Augen werden auf Deinem süßen

Gesicht ruhen, bis die Deinen zufallen und Du ruhig atmend in den Schlaf findest.
Wir sind schon so lange getrennt, die Erinnerung an unsere gemeinsamen Momente jedoch ist noch immer präsent. Wir haben uns umarmt, geküsst, miteinander gestritten und uns über Monate hinweg geheime Briefe geschrieben. Doch unsere Liebe wird erst besiegelt sein, wenn Du des Nachts an meiner Seite einschläfst und Dein Lächeln das Erste ist, was der neue Tag für mich bereithält.
Bis jetzt kann ich es kaum begreifen, dass mich tatsächlich nur noch wenige Tage von diesem vollendeten Glück trennen sollen.

In ewiger Liebe,
Dein ungeduldiger Adam

***

Newcastle, 20. September 1972

Adam Winterfield stand in dem Zimmer, das er vor über sechsundvierzig Jahren als damals junger Mann bezogen hatte, und bebte am ganzen Körper. Hinter seinem Brustkorb schmerzte es so sehr, dass er sich beinahe wünschte, sein Herz würde aufhören zu rasen und stattdessen seinen letzten, erlösenden Schlag tun. Doch je länger er so nach vorne gebeugt dastand und sich an den Seiten seines Sekretärs festklammerte, desto tiefer konnte er wieder atmen, und desto klarer wurde die Schrift des letzten Briefes, den er zuvor gelesen hatte. Der, in dem er sich eine schlafende Gracey an seine Seite gewünscht hatte.

In tausend klaren Perlen stand dem alten Mann der Schweiß auf der Stirn, und er musste sich setzen, als das Stechen in seiner Brust endlich der großen Schwäche wich, die nach einem solchen Anfall für gewöhnlich folgte. Sein Blick fiel auf das Bett, dessen Laken an diesem Morgen ungewöhnlich zerwühlt über der Matratze lag. Spuren einer Nacht, von der er seit ihrer ersten Begegnung geträumt hatte. Einer Nacht mit Gracey in seinen Armen.

Endlich hatte er ihr schlafendes Gesicht betrachten können, wenn auch nur für kurze Zeit.

Trotz der noch so frischen Erinnerungen an diese zärtlichen, leidenschaftlichen Stunden fühlte sich Adam wie ein Verdammter. Als lastete ein Fluch auf ihm.

Warum war sie zurückgekommen, nach all diesen Jahrzehnten? Warum hatte sie seine Wunden erneut aufgerissen, tiefer als je zuvor?

Warum konnte er nicht endlich aufhören, sie zu lieben?

Wütend raffte er sich auf. Warf den Brieföffner, den er nach wie vor in seiner Hand hielt, auf die Tischplatte seines Sekretärs und empfand zugleich Schock und Genugtuung, als er die tiefe, runde Kerbe sah, die der schwere Metallgriff in das Holz geschlagen hatte. Dann ging er zum Bett, warf die Decke zurück und riss das Laken herunter, mit all der gebündelten Kraft, die sein geschwächter Körper noch aufbringen konnte.

Wieder wandte er sich dem Sekretär zu und steckte auch diesen letzten Brief in seinen Umschlag. Sorgfältig klebte er ihn zu, wie schon die zwanzig anderen zuvor. Endgültig. Nie wieder würde er einen dieser Briefe lesen, nie mehr.

»Adam?«

Einer der Jungen stand vor seiner Zimmertür, womöglich aufgeschreckt durch das Gepolter, das Adam in seinem Zorn verursacht hatte.

Adam atmete tief durch und richtete sich auf. Straffte die Schultern, auch wenn sich der Schmerz in seiner Brust dadurch wieder verstärkte. Er durfte keine Schwäche zeigen. Nicht vor den Jungs. Sie brauchten ihn.

»Jonas, komm ruhig rein!«

Der Junge befolgte Adams Aufforderung. Langsam drückte er die Klinke herab und spähte vorsichtig in den Raum. Betrachtete das am Boden liegende zusammengeknüllte Laken und die zahlreichen Umschläge auf dem Sekretär.

»Ich bin allein«, stellte Adam klar und ärgerte sich im gleichen Moment über seine Verlegenheit.

Sofort entspannte sich Jonas' Haltung; sein Blick wurde ruhiger. »George hat heimlich ein neues Blatt auf einen der Fuchsschwänze gespannt und sich dabei an der Hand verletzt«, erklärte er. »Ich habe die Wunde schon desinfiziert, aber … ich weiß nicht, ob sie nicht doch zu tief ist. Nicht mal Jacob und Sam sind sich einig, ob er nicht vielleicht doch genäht werden muss. Kannst du mal einen Blick darauf werfen?«

Adam seufzte. »Aber natürlich, ich komme sofort. Vielen Dank, Junge!«

Jonas nickte ihm lächelnd zu und verließ das Zimmer wieder.

Hastig raffte Adam die Umschläge zusammen und verstaute sie in dem Geheimfach seines Sekretärs.

»Auf Nimmerwiedersehen, Gracey«, wisperte er bestimmt und schob die Schublade heftiger zu als jemals zuvor.

Jeremy

Am Morgen des 6. November 2013,
in Marys Hotelzimmer

Als ich gegen halb sieben erwache und sich ein erster halbwegs bewusster Gedanke den Weg aus dem Sumpf des Schlafes an die Oberfläche erkämpft, schnellen meine Lider auf, als hätte sie jemand an Reißleinen hochgezogen. Und tatsächlich, es ist wahr. Neben mir liegt Mary und schläft. Sie liegt da, nur wenige Zentimeter von mir entfernt, als wäre es das Normalste der Welt. Als würde sie genau dorthin gehören. An meine Seite.

Vorsichtig stemme ich mich hoch, um sie besser ansehen zu können. Ein dumpfer Schmerz durchfährt mein Steißbein, doch ich ignoriere ihn. Es gibt jetzt weitaus wichtigere Gefühle, denen ich bereitwillig meine volle Aufmerksamkeit schenke. Allen voran meine Faszination.

Mary liegt auf dem Rücken. Einen Arm unter ihrem Kopf verschränkt, den anderen auf ihrem Bauch ruhend, hat sie mir ihr Gesicht zugewandt. Wie gerne würde ich sie berühren, ihre Wange streicheln oder ihr Haar, doch ich wage es nicht. Also verweile ich noch einige Minuten, bis der zunehmende Druck meiner Blase keinen weiteren Aufschub mehr duldet und mich zunächst aus meiner Versunkenheit und schließlich auch aus Marys Bett zieht.

Nach meinem Toilettengang putze ich mir schnell noch die Zähne, dann schleiche ich mich zurück in ihr Schlafzimmer. Na ja, schleiche ist nicht unbedingt der richtige Ausdruck.

Humpele trifft es wohl eher. Es ist ziemlich schwer, nicht bei jedem Schritt aufzustöhnen, wenn einem der Hintern so schmerzt wie mir.

Du dämlicher Tölpel, dich ausgerechnet vor Mary so zu blamieren.

Beim Zurückkommen entdecke ich, dass sie einen entfalteten Brief in der Hand auf ihrem Bauch hält. Ein Blick auf die präzise, steile Schrift verrät mir, dass es sich um einen von Adams Briefen handeln muss.

Was dieser Mann ihr mit seinem Geschreibsel angetan hat …

Neugierig lege ich mich wieder neben sie und versuche, ihr den Brief aus der Hand zu nehmen, ohne dass sie etwas davon bemerkt. Doch sobald ich vorsichtig an dem dünnen Papier ziehe, festigt sich der Griff ihres Daumens, Zeige- und Mittelfingers, und sie gibt ein leises, aber eindeutig unmutiges Geräusch von sich, das fast wie ein kleines Knurren klingt.

»Adam«, seufzt sie dann. Jawohl, seufzt.

Ich lächele bitter in mich hinein, als mir bewusst wird, dass ich nun sogar schon auf einen Toten eifersüchtig bin. Wieder fällt mein Blick auf den Brief, den sie partout nicht loslassen will.

Liebste Gracey,

lese ich in der Anrede, darüber stehen Datum und Ort. Mehr kann ich in dem schwachen Licht und durch Marys schützende Hand nicht erkennen. Aber allein diese wenigen Worte und Ziffern reichen aus, mir eine Gänsehaut über den Körper zu jagen. Etwas tief in mir regt sich … Nur verstehe ich leider nicht, was es ist.

»Hey!«, flüstert Mary in diesem Moment. Sie hat ihre Augen geöffnet, einfach so.

»Hey!«, erwidere ich ebenso leise. »Guten Morgen.«

»Bist du schon lange wach?« Ihr Atem trifft mich süßlich und frisch. Ich erkenne den Duft von Minze und muss schmunzeln, als ich begreife, dass auch sie schon vor mir auf war und sich – ebenso wie ich – offenbar bereits die Zähne geputzt hat.

»Nein, erst seit ein paar Minuten. Tut mir leid, ich wollte dich nicht wecken.«

»Du hast an Adams Brief gezupft.«

»Ein gravierender Fehler, das habe ich gemerkt, ja. Du hast also noch gelesen?«

»Nicht mehr gestern Abend, nein. Aber ich bin gegen halb sechs aufgewacht und hatte einen seiner Sätze im Kopf. Das ließ mir keine Ruhe, bis ich den Brief gefunden habe.«

»Du kennst diese Briefe auswendig?« Wir flüstern noch immer, als lägen wir in einem riesigen Raum voller schlafender Menschen.

»Nein, nicht auswendig. Aber …«

»Beinahe«, sage ich schmunzelnd. »Liest du mir diesen Satz vor, der dich so fasziniert hat?«

»Vielleicht.«

»Vielleicht?«

»Hm, hm.«

»Also, das heißt, nicht jetzt?«

»Hm, hm.« Wie zur Bestätigung faltet sie den Brief zusammen und legt ihn auf den kleinen Nachttisch.

»Autsch, das ist gemein!«, befinde ich und gebe mir die größte Mühe, dabei zumindest ein wenig pikiert zu tun.

»Ach so, und ich dachte schon, du meinst deinen Hintern.« Ihr Kichern hallt durch den sonst so stillen Raum. »Wie geht's dem eigentlich?«

»Geht so. Hättest mich sehen sollen, wie ich zur Toilette gewatschelt bin. Ich glaube, ich sah aus wie ein Pinguin.«

Sie lacht. »Pinnaku!«

»Pinnaku?«

»So sagt Julie zu Pinguinen.«

»Amys kleine Tochter? Wie süß!«

»Ja, und Matty hat früher immer ›Raffta‹ anstatt ›Giraffe‹ gesagt. Auch niedlich, oder?«

»Du liebst Kinder, stimmt's?«

»Ja, sehr.«

»Hmmm.« Ich strecke eine Hand nach ihr aus, lasse sie über ihren Rücken bis zu ihrem Kreuz herabgleiten und ziehe Mary, wie schon am Abend zuvor, zu mir heran. Nur mit dem Unterschied, dass wir uns diesmal anschauen können. Sanft streiche ich ihr eine hellblonde Haarsträhne aus dem herzförmigen Gesicht. Mit ihren großen blauen Augen schaut sie zu mir auf. »Was bedeutet dieses ›Hmmm‹, Jerry?«

Ich zucke mit den Schultern, unfähig, ihr eine Antwort auf diese Frage zu geben. Denn, ganz ehrlich, wie um alles in der Welt soll ich ihr denn das Bild des kleinen Jungen mit dem rötlich blonden Wuschelkopf, den Sommersprossen und den unverkennbar großen hellblauen Augen erklären, das meinen Geist durchblitzte, als wir eben von ihrer Liebe zu Kindern sprachen?

Mary wäre natürlich nicht Mary, würde sie sich so einfach abspeisen lassen. Schon flackert etwas in ihren Augen auf, das ich zu spät als Entschlossenheit erkenne. Im nächsten Augenblick hat sie sich bereits auf den Bauch gedreht, den Oberkörper leicht hochgestützt und ihre Hand dabei – scheinbar beiläufig – auf meine Brust gelegt. Mit ihren Fingern fährt sie nun genau über den Bereich meiner Narbe. »Sag es mir!«, flüstert sie, aber ich schüttele nur lachend den Kopf. »Komm schon!«, quengelt sie. Ich bleibe eisern. Nun beginnt sie, mir die Kuppe ihres Zeigefingers zwischen die Rippen zu piksen.

»Hör auf!«, rufe ich entsetzt, weil ich so schrecklich kitzelig bin und bei jedem Zusammenzucken ein Schmerz von meinem Hintern durch mein Rückgrat jagt. Wie Stromschläge, nur dumpfer.

»Sag es mir!«, fordert Mary erneut, inzwischen wesentlich energischer.

»Nö!«, halte ich störrisch dagegen.

Betont missmutig stößt sie die Luft aus ihren Lungen und schmiegt sich dann unverhofft wieder an meine Seite. Wie von selbst legt sich mein Arm um ihren zierlichen Körper. Es ist verrückt und unglaublich schön, sie so nah zu spüren.

»Was muss ich tun?«, wispert sie.

»Damit ich es dir sage?«

»Hm, hm.«

»Keine Ahnung, denk dir irgendetwas Überzeugendes aus«, necke ich.

Wieder stemmt sie ihren Oberkörper hoch und sieht mich an. Und dann, so plötzlich und kurz, dass es schon wieder vorbei ist, ehe ich es realisieren konnte, berühren ihre Lippen die meinen.

»Was war das?«, frage ich blinzelnd.

»Ein Kuss?«, erwidert sie leise. Doch es gibt einen Grund dafür, dass sie ihre Antwort wie eine Frage klingen lässt. Wenn sie wirklich denkt, dass das ein Kuss war …

»Oh nein!«, sage ich und drehe sie entschlossen auf den Rücken.

»Darf ich?« Vorsichtig beuge ich mich über sie. Wie erstarrt schaut Mary mich an. Sie nickt mit angehaltenem Atem. Wenn auch kaum wahrnehmbar, aber mehr Zustimmung benötige ich wirklich nicht mehr.

Zärtlich lasse ich meine Nasenspitze über ihre gleiten, streichle ihre weiche Oberlippe mit meiner, versuche, ihr zu zeigen, dass sie sich vor nichts mehr fürchten muss. Ich hauche einen ersten zaghaften Kuss auf ihren Mundwinkel und verharre dort für einige holprige Herzschläge, bis ich ihren zittrigen Atem an meiner Wange spüre. Nun erst küsse ich sie richtig, mit leicht geteilten Lippen. Zart, aber bestimmt sauge ich ihre Unterlippe ein wenig ein. Und dann, als sie meinen Kuss nicht mehr nur empfängt, sondern ihn zu unserem macht, indem sie den Druck meiner Lippen sanft erwidert, höre ich endgültig auf, über das, was ich tue, nachzudenken, weil es plötzlich einfach geschieht.

Erst als wir uns so weit ineinander verloren haben, dass mein Körper in eindeutiger Weise auf sie reagiert und mir bewusst wird, dass auch Mary meine Erregung gegen ihren Oberschenkel spürt, zwinge ich mich dazu, ein wenig zurückzuweichen. Meine Wange liegt an ihrem Schlüsselbein; ich atme stoßartig aus. »Gott, Mary!«

Ihr Herz rast unter meiner linken Hand; mit breit gefächerten Fingern umklammere ich ihre Seite. Vergeblich ringe ich um Fassung, um Atem … und um die Vernunft, die ich gerade jetzt so nötig hätte, um nicht einfach wieder über sie herzufallen.

»Was ist?«, fragt sie, selbst ein wenig atemlos. Ihre Finger vergraben sich in den Haaren an meinem Hinterkopf.

»Das war ein Kuss«, stelle ich klar. Sie lacht.

»Ja, in Ordnung, hast mich überzeugt.«

Ich seufze erneut und schmiege meine Wange an die warme Haut über ihrer Brust. Ich liebe mein T-Shirt dafür, dass es ihr so viel zu groß ist und der weite Kragen diese Partie freilegt. Übermütig und nach wie vor erhitzt, lege ich einen Kuss auf diese Stelle ihres Dekolletés und atme tief ihren Duft ein. Mary riecht immer ein wenig nach Vanille und Rosen. Das war schon früher so, in der Schule.

Ich stütze mich hoch und sehe sie an.

Gab es jemals eine schönere Frau?

Hilflos spüre ich das Lächeln, das sich bei ihrem Anblick auf meinem Gesicht entfaltet. Ob sie mir wohl ansieht, wie sehr ich mich in sie verliebt habe und wie hoffnungslos es bereits um mich steht?

»Vierunddreißig Frauen«, wispere ich fassungslos. »Warum, zum Henker, musste ich erst vierunddreißig andere Frauen küssen, bevor ich erfahren durfte, wie es wirklich sein kann?« Meine Stimme bebt verräterisch. Sie offenbart meine ernsthafte Verblüffung und die volle Entrüstung, die diese Erkenntnis heraufbeschworen hat.

»So empfindest du es?« Mary stupst mit ihrer Nasenspitze gegen meine, während ich gar nicht mehr aufhöre, zu nicken. Ihre Stimme klingt glücklich … und ein wenig schelmisch. »Und warum hast du dann ausgerechnet jetzt aufgehört?«, flüstert sie gegen meine Wange.

Ich erstarre unter ihren Worten, mit denen sie mich festpinnt wie einen Schmetterling auf einem Korkbrett. Verdutzt sehe ich sie an, denn wirklich … »Ich habe nicht die leiseste Ahnung.«

Wir küssen uns erneut. Liebevoll, stürmisch, leidenschaftlich. Die Übergänge sind fließend, wie die Bewegungen unserer Lippen, unserer Körper. In einem Moment liebkosen wir uns ungläubig, mit weit geöffneten Augen, die nach wie vor nicht zu begreifen scheinen, was sie doch so eindeutig und unmittelbar erfassen. Mit dem nächsten Herzschlag wiederum hingebungsvoll und blind, voller Vertrauen.

Wortlos verständigen wir uns, spüren beide, dass wir einander noch näher kommen wollen. Unverhüllt und offen. Nicht nur unsere Körper, sondern vor allem unsere Seelen sehnen sich nach dieser Art der Offenbarung.

Als es so weit ist und unsere Haut endlich barrierefrei aufeinandertrifft, begreife ich zum ersten Mal, wie es sein kann. Wie es immer sein sollte.

Wir schaffen es nicht, unsere Blicke voneinander zu lösen, zu keinem Zeitpunkt. Langsam beginnen wir, uns zu bewegen, und während ich Marys Atem inhaliere, ihre Wärme zu meiner wird und ich mit jedem unserer Küsse und durch jede zärtliche Berührung nur noch mehr spüre, wie sehr sie schon immer ein Teil von mir war, lese ich in ihren Augen von all den wunderbaren Möglichkeiten einer gemeinsamen Zukunft.

Als ihre Lider schließlich doch zu vibrieren beginnen und sie dem Drang, sie zu schließen, nicht länger widerstehen kann, als sich ihr Oberkörper aufbäumt und sich ihr Mund zu einem lautlosen Schrei öffnet, gibt es auch für mich kein Halten mehr. Diese zierliche Frau, die früher so sehr unter meinem unreifen Ego zu leiden hatte, ist zweifelsfrei die Liebe meines Lebens. Nie zuvor war ich mir bei irgendetwas so sicher wie bei dieser Erkenntnis.

»Heirate mich!«, hauche ich in ihr Ohr, ehe ich auch nur halbwegs wieder zur Besinnung komme. Denn davor habe ich plötzlich die größte Angst. Wieder zur Besinnung zu kommen – das bedeutet, meinem Verstand die Kontrolle zu übergeben. Und war das früher nicht immer das Kernproblem zwischen uns? Dass ich zu sehr auf meinen Verstand gehört und mein Herz dabei außer Acht gelassen habe?

»Wie bitte?«, flüstert sie zurück und schluckt dann so hart, dass ich es höre.

»Du hast mich schon verstanden«, sage ich und küsse ihre Wange.

»Heirate mich! Nicht jetzt, aber … irgendwann.«

Für einige Sekunden sieht sie mich reglos an. Ihre Wangen

sind rot gefleckt, und die Stirn schimmert schweißbenetzt, genau wie ihre noch immer erregten Brüste, die meine Haut bei jedem Atemzug streifen.

Mary ist so unsagbar schön, dass mir die Luft wegbleibt. Bis sich meine Lunge mit einem Stich meldet und mich zum Einatmen zwingt.

»Wie kannst du dir so sicher sein?«, fragt sie nur.

»Ich weiß es nicht, aber … das ändert nichts an der Tatsache, dass ich es bin.« Ich sehe sie lange an, schiebe mich ihr noch einmal entgegen – unwillig, diese intimste aller Verbindungen zwischen uns jetzt schon zu lösen – und nehme Marys Reaktion in mir auf. Die Art, in der sie mich an sich zieht und dabei gleichzeitig meinen Rücken und Kopf umschlungen hält, ihr leises Stöhnen, das unterdrückte Schluchzen.

»Weinst du?«, frage ich, plötzlich erschrocken.

Sie schüttelt den Kopf an meiner Wange. »Du bist so verrückt! Wie kannst du so etwas sagen?«, schluchzt sie dann und wischt sich verstohlen die ersten Tränen weg.

»Dass du die Frau bist, die ich heiraten will? Ich meine das ernst, Mary.«

»Trotzdem kannst du so was doch nicht einfach so sagen, gerade in dieser Situation!«, schimpft sie, halb lachend, halb weinend.

»Aber du liebst mich, oder nicht?«

»Jerry!«, warnt sie, stößt dann aber ein warmes Lachen in mein Haar. »Das ist die mit Abstand skurrilste postkoitale Unterhaltung, die ich je in meinem Leben geführt habe.« Ich schmunzle, auch wenn mich die Vorstellung von ihr in anderen postkoitalen Situationen ein wenig stört.

»Also?«, frage ich und weiche ein wenig zurück.

Nun sieht sie mich endlich ernsthaft an. Zumindest versucht sie es, scheitert aber schon bald bei dem Versuch, als ihre Augen einen liebevollen Glanz bekommen und ihre Mundwinkel so ganz gegen ihren Willen aufwärtszucken. Ich küsse die letzte Träne von ihrer heißen Wange und halte dann ihren Blick.

»Ich habe dich schon immer geliebt«, flüstert sie endlich. »Selbst damals, als wir noch Teenies waren.«

»Und ich ein Riesenarschloch«, ergänze ich bitter.

»Und du ein Riesenarschloch.« Sie grinst. Und als ihre linke Augenbraue dabei höher hüpft als ihre rechte, weiß ich, dass sie noch irgendetwas Kesses folgen lassen wird. »Apropos … Wie geht es deinem Hintern jetzt?«

Gemeinsam brechen wir in unterdrücktes Lachen aus. »Du meinst jetzt, nachdem wir uns geliebt haben, kleine Heuchlerin?«, frage ich und beeile mich dann, ihre Lippen mit meinen zu verschließen, ehe sie mir eine weitere freche Antwort entgegenschießen kann. Eine unbestimmbare kleine Ewigkeit verstreicht, bis wir wieder voneinander loskommen.

»Du schuldest mir noch eine Antwort«, stelle ich sanft klar und stütze mich nun doch hoch, um ihr nicht weiterhin einen Teil meines Gewichts zumuten zu müssen. Glücklich drehe ich mich auf den Rücken. Mary rutscht sofort wieder eng an meine Seite und streicht über meine Narbe, bevor sie den eintätowierten Namenszug meines Bruders küsst.

»Ich wünschte, ich hätte ihn gekannt«, sagt sie leise.

»Aaron war der liebste Kerl, den du dir vorstellen kannst. Hilfsbereit und klug, gutmütig. Zu gutmütig … Mein großer Bruder eben.«

»Das wird er auch immer bleiben.«

»Ja, ich weiß. Aber ich vermisse ihn trotzdem. Bis heute fehlt er mir an jedem einzelnen Tag.«

Mary küsst noch einmal die Stelle unter meinem Herzen. Ich seufze. »Meine Antwort?«, erinnere ich sie. Lächelnd schaut sie zu mir empor. »Ich kann mich an keine Frage erinnern.« Ihre Augen blitzen schelmisch. »Oh, doch, warte!« Damit setzt sie sich auf und greift nach dem Brief auf dem Nachttisch.

»Mary, doch nicht diese …« Weiter komme ich nicht mit meinem Einwand. Schon liegt ihr Zeigefinger über meinen Lippen. »Psst! Das war die einzige Frage, die du mir gestellt hast. Ob ich dir Adams Satz vorlese, der mich so fasziniert hat. Das andere …« Ihre Augenbrauen heben sich bedeutungsvoll, »… war eine Aufforderung und keine Frage. Aber die Frage werde ich abwarten, um dir meine Antwort zu geben, in Ordnung? Also, ein anderes Mal, zu einem passenderen Zeitpunkt, Mr McDonald.« Ihre Lippen lösen ihren Zeigefinger ab und drücken sich kurz auf meinen Mund. »Und nur um eines klarzustellen: Ganz egal, wie meine Antwort dann ausfallen wird, nie im Leben nehme ich den Namen einer Fast-Food-Kette an. Was, wenn ich später mal Ernährungsberaterin werden will?« Meine fassungslose Miene ignorierend, kuschelt sie sich zurück an meine Seite und entfaltet Adams Brief.

»Also, wehe, du lachst mich aus. Vorhin, als ich wach wurde und dich schlafen sah, fielen mir diese Zeilen ein: ›*… unsere Liebe wird erst besiegelt sein, wenn Du des Nachts an meiner Seite einschläfst und Dein Lächeln das Erste ist, was der neue Tag für mich bereithält.*‹«

Sie lässt den Brief sinken und sieht mich unsicher an, nahezu scheu.

»Besiegelt?«, wiederhole ich dieses eine kleine Wort, das am tiefsten in mir nachhallt. »Ja«, wispert Mary, und dabei fällt ihr Blick von meinen Augen auf meine Lippen. »Besiegelt.«

Mary

Luftraum über Chicago,
sechseinhalb Stunden später

Lenk mich ab, lenk mich ab!«, bettele ich und klammere mich mit beiden Händen an Jerrys Oberarm. Dieses dämliche Flugzeug will einfach nicht aufhören zu ruckeln. Irgendein akustisches Signal erklingt, dabei leuchten alle Symbole über uns bereits. Nicht rauchen, angeschnallt bleiben! Okay! Ich habe noch nie in meinem Leben auch nur eine Zigarette angerührt und schnalle mich sogar an, wenn ich die Einfahrt zum Briefkasten herabfahre. Also, warum zum Henker wirkt diese dämliche Tablette immer noch nicht und erlöst mich endlich von meiner Panik?

Hilfe suchend blinzele ich zu Jerry auf. Und obwohl ich noch vom Hinflug weiß, wie absolut lächerlich er meine Flugangst findet, legt er seinen Arm um mich und hält mich ganz fest. »Schon gut«, flüstert er und küsst meinen Kopf. »Dir passiert nichts. Niemandem hier passiert etwas. Magst du mit mir überlegen, was wir in Seattle noch machen wollen?«

Ich nicke und kneife dann mit einem leisen Schrei die Augen wieder zu, als die Maschine erneut durchgeschüttelt wird.

»Hey!« Er hebt mein Kinn mit einem Finger an und küsst mich sacht. »Sieh mich an, okay? Also los, du beginnst. Was möchtest du noch tun, bevor wir morgen zurückfahren?«

»Mein Dad«, presse ich hervor.

»Ja, okay. Wir werden versuchen, ob du ihn noch einmal sehen oder zumindest mit ihm telefonieren kannst. Weiter!«

»Deine Wohnung.«

»Du möchtest in meine Wohnung?«

Ich nicke hastig.

»Aber, es ist sehr wahrscheinlich, dass wir Jeannine dort begegnen.«

»Mir egal. Ich will Rob nicht länger zur Last fallen. Und du hast es nicht nötig, dich so von ihr an der Nase herumführen zu lassen. Es ist deine Wohnung, und ich möchte sehen, wie du lebst.«

»Hm«, brummt er nachdenklich. »Also gut. Dann kann ich auch ein paar neue Sachen einpacken. Allerdings dürfte mein Schrank bald keine Freizeitkleidung mehr hergeben.«

»Dass du einfach so getürmt bist und dein Gepäck bei Miss Elsa gelassen hast, kapiere ich bis jetzt nicht.« Ein erstes Gähnen überkommt mich. Dankbar presse ich mich noch enger an Jerrys Brust.

»Es gab Wichtigeres«, befindet er. Seine Fingerspitzen kraulen meine Kopfhaut.

»Hmmm, wenn du das machst, entspanne ich mich sogar beim Fliegen«, murmele ich wenig später schläfrig. Jerry unterdrückt meine halbherzigen Bemühungen, mich dennoch aufzusetzen, um nicht wieder den gesamten Flug über an ihn gelehnt zu schlafen. Er hält mich fest in seinem Arm und drückt mir einen Kuss auf die Stirn.

»Dann sollten wir in Zukunft immer zusammen reisen. Ich werde dich sowieso nie wieder gehen lassen. Nimm es ruhig als Drohung.«

Und diese verheißungsvollen Worte sind die letzten, die ich auf diesem Flug noch mitkriege.

»Willst du jetzt wirklich direkt zu meiner Wohnung fahren?«, fragt Jerry unsicher. Der heilige Boden Seattles hat uns wieder. Wir sitzen in Jerrys Wagen und rollen geradewegs auf die Parkhausausfahrt zu.

»Wovor hast du Angst?«, frage ich – wohl wissend, dass er diese indirekte Anspielung nicht auf sich sitzen lassen wird.

»Angst?« Jerry wirft einen Blick in den Rückspiegel. Da hinter uns offenbar kein weiterer Wagen ist, quietschen die Reifen seines Wagens nur einen Wimpernschlag später schon unter seiner harten Bremsung.

Na bitte, wusste ich es doch.

»Ich habe keine Angst!«, stellt er empört klar. »Es ist nur … pfff, wie soll ich dir das erklären?« In seinem Unbehagen fährt er sich mit den Fingern durch die Haare, von denen ich nun auch endlich weiß, wie weich und dicht sie sich anfühlen. Kein Wunder, dass er das ständig tut.

»Jaaa?« Ich gebe mein Bestes, ihn herausfordernd anzusehen. Es scheint zu wirken, denn er grinst. »Jeannine war vor dir die einzige Frau, von der ich behauptet habe, in sie verliebt gewesen zu sein«, beginnt er.

»Na und? Es gab auch mindestens einen Mann vor dir, in den ich verliebt war«, gestehe ich. »Das gehört alles zu dem Teil unserer Vergangenheit, den wir einfach hinnehmen und akzeptieren müssen, denkst du nicht?« Bei der Erwähnung des anderen Mannes spannt sich Jerrys Kinnpartie zunächst sichtlich an, doch dann tut er meine Worte mit einem Nicken ab. »Ja, und ich wette, bei dir ging es um einen tollen Kerl, der es verdient hatte, ein Mädchen wie dich lieben zu dürfen, aber … also, in Jeannines Fall …« Genervt atmet er aus. »Jetzt kann ich mir das alles nicht mehr erklären. Denn egal, was ich für sie empfunden habe, es kommt an das, was ich für dich fühle und auch damals schon gefühlt habe, nicht mal im Entferntesten heran. Und ehrlich gesagt habe ich jetzt auch überhaupt keine Ahnung mehr, was ich jemals an ihr gefunden habe, denn …«

Für einige Sekunden sucht er vergeblich nach den passenden Worten, um fortzufahren. Dann sacken seine Schultern ein, und er sieht mich resigniert an. »Ach, was rede ich mich hier um Kopf und Kragen? Du hast recht, fahren wir einfach hin, dann lernst du sie ja kennen.«

Nur eine halbe Stunde später stehen wir vor Jerrys Appartement. »Bist du bereit, der dunklen Macht gegenüberzutreten?«, fragt er in seiner tiefsten Stimme.

»Was denn, Star Wars? Wirklich, Jerry?« Meine Empörung ist nur halb gespielt. Er wackelt mit den Augenbrauen.

»Spinner!«, wispere ich lachend. »Nun mach schon!«

Er steckt den Schlüssel ins Schloss und dreht ihn nur eine halbe Umdrehung. »Hm?«, brummt er verwundert und öffnet die Tür mit einem leichten Stoß gegen den Knauf. Sofort bleibt er wie versteinert auf der Schwelle stehen.

»Was zum Teufel …?«

Ich schiebe mich neben ihn, um auch einen ersten Blick auf das heillose Chaos zu werfen, das nun vor uns liegt.

»Oh Gott!«, entfährt es mir mit einem Seufzer. »Und ich dachte, diesen Part hätten wir hinter uns.« Der erste Eindruck von Jerrys Wohnung erinnert mich aufs Übelste an den Zustand, von dem wir das Appartement meines Vaters befreit haben. Nur mit dem Unterschied, dass es hier noch deutlich schlimmer aussieht. Überall liegen Kleidungsstücke verstreut, dazwischen Pizzaschachteln mit verschmähten Resten. Unzählige leere Bierdosen und Sektflaschen sind für den Alkoholdunst, der uns entgegenschlägt, verantwortlich, und auch der verheerende Zustand des Teppichs sowie die überall herumliegenden und teilweise sogar aufgeplatzten Kissen sprechen die eindeutige Sprache wilder Belagerungen und ausschweifender Feten.

»So, das ist also deine Wohnung«, sage ich, in dem zum Scheitern verurteilten Versuch, die Situation mit ein wenig trockenem Humor zu entschärfen.

Jerry braucht noch ein paar Sekunden, um sich zu fassen, doch dann wandelt sich seine geschockte Miene. Die Art, wie seine Kieferknochen plötzlich in einem verbissenen Rhythmus immer wieder hervortreten, begleitet von diesem Zucken seines Kinns und der steilen Falte, die zwischen seinen tief herabgezogenen Augenbrauen auftaucht, lässt mich erahnen, wie wütend er ist.

»Nein«, antwortet er schließlich. »Das ist das, was meine Ex davon übrig gelassen hat. Aber immerhin stehen die Wände noch und …« Er nickt in Richtung der beiden Schlüssel, die auf der schmalen Kommode neben der Eingangstür liegen, »… Jeannine scheint auch endlich ausgezogen zu sein.«

Ein paar Sekunden stehen wir noch fassungslos nebeneinander, dann stößt Jerry plötzlich ein Stöhnen aus und fährt sich mit beiden Händen übers Gesicht. »Oh, na klar! Rob … Er wollte ihr eine gepfefferte Mahnung schicken, um sie endlich vor die Tür zu setzen.«

»Tja, das wird er wohl getan haben«, seufze ich. Wieder schweift mein Blick durch den Wohnraum, dessen desolater Zustand mir nun auch kein Rätsel mehr ist.

Rob hat mit diesem Schreiben Jerrys Ziel erreicht; Jeannine ist weg. Allerdings nicht, ohne zuvor offensichtlich noch zu einer Art Racheparty eingeladen zu haben, deren verheerende Resultate sich nun vor uns erstrecken: In jeder Ecke liegt Unrat, einige von Jerrys geliebten Schallplatten sind zerbrochen und etliche seiner Bücher durch verschüttete Getränke aufgeweicht. Ganz zu schweigen von den diversen Flecken im Teppichboden, der Asche auf der Couch und den mehr als nur unappetitlichen Überresten einer Essensschlacht, die uns in der Küche erwarten.

Das Bad darf ich gar nicht erst betreten, bis Jerry – im Gesicht eher grün als einfach nur blass – wieder herauskommt und eine Wolke Desinfektionsspray hinter sich herzieht.

»Tss«, macht er abfällig, als wir im Schlafzimmer auf unzählige zerrissene Fotos von ihm und Jeannine stoßen, die über sein Bett verstreut liegen. Ich helfe ihm, die einzelnen Überreste einzusammeln und wegzuschmeißen.

»Ist sie das?«, frage ich, als mein Blick dabei auf den Fetzen eines Fotos fällt, auf dem das hübsche Gesicht einer jungen Frau zu sehen ist. Erst beim genaueren Hinsehen fahre ich erschrocken zusammen, denn irgendwoher kenne ich sie. Das heißt …

Nein, der Blick stimmt nicht, ist zu kühl, aber ansonsten … Jerry schlingt von hinten einen Arm um mich, lugt über meine Schulter und seufzt schwermütig in meinen Nacken.

»Ja, das ist Jeannine«, sagt er, nimmt mir den Fetzen aus der Hand und stopft ihn, meiner Verwirrung nicht gewahr, in seinen Müllbeutel. »Und tschüss!«

Erst nach Stunden des Aufräumens, Staubsaugens und Wischens fallen wir vollkommen erschöpft, aber zufrieden auf die Couch.

»So, alles sauber. Und das Bett habe ich auch frisch bezogen«, flüstert mir Jerry nach einem langen Kuss zu.

»Das bedeutet, einer heißen Liebesnacht steht nun nichts mehr im Wege?«, hake ich frech nach.

»Nichts, außer meine bleierne Müdigkeit, meinem nach wie vor schmerzenden Hintern und der wenig verlockenden

Aussicht auf eine fünfstündige Autofahrt morgen. Also nein, absolut gar nichts.« Wieder küsst er mich zärtlich.

»Na, dann gehe ich schon mal unter die Dusche«, beschließe ich.

»In Ordnung. Ich öffne nur noch die Post der letzten Tage, dann komme ich nach. Ist das okay für dich?«

»Mehr als okay.«

Das warme Wasser tut so unglaublich gut nach der Plackerei der vergangenen Stunden. Mit Jerrys Versprechen, mir zu folgen, im Kopf, seife ich mich ein und wasche meine Haare.

Endlich öffnet sich die Badezimmertür, und er tritt ein. Doch obwohl ich sein Gesicht durch die beschlagenen Scheiben der Duschkabine nicht erkennen kann, spüre ich sofort, dass etwas nicht stimmt. »Jerry?« Ich stelle das Wasser ab und ergreife das Duschtuch, das ich über den oberen Kabinenrand geworfen habe. So eingehüllt, trete ich ihm gegenüber. Seine Miene bestätigt meinen Verdacht.

»Was ist los?«

Jerry sitzt auf dem Rand der Badewanne. Schweigend reicht er mir einen Brief, den ich eilig überfliege.

»Eine außerordentliche Kündigung deines Vermieters?«

»Wundert dich das, nach dem, wie es hier aussah?«, fragt er bitter. »Die Appartements hier sind nicht gerade günstig, weißt du? Durch die hohen Preise erhofft man sich vernünftige Mieter und nicht solche Chaoten wie Jeannine und die, die sie offenbar hier angeschleppt hat. Er ist von einer unberechtigten Untervermietung ausgegangen.«

»Hier steht, dass du die Wohnung bis Ende Dezember geräumt und die Schlüssel übergeben haben musst«, fasse ich den Inhalt des Schreibens entsetzt zusammen. »Kannst du nicht dagegen klagen?«

Er lächelt. »Könnte ich, ja. Nachdem ich Widerspruch erhoben hätte. Man kann gegen fast jede Anordnung widersprechen und klagen. Die Frage ist nur, ob ich das auch will.«

»Aber … es ist doch deine Wohnung, Jerry. Und du hast ja nichts Unrechtes getan.« Er nimmt mir den Brief aus der Hand und lässt ihn achtlos fallen.

»Na ja, ich habe sie Jeannine überlassen.«

»Aber du konntest nicht ahnen, dass dieses Biest deine vier Wände in eine Partyhöhle verwandelt.«

Er zieht mich zu sich, löst den Knoten des Frotteetuches … und überlässt auch dieses der Schwerkraft. »Hm«, macht er mit schief geneigtem Kopf. Sein Blick hangelt sich an meinem Körper herab. »Wäre ich einsichtiger gewesen, was die durchaus vorhandenen Anzeichen ihrer unverschämten und zügellosen Art anging, hätte ich zumindest mit einer derartigen Möglichkeit rechnen müssen.«

Ich versuche auszuatmen, was plötzlich sehr schwierig ist, weil sich Jerrys Hände auf meine Brüste gelegt haben und seine Daumen über die Spitzen kreisen. »Hey!«, hauche ich nur mit Mühe. »Mir gehen hier so langsam die Argumente aus.«

Er lacht und beugt sich vor, küsst mich über meinem Bauchnabel. »Macht nichts«, flüstert er gegen die empfindliche Stelle, die er erst an diesem Morgen in Chicago entdeckt hat. »Dafür werden meine Argumente, nun endlich ein vollkommen neues Leben zu beginnen, mit jedem Moment an deiner Seite immer größer.«

Jeremy

Papen County, am Abend des folgenden Tages

Dadurch, dass Dakota grünes Licht gegeben hat und wir Phil vor unserer Abreise noch einmal kurz besuchen durften, ist es bereits dunkel, als wir das Haus erreichen, in dem Mary wohnt und das ich nun endlich auch von innen sehen werde.

Marys Wohnung sieht genauso aus, wie ich sie mir vorgestellt habe. Keine exklusiven Möbel, kein teurer Schnickschnack. Dafür jede Menge weiblicher Charme und Gemütlichkeit.

»Gib mir deine Tasche, ich bringe sie ins Schlafzimmer«, schlägt sie vor, aber ich ziehe die Henkel weg, ehe Mary sie ergreifen kann.

»So weit kommt es noch. Geh voran, ich folge dir.«

»Sturkopf!« Ihr Schimpfen klingt halbherzig, also gehe ich nicht weiter darauf ein. Wir durchkreuzen das Wohnzimmer, dessen Heizkörper Mary voll aufdreht, da die gesamte Wohnung ziemlich heruntergekühlt ist. Dann öffnet sie die Tür zu ihrem Schlafraum und knipst das Licht an. Es fühlt sich seltsam intim an, dieses private Zimmer zu betreten, die aufgeschlagene Bettdecke zu sehen, die angebrochene Wasserflasche und das – der Position des Lesezeichens nach zu urteilen – bereits halb gelesene Buch auf ihrem Nachttisch.

»Du bist Hals über Kopf vor mir geflohen«, stelle ich wieder einmal fest – dankbar darüber, dass sich nun alles zum Guten gewendet hat.

»Absolut!«, bestätigt Mary grinsend. Ich liebe diese neue Unbeschwertheit zwischen uns. Endlich sagt jeder genau das, was ihm auf dem Herzen liegt. Ich weiß, dass uns auf diese Weise zwar der eine oder andere leidenschaftliche Streit und durchdiskutierte Nächte bevorstehen. Dennoch wünsche ich mir, dass es von nun an nie mehr anders zwischen uns wird.

Mein Blick gleitet an Marys liebem Gesicht vorbei und fällt auf ein besonderes Möbelstück. »Ist er das, dein mysteriöser Sekretär?«

»Ja.«

Irgendetwas zieht mich zu ihm. Er scheint förmlich nach mir zu rufen, so stolz und würdevoll, wie er da steht. Erst als ich unmittelbar vor ihm stehe und die rechte obere Schublade komplett aus ihrem Fach herausziehe, frage ich mich, was ich hier überhaupt mache. Die Kuppen meiner Zeigefinger gleiten über zwei winzige Erhebungen an den Innenseiten der beiden schmalen Leisten, die rechts und links am Boden der Schublade angebracht sind. Ehe ich es bewusst realisiere, habe ich die kleinen Verschlüsse entriegelt, und eine Klappe schnappt auf.

»Wow!«, entfährt es Mary, die plötzlich hinter mir steht.

»Du kennst diese Technik? Nicht einmal Eliah hat sie entdeckt.«

Vollkommen erstaunt blicke ich auf die Schublade mit dem doppelten Boden in meinen Händen. »Ich … muss das wohl mal im Fernsehen gesehen haben oder so«, stammele ich verdutzt und beeile mich, das Fach wieder zu schließen und die Schublade zurück in ihren Einschub zu stecken. Doch gerade als ich das tun will, fällt mein Blick auf den nun offen vor mir liegenden Inhalt der zweiten Schublade. Genauer gesagt ist es unter all den kleinen Gegenständen nur eine antike Schmuckschatulle mit Messingbeschlägen an den Ecken und winzigen Blumenintarsien im Deckel, die sofort mein Interesse weckt.

»Was ist das?« Behutsam lege ich die Geheimfach-Schublade auf der lederbezogenen Schreibfläche des Sekretärs ab. Meine Finger streifen eine Vertiefung in dem Holz neben dem Leder. Wie ein Geistesblitz durchfährt mich das Bild eines schweren Metallgriffs – der eines Brieföffners, wie ich intuitiv weiß –, der mit großer Wucht diese Kerbe in das sonst so ebene Holz schlägt. Die mentale Szene versetzt mir einen innerlichen Stich. Seltsamerweise verglüht der Schmerz in dem Moment, als ich die Schmuckschatulle zur Hand nehme und sie genauer betrachte. Eine Spieluhrmelodie erklingt in meinem Kopf; ich erkenne sie sofort. Es ist dieselbe, die ich auch hörte, als ich Eliahs Geschäft zum ersten Mal betrat. Dieselbe, die ich hörte, als Marys und meine Hände sich in der Dunkelheit des Lokals zum ersten Mal berührten und dieses hübsche Frauengesicht vor meinem geistigen Auge aufflackerte. Ein Gesicht, dem Jeannines unheimlich ähnelte. Ebenso wie das der Frau auf dem Foto, welches uns Ellie zeigte. *Grace.*

Es ist, als hätte jemand eine Reihe längst platzierter Dominosteine in meinem Kopf angestoßen. Plötzlich dreht sich alles, und mir wird schwindelig von all den Erkenntnissen, die in ihrer Gesamtheit doch nur ein großes Fragezeichen ergeben.

Was geht hier vor? Was hat das alles zu bedeuten?

Mit zittrigen Fingern hebe ich den Deckel der Schatulle an, in der festen Erwartung, nun die Melodie aus meinem Kopf auch real zu hören.

Stille.

Ein paar Armbänder und Ketten, sonst nichts.

»Jerry?« Marys Stimme dringt nur gedämpft zu mir durch. Jetzt erst spüre ich, dass ihre Hand auf meinem Oberarm ruht.

Hat sie mich schon mehrfach angesprochen?

Ihr irritierter Blick deutet darauf hin.

Schnell stelle ich die kleine Schatulle zurück an ihren Platz.

»Alles klar bei dir?«, fragt Mary besorgt. »Du wirktest für einige Sekunden wie weggetreten.«

»Nein, alles gut.« Mein Lachen klingt überhastet und gezwungen; Marys Blick bleibt skeptisch. »Bist du sicher?«

»Klar!« Ich streife die Innenflächen meiner Hände an meinen Hosenbeinen ab, als könnte ich dadurch das Anfassen der Schublade und des Schmuckkästchens rückgängig machen.

»Hast du was zu trinken für mich? Ich komme um vor Durst.«

»Sicher. Soll ich uns einen Tee aufbrühen, bis die Hütte hier wieder aufgetaut ist?«

»Tee wäre fantastisch, ja.«

Der Rest des Abends verstreicht ruhig und dankenswerterweise ohne weitere Vorkommnisse, die mich an meinem Verstand zweifeln ließen.

Mary und ich lieben uns auch in dieser Nacht wieder und schlafen anschließend selig, Arm in Arm, ein.

Einige Stunden später erwache ich mit dem unbestimmten Gefühl, mir würde etwas fehlen. Und richtig, Mary liegt nicht mehr neben mir. Nach einigem Blinzeln erkenne ich ihre Silhouette im einfallenden Mondlicht. In eine Decke gehüllt, lehnt sie an dem Heizkörper vor ihrem Fenster, eine Tasse in ihren Händen, und sieht mich unverwandt an.

»Hey, ist alles in Ordnung?«

»Hm, hm. Ich konnte nur nicht mehr schlafen, weil …«

»Weil?«

»Dieses Gefühl in mir zu stark war.«

»Dieses Gefühl?«

»Ja.«

Ich setze mich auf, verharre kurz und erhebe mich dann. Nackt, wie ich bin, gehe ich auf sie zu. Bereitwillig stellt sie ihre Tasse auf dem Fenstersims ab, öffnet die Decke um ihren ebenfalls nackten Körper und schließt sie in einer Umarmung um meinen Rücken wieder.

»Mmm, das ist schön. Du bist so warm.« Sie kuschelt sich eng an meine Brust.

»Mary?«

»Ja?«

»Wie soll es weitergehen?«

»Mit uns?«

»Natürlich.«

»Du meinst, weil du in Seattle lebst und ich hier?«

»Genau.«

»Ich weiß es nicht«, sagt sie ehrlich und blickt mit großen Augen zu mir auf. »Ich kann mir nur noch schlecht vorstellen, zurück nach Seattle zu ziehen. Und dein ganzes Leben spielt sich in dieser Stadt ab. Deine Freunde, deine Kanzlei, deine Wohnu… Oh, nein! Vergiss den letzten Part.«

Ich knuffe sie leicht in die Seite und genieße es, wie sich ihr Körper an meinem reibt, als sie kichernd zusammenzuckt.

»Was, wenn ich all das aufgeben würde?«, wispere ich gegen ihre Stirn.

»Auch die Kanzlei?«

»Gerade die Kanzlei.«

»Das würde Mut erfordern.«

Ich atme tief durch. »Ich finde, feige war ich lange genug.«

»So?«

»Ja. Ich müsste zwar meinen Anteil der Kanzlei verkaufen, was sicher keine große Schwierigkeit darstellen würde. Aber danach? Ich habe ehrlich gesagt keine Ahnung, ob man als Anwalt in Papen County gutes Geld machen kann.«

Mary weicht ein wenig zurück. So schlecht die Lichtverhältnisse auch sind – denn außer den unzähligen Sternen und dem gelblichen Halbmond greifen wir auf keine weitere Lichtquelle zurück –, in ihren Augen spiegelt sich erkennbare Enttäuschung wider.

»Glaubst du denn wirklich, dass mir das etwas bedeutet?«, fragt sie leise, beinahe traurig. »Meine beste Freundin Amy kämpft sich als alleinerziehende Mutter mit Klavierstunden und dem Malen von Porträts und Auftragsarbeiten durch. Und Caro arbeitet im Schichtdienst im Krankenhaus, ihr Mann ist bei einem winzigen Radiosender angestellt. Hier draußen ist so gut wie niemand wirklich reich, Jerry. Aber wir sind auch so glücklich. Und genau das erhoffe ich mir auch für dich.«

»Ich war nie glücklicher als jetzt mit dir«, sprudelt es aus mir hervor, denn für mich ist die Entscheidung über unsere Zukunft bereits gefallen. »Und ich möchte nicht mehr ohne dich sein, Mary. Ganz egal, was ich dafür tun muss.«

Sie sieht mich lange an, streichelt zaghaft über meine Wange und betrachtet mein Gesicht dabei so intensiv und offen wie nie zuvor. »Na ja, vielleicht musstest du ja erst dafür bereit sein, das Leben, das dein Vater für dich geplant hatte, hinter dir zu lassen, um endlich zu dem Leben zu finden, das einfach *deines* ist. Dem, das dich glücklich macht.«

Das sagt sie mit einem Schulterzucken. Beinahe schüchtern und ganz gewiss nicht in dem Bewusstsein, dass diese Überlegung die mit Abstand klügste ist, die ich je gehört habe. Denn genau das ist in den vergangenen Wochen mit mir geschehen. Durch sie habe ich mich der Idee dieses neuen – meines – Lebens immer mehr geöffnet. Und ja, obwohl noch so vieles im Unklaren vor mir liegt, fühle ich mich jetzt bereit dazu, es endlich anzugehen.

»Ich liebe dich, Mary«, flüstere ich in ihr weiches Haar.

In diesem Moment geschieht etwas Wunderbares. Als hätte der Himmel unser Gespräch belauscht, als würde er meine Entscheidung begrüßen, lässt er mit einem Mal unzählige Sternschnuppen über sein Firmament prasseln.

»Wow, sieh dir das an!«, rufe ich aufgeregt, und auch Marys Stimme überschlägt sich fast, als sie mich auffordert, mir schnell etwas zu wünschen.

Wir verharren in regloser Faszination, bis das nur wenige Sekunden andauernde Schauspiel vorbei ist. »Hast du?«, fragt sie, die beinahe kindlich euphorischen Augen weit aufgerissen. »Ich war so aufgeregt, dass ich es glatt verpasst habe.«

Mein Grinsen fühlt sich so breit an, als wollte es mein Gesicht in zwei Hälften spalten. »Ich auch, aber das macht nichts«, befinde ich und küsse ihren Mund. Ich hatte recht, mein Leben lang. Marys Lippen sind die mit Abstand weichsten, die ich je geküsst habe.

»Ich kann meine Wünsche jetzt getrost jemand anderem überlassen, ohne das Gefühl, etwas zu verpassen«, erkläre ich und dirigiere Mary dann mit einem weiteren langen Kuss zurück in Richtung Bett.

Mary

Etwas außerhalb der kleinen Stadt, neun Stunden und drei Minuten später

Jeremy lenkt den Wagen behutsam um die letzte, schneebedeckte Kurve zu Eliahs Werkstatt. Während unserer Abwesenheit hat sich die Gegend rund um Papen County in ein wahres Winter-Wunderland verwandelt.

Eliah zuerst zu besuchen, hat diverse Gründe. Zum einen liegt sein Haus tatsächlich auf unserem Weg, und zum anderen ist er von all unseren Freunden am aktivsten in unsere Geschichte involviert. Außerdem ist er schon fast auf dem Stand der Dinge, was ich von Amy und Caro nicht gerade behaupten kann.

Nur, dass wir jetzt wirklich ein Paar sind, müssen wir auch Eliah noch gestehen.

Aber unser Plan steht bereits: Zunächst wird Jerry ihn festhalten, und ich werde ihm das Gesicht mit einer ordentlichen Portion Schnee abseifen. So viel zu seinem Verrat.

Und danach werden wir ihm beide um den Hals fallen und nicht mehr von ihm ablassen, bis er uns anfleht, ihn wieder atmen zu lassen. So viel zu dem, was er für uns getan hat.

Als könnte er meine Gedanken lesen, lächelt mir Jerry verschwörerisch zu. Er parkt den Wagen mitten auf der langen Einfahrt und schaltet den Motor aus. »Also dann!«

In unserer Euphorie bemerken wir erst spät, dass etwas nicht zu stimmen scheint. Tim sitzt auf einer der Bänke vor dem Haus. Neben ihm steht eine große Reisetasche. Mit leerem Blick starrt er auf einen geöffneten Brief in seinen Händen.

»Hey Tim!«, ruft Jerry, dem die eigenartige Melancholie, die dieser stillen Szene anhaftet, noch immer zu entgehen scheint. »Was ist los bei euch, boomt das Geschäft?«

Jerry nickt in Richtung des Schaufensters, und als ich seinen Blick verfolge, stelle ich erstaunt fest, dass nur noch vereinzelte Möbel im Verkaufsraum stehen.

Mit trüben Augen sieht Tim zu uns auf. »Ihr wisst also auch nicht, wo er hin ist?«

»Wer, Eliah?«, frage ich. Tim nickt. »Er ist weg?«, hake ich noch einmal nach. Ein weiteres Nicken.

»Meinst du ›weg‹ wie ›eine Besorgung erledigen‹ oder ›auf Dienstreise‹ oder …«, setzt Jerry vorsichtig an.

»Er ist weg«, sagt Tim erneut, diesmal bestimmter. »Und er schreibt, dass er nicht mehr wiederkommen wird.«

Panik macht sich in mir breit, lässt mein Herz schneller schlagen. Ein Blick zu Jerry verrät mir, dass er ähnlich beunruhigt ist. Ich setze mich neben den verstört wirkenden Jungen und streiche ihm sanft über den Rücken. »Bitte, Tim, erkläre uns, was passiert ist.«

»Ich habe in der letzten Woche meine Arbeit fertiggekriegt«, beginnt er langsam. Und obwohl ich nicht weiß, worauf er hinauswill, lasse ich ihm die Zeit, sich zu sammeln und uns alles genau zu schildern. »Ihr erinnert euch vielleicht an diese kleine Schatulle mit diesen blöden Intarsien, die ich herstellen sollte? Ich war unglaublich wütend, weil andere Lehrlinge so richtig coole Sachen machen durften. Schränke bauen, Schreibtische und so. Aber Eliah meinte immer, im Detail und in dem Mut, sich mit kleinen Dingen durchzusetzen, läge oft die wirkliche Kunst. ›Nicht das Mächtige, Offensichtliche beeindruckt mich, sondern vielmehr die versteckten Feinheiten und all der Mut und die Ausdauer, die dahinterstecken.‹ Das hat er so oft gesagt, dass ich es vermutlich in achtzig Jahren noch auswendig wiederholen kann. Nicht, dass es nötig wäre. Er hat mir so etwas Ähnliches auch auf ein Holzbrett graviert und über mein Bett gehängt.« Sein bitteres kleines Lachen bestätigt meinen Eindruck, dass Tim sehr erschüttert ist.

»Jedenfalls habe ich diese Schatulle fertiggestellt, mit allem, was dazugehört, sogar mit Spieluhr.« Mein Blick schnellt kurz zu Jerry, als der plötzlich erschaudert.

»Wir sollten besser reingehen, es ist furchtbar kalt«, schlage ich schnell vor. Gemeinsam erheben wir uns, betreten hintereinander den mollig warmen Verkaufsraum und stampfen uns auf der Eingangsmatte den Schnee von den Schuhen. Als die Tür hinter uns ins Schloss fällt und das Glöckchen darüber noch einmal erklingt, nehmen Jerry und ich auf einer Truhenbank Platz und Tim auf einem Stuhl mit präzise gedrechselten Beinen, den er sich so heranzieht, dass wir einander gegenübersitzen.

»Jedenfalls wollte Eliah mich offenbar belohnen und schenkte mir spontan eine Reise mit anderen jungen Leuten«, nimmt er seine Erzählung wieder auf. »Er sagte, ich müsste jetzt mal dringend unter Gleichaltrige kommen, sonst würde ich bei ihm noch einstauben. Vier Tage war ich weg. Und vor einer Stunde, als mich der Bus wieder absetzte, sah es hier so aus.«

Er schaut sich um; Jerry und ich folgen seinem Blick durch den fast schon kahl wirkenden Raum.

»Er hat all diese Möbel mitgenommen? Muss er sie vielleicht ausliefern?«, fragt Jerry. Tim nickt ihm traurig zu. »Ja. Eines nach dem anderen, schreibt er. Und dass er nicht mehr zurückkommen wird, weil seine Aufgabe hier erledigt ist. Er könnte mir nun nichts mehr beibringen. Hier! …« Er schaut auf seinen Brief hinab, sucht kurz nach der entsprechenden Stelle und liest langsam und ein wenig stockend:

Lieber Tim,

wenn Du Dich fragst, warum ich gegangen bin, und es Dir so vorkommt, als hätte ich Dich im Stich gelassen, so sei Dir versichert, dass dies nicht der Fall ist. Bitte tu mir einen Gefallen. Geh in den Verkaufsraum und sieh Dich um! Sicher, jedem anderen wird dieser Raum sehr leer erscheinen, aber ich hoffe, dass Du siehst, was Du in diesem vergangenen Jahr erreicht hast, wenn Du Deinen Blick über all diese wunderbaren Möbel gleiten lässt, die Du vollkommen allein und neben Deiner Hauptarbeit hergestellt hast. Kannst Du Dir vorstellen, wie voll dieser Raum wäre, hättest Du Dich nicht mit dem Schnitzen winziger Rosenblätter aufhalten müssen? Verstehst Du nun, was ich meinte, als ich Dir sagte, es käme nicht auf die Größe eines Kunstwerks an, sondern einzig und allein auf das Herzblut und die Präzision, die in ihm steckt? Du kannst so stolz auf Dich sein, Timothy.

Und Du musst von nun an niemandem mehr etwas beweisen, niemals wieder. Immer nur Dir selbst.

Seit dem frühen Tod Deiner Eltern hast Du auf jeder Etappe Deines Lebens versucht, es allen recht zu machen. In dem ersten Heim, in das man Dich brachte, warst Du der bravste, unauffälligste Junge. Dann kamst Du als letzter Junge zu Jacob Burton, den Du bis zu seinem Tod gepflegt hast. Von dort aus gingst Du freiwillig mit zu mir. Kein Tag, an dem ich nicht Dein höfliches »Was kann ich noch machen?« hörte. Fleiß ist so wichtig, Junge. Aber Du darfst

nie das Ziel und die Motivation Deiner Bemühungen aus den Augen verlieren. Frage Dich immer, ob es noch die Deinen oder inzwischen die eines anderen sind. Und bleibe Dir treu, zu jeder Zeit. Verbiege Dich nicht, um anderen zu gefallen, denn Du bist – genau so, wie Du bist – einer der liebenswertesten Menschen, den ich je kennenlernen durfte.
Aber ich denke, im Grunde Deines Herzens weißt Du das alles, und auch darum ist meine Zeit hier abgelaufen, und ich ziehe weiter.
Denke nie, dass ich Dich vergesse. Ich habe Dir die eigene Werkstatt versprochen, die Du Dir immer gewünscht hast, und ich werde dieses Versprechen halten. Gib Mary den Brief mit ihrem Namen. Sie und Jeremy werden bald bei Dir auftauchen. Dann wirst Du alles Weitere erfahren.
Du bist in meinem Herzen, junger Mann. Seit immer, für immer.

Dein Eliah

»Moment mal, er hat Mary auch einen Brief hinterlassen?«, fragt Jerry.

»Ja, hier!« Sofort steht Tim auf und zieht ihn aus einem Seitenfach seiner Reisetasche.

»Ich kann nicht fassen, dass du all diese Möbel wirklich selbst gemacht hast. Das ist so … beeindruckend«, murmelt Jerry anerkennend, was dem Jungen sofort ein breites Lächeln ins Gesicht zaubert. Sichtlich stolz reicht er mir Eliahs Brief, doch ich schaffe es vor lauter Aufregung kaum, einen Blick darauf zu werfen. Bis jetzt habe ich allein dafür gebraucht, meine Stimme wiederzufinden. »Du warst dieser letzte Junge, von dem Caren sprach? Der, der Jacob bis zum

Schluss gepflegt hat und anschließend das Glück hatte, seine Lehre bei einem neuen Meister abzuschließen. Du … warst ein Winterfield-Junge?«

»Ja, ganz recht«, bestätigt Tim. »Aber woher kennst du denn Caren?«

»Das ist eine lange Geschichte«, seufze ich. »Und zwar eine, die ich selbst nicht verstehe. Warum hat Eliah mir nicht erzählt, dass du aus diesem Heim kamst? Er wusste doch, dass ich mich auf Adams Spuren begeben wollte. Mit dir … hätte das um so vieles leichter werden können.«

»Ich kann dir nicht folgen«, gesteht Tim.

»Nun, wie wäre es, wenn wir erst einmal diesen Brief öffnen und sehen, ob der uns weiterhilft?«, schlägt Jerry vor. »Ich habe nämlich so das Gefühl, da liegt noch einiges an Aufklärung vor uns.«

Ich spare mir meine Antwort und reiße Eliahs Brief nun voller Ungeduld auf. Natürlich lese ich laut, damit die Jungs auch hören, was er mir geschrieben hat, doch weit komme ich nicht.

Liebste Mary,

ich weiß, in Deinem Kopf dreht sich gerade alles, und ich schwöre, schon bald für Aufklärung zu sorgen. Aber dafür musst Du, bevor Du diesen Brief weiterliest, erst mit Tim reden und ihn bitten, Dir die geheime Kiste zu übergeben. Er wird wissen, von welcher die Rede ist.

…

Ich schaue von Eliahs perfekter Handschrift auf, in ein aschfahles Gesicht. »Tim?«

»Aber er hat immer gesagt, sie wäre tabu.«

»Die Kiste?«, hakt Jerry nach. Tim nickt … und sieht ihm direkt in die Augen.

»›Sie darf nicht vor ihrer Zeit geöffnet werden‹, das hat er immer wieder gesagt«, beharrt Tim. Jerry beugt sich näher zu ihm hinüber, streckt seine Hand aus und berührt behutsam das Knie des offensichtlich hin- und hergerissenen jungen Mannes.

»Diese Zeit scheint jetzt gekommen zu sein. Also, wo ist diese Kiste, Tim?«

Wortlos erhebt der sich, verlässt den Raum und kehrt kurz darauf mit einer metallenen Schachtel wieder, die sich bei näherer Betrachtung als alte Zigarrenkiste entpuppt. »Eliah hat sie in seinem Schlafzimmer aufbewahrt. Unter seinem Bett«, lässt uns Tim noch wissen und streckt mir dann die Schachtel entgegen. Allerdings überlässt er sie mir nur sehr zögerlich, und als er seine Finger schließlich langsam zurückzieht, zittern sie sogar ein wenig in der Unsicherheit, die seine grünen Augen versprühen. »Sie muss sehr wichtig sein«, betont er noch einmal.

»Nun, wir werden sehen«, antwortet Jerry und wirft dann einen längeren Blick auf die Kiste in meinem Schoß. »Zumindest ist sie sehr schmutzig.«

Das stimmt. Das ins dünne Metall des Deckels gestanzte Motiv einer Straßenszene um die Jahrhundertwende ist nicht nur rostig, sondern auch erdverkrustet. Von außen betrachtet, wirkt die Kiste alles andere als edel, geschweige denn wertvoll.

Behutsam lifte ich den Deckel. »Ein Umschlag.«

Jerry stößt ein kleines Lachen aus. »Zur Abwechslung ein Brief?«, mutmaßt er, doch ich schüttele den Kopf und entnehme dann den Umschlag, der sich in Gewicht und Dicke deutlich von Adams Briefen unterscheidet. Vorsichtig öffne ich ihn. Zuerst fällt mir daraus eine Haarlocke entgegen. Blitzschnell hebt Jerry sie auf und betrachtet sie dann ausgiebig mit einem Blick, den ich nur als ehrfürchtig beschreiben kann.

»Meinst du, das ist Graceys Haar?«, frage ich leise.

»Definitiv, ja«, wispert er zurück.

»Ich verstehe nur Bahnhof«, sagt Tim, doch ich übergehe seinen Einwand und ziehe ein erstes Papier aus dem Umschlag. Es handelt sich um einen weiteren Brief von Adam; seine schöne Handschrift erkenne ich schon, ehe ich das zerknickte und sehr abgegriffene Papier vollständig entfaltet habe. Der Ton allerdings ist diesmal um so vieles härter, als ich es von seinen anderen Briefen gewohnt bin, dass ich schon beim Lesen der Anrede erschrecke.

Newcastle, WA, 14. Dezember 1929

Grace!

Nichts in meinem Leben, weder der Tod meiner Mutter noch die Ablehnung meines Vaters, hat sich je mehr nach Verrat angefühlt als diese Karte, mit der Du mir Deine Verlobung bekannt gabst und mich gleichzeitig batest, Dir von nun an nie wieder zu schreiben. Deine Post erreichte mich am Montag der zweiten Adventswoche.

Wir wollten Weihnachten zusammen feiern, Grace, weißt Du noch?

Ich gebe zu, ich habe mit mir gerungen. Aber ich werde Deinen Wunsch respektieren, das habe ich schließlich immer getan. Dieser Brief, den ich zwar aus trauriger Gewohnheit heraus schreibe, der es jedoch erwartungsgemäß nicht schafft, mein armes Herz auch nur im Ansatz zu entlasten, wandert von Dir ungelesen zu all den anderen in meine geheime Schublade.

Stattdessen werde ich Dir etwas anderes schicken, ohne Absender oder auch nur ein geschriebenes Wort von mir. Die kleine Schmuckschatulle, an der ich über anderthalb Jahre täglich gearbeitet habe und die ich Dir eigentlich in diesen Tagen überreichen wollte, möchte ich Dir nun senden, Grace.

Natürlich hatte ich sie für unsere eigene Verlobung gedacht, natürlich wollte ich Dein Gesicht beobachten, wenn Du die Schleife gelöst und das Papier entfernt hättest. Ich wollte Dein Lächeln sehen, wenn Du den Deckel geöffnet hättest und die ersten Töne der Spieluhrmelodie erklungen wären. Aber das waren nur die Träume eines dummen, armen Jungen, das habe ich nun erkannt. Weiß dieser neue Mann an Deiner Seite überhaupt, dass Du bei keinem anderen Lied so verträumt lächelst wie ausgerechnet bei Chopins »Tristesse«?

Trotzdem Du diese Melodie so liebst, hatte ich mich lange gescheut, die Schatulle mit der entsprechenden Spieluhr auszustatten, allein des Titels wegen. Schließlich wäre der Tag unserer Verlobung ein Freudenfest für mich gewesen, von »Traurigkeit« keine Spur.

Jetzt allerdings, da Du Dich mit einem anderen Mann verlobst, komme ich nicht umhin, dieses Lied passender zu finden als jedes andere.

Leb wohl, Grace, mit allem, was dazugehört.

Zumindest das schuldest Du mir, denn was hätte meine Bereitschaft, Dich an dieser Stelle kampflos ziehen zu lassen, sonst gebracht?

Dein Dich immer lieben werdender Adam

Ich kämpfe gegen meine aufsteigenden Tränen an. »Wie verzweifelt er war und … so zerrissen. Wie um alles in der Welt konnte sie ihm das nur antun?«

»Moment, Adam? Etwa Adam Winterfield? Ist das sein Brief?«, fragt Tim. Jerry nickt ihm kurz zu, wendet sich dann aber rasch wieder mir zu und streichelt meinen Rücken. »Komm schon, lass uns nachsehen, was sonst noch in diesem Umschlag steckt.«

»Mir ist das alles zu viel. Ich begreife nicht, was hier los ist!«, ruft Tim aufgebracht. Ungehalten springt er auf und tigert ziellos durch den Raum. Mit beiden Händen zieht er an seinen Haaren. Büschelweise. Jerry kommt mir zuvor. Er erhebt sich langsam, geht ruhig auf den jungen Mann zu. »Hey Tim! Du bist nicht allein, okay? Mary und ich erzählen dir nachher alles, was wir wissen, in Ordnung? Aber … zuerst sollten wir alle Puzzlestücke zusammenfügen und schauen, was sich für uns daraus machen lässt.«

Tim nickt. Der lange Blick, den er Jerry dann zuwirft, spiegelt seine Verzweiflung wider. »Ich wäre nie weggefahren, hätte ich gewusst, dass er in der Zeit abhaut. Warum hat er das getan?«

Jerry streckt seine Hand aus und streicht über Tims Rücken. »Wir versuchen, das herauszukriegen, ja? Aber egal, ob uns das gelingt oder nicht, ich bin mir sicher, dass er seine Gründe hatte. Bei allem, was er über dich wusste, muss es einen Grund dafür geben, dass er dich genau bis zum heutigen Tag begleitet hat … und jetzt nicht mehr.«

»Ich möchte ein paar Minuten allein sein, ist das okay?«, fragt Tim. Ich beobachte, wie sich Jerrys Augenbrauen heben und sich sein Mund zu einem kleinen einseitigen Lächeln verzieht. »Natürlich. Du hast es doch eben selbst gesagt. Du brauchst diese Auszeit.«

Tim und ich verstehen wohl beide, dass Jerry mit seinen Worten an Eliahs Brief erinnert. Daran, dass Tim nicht weiterhin versuchen soll, es allen anderen recht zu machen. Nun nickt er. »Ich bin hinten, in meinem Zimmer. Also … in dem Zimmer, das bis jetzt meines war. Ich frage mich, wo ich jetzt so schnell hinsoll und was mit diesem Haus hier passiert.«

»Sollen wir dich rufen, wenn wir alles gelesen haben und hoffentlich ein wenig schlauer sind?«, erkundige ich mich.

»Bitte, ja«, sagt Tim und wendet sich dann ab. Wir verfolgen noch, wie er mit hängenden Schultern hinter einer seitlichen Tür verschwindet, dann lässt sich Jerry wieder neben mir auf der Truhenbank nieder und reibt sich mit beiden Händen über die Augen. »Das ergibt doch alles keinen Sinn. Wie kann er so Hals über Kopf türmen und fast all seine Möbel mitnehmen, wenn doch draußen noch der Lieferwagen steht?«

»Tut er?«, frage ich erstaunt.

»Sicher, neben dem Haus, auf dem schmalen Seitenstreifen. Und so eingeschneit, wie er ist, sieht es auch nicht danach aus, als hätte er ihn noch vor Kurzem bewegt.«

»Jerry, warum rufen wir ihn nicht an?«, fällt es mir plötzlich ein. Sofort zückt er sein Handy und wählt Eliahs Nummer. Er lauscht angestrengt, verdreht dann aber seine Augen und reicht mir den Hörer.

»Die Rufnummer, die Sie gewählt haben, ist uns nicht bekannt«, begleitet seine tiefe Stimme die mechanisch klingende an meinem Ohr. Ich schüttele den Kopf und lege wieder auf. »Das ist doch alles total verrückt.«

»Wem sagst du das?« Jerry zwirbelt Graceys abgeschnittene Locke zwischen seinen Fingern. »Und weißt du, was noch viel verrückter ist?« Seine Worte sind kaum mehr als ein Flüstern. Er spricht sie langsam aus und hält den Blick dabei so unverwandt auf die mit einem blauen Seidenband zusammengehaltenen hellbraunen Haare in seinen Händen, dass ich seine Unsicherheit spüren kann. Er ist sich unschlüssig, ob er wirklich weitersprechen soll. »Was?«, erwidere ich leise und stupse mit meiner Schulter gegen seinen Oberarm. Nun sieht er mich an.

»Diese Bilder, die ich immer wieder sehe«, beginnt er zögerlich. »Sie sind wie kleine Blitze, die mich durchzucken. Meist zu schnell erloschen, als dass ich eines davon wirklich greifen könnte. Trotzdem rühren sie etwas in mir und … ja, halten mich irgendwie gefangen. Es fühlt sich so an, als müsste ich mich an etwas erinnern, das aber außerhalb meines Bewusstseins liegt. Zum Beispiel vorhin, als diese Haarsträhne aus dem Umschlag fiel. Ich habe mich gebückt, um sie aufzuheben, und dann, als mein Blick darauf fiel …, war da für einen winzigen Moment wieder diese junge Frau.«

»Junge Frau?«

»Ich habe ihr Gesicht zum ersten Mal gesehen, als sich unsere Hände in dem Dunkellokal berührten. Aber da … hatte sie längeres Haar.«

»Du hast das Gesicht einer anderen jungen Frau gesehen, als wir uns zum ersten Mal berührten?«, frage ich ein wenig entsetzt.

Er lächelt. »Du verstehst das ganz falsch.«

»Ich verstehe es gar nicht, ehrlich gesagt. Aber … erzähl erst mal weiter.«

»Eben war es dieselbe Frau wieder, da bin ich mir ziemlich sicher. Das Verrückte daran ist …« Unsicher blinzelt er zu mir auf, »… dass sie Jeannine sehr ähnlich sieht.« Seine Miene ist entschuldigend.

»So? Und ich fand, dass Jeannine Ellie ziemlich ähnelte«, sage ich schnell, denn plötzlich wird mir bewusst, an wen mich seine Exfreundin auf so verblüffende Weise erinnerte.

Jerry blickt zurück auf die Locke. »Ja, es ist dir auch aufgefallen, hm? Aber ehrlich gesagt, ähnelt sie Ellie weniger als …« Er atmet tief durch, »… der Frau auf dem Foto, das Ellie uns zeigte.«

Für einen Moment öffnet und schließt sich mein Mund, ohne dass ich einen Laut hervorbringen kann. »Aber … das war ein Bild ihrer Großeltern, Jerry. Die Frau auf dem Foto, das war Grace.«

Er zieht eine Grimasse, die mir verdeutlicht, wie wenig er selbst das Ganze versteht. »Ich weiß. Und sie war vermutlich um die sechzig Jahre alt, als das Foto mit ihrem Mann entstand. Aber ich könnte mit dir wetten, dass sie als junge Frau Jeannine extrem ähnelte. Und … na ja, der Frau, die wie ein Geist immer wieder durch meinen Kopf spukt.«

»Jerry, das …«

»Ich weiß, das klingt total verrückt!« Nun rauft er sich die Haare, ähnlich wie Tim nur wenige Minuten zuvor. Ich würde gerne etwas sagen, das ihn beruhigt, aber mir fällt beim besten Willen nichts ein. Genervt fährt sich Jerry über die Stirn. »Ich habe das Gefühl, hier durchzudrehen, Mary«, beichtet er mir in einem gepressten Wispern. »Dieses Bild von ihr, das ich beim Anblick der Haarsträhne sah, war klarer als jedes andere zuvor. Schwarz-weiß und ein wenig verblichen, wie … ein altes Foto. Ihre Haltung war zu steif und die Haare kürzer als in meiner Vision zuvor.« Wieder zwirbelt er die Locke und lacht dabei bitter in sich hinein. »Vision? … Das habe ich gerade wirklich gesagt, oder?«

»Der Umschlag … Lass uns … Ich möchte weiterlesen«, stammele ich, für den Moment zu überrannt, um gelassener zu reagieren. Jerry nickt abwesend. Über meinem Schoß entleere ich den Briefumschlag. Ein rechteckiges dunkelbraunes Pappstück fällt als Letztes heraus und landet auf meinen

Oberschenkeln. Behutsam drehe ich es um; es ist einer dieser Bilderrahmen, in denen die Fotografen früher ihre Aufnahmen übergaben.

Jerry zieht neben mir scharf die Luft ein. Nicht nur ihm stockt der Atem, denn …

»War es dieses Bild, das du vor dir gesehen hast? Denn, verflixt, Jerry, es sieht genauso aus, wie du es eben noch beschrieben hast. Und das hier … ist Grace, da bin ich mir sehr sicher.«

Jerry schüttelt den Kopf. »Mary, ich schwöre …«

Was auch immer es ist, was er mir schwören will, auf dieser Bank hält ihn in diesem Moment nichts mehr. Entsetzt springt er auf und sieht nun mit schockgeweiteten Augen auf mich herab.

»Komm her!«, sage ich, mit einer plötzlichen inneren Ruhe. Ich glaube, langsam eine sehr schemenhafte Ahnung davon zu bekommen, was hier vor sich geht. »Setz dich wieder, okay?«, bitte ich und strecke ihm meine Hand entgegen.

Stumm und ein wenig unsicher ergreift er sie und kommt meiner Bitte nach. Ich lege das Bild der jungen Frau zur Seite und entfalte den darunterliegenden Brief. Ganz selbstverständlich erwarte ich, dass mein Blick zum wohl hundertsten Mal auf Adams Handschrift fällt. Umso erstaunter bin ich, als dem nicht so ist. Für einige Sekunden halte ich ungläubig die Luft an. Dann zwinge ich mich, einmal tief durchzuatmen, und beginne zu lesen.

Chicago, 24. September 1972

Mein geliebter Adam!

Ich ertrage den Gedanken nicht, Dich erneut zu verlassen. Dieser Abend mit Dir, diese unvergessliche Nacht! Wie soll

ich nun, mit diesen noch so frischen Erinnerungen, einfach mit meinem Leben fortfahren wie bisher?
Zurück in Chicago, erwartete mich ein viel zu großes, leeres Haus. Halb tot kam es mir vor, mit seinen hohen Decken und ohne das fröhliche Kinderlachen, das hier einst die Räume mit Leben erfüllte.
Royce ist wieder auf Reise gegangen und überzeugt sich persönlich von dem Baufortschritt eines der Hotels in Europa.
Und so sitze ich nun alleine hier.
Nie zuvor habe ich auch nur in Erwägung gezogen, Dich noch einmal zu besuchen, Adam. Wohl habe ich bei einigen meiner Besuche in Seattle des Nachts, hinter den verdunkelten Scheiben meines Wagens, gesessen und Dein Haus betrachtet, wie es da so friedlich, mit rauchendem Kamin hinter den hohen Nadelbäumen vor sich hin zu schlummern schien. Ich habe mir vorgestellt, wie auch Du schliefst, und mit Dir all die Jungen, derer Du Dich angenommen hattest.
Warum ich dieses Mal entschied, Dich tagsüber aufzusuchen, dann auch noch auszusteigen und den Burschen nach Dir zu fragen, so recht erschließt es sich mir nicht. Vermutlich habe ich es nur getan, weil ich mir nach all den Jahren beweisen wollte, dass es mir nun endlich gelungen war, mit Dir abzuschließen, mit uns abzuschließen. Und sieh, wo ich nun stehe! Hat es eine Stunde gedauert, bis ich wie damals wieder in Deinen Armen lag, oder waren es doch nur einige Minuten? Ich weiß es nicht. Ich weiß nur das eine:
Niemals war ich näher dran, meinen Mann zu verlassen, Adam, und einfach alles hinzuwerfen. Nicht damals, als ich mit meiner Mutter im Nacken weinend neben ihm am Altar kniete, nicht, als unsere Kinder noch klein waren und

wir mehr stritten als jemals zuvor oder danach. Nicht, als unser viertes Kind, ein Junge, kurz nach seiner Geburt verstarb und mich der Schmerz so sehr zerfraß, dass mir ohnehin alles sinnlos erschien.
Aber ich werde ihn nicht verlassen, Adam, auch jetzt werde ich es nicht. Weil er ein guter Mann ist – und weil ich es Dir versprochen habe. Royce liebt mich von ganzem Herzen, und nach all dieser Zeit an seiner Seite müsste ich lügen, würde ich behaupten, ihn nicht auch auf eine gewisse Weise zu lieben. Er ist mein bester Freund, war unseren Kindern stets ein großartiger Vater, und ja, ich liebe ihn. Natürlich nicht so, wie ich Dich schon vom ersten Augenblick an geliebt habe. Wann immer ich an unsere erste Begegnung zurückdenke, überkommt mich ein warmes Gefühl und lässt mich lächeln. Du warst so unverschämt, als Du mich damals auf dem Ball einfach so auf die Tanzfläche zogst, ohne mich überhaupt erst aufzufordern und meine Einwilligung abzuwarten. Aber Du weißt, dass Du mein Herz bereits bei diesem Tanz erobert hast, nicht wahr? Du, in deinem geliehenen Anzug, mit dem zurückgekämmten Haar und dem frechsten Lächeln.
Es besteht kein Zweifel in mir, bestand nie, dass Du die Liebe meines Lebens bist. Umso härter trafen mich Deine Worte nach diesem ersten stürmischen Kuss unseres Wiedersehens, kaum, dass sich die Tür deines Zimmers in meinem Rücken geschlossen hatte. Jetzt noch höre ich deine harte Stimme in meinem Ohr: »Ich werde Dir diese Tür nicht noch einmal öffnen, Gracey«, hast Du gesagt und mich dann die ganze Nacht so verzweifelt geliebt, als wolltest Du die verlorene Zeit unserer Jugend wiedergutmachen, all die Jahre in einer einzigen Nacht aufholen. Ich hätte mich um so vieles sorgen müssen in diesen Stunden. Darüber, dass

Deine Jungen, die auf der anderen Seite deiner Zimmerwand bestimmt nicht schlafen konnten, uns belauschten und sich über uns lustig machten. Darüber, dass mein Name auf dem Spiel stand, mein Ruf, und damit auch die Ehre meiner Familie. Darüber, wie ich nach dieser Nacht mit meinem Leben würde fortfahren können.
Aber weißt Du was, Adam? Für diese einzige Nacht habe ich alle Fesseln abgestreift und mich, abseits jeder Verpflichtung, dem Einzigen hingegeben, was ich für mich immer wollte: Dir.
Du hast mich alles vergessen lassen.
Und dann brach der Morgen an.
Nie werde ich Deinen Blick vergessen, als ich mich aus Deinem Bett erhob und begann, mich anzukleiden. Nie diesen Kuss, von dem ich wusste, dass es unser letzter sein würde. Nie Dein heiseres »Leb wohl, meine Gracey!«.
So bitter die Erkenntnis auch war, Adam, und so verstoßen ich mir an diesem Morgen auch vorkam, ich weiß nun, was Du mir eigentlich sagen wolltest. Ich weiß es genau und bin mir dabei so sicher, dass ich es Dir sogar in diesem Brief schreibe, um Dir zu beweisen, dass ich verstanden habe:
Wir beide haben unser Leben zu großen Teilen bereits gelebt. Und egal, wer von uns berichten würde, bei uns beiden ist es anders verlaufen, als wir es uns damals erhofft hatten. Aber dennoch gab es doch für jeden von uns auch gute Zeiten, nicht wahr?
Würdest Du das Leben all dieser Jungen, denen Du mit Deiner Liebe und Geduld wieder eine Perspektive gegeben hast, rückwirkend eintauschen, um mit mir zusammen zu sein? Und würde ich meine Kinder und Enkelkinder für die Aussicht auf eine erfüllte Liebe mit Dir hergeben, wenn ich die Zeiger der Zeit zurückdrehen könnte? Ich weiß es nicht.

Aber wie dem auch sei, langsam, aber sicher und mit jedem Tag ein wenig mehr, fallen wir aus unserer Zeit, Adam. Unsere Liebe, diese alles verzehrende Liebe, die uns bis heute ebenso verbrennt, wie sie uns wärmt, hätte aber doch so viel mehr verdient als nur die paar kläglichen, verlustgetrübten Jahre, die wir ihr jetzt noch zu bieten hätten.
Sie ist es zweifelsfrei nach wie vor, Adam, aber wir, wir sind nicht mehr stark genug, jetzt noch einmal von vorne zu beginnen, wie die jungen Verrückten, die wir einst waren.
Das alles sehe ich nun ein.
Damals war es meine Mutter, nun warst Du es selbst, der mir den Kontakt zu Dir untersagte. Nur Dir werde ich widerstandslos gehorchen, denn das schulde ich Dir, mein Liebster. Du hast immer befolgt, worum ich Dich bat, und so werde auch ich nun mein Bestes geben.
Wir finden zueinander, Adam, ich weiß es. Irgendwann gibt es eine Zeit für uns und irgendwo einen Ort, an dem wir uns so lieben dürfen, wie wir es uns immer erhofft haben.
Irgendwann. Irgendwo. Ganz gewiss.
Und bis dahin werde ich Dich jeden Tag in meiner Seele tragen.

In ewiger Liebe,
Deine Grace

***

Ein Berg im Nordosten Seattles, am frühen Nachmittag des 23. Dezember 1983

Adam erreichte die alte Eiche mit flachem Atem und rasendem Herzen.

Wie leicht ihm der Aufstieg zu dieser Lichtung gefallen war, als er ihn damals, vor sechsundfünfzig Jahren und fünfeinhalb Monaten, zum ersten Mal mit Gracey gewagt hatte. Hand in Hand waren sie davongelaufen, kichernd und lachend, wie die ausgelassenen Kinder, die sie im Grunde ihrer Herzen noch waren.

Und wie schwer es ihm jetzt fiel, selbst die letzten ebenen Meter bis zum Stamm des alten Baumes zu überbrücken. Auf wackligen Knien und mit bebenden Händen krallte er die Finger schließlich in die raue Rinde, gleichermaßen erleichtert wie verzweifelt, sein Ziel erneut erreicht zu haben, wenn auch wie immer allein.

Das siebenundfünfzigste Weihnachtsfest ohne Grace stand ihm so unmittelbar bevor … und Adam fehlte einfach die Kraft dafür.

Er lehnte die Stirn gegen den Stamm und schloss die Augen, denn alles um ihn herum drehte sich, und die Erde unter seinen Füßen schien zu wanken.

Erst als sich sein Atem einigermaßen beruhigt hatte, wagte er es, die Lider wieder zu öffnen, und glitt mit dem Rücken gegen den Stamm gelehnt an ihm herab.

Der Himmel an diesem Tag war so klar wie hellblaues Kristall und die Temperaturen so unfassbar eisig, wie er es nur selten zuvor in seinen achtzig Jahren erlebt hatte. Nicht einmal der dicke Schal, den er sich um den Mund gebunden hatte, schützte seine Lunge vor der klirrenden Kälte, die er mit jedem Atemzug einsog.

Jacob und George waren sich ausnahmsweise einmal einig gewesen, als sie ihn von seinen Plänen, ausgerechnet heute in die Berge hinaufzuwandern, hatten abhalten wollen. Als er ihren Einwänden stur begegnet war, hatten sie ihn begleiten wollen, doch auch das hatte er ihnen letztlich ausreden können.

Keinem der Jungen, die für ihn immer Jungen bleiben würden, obwohl die meisten von ihnen längst gestandene Männer waren, hatte er diesen geheimen Platz je gezeigt. Und das, obwohl er einige Male mit dem Gedanken gespielt hatte, hier, direkt unter der alten Eiche, eine besonders schöne Parkbank hinzusetzen.

Doch am Ende all dieser Überlegungen hatte immer wieder die Entscheidung gestanden, dass jede Veränderung auch eine gewisse Entweihung bedeuten würde, und so hatte Adam die Idee einer bequemeren Sitzgelegenheit – die zweifellos auch andere Wanderer angelockt hätte – ein ums andere Mal wieder verworfen.

Also setzte er sich auch heute, der erbarmungslosen Kälte zum Trotz, auf den großen blanken Stein, der schon vor so vielen Jahren, an jenem ersten Nachmittag mit Gracey, am Stamm der alten Eiche gelegen hatte. Adam selbst hatte ihn nur ein einziges Mal angehoben, nur um ihn anschließend wieder an Ort und Stelle zu legen.

Damals, nach Graceys Besuch, der einzigen Nacht, die sie miteinander verbracht hatten, und nach diesem Abschiedsbrief, den sie ihm geschickt hatte. Sogar das lag nun schon alles über ein Jahrzehnt zurück.

Auch damals war ihm der Aufstieg noch um einiges leichter gefallen, obwohl er eine Schaufel getragen hatte und sein Herz ihm an diesem goldenen Herbsttag so unsagbar schwer gewesen war. Doch hier oben angekommen, hatte er den großen Stein mit seinen damals noch kräftigen Händen zur Seite gestemmt und darunter ein Loch gegraben, um die alte Zigarrenschachtel mit all den kleinen Schätzen, die seine und Graceys Liebe zu besiegeln schienen, zu vergraben.

Hier, unter dem schützenden Blätterdach der alten Eiche, hatte ihre Liebe die glücklichsten Momente erlebt, und hier wollte er sie auch beerdigen.

An diesem eisigen Dezembertag 1983 saß Adam nun stundenlang nahezu reglos auf dem großen Stein, von dem nur er wusste, dass er viel mehr als nur das war. Ein Denkmal nämlich, für etwas Großes, das nie hatte blühen dürfen.

Adam schwelgte in Erinnerungen an eine lang zurückliegende, glückliche Zeit. Nicht nur an diese wenigen Wochen, die er und Gracey glücklich miteinander verbracht hatten. Nein, er dachte auch an den Tag, als sein erster Schützling das Heim verlassen und ihn zum Abschied fest in den Arm geschlossen hatte. »Du bist der einzige Vater, den ich je kannte«, hatte er ihm dabei ins Ohr geflüstert und sich dann schnell abgewandt, um nicht zu weinen. Adam hatte geweint. Vor Glück und Rührung und weil es ihm so schwerfiel, einen weiteren lieb gewonnenen Menschen gehen lassen zu müssen.

Ein guter Junge, dachte er nun liebevoll. Alle seine Jungen waren gute Menschen, jeder für sich, so unterschiedlich sie auch sein mochten.

Doch ebenso, wie er diesen glücklichen Momenten seines Lebens gedachte, erinnerte er sich an diesem Nachmittag auch an Tage, die ihm so schwergefallen waren, dass er nicht gewusst hatte, wie er sie überhaupt überstehen sollte.

Wie damals, im Juni 1967, als David ihn angerufen und mit seltsam monotoner Stimme vom Tod seines Erstgeborenen, David jr., berichtet hatte, der in Vietnam gefallen war.

Oder vor etwa zwanzig Jahren, als Adam mit drei der Jungen für einen Auftrag in die Stadt gefahren und dabei völlig unverhofft Zeuge geworden war, wie zwei Frauen zwar wispernd, aber dennoch zu laut, um wirklich diskret zu sein, über ihn gesprochen hatten. »All diese Jungen, nie ein Mädchen …« und »Dass das Jugendamt so etwas überhaupt zulässt, wenn es doch so offensichtlich ist« waren nur Fetzen dieses Gesprächs gewesen, die Adam vor Fassungslosigkeit förmlich hatten erstarren lassen.

Oder damals, viel früher noch, als er in verdutzter, aber freudiger Stimmung Graceys Briefumschlag aus Chicago geöffnet und darin ihre Verlobungsanzeige gefunden hatte.

Ja, das waren dunkle, schreckliche Tage gewesen.

Dennoch schmunzelte Adam nun gedankenverloren, denn mit einem Mal rückten alle diese Erlebnisse, ob gut oder schlecht, in weite, unbedeutende Ferne.

Er hob die Hand, ließ sie hinter seinem an den Stamm der alten Eiche lehnenden Kopf über deren Rinde gleiten, ohne sich auch nur umzudrehen. Er schloss sogar die Augen, um die gesuchten Vertiefungen besser ertasten zu können. Mit einem seligen Lächeln fand er sie schließlich und ließ seine Fingerspitzen über Graceys und seine eingeritzten Initialen streichen.

Ein dumpfer Schmerz durchfuhr seine Brust, während er so dasaß.

Doch diesmal ignorierte Adam ihn nicht einfach und presste seine Hände auf die Rippen, bis er wieder nachließ, wie all die Male zuvor. Dieses Mal hieß er ihn willkommen, atmete weiter die eisige Luft ein und streichelte dabei zärtlich über das Herz, das die Buchstaben in der Rinde umrahmte.

Immer weiter.

Bis er starb.

Jeremy

Im Verkaufsraum des großen Holzhauses, nur wenige Sekunden nach dem Lesen von Graceys Abschiedsbrief

Es verstreichen einige Sekunden in absoluter Stille, bis ich sie durchbreche. »Dieser Umschlag war besonders. Adam hat alles darin aufbewahrt, was die Entscheidung der beiden, einem gemeinsamen Leben nicht länger nachzugehen, endgültig besiegelt hat. Seinen Abschiedsbrief und Jahrzehnte später auch Graceys. Selbst das Foto und ihre Locke hat er dort mit aufbewahrt.«

»Ja«, haucht Mary. Sie ist ganz blass, aber wer könnte ihr das verdenken. »Jetzt bleibt nur noch die Frage, wie Eliah an diese Kiste gekommen ist.«

Stumm erhebe ich mich und reiche ihr Eliahs Brief.

Mit bebenden Fingern legt sie die erste Seite um und liest laut weiter:

Ihr habt die Briefe gelesen? Und fragt Euch nun, wie ich an die Zigarrenkiste kam, wenn Adam sie doch scheinbar vergraben hatte, nicht wahr?

Nun, ich kann Euch nicht alles beantworten, aber ich weiß, dass durch das Lesen der letzten Briefe wieder neue Fragen entstanden sind. Und vielleicht kann ich zumindest hierbei helfen:

Adam Winterfield und Grace Alice Sanders lernten sich auf einem großen Ball am Abend des Unabhängigkeitstages 1927 in Seattle kennen, bei dem sich Adam einen Scherz

erlaubte und sich über seinen Freund David, der für das Fest als Küchenjunge aushalf, heimlich einschlich.
Grace und Adam verliebten sich, wie man so schön sagt, auf den ersten Blick ineinander. Irgendwie gelang es Adam in den folgenden Tagen und Wochen immer wieder, Graceys Wege zu kreuzen und ihr über David und ein befreundetes Küchenmädchen, das im Hause der Sanders arbeitete, kleine Botschaften zukommen zu lassen. Auf diese Art organisierten die beiden auch erste heimliche Treffen.
Adam beichtete Grace von Anfang an alle Details seiner wenig rühmlichen Herkunft. Dass er als unehelicher Sohn einer englischen Wäscherin und eines irischen Gutsherrn das Licht der Welt erblickt, seinen Vater jedoch nie kennengelernt hatte, und dass er nach dem frühen Tod seiner an Tuberkulose erkrankten Mutter seit seinem siebzehnten Lebensjahr auf sich allein gestellt durchs Leben zog.
Grace schreckte all das keinesfalls ab. Sie liebte Adams Geschichten, mit denen er sie auf hohe See und in ferne Länder entführte. Aber sie spürte auch, dass er sich ihr nicht immer ebenbürtig fühlte und auf der ständigen Suche nach etwas mehr Beständigkeit in seinem Leben war. So wollte er beispielsweise nicht länger zur See gehen, obwohl er auf diese Weise das meiste Geld verdienen konnte.
Da die geheimen Treffen zwischen den beiden aufzufliegen drohten, ging Grace auf ungewöhnliche Weise in die Offensive. Sie überlegte sich mit einer eingeweihten Freundin eine falsche Identität für Adam, steckte ihn in den Smoking des Bruders dieser Freundin und organisierte mit viel Raffinesse, dass ihr Vater ihn zu einer seiner berühmten Grillpartys einlud. Adam bestand diese Feuertaufe. Er spielte seine Rolle nicht nur an diesem Abend, sondern auch in den Wochen danach mit Bravour, und für eine Weile ging alles gut.

Zur gleichen Zeit, im Spätsommer 1927, traf Adam auch auf seinen Lehrmeister. Dieser nahm den jungen Mann in sein Haus auf, gab ihm einen festen Wohnsitz und sorgte für seine schulische und handwerkliche Ausbildung.
Alles Weitere hast Du seinen Briefen bereits entnommen, Mary. Die Tarnung flog auf, Mrs Sanders wurde fuchsteufelswild und ließ nicht locker, ehe ihr Mann Grace auf das zu dieser Zeit strengste Mädcheninternat des Staates schickte.
Es entstand eine lange Funkstille zwischen ihr und Adam, da die beiden nicht länger wussten, wie sie den Kontakt zueinander wiederaufnehmen konnten.
Erst zum Weihnachtsfest desselben Jahres durfte Grace für einige Tage in ihr Elternhaus zurückkehren. Inzwischen hatte sie die Freundschaft zu einem anderen Internatsmädchen geknüpft, über das sich für Adam die Möglichkeit ergab, ihr doch wieder zu schreiben. Gracey ihrerseits gab derselben Freundin ihre Briefe, die allerdings stets an Adams Meister adressiert waren. Denn er war vollumfänglich in die geheime Beziehung seines Schützlings eingeweiht, hatte während der weihnachtlichen Messe sogar als Mittelsmann zwischen den beiden fungiert und Gracey einen Brief von Adam zugesteckt.
Für Adam folgten anderthalb Jahre harter Arbeit, ebenso wie für Grace, die es hasste, dieses Internat zu besuchen. Die Briefe der beiden und die gemeinsame Zukunft, die sie sich darin in den schönsten Farben ausmalten, hielten sie jedoch stets auf ihrem Weg.
Als Grace die Schule im Spätsommer 1929 beendete, stand sie kurz vor ihrer Volljährigkeit. Die Mutter beschloss, ihre Tochter für die verbleibenden Monate bis zu ihrem Geburtstag zu einem Onkel, Mrs Sanders' ältestem Bruder, nach Chicago zu schicken.

Widerwillig beugte sich Grace auch dieser Entscheidung. Wieder konnten Adam und sie sich nicht mehr schreiben, zumal sie so kurz vor Erreichen ihrer Volljährigkeit nichts mehr riskieren wollte. Adam erwartete jedoch fest, Grace kurz nach ihrem Geburtstag Anfang Dezember endlich in den Armen halten zu können.

Er wartete vergeblich.

Stattdessen erreichte ihn zu dieser Zeit eine Karte, in der Ms Grace Alice Sanders und Mr Royce Cornigam ihre Verlobung bekannt gaben. Nur ganz klein, auf der Rückseite, hatte Gracey ihm in ihrer schnellsten Handschrift ein paar persönliche Worte geschrieben und ihn gebeten, sich von nun an nie mehr bei ihr zu melden.

Adam sandte Grace grußlos die kleine Schatulle zu, die er ihr eigentlich zu ihrer eigenen Verlobung hatte schenken wollen.

Natürlich konnte er nicht wissen, was sich im Hintergrund ereignet hatte, er konnte nur spekulieren. Bis zu seinem Wiedersehen mit Grace im Jahr 1972 wusste er nicht, dass er mit seiner Vermutung goldrichtig gelegen hatte.

Denn wie so oft zur damaligen Zeit, wurde auch die Ehe von Royce und Grace nicht allein auf Liebe begründet. Royce hatte sich zwar zweifelsfrei in die bildschöne junge Frau verguckt, doch Graceys Herz schlug bei ihrer Begegnung mit dem wohlhabenden Mann nach wie vor für Adam. Trotzdem ließ man ihr damals keine Wahl. Die Familie Sanders hatte nämlich durch die große Depression im Oktober 1929 ihr gesamtes Hab und Gut verloren, nur die Schulden bei den Banken waren Graceys Eltern geblieben.

Mrs Margret Sanders hatte keine großen Talente. Aber sie besaß die zweifelhafte Gabe des kalten Kalküls.

Als sie ihre Familie vor dem Trümmerhaufen ihrer Existenz

sah, erschien es ihr wie ein Zeichen des Himmels, als sie zur beinahe gleichen Zeit von ihrer Schwägerin aus Chicago erfuhr, dass Grace einen jungen, aufstrebenden Mann namens Royce Cornigam kennengelernt hätte, über den man munkelte, er habe die große Krise finanziell nahezu unbeschadet überstanden, da sein Geld größtenteils in europäischen Großimmobilien steckte. Mrs Sanders zögerte nicht, sich näher über den Verlauf dieses Kennenlernens zu informieren, und erfuhr so mit vor Aufregung klopfendem Herzen, dass Mr Cornigam durchaus angetan von Graceys Erscheinung gewesen zu sein schien.

Die folgenden Monate wurden für Grace zu einem einzigen Höllentrip. Ihre Mutter saß nur zwei Tage nach diesem Telefonat mit der Schwägerin bereits an deren Kaffeetisch und nahm die Fäden, an denen Grace so hilflos wie eine Marionette baumelte, fester in ihre Hände als je zuvor.

Immer wieder schärfte sie ihrer Tochter ein, dass es nun an ihr allein läge, die Familie vor dem finanziellen und gesellschaftlichen Ruin zu bewahren. Bis Monate später jeglicher Widerstand in Grace zerbarst und sie gebrochen resignierte. Nur wenige Wochen später wurde sie mit dem glücklichen Royce vermählt.

Sie mochte ihren Ehemann, das hätte sie wohl nie geleugnet. Er war höflich und bisweilen sogar lustig, so wie sie es sich von einem guten Freund wünschte. Aber liebte sie ihn damals wirklich? Nein.

Den Rest könnt Ihr Euch vorstellen. Grace ging tapfer den Weg, den ihr die Mutter vorbestimmt hatte. Sie fand in Royce einen treuen Ehemann, der es ihr und den gemeinsamen Kindern an nichts fehlen ließ und für den sie sich oft wünschte, sie könnte ihn genauso lieben wie er sie.

Viele Hundert Meilen entfernt übernahm Adam den Be-

trieb seines Lehrmeisters und gründete im Frühjahr 1932 seine Stiftung.
Als Grace während eines Besuchs in ihrem Elternhaus von seinem Einsatz erfuhr, avancierte sie zu seiner größten Geldgeberin, auch wenn sie ihre Spenden lange anonym hielt.
Das Treffen im September 1972 blieb das einzige zwischen ihr und Adam.
Elf Jahre danach erfuhr Grace durch die Seattle Post, die Royce ihr abonniert hatte und die ihr nach wie vor täglich nach Chicago gesendet wurde, von Adams Beerdigung. Er war am Nachmittag des 23. Dezember 1983 verstorben.
Mit dem bitteren Wissen um Adams Tod zog sich Grace in ihr Schlafzimmer zurück und starb nur zehn Tage später, am 2. Januar 1984, im Alter von gerade mal 75 Jahren, ohne dass der Arzt eine krankheitsbedingte Ursache für ihren Tod hätte diagnostizieren können.

»2. Januar 1984.« Graceys Todestag kommt als ein Flüstern über Marys Lippen. Die Blässe ihres schönen Gesichts lässt ihre Augen noch größer wirken als sonst. Ich umklammere ihre Hand; sie zittert ebenso wie meine.

»23. Dezember 1983«, wispere ich. Wir sehen uns an. »Das ist mein Geburtstag«, sagen wir beide wie aus einem Mund.

Ich ziehe meine Hand zurück und springe auf.

»Wie kann das alles sein? Woher weiß Eliah all diese Details?«

»Ich habe keine Ahnung«, flüstert Mary. »Aber … er schreibt ja noch mehr.«

»Ich bin mir nur nicht sicher, ob ich das noch weiterlesen will«, rufe ich aus. Warum ich plötzlich so aufgebracht bin, weiß ich selbst nicht.

»Was hat das alles mit uns zu tun? Und damit, dass Eliah auf einmal verschwunden ist? Kannst du mir das erklären?«

Mary lächelt stumm vor sich hin; zumindest sieht sie so aus, als hätte sie soeben eine gewisse Klarheit erlangt. Für mich hingegen verdunkelt sich der Horizont zunehmend, und alle bereits erworbenen Erkenntnisse trüben sich erneut bis zur Unkenntlichkeit.

Ihre Todesdaten, unsere Geburtstage … Ist das wirklich Zufall?

Mary lässt mir so lange Zeit, bis ich mich zähneknirschend wieder neben sie setze.

»Also gut, lesen wir«, brummele ich, denn was bleibt uns denn auch anderes übrig. Mary drückt mir einen zärtlichen Kuss auf die Wange, dann wendet sie sich erneut Eliahs Brief zu.

Meine lieben Freunde,

nun wisst Ihr genug. Genau genommen wisst Ihr viel mehr, als ich jemals zuvor mit jemandem geteilt habe.
Nun habe ich nur noch eine Bitte: Nehmt Euch Tim ein wenig an. Er ist zwar kein Kind mehr, aber sein Geist ist manchmal der eines Kindes. Was gut ist, auch wenn es die meisten als Behinderung auslegen würden.
Tim kam mit großen Komplikationen auf die Welt. Er hat sich geistig daher ein wenig langsamer entwickelt als andere Kinder, obwohl er, was seine Feinmotorik anbelangt, den meisten Gleichaltrigen inzwischen deutlich überlegen sein müsste. Er versteht alles, nur manches eben auf seine Art. Das Planen der Möbelstücke bereitet ihm größere Schwierigkeiten als die Herstellung. Tim sieht mit dem Herzen. Ihr werdet seine Art lieben lernen, dessen bin ich mir sicher.

Er verlor seine Mutter im Alter von nur zwölf Jahren durch einen Autounfall. Von seinem Vater weiß er nichts, nicht einmal dessen Namen. Er sehnt sich sehr nach einer Familie, und diese Familie seid Ihr, wart Ihr schon immer, ob Ihr es glaubt oder nicht.

Den einzigen Besitz, den ich Euch vermachen kann, habe ich in drei Teile aufgeteilt. Zum einen ist da die Werkstatt, die ich Tim überschrieben habe, denn so lautete das Versprechen, das ich ihm gab. Ebenso geht die kleine Wohnung hinter der Werkstatt an ihn. Dann wäre da der große Verkaufsraum, um den Du, lieber Jerry, Dich wohl besser kümmern kannst als irgendein anderer. Ihn und den Lieferwagen überlasse ich Dir. Und zu guter Letzt wäre da noch die große Wohnung, die sich über das gesamte Ober- und Dachgeschoss dieses Hauses erstreckt, mit ihren fünf Schlafzimmern, den Bädern, einer offenen Küche und einem großen Wohnraum. Diese Wohnung überschreibe ich Dir, süße Mary, in dem Wissen, dass Du den Räumen Gemütlichkeit und Leben einhauchen wirst.

Ich denke, Ihr habt verstanden, welche Idee hinter meinem Beschluss steckt. Ob Ihr sie nun umsetzt, bleibt allein Euch überlassen. Der Vertrag liegt bei einem Notar meines Vertrauens, der sich in den kommenden Tagen bei Euch melden wird. Ihr könnt ihn unterzeichnen … oder nicht. Ich habe es bereits getan.

So, jetzt ist aber wirklich alles geschrieben. Nach all diesen Briefen, Fragen und Antworten, nähert sich mein Aufenthalt bei Euch seinem Ende. Ihr beide habt schon lange erfahren, dass nicht jede Liebesgeschichte mit einem »Und sie lebten glücklich bis an ihr Lebensende« ausgehen kann. Oft reicht ein Leben allein auch miteinander verknüpften Seelen nicht aus, um zusammenzufinden. Aber wer die Zuver-

sicht nie aufgibt, muss auch irgendwann dafür belohnt werden, nicht wahr? Und da die Zukunft immer nur die Konsequenz der Gegenwart und alles Vergangenen ist …
Adams und Graceys Geschichte endete traurig.
Wie wird Eure ausgehen?
Wir sehen uns, Ihr drei.
Irgendwann. Irgendwo.
Ganz gewiss.

Euer Eliah

»Dieser Verrückte!«, entfährt es mir. Wieder springe ich auf und laufe haltlos durch den Raum.

»Warum sagst du das?« Mary klingt fast ein wenig verletzt.

Ich bleibe abrupt stehen und schaue sie so fassungslos an, als hätte sie den Verstand verloren. Ich ahne, dass ich in meiner Wut dem kleinen Fiesling unserer gemeinsamen Schulzeit wieder unverkennbar ähnele, und ich hasse es, dass sich diese Wandlung unmittelbar vor Marys Augen vollzieht. Aber was erwartet sie? Dass ich das alles einfach so schlucke?

»Du hast doch gelesen, was er geschrieben hat, oder? Er überschreibt uns sein Haus? Stückchenweise? Eins für dich, eins für mich, eins für Tim? Er will, dass wir uns einem erwachsenen Jungen annehmen, den wir nicht einmal kennen, und behauptet dabei, wir wären schon immer seine Familie gewesen? Was zur Hölle, Mary? Und … und dann dieses ganze Gekritzel von wegen Adam und Grace – verstehst du eigentlich, worauf er da anspielt?«

»Ich denke schon, ja.«

Wie kann sie so ruhig sein?

In einer fließenden Bewegung legt sie Eliahs Brief beiseite und erhebt sich. Kommt ein paar Schritte auf mich zu und sieht mich so flehend dabei an, dass ich sofort verstehe. Mary sucht nach einer Möglichkeit, einer Berührung, einem Blick, irgendwas, um mein emotionales Entgleiten aufzuhalten oder – noch besser – wieder rückgängig zu machen.

Doch ich weiche ihr aus, stopfe meine Hände in die Fronttaschen meiner Jeans, ehe Mary sie ergreifen kann, und senke meinen Blick auf unsere Schuhspitzen, die sich nur um wenige Zentimeter nicht berühren.

»Er hat es nicht ausformuliert, aber du weißt, dass er von Wiedergeburt schreibt, nicht wahr?«, wispere ich kopfschüttelnd. »Reinkarnation, Mary. Entschuldige, aber an so einen Blödsinn kann und will ich nicht glauben.«

»Und warum nicht?«

»Was?« Nun bin ich mir sicher, dass das blanke Entsetzen aus meinem Blick spricht. »Glaubst du etwa daran?«

»Ja«, sagt sie fest. »Und du solltest das auch. Denn es gibt Dinge, die sich nicht leugnen lassen. Das hier ist keine billige Magie, Jerry, es ist die Realität. Auch wenn sie dich erschreckt.«

Das ist absolut verrückt! Wie kann sie auch nur eine Sekunde in Betracht ziehen, dass …

Ich atme tief durch, streiche mir die Haare aus der Stirn und zwinge mich zu etwas mehr Gelassenheit, auch wenn sie nicht mehr als eine bröselige Fassade ist. »Okay, okay! Lass mich nur mal für einen Moment auf diese wahnwitzige Theorie eingehen, ja?«

Sie wartet geduldig darauf. »Nur mal angenommen, es wäre tatsächlich so, dann … das hieße … das würde bedeuten, dass du sie warst, und ich war …«

»Adam, ja.« Mary sieht mir fest in die Augen … und fährt dann schnell fort, ehe ich laut losprusten kann.

»Überleg doch mal für eine Sekunde«, beschwört sie mich. »Das würde so vieles erklären, Jerry.«

»So, was denn? Hilf mir auf die Sprünge, ich bin zu verwirrt.« Zu meinem Entsetzen klingt meine Stimme, als stünde ich kurz vor einem Nervenzusammenbruch.

»Na alles!«, ruft Mary und wirft die Hände in die Luft. »Da wären zunächst einmal unsere intensiven Gefühle füreinander. Haben wir uns für damals gerade Zwölfjährige nicht schon viel zu stark geliebt? War das Gefühl nicht manchmal so mächtig, dass du glaubtest, daran zu zerbersten? … Und was ist mit deiner irrationalen Wut auf mich?«

»Was ist damit?«

»Na, wenn du überlegst, was Adam schrieb? Dass sich nichts in seinem Leben stärker nach Verrat anfühlte als die Bekanntgabe von Graceys Verlobung. Würde das deine verzweifelten Versuche, mich auf Abstand halten zu wollen, nicht endlich erklären?«

Ich blinzele unablässig. Dennoch hören die Bilder, Gedanken und Erinnerungen in meinem Kopf nicht auf, sich so furchtbar schnell zu drehen. Mary kommt mir zu Hilfe. Sie schließt die letzte Distanz zwischen uns und schlingt ihre zierlichen Arme um mich. Endlich gelingt es mir, wieder auszuatmen.

»Ich wollte dich vergessen, Jerry. So sehr«, ruft sie mir flüsternd ins Gedächtnis. »Und ich dachte, es wäre mir gelungen, aber … ich habe mich geirrt. Und du? Die einzige Frau, in die du glaubtest, dich verliebt zu haben, sieht Gracey zum Verwechseln ähnlich. Die beiden sind ganz sicher nicht miteinander verwandt, ihre Ähnlichkeit ist Zufall. Aber dass du dich ausgerechnet so zu Jeannine hingezogen gefühlt hast, zu ihr, die Gracey aufs Haar gleicht … Das ist gewiss kein Zufall, Jerry.«

Ich schlucke hart, denn es lässt sich nicht leugnen. Die beiden Frauen ähneln einander wie Zwillinge. Ich denke an den

Tag in Paris zurück, an dem ich Jeannine zum ersten Mal begegnete. An das kleine Bistro, in dem sie kellnerte und mich bediente. Daran, dass ich meinen Blick nicht von ihr wenden konnte, obwohl mich ihre schrille Stimme irritierte. Daran, dass ich sie sofort in meinem Leben haben wollte, obwohl ich sämtliche Frauen vor ihr eher auf Abstand gehalten hatte.

Ist das wirklich möglich?

Ich sehe Mary an. Zaghaft fahre ich mit meinen nach wie vor bebenden Fingern über ihre Oberarme. Sie nimmt das als Aufforderung, fortzufahren: »Erinnerst du dich noch, wie verblüfft du warst, als du so selbstverständlich das Holz in Eliahs Werkstatt bearbeitet hast? Vollkommen gedankenverloren einfach gehandelt und dann das Resultat bestaunt hast?« Mary lächelt. »Unter diesem Aspekt wäre das kein großes Wunder mehr, oder?«

Ich enthalte mich jeglicher Art von Antwort, auch wenn sie es zumindest geschafft hat, mich ins Grübeln zu bringen.

»Und überleg mal, was Eliah uns geraten hat«, sagt sie. »Dir, dass du diesmal um mich kämpfen sollst, ohne auf irgendwen oder irgendetwas Rücksicht zu nehmen. Und mir, dass ich immer nur auf mein Herz hören soll.« Gedankenverloren schmunzelt sie vor sich hin.

»Was?«, frage ich.

»Bei unserem letzten Telefonat sagte Eliah, dein Herz würde mir gehören. Schon immer.«

»Das hat er wirklich gesagt?«

Ich spüre meine Mundwinkel zucken. Und plötzlich fällt alle Anspannung von mir. Denn mit einem Mal wird mir bewusst, dass es mir egal ist, ob etwas an dieser verrückten Behauptung dran ist oder nicht. Es ist mir egal, welche magischen Wege und Verknüpfungen mich genau in diesem Moment an genau diesen Ort geführt haben, in Marys Arme.

Wichtig ist nur, dass wir beide hier sind und unserer Liebe nun nichts mehr im Wege steht. Nicht irgendwann oder irgendwo, sondern jetzt und hier. Also, wovor zum Teufel fürchte ich mich?

»Willst du wissen, was er noch gesagt hat?«, fragt sie, wartet meine Antwort jedoch gar nicht ab. »Er sagte, die Briefe seien genau dort angekommen, wo sie hingehörten. Bei mir.«

Behutsam streiche ich Mary eine Haarsträhne hinter das Ohr zurück, lasse ihre Worte auf mich wirken. Freue mich, dass sie keine neue Panikwelle in mir auslösen, sondern nur eine tiefe Zufriedenheit.

»Ja, sie gehören zu dir, das denke ich auch … Und Tim, was ist mit Tim? Eliah schrieb, er sollte nie wieder jemandem etwas beweisen, außer sich selbst. Was hat es damit auf sich? Und wie stellt er sich das vor, dass wir ab jetzt einen Haushalt mit ihm schmeißen?«

Mary lächelt. Die Idee scheint sich keineswegs beängstigend für sie anzufühlen. »Nicht nur einen Haushalt, wenn es nach Eliah ginge«, sagt sie nur.

»Nein, nicht nur.« Mein Nicken geht nahtlos in ein Kopfschütteln über. »Ich weiß immer noch nicht, was ich davon halten soll.«

»Ist ja auch nicht gerade leicht«, gibt Mary zu. Ich verstehe bis jetzt nicht, wie sie so ruhig sein kann. »Aber wolltest du nicht sowieso ein vollkommen neues Leben beginnen?«, fragt sie nur.

Ich lasse mir das eine Weile durch den Kopf gehen und komme dabei nicht umhin, mich über die seltsamen Fügungen zu wundern, die sich in den vergangenen Tagen ergeben haben. Die Kündigung meiner Wohnung, mein Beschluss, in Marys Nähe leben zu wollen und im Zuge dessen eventuell auch einen neuen Job anzufangen.

Und jetzt das.

»Na ja, ich verstehe zwar bis jetzt nicht, wer dieser Eliah wirklich ist, woher er all sein Wissen über private Ereignisse hat, die über achtzig Jahre zurückliegen, und vor allem, warum er ausgerechnet uns sein Haus überschreibt, aber …«

»Ja?«, fragt Mary erwartungsvoll, während ich noch nach den richtigen Worten suche. Als ich sie gefunden habe, ziehe ich Mary noch näher an mich, halte sie fest in meinen Armen. »Es gibt zumindest einen Aspekt, der mir an seiner Theorie gefällt«, flüstere ich in ihr Haar.

»Der da wäre?«, haucht sie gegen meinen Hals.

Ich hebe ihr Kinn mit einem Zeigefinger an und sehe ihr eindringlich in die Augen. »Dass wir schon immer füreinander bestimmt gewesen sein sollen.«

Unsere Lippen finden in einem langen Kuss zueinander.

Als ich mich schließlich mit einem tiefen Atemzug von ihr löse, sind auch die letzten Reste meiner Anspannung passé. »Außerdem ist dieser ganze Reinkarnationshintergrund mein perfektes Alibi dafür, dass ich dir seit unserem Wiedersehen vollkommen kopflos quer durchs Land nachgereist bin und nun offenbar unmittelbar davorstehe, alles hinzuwerfen und mit dir ganz von vorne zu beginnen.«

Mary rümpft die Nase. »Mit der kleinen Einschränkung, dass du niemandem von diesem Alibi erzählen darfst, wenn du weiterhin für voll genommen werden willst.«

Ich schürze die Lippen und wäge das Für und Wider ab.

Vielleicht lebt es sich als abgestempelter Irrer ja freier.

»Wir sollten zu Tim gehen, er fühlt sich bestimmt schrecklich«, fällt es mir plötzlich ein. »Wie konnte Eliah ihn so hängen lassen? Ich begreife das nicht.«

Auf sein »Ihr könnt reinkommen« betreten Mary und ich Tims Bereich. Ich hatte einen Schlafraum hinter der Tür erwartet, aber es ist ein Wohnzimmer. Tim liegt auf der Couch und spielt mit dem Zeigefinger an dem offenen Deckel einer kleinen Schatulle, die mich schon von Weitem an die in Marys Sekretär erinnert. Eine leise Spieluhrmelodie erklingt und lässt mich auf der Stelle erstarren. Ganz unverkennbar ist es die Melodie aus meinem Kopf.

Das ist doch nicht möglich!

»Bleib ruhig liegen!«, sagt Mary. Tim klappt das Kästchen zu. Die Melodie bricht ab, und ich zucke aus meiner Starre.

»Darf ich?«, fragt Mary und nimmt auf Tims Nicken hin an seiner Seite Platz.

»Und, seid ihr nun schlauer?«, fragt er platt.

»Hm, ein wenig, ja«, sagt Mary. »Es sieht so aus, als wäre Eliah auf einer Art Mission.«

»Wie meinst du das?«

Ich muss gestehen, selbst gespannt auf diese Antwort zu sein. Momentan weiß ich zumindest noch nicht, worauf Mary mit ihrer Andeutung hinauswill.

»Nun, sagen wir, er ist ein wenig so wie Adam.« Mit einem geheimnisvollen Lächeln zwinkert sie mir zu, ohne dass Tim es sieht.

»Adam Winterfield?«, fragt der verdutzt.

»Ja. Adam hat sich ja Jungen angenommen, die ihre Eltern verloren hatten. Er hat ihnen wieder neue Hoffnung und eine Perspektive gegeben. Und so etwas in der Art macht Eliah scheinbar auch. Nur eben nicht an einem festen Ort. Er … wandert.«

»Bescheuert«, findet Tim. Ich muss schmunzeln. Seine kindliche Art war mir zuvor nie aufgefallen, doch nun, mit dem Hintergrundwissen, das Eliah uns gegeben hat, bemerke ich sie schon. Eine Art, die Tim besonders macht und irgendwie … sehr liebenswert.

»Ja, vielleicht«, lacht Mary. Sie streichelt über Tims Rücken. »Jedenfalls jetzt, wo er weitergezogen ist, hat er uns allen einen Teil des Hauses überschrieben. Das heißt, ab sofort gehört dir die Werkstatt und diese Wohnung hier, wenn du es nur möchtest.«

»Wirklich?«

»Ja, wirklich. Ich soll die obere Wohnung übernehmen und Jerry den Verkaufsraum. Vielleicht teilen wir auch«, sagt sie mit einem weiteren Augenzwinkern zu mir, das mein Herz hüpfen lässt. »Aber ich denke, Eliah hat das alles von langer Hand geplant.«

Tim wirkt skeptisch. »Und warum? Wie soll das denn funktionieren?«

Ich nähere mich den beiden und ziehe mir einen Schaukelstuhl heran, auf dem ich vor ihnen Platz nehme.

»Er möchte, dass du deine eigenen Möbel baust. Vielleicht kann ich dir ja beim Planen helfen.«

»Klar, wäre cool. Ist nämlich nicht so mein Ding. Und weiter?«

»Na ja, so wie's aussieht, sollen wir sie verkaufen und dadurch unseren Lebensunterhalt bestreiten.«

»Und das war Eliahs Mission?«, fragt Tim ungläubig. »Uns einen Job zu beschaffen?«

Mary schüttelt lachend den Kopf. »Nein, das nicht. Ich denke, er fände es toll, wenn wir die oberen Schlafzimmer nach und nach mit Jugendlichen füllen würden, die ein ähnliches Schicksal haben wie du.«

Tims Augen weiten sich. »Oh! Wow!«

»Ja, zumindest einige der Schlafräume.« Diesmal errötet Mary, als sie mich ansieht, und beeilt sich dann fortzufahren.

»Eliah möchte offenbar, dass wir Adams Idee weiterführen. Und zwar gemeinsam.«

Tim lässt sich das Ganze eine Weile stumm durch den Kopf gehen. Plötzlich jedoch füllen sich seine Augen mit Tränen.

»Ich kann das nicht«, wispert er kopfschüttelnd. Noch bevor es einem von uns gelingt, diese Aussage zu hinterfragen, ergreift er den Saum seines T-Shirts und wischt sich damit über die Augen.

»Oh Gott, Tim, bist du verletzt?«, ruft Mary und legt in einer Art Reflex ihre Hand über seine Rippen, ehe ich zu sehen bekomme, was sie so erschreckt hat.

»Nein«, sagt Tim und zieht sein T-Shirt bereitwillig noch höher, um die Stelle selbst besser betrachten zu können. Erst als Mary ihre Hand wieder wegzieht, fällt mein Blick auf den breiten blutroten Streifen, der sich leicht gebogen quer über seine Rippen spannt. »Das ist nur mein dämliches Feuermal. Habe ich seit meiner Geburt«, erklärt er mit tränengetränkter Stimme, bevor er den Kopf wieder zurück auf die Armlehne seiner Couch fallen lässt.

Ich glaube, mein Herz hat sich für einige Schläge verabschiedet.

Dieses Feuermal sieht aus wie meine Narbe.

Ganz genau so.

In meinem Kopf rattert es nicht nur, es glüht. Marys Blick schießt förmlich zu mir, doch meine Augen fixieren weiterhin den traurigen Jungen vor mir.

»Tim, wann … Wann bist du geboren?«, stammele ich.

»17. Juli 1993, warum fragst du?«

Die letzten Worte seiner Antwort verschwimmen in dem plötzlichen Schwindel, der mich überkommt. Ich bin froh, gerade zu sitzen, und lehne mich haltsuchend, so weit es geht, in dem Stuhl zurück. Verfluche innerlich, dass er schaukelt, und schließe meine Augen. Nur mein Mund öffnet sich ganz automatisch für eine ausweichende Antwort, zu der mir jedoch jegliche Luft fehlt.

Das ist Aarons Todestag.

»Na ja, rein interessehalber«, höre ich Mary sagen. Auch ihre Stimme schwankt zunächst verräterisch, doch dann fängt sie sich wieder. »Irgendwie müssen wir ja damit anfangen, uns besser kennenzulernen, nicht wahr?«

Sie lächelt nervös und kaut an ihrem linken kleinen Fingernagel. Mein Herzschlag nimmt wieder Geschwindigkeit auf und macht auch keinen Halt, als er die normale Frequenz erreicht hat. Wie durch tausend Trommeln hämmert es nun in meiner Brust.

Marys Blick zu mir lässt keine Zweifel zu; sie weiß genau, was sich hier gerade abgespielt hat.

»Was …«, beginne ich, noch immer benommen und ohne die geringste Ahnung, wie dieser Satz eigentlich enden soll. »Was meintest du denn eben, Tim? Was schaffst du nicht?«

Er versucht, seine Tränen zurückzublinzeln. »Die Großen haben immer erzählt, Adam wäre wie ein Vater für sie gewesen. Er hat ihnen alles beigebracht, was sie konnten. So wie Eliah bei mir. Aber … wie soll ich denn …?«

Er lässt die Frage unvollendet stehen und zuckt nur hilflos mit den Schultern. Voller Scham schlägt er sich dann die Hände vor sein Gesicht.

»Hey! Du musst noch niemandem ein Vater sein«, sage ich und rücke näher an ihn heran, um ihm die Hand auf die Schulter zu legen. Marys und meine Finger streifen sich dort. Sie fängt meinen Blick ein und hält ihn mit Tränen in den Augen. »Aber ich bin mir sicher, dass du einen wunderbaren großen Bruder abgeben würdest«, flüstert sie Tim dabei zu und drückt meine Hand stärker gegen seine Schulter, indem sie ihre Wange gegen meine Finger schmiegt.

Tim gibt seine Augen frei und blinzelt zu mir auf. »Meint ihr wirklich?«

Ich sehe ihn lange an. Seine rötlichen Haare, die Sommersprossen und die hellgrünen Augen mit diesem sanften Schimmer, den ich in diesen Sekunden zum ersten Mal bewusst wahrnehme und der mir dennoch so eindeutig vertraut erscheint.

»Den besten«, sage ich fest.

Ein Lächeln entfaltet sich über Tims Gesicht, dehnt sich zu einem Grinsen, wird immer breiter. »Dann ziehen wir das also wirklich durch?«

»Warum nicht?«, lacht Mary mit einem Schulterzucken, das fast leichthin wirkt. »Treten wir Eliahs Erbe an.«

In ihrer plötzlichen Euphorie beugt sie sich zu mir vor, zieht mich mit einer Hand in meinem Nacken zu sich heran und küsst mich mitten auf den Mund. »Ja«, flüstere ich gegen ihre weichen Lippen, den süßen Duft von Vanille und Rosen inhalierend, wie die Erfüllung eines lieblichen Versprechens. »Warum eigentlich nicht?«

Papen County, 15. Juni 1984

Er lehnte an einem Eichentisch und hob den Blick gen Himmel. Keine einzige Wolke trübte das helle Blau, und die Sonne hatte ihren Höchststand für diesen Tag schon fast erreicht.

An Tagen wie diesem kamen die Menschen in Scharen. Er beobachtete die Kinder, die achtlos und unbeschwert an seinen Möbeln vorbei auf den Spielzeugstand zuliefen, der nur wenige Meter von ihm entfernt aufgebaut war. Er lächelte einem jungen Mädchen zu, das ihn verstohlen ansah und sich auf sein Zwinkern hin sofort verschämt abwandte. Er diskutierte mit einem älteren Mann über den Preis eines Schrankes, den er mit Absicht viel zu hoch angesetzt hatte, weil dieser Schrank einfach nicht zu diesem Mann gehörte und der sich nicht damit abfinden wollte. Er lauschte dem Gespräch zweier Frauen, die sich direkt vor seinem Stand aufgeregt über den Meteoritenschauer unterhielten, der sich in der Nacht zuvor bei sternenklarem Himmel ereignet hatte.

Dann sah er sie.

Sie näherte sich, das spürte er, auch wenn er zunächst nur das grelle Lila ihres Mantels sah, das hie und da zwischen der Menschenmenge hindurchblitzte. Die Mode dieser Zeit war ihm zuwider. Zu viel Farbe, zu viel Synthetik.

Mit einem fröhlichen Pfeifen stieß er sich von seinem Tisch ab und ging zu einer der hinteren Vitrinen. Behutsam zog er das kleine Schmuckstück hervor und platzierte es punktgenau auf dem Beistelltisch aus Kernbuche, den er schon am frühen Morgen nicht unbedacht in die vorderste Reihe gestellt hatte.

Das leise Quietschen, das sich zuvor beständig genähert hatte und das dem nach Öl bettelnden Fahrwerk eines altmodischen Kinderwagens entstammte, verstummte abrupt.

»Junger Mann!«, hörte er nur Sekunden später ihre Stimme. Er unterdrückte das triumphierende Zucken seiner Mundwinkel und wandte sich ihr zu.

»Die Dame?« Seine Gewohnheit, vor einer Frau die Kappe zu ziehen, überging sie. Das amüsierte ihn, war er es doch gewohnt, spätestens bei dieser Geste mit seltsamen Blicken bedacht zu werden. Dass sie so einfach über seinen Gruß hinwegging, konnte nur von ihrem Interesse zeugen.

»Dieses Kästchen hier«, begann sie mit geringschätziger Miene und wedelte mit ihrer Hand in die entsprechende Richtung.

»Oh, Sie meinen dieses wunderschöne Stück, werte Frau?«, fragte er und nahm das Kästchen zur Hand, um es ihr zu reichen. In den Minuten, die sie sich nahm, um die Schmuckschatulle ausgiebig zu begutachten, lugte er zu dem Baby. Trotz der herrschenden Temperaturen lag es bis zum Hals zugedeckt in seinem Wagen. Er lächelte bei dem Anblick des friedlich schlafenden Mädchens.

»Das ist meine Enkeltochter«, ließ ihn die ältere Dame wissen. Ihre Stimme klang plötzlich viel sanfter. »Sie ist zum ersten Mal zu Besuch bei mir.«

»Unglaublich süß!«, befand er, ohne den Blick von der Kleinen zu lösen.

»Nicht wahr? Und wissen Sie, was auch unglaublich ist?«

»Nein, was?«

»Mein Sohn und meine Schwiegertochter haben bis heute nicht mal eine kleine bescheidene Taufe für dieses arme Würmchen organisiert. Also habe ich das in meine Hände genommen. Morgen ist es so weit.«

Er lachte freiheraus. »Das haben Sie gut gemacht, Lady. Und, lassen Sie mich raten, nun suchen Sie noch nach einem besonderen Taufgeschenk?«

Er nickte in Richtung der Schmuckschatulle in ihren Händen.

»Nun …« Sie tat sich schwer damit, es zuzugeben, fühlte sich eher ertappt als verstanden. Schließlich war er ein Händler.

Mit einem verständnisvollen Nicken fuhr er fort: »Schon gut. Ich garantiere Ihnen, mit diesem Schmuckkästchen haben Sie einen Volltreffer gelandet. Es gehörte einer sehr reichen Lady aus Chicago. Ich habe es erst im vergangenen Monat ersteigert und musste es kaum aufarbeiten.«

»So? Hatte diese schrecklich reiche Dame denn keine Erben?«

Er lachte über ihre Indiskretion. »Doch, und die sind nicht zu knapp bedacht worden. Nur, ob Sie es glauben oder nicht, einzig und allein über diese kleine Schmuckschatulle hat die Dame separat verfügt. Sie sollte versteigert und der Erlös einer Stiftung gespendet werden, die ihr zeit ihres Lebens sehr am Herzen lag. So lautete ihr Letzter Wille.«

»Sachen passieren ...« Sie legte das Kästchen zurück. »Es ist sehr hübsch, aber unter diesen Umständen ...«

Sofort erfasste er ihre Bedenken. »Nennen Sie mir einen Preis, gute Frau. Irgendeinen, der Ihnen angemessen erscheint.«

Sie sah ihn eine Weile an; ihre hellblauen Augen schienen ihn förmlich zu durchbohren. »Nein, es ist nicht das Richtige.« Sie musste schlucken, so schwer ging ihr die Lüge von den Lippen.

Belustigt kniff er die Augen zusammen. »Darf ich Ihnen etwas verraten?«

»Nur zu!«

Er beugte sich geheimniskrämerisch zu ihr herab. »Ich spüre genau, ob ein Möbelstück oder ein Accessoire zu einem potenziellen Käufer passt. Und ich schwöre Ihnen, dass diese Schatulle schlichtweg zu Ihrer Enkeltochter gehört.«

»Tss!«, machte sie und ließ es beinahe verächtlich klingen. »Nur gut, dass meine Schwiegertochter mit Kuchenbacken beschäftigt ist und darum nicht mitkommen konnte. Sie ist eine schreckliche Niete, wenn es ums Verhandeln geht. Sie hätten Sie mit Ihrer Ansprache bestimmt um den kleinen Finger gewickelt.«

»Aber Sie nicht?«

»Ich sagte Ihnen doch, es ist nicht das, wonach ich suche. Nichts für ungut. Ich wünsche Ihnen trotzdem gute Geschäfte.«

Damit wandte sie sich ab, und er tat so, als würde er ihr den Bluff tatsächlich abkaufen. »Gute Frau, warten Sie!«

»Was denn noch?« Scheinbar genervt drehte sie sich ihm wieder zu.

»Glauben Sie an Schicksal?«

Sie zögerte. »Ich denke schon, ja.«

»Das ist gut.«

»Warum?«

»Weil das Schicksal mein bester Freund ist. Und beste Freunde darf man nicht enttäuschen, richtig?«

Nun sah sie aus, als würde sie wütend werden. »Junger Mann, haben Sie getrunken?«

»Nein, Lady, ich trinke nie! … Aber gehen wir mal davon aus, mein Gefühl trügt mich nicht und diese kleine Schatulle hier gehört wirklich zu Ihrer Enkeltochter …«

»Was dann?«

»Stellen Sie sich vor, in … sagen wir, neunundzwanzig Jahren und knapp vier Monaten säße Ihre Enkeltochter bis auf den Grund ihrer Seele betrübt vor ihrem Schminktisch, dessen Spiegel aufgrund einer Ungeschicklichkeit durch die messingbeschlagenen Ecken ebendieser Schatulle zerspringen würde. Am nächsten Morgen würde sie losziehen, um einen neuen Schminktisch zu kaufen. Und genau mit dieser Entscheidung begänne das größte Abenteuer ihres Lebens, das sie im Endeffekt in die Arme ihres Seelenverwandten führen würde.«

Die feinen Augenbrauen der Dame heben sich in Fassungslosigkeit, doch er lässt ihr keine Zeit für einen Einwand.

»Was aber, wenn Sie dieses Kästchen heute nicht kaufen, meine Dame? Woran soll dann der Spiegel zerbersten? Und mit einem heilen Spiegel, warum sollte sich Ihre Enkeltochter auf den Weg machen, um einen neuen zu kaufen? Sie verstehen, worauf ich hinauswill?«

Er warf einen Blick auf das schlafende Baby in dem Kinderwagen. »Wollen Sie dieses süße kleine Mädchen wirklich um das Glück bringen, zu seiner großen Liebe zu finden?«

Nun geschah etwas, das alle, die Martha Welley kannten, für unmöglich gehalten hätten, hätte man es ihnen geschildert. Der Mund der molligen kleinen Dame, die sonst nie nach Worten suchen musste, öffnete und schloss sich einige Male, ohne dass sie einen Laut hervorbrachte. Dann prustete sie unvermittelt los.

»Sie sind verrückt!«

Er grinste sie an. »Möglich.«

»Und hartnäckig!«

»Das bringt der Job mit sich.«

»Und Sie haben Sinn für Humor.«

»Viel weniger, als Sie glauben. Also, was ist nun, kaufen Sie das Kästchen? Es ist beste Handarbeit. Und ich muss es wissen, denn mein Lehrling hat über ein Jahr nur an den Intarsien geschnitzt.«

»Sie sagten doch, Sie hätten es ersteigert.«

»Ganz recht, aber das war später. Viel später.«

Die Frau schüttelte zwar den Kopf, aber ernsthaft böse konnte sie dem jungen charismatischen Mann beim besten Willen nicht sein. »Ach, Sie binden mir doch einen Bären nach dem anderen auf. Ich weiß ja nicht einmal, ob es wirklich so alt ist, wie es aussieht. Mit der Geschichte Ihres Lehrlings könnte es ja schon mal nicht antik sein.«

Er zuckte mit den Schultern. »Wie Sie meinen, werte Dame. Wie viel wäre es Ihnen denn wert, alle Unsicherheiten in Betracht gezogen?«

Sie schürzte die Lippen. »Dreißig Dollar.«

Er kniff die Augen zusammen, als hätte sie ihm körperliche Schmerzen bereitet.

»Also vierzig, aber das ist mein letztes Wort.«

Mit einem Lächeln streckte er die Hand aus und besiegelte das Geschäft. »Ich hoffe, Sie haben Ihr Talent zu verhandeln weitervererbt.« Mit der Nasenspitze nickte er in Richtung Kinderwagen.

»Nun, das wird sich noch zeigen … Ach, noch etwas. Die Spieluhr müssen Sie entfernen. Das ist doch ein Schmuckkasten. Ohnehin passt nicht allzu viel hinein, und eine Spieluhr hängt schon über ihrer Wiege.«

Er deutete einen militärischen Gruß an. »Spieluhr entfernen, jawohl!«

Sie reichte ihm die Geldscheine – auch um klarzustellen, dass sich an dem Preis trotz seiner Arbeit nichts mehr ändern würde.

»Möchten Sie in einer halben Stunde wiederkommen, dann bin ich so weit«, schlug er vor. »Ich warte«, sagte sie bestimmt. Ihr Mund verzog sich zu einem schelmischen Lächeln, das sie sofort jünger aussehen ließ. »Bei all dem Kauderwelsch, das Sie mir in den vergangenen paar Minuten aufgetischt haben, glauben Sie doch nicht ernsthaft, dass ich Ihnen noch vertraue.« Das war gelogen, und er spürte es.

Lachend begab er sich an die Arbeit.

»Ich komme oft auf diesen Trödelmarkt«, sagte sie nach einer Weile, in der sie ihn stumm beobachtet und seine sicheren Hände bewundert hatte. »Aber Sie habe ich hier noch nie gesehen.«

»Ich bin nur auf der Durchreise. Aber ich werde ein Stück Land kaufen, ein bisschen außerhalb. Schätze, in fünfzehn bis zwanzig Jahren wird Bauland daraus werden. Vielleicht nutze ich es ja irgendwann und mache mich hier mit einer Werkstatt selbstständig.«

Sie nickte. »Ich werde mir Ihren Namen merken. Vielleicht lese ich ihn ja, wenn es so weit ist. Verraten Sie ihn mir?«

»Sicher. Ich heiße Eliah. Eliah Woods.«

Sie lachte. »Wie passend.«

»Ja, nicht wahr? Selbst erfüllende Prophezeiung, quasi. So, fertig.«

Mit einem Tuch polierte er noch einmal über das Kästchen, von dem nur er mit Bestimmtheit wusste, dass es sehr wohl antik war, und reichte es dann an die gutmütige Frau weiter.

Sie begutachtete sein Werk kritisch, nickte dann aber zufrieden. »Das haben Sie gut gemacht.«

»Vielen Dank. Nun steht der Taufe nichts mehr im Wege.«

»Und was machen Sie mit der Spieluhr?«

»Oh, sie findet ihre Bestimmung, machen Sie sich keine Sorgen.«

»Na dann.«

»Ja, ich wünsche Ihnen eine wunderschöne Taufe«, sagte er und hob, wie schon zur anfänglichen Begrüßung, seine Schirmmütze an.

Verschwörerisch beugte sie sich zu ihm vor. »Und falls Sie nicht wissen, was Sie mit dem Geld anstellen sollen, kaufen Sie sich eine neue Hose und ein fesches Hemd. Sie sind ein gut aussehender Kerl, Eliah Woods, aber Ihre Kleidung ist … na ja, überholt.«

Damit wandte sie sich endgültig zum Gehen. Gerade noch konnte er einen letzten Blick auf das schlafende Gesicht des Baby-Mädchens werfen. Wieder fand seine Hand zu der Schirmmütze, doch dieses Mal zog er sie sich ganz vom Kopf und ließ die dunklen Haare ungehindert in seine Stirn fallen. Seine fast schwarzen Augen glänzten voller Güte, als er den beiden nachsah und das Quietschen des Kinderwagens immer leiser wurde.

»Auf Wiedersehen, kleine Mary«, flüsterte er. »Wir sehen uns. Irgendwann. Irgendwo … Ganz gewiss.«

Danksagung

Kein Buch, das es jemals in die Regale der Buchhandlungen oder auch nur auf die entsprechenden Bestsellerlisten geschafft hat, wurde einfach nur geschrieben. Nein, es wurde geplottet, geschrieben, diskutiert, überarbeitet, redigiert, lektoriert, gesetzt, gedruckt, im besten Fall vermarktet und vieles mehr.

Somit hat jedes Buch einige Schöpfer und jeder noch so fiktive Charakter seine ganz privaten Paten. So auch Mary und Jeremy, deren Story schon lange vor dem Schreiben von »Immer wenn es Sterne regnet« begann (nämlich mit dem Schreiben meines Debütromans *Deine Seele in mir*) und deren Geschichte es ohne die Mithilfe der folgenden Personen vermutlich niemals zwischen diese zwei Buchdeckel geschafft hätte. Diesen besonderen Menschen danke ich von ganzem Herzen:

Dem weltbesten Ehemann Oliver und meinen großartigen Kindern Mariella und Giuliano. Ich bin euch so dankbar, dass ihr mich nehmt, wie ich bin. Genauso schusselig, oft geistesabwesend und schlichtweg besessen von den Geschichten, die ich unbedingt noch erzählen möchte. Und ich danke dir, Giuli, dass ich dich dann ab und zu aus den Tiefen meiner Gedankenverlorenheit flüstern höre: »Jelly, lass die Mama mal, die ist gerade wieder irgendwo anders.« Wie recht du doch hast, mein Schatz! Und wie schön, dass ich bei meiner Rückkehr aus »Irgendwo anders« immer wieder von euch willkommen geheißen werde – ganz egal, wie lange ich dort bleibe und was für seltsame Dinge mir dort widerfahren.

Meinen Eltern, Geschwistern, Nichten und Neffen. Es ist wunderbar, Teil dieser großen verrückten Familie zu sein, die zu jeder Zeit so bedingungslos zusammenhält. Ab und zu recht anstrengend, zugegeben, aber absolut wunderbar!

Meinen Testleserinnen Sandra Budde, Beate Döring, Nicole Huppertz, Manuela John, Ramona Junghans und Sabrina Eikermann. Der Austausch mit euch und eure Ehrlichkeit sind unglaublich wertvoll für mich.

Meiner lieben Lektorin und »Entdeckerin« Eliane Wurzer. Ohne dich gäbe es wohl kein einziges meiner Bücher. Das vergesse ich dir nie! Und, ach ja: Die *Feelings* rocken!

Meiner Printlektorin Julia von Natzmer. Um unsere Zusammenarbeit mal mit einem Eliah-typischen Bild zu beschreiben: Beim ersten Durchgang hatte ich noch Hammer und Meißel in der Hand, dann einen Hobel, danach eine Feile und schließlich feines Schleifpapier. Polieren und lackieren konnte ich diese Geschichte jedoch nur mit deiner Hilfe. Es macht solchen Spaß, mit dir zwischen den Zeilen abzutauchen, und ich freue mich auf hoffentlich viele weitere Möglichkeiten der Zusammenarbeit!

Und, last but not least: Meinen Lesern. Denn ein geschriebenes Wort bedeutet nur dann etwas, wenn es auch gelesen wird, nicht wahr?!

In diesem Sinne: DANKE!

Auf dass es für euch alle Sterne regnet!